T0285949

Clitemnestra

COSTANZA CASATI

Clitemnestra

Traducción de
Noemí Sobregués

Grijalbo

Papel certificado por el Forest Stewardship Council®

Penguin
Random House
Grupo Editorial

Título original: *Clytemnestra*

Primera edición: febrero de 2024

© 2023, Costanza Casati
Publicado originalmente en 2023 por Michael Joseph, un sello de Penguin Books. Penguin Books es
parte del grupo editorial Penguin Random House.
© 2024, Penguin Random House Grupo Editorial, S. A. U.
Travessera de Gràcia, 47-49. 08021 Barcelona
© 2024, Noemí Sobregués, por la traducción

ISBN: 978-84-253-6415-0
Depósito legal: B-21344-2023

Compuesto en La Nueva Edimac, S. L.

Impreso en Rotativas de Estella, S. L.
Villatuerta, (Navarra)

GR64150

Para mis padres, por todo

FAMILIA DE TINDÁREO

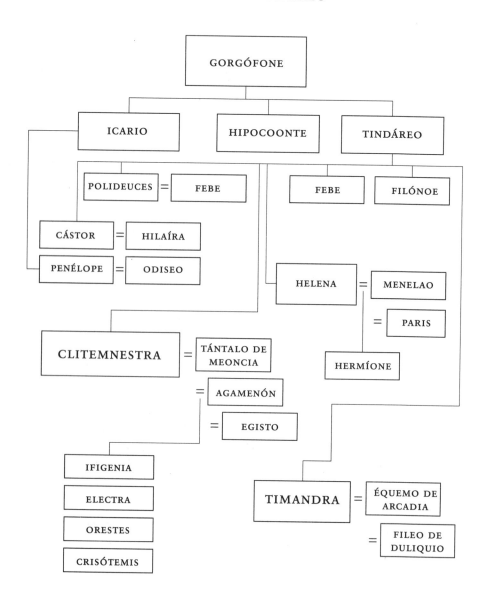

FAMILIA DE ATREO

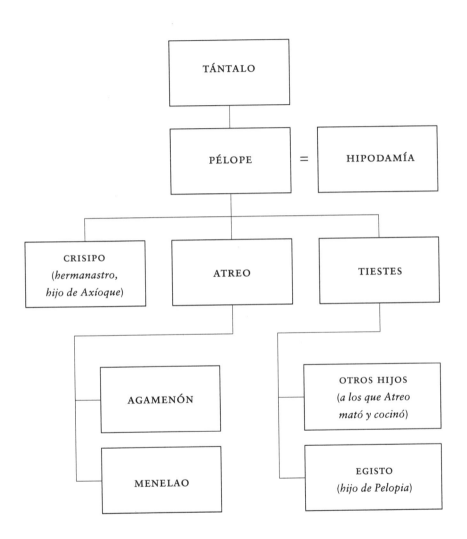

Casa de Tindáreo

Tindáreo: rey de Esparta, hijo de Gorgófone y marido de:

Leda: reina de Esparta, hija del rey etolio Testio y madre de:

Cástor y Polideuces, gemelos, conocidos como los Tindaridai (hijos de Tindáreo) y después como los Dioscuros (en la mitología romana)

Clitemnestra: princesa de Esparta y después reina de Micenas

Helena: princesa y reina de Esparta. Después conocida como Helena de Troya. Según el mito, Helena es hija de Leda y Zeus, que violó a la reina adoptando la forma de un cisne

Timandra: princesa de Esparta y después reina de Arcadia

Febe y Filónoe

Icario: rey de Acarnania, hermano de Tindáreo, marido de Policasta y padre de:

Penélope: princesa de Acarnania y después reina de Ítaca

Hipocoonte: hermanastro de Tindáreo e Icario, asesinado por Heracles

Afareo: otro hermanastro de Tindáreo e Icario, y padre de:

Idas y Linceo: príncipes de Mesenia

Febe e Hilaíra: princesas mesenias conocidas como las Leucípides (Hijas del Caballo Blanco), prometidas a Linceo e Idas, y «secuestradas» por Cástor y Polideuces

Casa de Atreo

Atreo: hijo de Pélope e Hipodamia, y rey de Micenas. Hermano mayor de Tiestes y hermanastro de Crisipo. La historia de su casa no tiene rival en la mitología en cuanto a crueldad y corrupción. Atreo es el padre de:

Agamenón: rey de Micenas, «señor de hombres», marido de Clitemnestra y jefe de la flota griega durante la guerra de Troya

Menelao: rey de Esparta y marido de Helena

Tiestes: rey de Micenas después de matar y arrebatarle el trono a su hermano Atreo. Tuvo tres hijos, a los que asesinó Atreo. Después de que un oráculo le advirtiera que si tenía un hijo con su propia hija, este mataría a Atreo, Tiestes violó a su hija Pelopia y se convirtió en padre de:

Egisto: asesino de su tío Atreo, primo de Agamenón y Menelao, y amante de Clitemnestra

Aérope: hija de Catreo, rey de Creta, mujer de Atreo y amante de su hermano Tiestes

Otros personajes

Teseo: héroe griego que secuestró a Helena y rey de Atenas
Pirítoo: príncipe de los lápitas y amigo de Teseo
Cinisca: espartiata
Crisanta: espartana amante de Timandra
Tántalo: rey de Meoncia y primer marido de Clitemnestra
Calcante: adivino de los ejércitos griegos
León: protector y consejero de Clitemnestra en Micenas
Ailín: criada y confidente de Clitemnestra en Micenas
Polidamante, Cadmo y Licomedes: ancianos de Micenas
Érebo: comerciante
Casandra: princesa troyana, sacerdotisa de Apolo e hija de Hécuba y Príamo. Después de la guerra de Troya se convierte en concubina del rey Agamenón

Odiseo: príncipe de Ítaca, hijo de Laertes, *polytropos* y marido de Penélope

Áyax el Grande: príncipe de Salamina, hijo de Telamón y primo del héroe Aquiles

Teucro: hermanastro de Áyax

Áyax el Menor: héroe de Locris

Néstor: rey de Pilos

Filoctetes: príncipe de Tesalia y famoso arquero

Menesteo: rey de Atenas

Diomedes: rey de Argos

Idomeneo: príncipe de Creta

Efenor: héroe de Eubea

Macaón: hijo de Asclepio y experto en el arte de curar

TRACIOS

□ Troya

Lemnos

Delfos (Pytón)

Itaca

Aulide

Eleusis

Megara □

Micenas □

Argos □ Tirinto

Lacedemonia

Pilos

ATENAS

Trecén

Seripos

CRETA

nosos

GRECIA

PRIMERA PARTE

No hay paz
para una mujer ambiciosa

No hay amor
para una mujer con corona

Ama demasiado
es lujuriosa

Tiene demasiado poder
es despiadada

Quiere vengarse
está loca

Los reyes son magníficos
poderosos
divinos

Las reinas son letales
desvergonzadas
malditas

1

La presa

Clitemnestra dirige la mirada al fondo del empinado barranco, pero no ve ni rastro de cadáveres. Busca cráneos partidos, huesos rotos, cadáveres devorados por perros salvajes y picoteados por buitres, pero nada. Solo hay unas cuantas flores valientes que crecen entre las grietas y cuyos pétalos blancos destacan contra la oscuridad del barranco. Se pregunta cómo se las arreglan para crecer en un lugar de muerte como ese.

Cuando ella era pequeña, allí no había flores. Recuerda que se agachaba en el bosque para ver a los ancianos que arrastraban a criminales y a bebés débiles por el sendero y los arrojaban al desfiladero que los espartanos llaman Ceadas. En el fondo del barranco, las rocas son puntiagudas como el bronce recién moldeado y resbaladizas como el pescado crudo. Clitemnestra solía esconderse y rezar por todos aquellos hombres, cuya muerte sería larga y dolorosa. No podía rezar por los bebés, y recordarlo la inquietó. Si se acercaba al borde del barranco, sentía una suave brisa acariciándole la piel. Su madre le había dicho que los niños muertos que yacían en el fondo del Ceadas hablaban a través del viento. Aunque esas voces susurraban, ella no entendía lo que decían, así que dejaba sus pensamientos a la deriva mientras observaba los rayos de sol introduciéndose entre las frondosas ramas.

Un inquietante silencio se cierne sobre el bosque. Clitemnestra sabe que la siguen. Desciende rápidamente desde el terreno elevado y deja atrás el barranco intentando no tropezar con las piedras resbaladizas que forman el sendero de caza. El viento es más frío y el cielo se oscurece. Cuando salió del palacio, hace horas, el sol de la mañana le calentaba la piel y sentía la hierba mojada en las plantas de los pies. Su madre ya estaba sentada en la sala del trono, con la luz anaranjada reflejada en su rostro, y Clitemnestra cruzó sigilosamente las puertas para que no la vieran.

De repente algo se mueve detrás de los árboles y oye un crujido de hojas. Clitemnestra resbala y se hace un corte en la palma de la mano con el borde afilado de una roca. Cuando levanta la vista, lista para defenderse, dos grandes ojos oscuros le devuelven la mirada. Solo es un ciervo. Aprieta el puño y se limpia la mano en la túnica para que la sangre no deje pistas a su perseguidor.

Oye a lobos aullando en algún lugar mucho más elevado, pero se obliga a seguir adelante. Los chicos espartanos de su edad luchan contra lobos y panteras en parejas como parte de su entrenamiento. En cierta ocasión Clitemnestra se afeitó la cabeza, como un niño, y fue al *gymnasion* con ellos con la esperanza de prepararse para una cacería. Cuando su madre se enteró, la dejó dos días sin comer. «Dejar sin comer a los niños espartanos hasta que se vean obligados a robar también forma parte del entrenamiento», le dijo. Clitemnestra soportó el castigo, porque sabía que se lo merecía.

El arroyo conduce a un manantial y una pequeña cascada. Por encima ve una grieta, una entrada a lo que parece una cueva. Empieza a escalar las rocas cubiertas de musgo que bordean el manantial. La mano le palpita y resbala en la superficie del barranco. Lleva el arco a la espalda, y el mango del puñal que le cuelga del cinturón le presiona el muslo.

Al llegar arriba se detiene para recuperar el aliento. Se arranca un trozo de la túnica, lo moja en el agua clara del manantial y se venda la mano, que sangra. Las copas de los robles se mezclan con el cielo, cada vez más oscuro, y sus ojos cansados lo ven todo borroso. Sabe que en el suelo está demasiado expuesta. «Cuanto más alto subas, mejor», le dice siempre su padre.

Se sube al árbol más alto y se sienta a horcajadas en una rama para escuchar sujetando el puñal con fuerza. La luna, clara y fría como un escudo de plata, está alta en el cielo. Todo está en silencio, excepto el agua del manantial.

Una rama cruje y dos ojos dorados aparecen en la oscuridad frente a ella y la observan. Clitemnestra se queda inmóvil y siente la sangre palpitándole en las sienes. En el árbol de enfrente, una forma plateada surge de las sombras y deja al descubierto un espeso pelaje y dos orejas puntiagudas. Un lince.

El animal salta y aterriza en su árbol. El impacto le hace perder el equilibrio. Se agarra a la rama, pero se le rompen las uñas y le resbalan las palmas de las manos. Cae y aterriza en el barro. Por un segundo no ve nada y se le corta la respiración. El lince intenta saltar sobre ella, pero mueve rápidamente las manos hacia el arco y las flechas. Dispara y rueda sobre un costado. Las garras del animal le arañan la espalda y Clitemnestra grita.

El lince está de espaldas a la estrecha grieta que conduce a la cueva. Por un instante, la chica y el lince se miran fijamente. Después, con la rapidez de una serpiente cuando ataca, Clitemnestra lanza el puñal, que se clava en el hombro del animal. El lince suelta un alarido y Clitemnestra corre hacia la oscuridad de la cueva. En cuanto pasa por la grieta, cuyas piedras le rozan la cabeza y las caderas, se sume en la oscuridad y espera rezando para que la cueva no tenga otra entrada ni otro visitante.

Los ojos se le acostumbran poco a poco a la penumbra. El arco y casi todas las flechas están intactos y los deja a un lado. Se quita la túnica ensangrentada y apoya la espalda en la fría roca. Su jadeo resuena en el aire húmedo como si la que respirara fuera la cueva. ¿Puede la diosa Artemisa verla ahora? Desearía que pudiera, aunque su padre siempre le ha dicho que no se preocupe de los dioses. Pero su madre cree que los bosques ocultan los secretos de los dioses. Para ella, las cuevas son refugios, mentes que han pensado y vivido las vidas de las criaturas a las que han albergado a lo largo del tiempo. Pero quizá su padre tenga razón: la cueva suena vacía como un templo por la noche. Solo oye los gemidos del lince herido, que se aleja cada vez más.

Cuando muere, Clitemnestra se acerca a la grieta y asoma la cabeza. Nada se mueve en el suelo cubierto de barro. Vuelve a ponerse la túnica, se estremece cuando se le pega a la herida y después sale de la cueva rozando las piedras con las caderas.

El lince está tumbado cerca del manantial, y su sangre se extiende sobre las hojas de naranjo como vino derramado. Clitemnestra se acerca cojeando y recupera el puñal. Los ojos abiertos del animal reflejan la forma brillante de la luna. La sorpresa todavía está grabada en ellos, y la tristeza. No son tan diferentes de los ojos de un hombre muerto. Ella ata las patas del animal a su carcaj y echa a andar con la esperanza de llegar a su casa por la mañana.

Su madre estará orgullosa de lo que ha cazado.

2

Una chica gana y la otra pierde

—¡No corras tanto, Clitemnestra! ¡Artemisa me disparará si vuelvo a quedar segunda!

Clitemnestra se ríe y su risa resuena como el canto de un pájaro en la llanura.

—¡No va a dispararte! Nuestra madre te lo ha dicho para que corrieras más deprisa.

Mientras corren entre las hileras de olivos e higueras, el pelo se les engancha en las hojas y pisan frutas caídas con los pies descalzos. Clitemnestra es más rápida. Tiene los brazos cubiertos de cortes y moratones, y sus ojos muestran su determinación de ser la primera en llegar al río. Helena, que corre detrás de ella, llama a su hermana respirando entrecortadamente. Cada vez que los rayos de sol le alcanzan la cabeza, el pelo le brilla con tanta intensidad como la fruta madura que la rodea.

Clitemnestra salta de la arboleda a la tierra que el sol ha calentado. Como el suelo le quema los pies, salta a la hierba amarillenta. Solo se detiene cuando llega al río para mirar su silueta reflejada en el agua. Está sucia y despeinada.

—Espérame —le grita Helena.

Clitemnestra se da la vuelta. Su hermana se ha detenido al borde de la arboleda con el sudor chorreándole por la túnica. La fulmina con la mirada.

—¿Por qué tienes que hacerlo todo corriendo? —le pregunta Helena.

Clitemnestra sonríe. Aunque para los espartanos Helena parezca una diosa, lo cierto es que siempre sigue los pasos de su hermana.

—Porque hace calor —le responde Clitemnestra.

Se quita la túnica, la tira al suelo y se zambulle en el río. Su largo pelo danza a su alrededor, como algas. La brisa fresca de la mañana va dando paso al calor del verano. En las orillas del río Eurotas, entre las secas llanuras y las montañas agrestes, varias anémonas de color rojo sangre luchan por crecer. A no mucha distancia de las orillas, la estrecha franja de tierra fértil con olivos e higueras se extiende tímidamente, como un rayo de sol en un cielo nublado. Helena está en la orilla, con el agua hasta los muslos. Siempre se mete en el río despacio, mojándose el cuerpo con las manos.

—Vamos. —Clitemnestra nada hacia ella y la abraza por la cintura.

—Está fría —se queja Helena, aunque sigue avanzando.

Cuando Clitemnestra intenta soltarla, Helena se aferra a su cálido cuerpo y se pega a ella con todas sus fuerzas.

—Tú no eres espartana —le dice Clitemnestra con una sonrisa.

—No como tú. Si fueras un hombre, serías uno de los luchadores más fuertes de Grecia.

—Ya soy una de las personas más inteligentes de Esparta —le replica Clitemnestra sin dejar de sonreír.

Helena frunce el ceño.

—No deberías decir estas cosas. Ya sabes lo que dice nuestra madre sobre la *hybris*.

—«La soberbia que precede a una caída» —recita Clitemnestra, aburrida—. Pero nuestro padre siempre dice que es el guerrero más valiente de Esparta y nadie lo ha castigado todavía.

—Nuestro padre es rey. Nosotras no, así que no deberíamos enfadar a los dioses —insiste Helena.

Clitemnestra se ríe. Su hermana, que se mueve por el mundo como si en la vida todo fuera barro y oscuridad, siempre la divierte.

—Si tú eres la mujer más hermosa de nuestras tierras y más allá, también yo puedo ser la más inteligente. No entiendo por qué los dioses iban a enfadarse… En cualquier caso, siempre serán más inteligentes y más hermosos.

Helena lo piensa un instante. Clitemnestra nada hacia una mancha de luz del sol que brilla en el agua, y su hermana la sigue. Las dos se quedan flotando en el río con la cara como los girasoles, siempre siguiendo la luz.

Llegan al *gymnasion* a tiempo para su entrenamiento diario. El sol brilla con fuerza y corren hacia la sombra de los árboles que rodean el patio. En la arena ya hay chicas entrenando y corriendo totalmente desnudas. Aquí las espartiatas, hijas de los mejores y más nobles guerreros de Esparta, entrenan con plebeyas, y seguirán haciéndolo hasta que formen una familia. Tienen el cuerpo cubierto de aceite, y en su piel bronceada destacan viejas cicatrices de tono más claro.

Clitemnestra se dirige al patio y Helena la sigue de cerca. La arena arde bajo sus pies como una cuchilla caliente, y el aire huele a sudor. El maestro, uno de los guerreros de su padre, les da un disco, después una jabalina y les corrige la postura mientras los lanzan una y otra vez. El sol asciende en el cielo, y las chicas saltan y corren con las extremidades doloridas y la garganta irritada por el aire seco y caliente.

Al final llega la danza. Clitemnestra ve a Helena sonriéndole; la danza es el momento favorito de su hermana. Empiezan a sonar los tambores y las chicas se ponen en movimiento. Sus pies descalzos resuenan en la arena, el sonido atraviesa el aire iluminado por el sol, y el pelo de las bailarinas se mueve como lenguas de fuego. Clitemnestra baila con los ojos cerrados, siguiendo el ritmo con sus fuertes piernas. Los movimientos de Helena son similares a los de su hermana, aunque más serenos y elegantes, como si temiera perder el control. Los pies de Clitemnestra son ligeros y precisos, y sus brazos parecen alas, como si estuviera a punto de alzar el vuelo y alejarse de los ojos que la rodean. Pero no puede elevarse, así que sigue bailando, incansable.

Clitemnestra baila para sí misma; Helena baila para los demás.

La sensación del agua fría en su piel es placentera. Solo Helena, Clitemnestra y las espartiatas pueden entrar en la pequeña habitación situada en una esquina del patio. Casi todas las demás atletas, plebeyas y chicas que no nacieron en Esparta, se lavan en el río después del entrenamiento.

Clitemnestra apoya la cabeza en la pared de piedra y mira a Helena, que sale de la bañera con el pelo dorado pegado a los hombros. A sus dieciséis años, sus cuerpos están cambiando y sus rostros son cada vez más delgados y más firmes. A Clitemnestra le asusta observarlo, aunque no habla de ello. Le recuerda que, a su edad, su madre ya se había casado con su padre y había abandonado su tierra natal.

Leda había llegado a Esparta desde Etolia, una árida zona montañosa al norte del Peloponeso, famosa por sus animales salvajes, sus dioses de la naturaleza y sus espíritus. Como todas las princesas etolias, Leda cazaba, era hábil con el hacha y el arco, y adoraba a Rea, la diosa de las montañas. El rey Tindáreo se enamoró de ella por su bravura y se casó con ella aunque los griegos decían que las tribus de Etolia eran «primitivas» y rumoreaban que comían carne cruda, como los animales. Cuando Leda, una mujer fuerte de pelo negro azabache y piel aceitunada, dio a luz a Helena, una niña de piel clara y pelo de color miel, todos en Esparta creyeron que Zeus era su amante. Al dios le gustaban las mujeres jóvenes y hermosas, y le divertía adoptar diferentes formas para violarlas. Se había transformado en toro para raptar a la princesa fenicia Europa, en lluvia dorada para tocar a la bella Dánae y en una nube oscura para seducir a la sacerdotisa Ío.

Lo mismo hizo con Leda. Se transformó en cisne y salió a su encuentro cuando ella estaba sola en la orilla del Eurotas, con el pelo negro y brillante como las plumas de los cuervos, y la mirada perdida y triste. Voló a sus brazos, y cuando ella le acarició las alas, la violó. Como las habladurías se regocijan en los detalles, los espartanos dijeron que Leda ofreció resistencia mientras él la sujetaba, le hacía daño con el pico y la inmovilizaba con las alas. Otros contaron otra versión: dijeron que la unión había sido tan placentera que ella había acabado sonrojada y sin aliento.

«Pues claro que debió de gustarle —Clitemnestra oyó decir en cierta ocasión a un chico en el *gymnasion*—. La reina es diferente... Su pueblo es más bárbaro». Clitemnestra le tiró una piedra a la cara, pero no se lo contó a su madre. Esos rumores eran producto de los celos. Los espartanos desconfiaban de Leda porque era hermosa. Pero no es tan sencillo pasar por alto los comentarios maliciosos, de modo que incluso el rey llegó a creer que Helena no era su hija. No veía nada de sí mismo en ella, a la que apasionaban cada vez más la música y la danza, y que lloraba cuando veía a un soldado herido.

Pero Clitemnestra sabe que Helena es su hermana. Sabe que, aunque de niña Helena parecía frágil y amable, tiene tanta fuerza de voluntad como ella. Cuando eran pequeñas, Helena se colocaba a su lado y comparaba pormenorizadamente sus cuerpos hasta que encontraba una similitud y se quedaba satisfecha. Al fin y al cabo, como solía decir Helena, ambas tenían espesas pestañas, dedos delgados y un largo cuello. Y cuando Clitemnestra le replicaba que ella tenía el pelo más oscuro, del color de la tierra, Helena se burlaba.

—Los chicos no tardarán en llegar.

Clitemnestra levanta la mirada. Las demás chicas se han marchado y Helena la observa con la cabeza inclinada, como la de un ciervo curioso. Clitemnestra quiere preguntarle si a ella también le asusta el futuro, pero por alguna razón no le salen las palabras, así que se levanta.

—Pues vámonos.

Esta noche no hay hombres en el comedor. Las risas de las mujeres y el olor a carne asada animan la sala. Cuando Clitemnestra y Helena entran, su madre, que preside la mesa, está hablando con unas sirvientas mientras Timandra, Febe y Filónoe, hermanas menores de Clitemnestra, se llenan el plato de pan sin levadura y aceitunas. Mastican sonriendo, con las manos y las mejillas embadurnadas de grasa de la carne. Helena y Clitemnestra se sientan en las dos sillas vacías a ambos lados de su madre.

El salón es grande, con ventanales que dan a la llanura, y apenas tiene muebles. Solo hay algunas armas viejas colgadas en las paredes, y una gran mesa de madera oscura rayada y descolorida en la que hombres y mujeres suelen comer juntos.

—Aseguraos de que nadie haya robado en los almacenes de grano —les dice Leda a las sirvientas—, y dejad un poco de vino para cuando el rey vuelva de su viaje.

Las despide con un movimiento de la mano, y las sirvientas salen del salón, silenciosas como peces desplazándose en el agua.

Febe se limpia las manos en la túnica marrón y se inclina hacia su madre.

—¿Cuándo volverá nuestro padre? —le pregunta.

Filónoe y ella, que todavía son pequeñas, tienen los profundos ojos verdes y la piel aceitunada de su madre.

—Tu padre y tus hermanos volverán de los juegos esta noche —le contesta Leda saboreando un trozo de queso.

El tío de Clitemnestra ha organizado carreras en Acarnania, y jóvenes de todas las ciudades griegas se han reunido allí para participar en ellas.

«Será más aburrido que una reunión de ancianos, hermana —le había dicho Cástor a Clitemnestra antes de marcharse—. Te divertirás más aquí, cazando y ayudando a nuestra madre a administrar el palacio». Le había rozado la frente con los labios y Clitemnestra había sonreído ante su mentira. Cástor sabía cuánto deseaba ella ir.

—¿Creéis que Cástor y Polideuces han ganado algo? —pregunta Filónoe.

—Claro que sí —le contesta Timandra hundiendo los dientes en la jugosa carne de cerdo. Tiene trece años y sus rasgos son rígidos y poco interesantes. Se parece mucho a su padre—. Polideuces es más fuerte que cualquier espartano, y Cástor corre más rápido que los dioses.

Filónoe sonríe, satisfecha, y Febe bosteza mientras desliza un trozo de carne debajo de la mesa para los perros de la casa.

—Madre, ¿por qué no nos cuentas una historia? —le pide—. Nuestro padre siempre nos cuenta las mismas.

Leda sonríe.

—Que os la cuente Clitemnestra.

—¿Quieres que os cuente lo que pasó aquella vez que Cástor y yo matamos un lobo? —le pregunta Clitemnestra.

Febe aplaude.

—¡Sí, sí!

Entonces Clitemnestra cuenta sus historias, y sus hermanas la escuchan. La sangre y la muerte no las asustan porque aún son niñas que crecen en un mundo de mitos y diosas, así que todavía no entienden la diferencia entre lo real y lo que no lo es.

Al otro lado de la ventana, el cielo se ha teñido de naranja. Alguien canta en el pueblo, y el aire es cálido y agradable.

—Timandra se parece mucho a ti —le dice Helena, que está a punto de meterse en la cama.

La habitación que Clitemnestra comparte con su hermana está al final del *gynaikeion*, los aposentos de las mujeres, y tiene las paredes pintadas con imágenes sencillas: flores rojas, pájaros azules y peces dorados. Hay dos taburetes de madera, donde están sus vestidos cuidadosamente doblados, una palangana con agua y una cama de ébano egipcio que el ateniense Teseo le regaló a Helena cuando esta tenía catorce años.

Clitemnestra coge agua de la palangana con las manos para lavarse la cara.

—¿Crees que Timandra se parece a ti? —insiste Helena.

—Mmm. Sí.

—Es traviesa.

Clitemnestra se ríe secándose la frente.

—¿Estás diciendo que soy traviesa?

Helena inclina la cabeza y frunce el ceño.

—No es eso lo que quería decir.

—Lo sé.

Clitemnestra se tumba en la cama al lado de su hermana y mira al techo. A veces le gusta pensar que tiene estrellas pintadas.

—¿Estás cansada? —le pregunta.

—No —susurra Helena. Duda y respira hondo—. Nuestro padre volverá esta noche, y mañana os lo contará todo sobre las carreras a Timandra y a ti. Os quiere mucho.

Clitemnestra espera. Toca los bordes irregulares de la cicatriz que tiene en la espalda.

—Debe de ser porque yo nunca he matado nada —sigue diciendo Helena.

—No es eso —le replica Clitemnestra—. Sabes que es porque cree que nuestra madre estuvo con otro hombre.

—¿Y estuvo?

¿Cuántas veces han mantenido esta conversación? Clitemnestra suspira, dispuesta a repetir lo que le dice siempre.

—No importa. Eres hija de Leda y mi hermana. Ahora descansemos un rato.

Por más que se lo repita, Helena la escucha como si fuera la primera vez. Sonríe ligeramente, cierra los ojos y su cuerpo se relaja. Clitemnestra espera hasta que oye la respiración rítmica de Helena y se vuelve hacia ella. Mira la piel perfecta de su hermana, lisa como un ánfora lista para que la pinten, y se pregunta: «¿Cuándo empezamos a mentirnos?».

A la mañana siguiente les toca luchar. Los sirvientes limpian y aplanan la arena del *gymnasion* y después colocan una silla de respaldo alto bajo la sombra de los árboles. Las espartiatas se reúnen en una esquina del recinto. Las que están nerviosas recogen puñados de arena, y las más tranquilas se tocan viejos moratones. Clitemnestra estira los brazos y Helena le recoge el pelo para que no le caigan los mechones en la cara. Los dedos de su hermana se mueven con suavidad en su cabeza.

En lo alto de la colina, al otro lado del río y de las frescas y sombreadas montañas, el sol abrasador inunda el palacio. El patio de ejercicios está en silencio, medio oculto por rocas y hierba alta. En primavera y otoño las chicas suelen recibir aquí sus clases de música y poesía, pero ahora hace demasiado calor, el sol está muy alto y el aire caliente se pega a la piel como arena mojada.

Un pequeño grupo de hombres aparece en el camino polvoriento que lleva al palacio. Los sirvientes se alejan del patio y se agachan detrás de los árboles, y las espartiatas se quedan calladas. Clitemnestra observa a las guerreras colocándose alrededor del patio mientras su padre se sienta en la silla de respaldo alto. Tindáreo es bajo pero fuerte, con piernas musculosas. Sus ojos se detienen en las chicas, brillantes y agudos como los de un águila. Después carraspea.

—Vivís para honrar Esparta y a vuestro rey. Lucháis para tener hijos fuertes y sanos, y gobernar vuestra casa. Lucháis para demostrar vuestra lealtad a la ciudad. Lucháis por formar parte de ella. La supervivencia, el valor y la fuerza son vuestros deberes.

—La supervivencia, el valor y la fuerza son nuestros deberes —repiten las chicas al unísono.

—¿Quién empieza? —pregunta Tindáreo.

Lanza una rápida mirada hacia Clitemnestra, que se la devuelve, pero no dice nada. Su hermano le ha enseñado que es una tontería ser de las primeras en desafiar a las demás chicas. Aunque lleva años luchando con las espartiatas, siempre hay cosas que aprender sobre ellas, movimientos secretos que aún no había visto. Es importante que las observe primero.

Eupolia da un paso adelante. Elige a su adversaria, una chica delgada que Clitemnestra no sabe cómo se llama, y empiezan a luchar.

Eupolia es lenta pero agresiva. Grita e intenta agarrar a la otra del pelo. La chica parece asustada y se acerca despacio, como un gato callejero. Cuando Eupolia vuelve a extender el brazo hacia su cabeza, la chica no salta lo suficiente y el puño de Eupolia se estrella contra su mandíbula. La chica se cae y no se levanta. El combate ha terminado.

Tindáreo parece decepcionado. No va a menudo a verlas entrenar, y cuando lo hace, espera buenas peleas.

—Alguien más —dice.

Cinisca da un paso adelante y las demás chicas se apartan de ella como perros asustados. Hija de un compañero de armas de Tindáreo, es alta y tiene la nariz aguileña y las piernas fuertes. Clitemnestra recuerda la ocasión en que Cinisca intentó robarle un juguete, una figura de arcilla pintada de un guerrero, hace años, en el mercado.

—¿Con quién vas a luchar, Cinisca? —le pregunta Tindáreo.

Algo en los ojos de Cinisca hace que a Clitemnestra le hierva la sangre. Antes de que haya podido ofrecerse como voluntaria para luchar contra ella, Cinisca dice:

—Con Helena.

Las chicas ahogan un grito. Hasta ahora nadie ha desafiado a Helena porque saben que la pelea sería demasiado fácil y vencerla no sería un honor. Temen que Tindáreo intervenga en favor de su hija, aunque este no favorece a nadie. Todas lo miran esperando su respuesta. Tindáreo asiente.

—No —interviene Clitemnestra, y coge del brazo a su hermana.

Tindáreo frunce el ceño.

—Puede luchar como cualquier otra espartana.

—Lucharé yo —le replica Clitemnestra.

Helena aparta a su hermana.

—Estás avergonzándome. —Se vuelve hacia Cinisca—. Lucharé contigo.

Se recoge el pelo con manos temblorosas. Clitemnestra se muerde la mejilla por dentro con tanta fuerza que siente el sabor a sangre. No sabe qué hacer.

Helena se dirige al centro del patio y Cinisca la sigue. Se quedan un instante inmóviles entre la arena brillante y la brisa. Después Cinisca ataca. Helena salta hacia un lado, elegante y rápida como un ciervo. Cinisca da un paso atrás y se mueve despacio, pensando. Clitemnestra sabe que el luchador más peligroso es el que piensa. Cinisca se prepara para volver a atacar y, cuando lo hace, Helena se mueve en la dirección equivocada y recibe un puñetazo en el cuello. Cae hacia un lado, pero consigue agarrar la pierna de Cinisca y arrastrarla con ella. Cinisca da puñetazos a Helena en la cara una y otra vez.

Clitemnestra quiere cerrar los ojos, pero no es eso lo que le han enseñado, así que mira pensando en la paliza que va a pegarle a Cinisca en el bosque o junto al río. La tirará al suelo y le pondrá la cara morada hasta que entienda que a algunas personas no hay que tocarlas.

Cinisca deja de pegar a Helena, que se aleja gateando, con la cara hinchada y las manos ensangrentadas. «Vuela, vuela», quiere gritarle Clitemnestra, pero los ciervos no tienen alas y Helena apenas puede levantarse. Cinisca no espera a que se recupere. Vuelve a darle puñetazos y patadas, y cuando Helena intenta empujarla, Cinisca se abalanza hacia ella y la agarra del brazo.

Clitemnestra se vuelve hacia Tindáreo, que observa el combate con rostro inexpresivo. Está segura de que no va a hacer nada.

Helena grita y Clitemnestra se descubre a sí misma corriendo hacia el centro del patio. Cinisca se da la vuelta y abre la boca, sorprendida, pero es demasiado tarde. Clitemnestra la agarra del pelo y la tira al suelo con todas sus fuerzas. Cinisca levanta la cabeza, pero Clitemnestra le clava la rodilla en la columna, porque el suelo es el lugar que le corresponde. Le pasa un brazo alrededor de la cabeza y tira de ella sabiendo que Helena está medio inconsciente en la arena ensangrentada, a unos centímetros de ellas. «Se acabó», piensa Clitemnestra, pero Cinisca le agarra la pierna y le tuerce el tobillo con fuerza. Clitemnestra pierde el equilibrio y Cinisca se toma un momento para respirar, con los ojos inyectados en sangre.

—No eres tú la que tiene que pelear —le dice Cinisca con la voz ronca.

«Te equivocas». Le duele la pierna, pero el dolor no la preocupa. Cinisca se lanza hacia ella. Clitemnestra se aparta y la tira al suelo de un empujón. Se coloca de pie sobre la espalda de Cinisca para que no vuelva a levantarse. Cuando siente que el cuerpo de la chica se rinde, se aparta cojeando. A Helena le cuesta respirar y Clitemnestra la levanta de la arena. Su hermana la rodea con los brazos y Clitemnestra se la lleva. La mirada furiosa de su padre la sigue como un sabueso.

31

A Clitemnestra se le está hinchando el tobillo. Tiene el pie cada vez más morado y se le entumece lentamente. Una sirvienta se lo venda con manos rápidas, aunque suaves, sin levantar la mirada. A las personas como ella las llaman ilotas, los antiguos habitantes del valle, que son esclavos desde que los espartanos se apropiaron de sus tierras. En el palacio se ven por todas partes, con el rostro apagado y triste a la luz de las antorchas y la espalda encorvada.

Clitemnestra apoya la cabeza en la pared y siente la rabia revolviéndose dentro de ella. A veces su ira parece tan real que desearía cortarla con un cuchillo. Está enfadada con Cinisca por haberse atrevido a tocar a su hermana, con su padre por haber permitido que pegaran a Helena, y con su madre, que nunca interviene cuando la indiferencia del rey hace daño a su hija.

—Ya está —le dice la chica revisándole el tobillo—. Ahora deberías descansar.

Clitemnestra se levanta de un salto. Tiene que ir a ver cómo está Helena.

—No puedes andar —le advierte la sirviente frunciendo el ceño.

—Tráeme el bastón de mi abuela —le ordena Clitemnestra.

La chica asiente y corre hacia los aposentos del rey, donde Tindáreo guarda las cosas de su familia. Al rato vuelve con un bonito bastón de madera.

Clitemnestra no conoció a su abuelo Ébalo; solo sabe que era yerno del héroe Perseo. Sin embargo, tiene a su abuela Gorgófone grabada en la memoria. Una mujer alta y fuerte que se casó dos veces, algo inaudito en su tierra. Cuando murió su primer marido, un rey de Mesenia cuyo nombre Clitemnestra no recuerda, Gorgófone se casó con Ébalo, pese a que era mayor que él. Aun así, Ébalo murió antes que ella, y Clitemnestra recuerda el momento en que Gorgófone, envuelta en pieles de oveja, justo antes de morir, les dijo a ella y a Helena que su familia era una dinastía de reinas.

—A vosotras, chicas, os recordarán durante más tiempo que a vuestros hermanos —les aseguró Gorgófone con su voz profunda y más arrugas en el rostro que hilos en una telaraña—, como ha sucedido conmigo y mis queridos hermanos. Alceo, Méstor, Heleo... Fueron buenos y valientes, pero ¿alguien los recuerda? No.

—¿Estás segura? —le preguntó Helena. Aunque solo tenía doce años, su expresión era tan seria como la de una mujer.

Gorgófone las miró fijamente, con los ojos nublados pero atentos.

—Sois feroces y leales, pero también veo cautela en vosotras. He vivido entre reyes y héroes durante mucho tiempo, y todos se vuelven demasiado arrogantes. Cuando los hombres se vuelven arrogantes, se confían demasiado. Tarde o temprano unos traidores acabarán con ellos. —Aunque hablaba en susurros, sus palabras eran claras y sabias. Clitemnestra no podía desviar su atención de ellas—. Ambición, valor y desconfianza. Pronto seréis reinas, y esto es lo que necesitaréis si queréis sobrevivir a los hombres que desearán deshacerse de vosotras.

Gorgófone murió unas horas después. Desde entonces, Clitemnestra había dado vueltas y más vueltas a sus palabras, y las había saboreado como gotas de miel en los labios.

El tobillo le palpita. Clitemnestra se apoya en el bastón de su abuela y avanza por las salas y los pasillos de piedra. Las antorchas encendidas en las paredes proyectan sombras que parecen figuras negras pintadas en ánforas. Le duele tanto la pierna que llega al *gynaikeion* apretando los dientes. Aquí las ventanas son más pequeñas y las paredes están cubiertas de alegres pinturas. Clitemnestra se dirige al baño, donde supone que está Helena descansando, y se detiene fuera un momento. Oye voces, altas y claras.

—No te lo voy a decir —dice Helena—. No es justo.

—Lo que no es justo es que peleara contigo. Ya sabes cómo son las cosas. Si una te desafía, otras harán lo mismo.

Es Polideuces. La voz de su hermano es aguda como el filo de un hacha. Helena se queda callada. Clitemnestra oye el sonido del agua y los pasos impacientes de Polideuces, que va de un lado a otro.

—Dímelo, Helena, o se lo preguntaré a Clitemnestra.

—No es necesario —dice Clitemnestra entrando en la sala.

Helena está tumbada en una bañera de arcilla pintada. Las heridas de sus brazos están cubiertas de hierbas y tiene la cara destrozada. Tiene los labios hinchados y un ojo medio cerrado, de modo que apenas se ve el iris azul claro, como un atisbo de cielo despejado en un día nublado. Polideuces se da la vuelta. Es delgado, como Clitemnestra, aunque más alto, y su piel es del color de la miel. Como tiene veinte años, pronto dejará de entrenar e irá a la guerra.

—La que ha desafiado a Helena ha sido Cinisca —sigue diciendo Clitemnestra. Polideuces hace una mueca y se dispone a marcharse. Clitemnestra lo agarra del brazo—. Pero no hagas nada. Me he ocupado yo.

Polideuces le mira la pierna. En sus ojos hay un brillo que Clitemnestra conoce muy bien. Su hermano es como el fuego y siempre está listo para pelear.

—No deberías haberlo hecho —le dice sacudiendo una mano—. Ahora nuestro padre se enfadará.

—Conmigo, no contigo —le replica Clitemnestra, que sabe cuánto odia su hermano decepcionar a Tindáreo.

—Me ha protegido —interviene Helena—. Esa chica estaba matándome.

Polideuces aprieta los puños. Helena es su hermana favorita, siempre lo ha sido.

—No tenía otra opción —sigue diciendo Helena. Habla despacio, con el cuerpo dolorido.

Polideuces asiente y abre la boca para decir algo, pero se da la vuelta y cruza el suelo de piedra de la sala con pasos silenciosos. Helena cierra los ojos y apoya la cabeza en el borde de la bañera.

—Estoy avergonzada —dice.

Clitemnestra no sabe si está llorando. Las luces son tenues y el aire huele a sangre.

—Al menos no estás muerta —le responde Clitemnestra.

Ni Tindáreo ni ningún otro espartano estaría de acuerdo en que una vida con vergüenza sea mejor que una muerte gloriosa, pero a Clitemnestra no le importa. Ella preferiría vivir. Ya se ganará la gloria más tarde.

Encuentra a su padre en el *mégaron* hablando con Cástor y Leda. El salón es grande y está bellamente iluminado. Clitemnestra pasa cojeando por delante de las paredes con frescos en dirección al trono. Junto a ella, las figuras pintadas corren, cazan y luchan. Los colores brillan como el sol de la mañana. Jabalíes asustados, sabuesos rabiosos y héroes con lanzas y el pelo largo como olas del mar. Bandadas de gansos y cisnes vuelan por encima de las resplandecientes llanuras, y debajo de ellos galopan caballos.

Tindáreo está sentado en su trono, cerca del hogar, con una copa llena de vino en las manos, y Leda, a su lado, ocupa una silla más pequeña cubierta con pieles de cordero. Cástor está apoyado en una columna con actitud relajada, como siempre. Cuando ve a Clitemnestra, sonríe.

—Siempre te metes en líos, hermana —le dice—. Como Polideuces.

Su rostro es ya el de un hombre.

—Cinisca se recuperará pronto —interviene Tindáreo.

—Me alegro —le responde Clitemnestra, consciente de la mirada divertida de su hermano. Nada divierte más a Cástor que los líos y ver cómo riñen a los demás.

—Por suerte es una chica —sigue diciendo Tindáreo.

Clitemnestra ya lo sabe. Los hijos de los reyes pueden quemar casas, violar, robar y matar a su antojo. Pero está prohibido hacer daño a los hijos de otros nobles.

—Cinisca ha ofendido a tu hija —le dice Clitemnestra.

Su padre frunce el ceño, molesto.

—Tú has ofendido a Cinisca. No le has ofrecido una pelea justa.

—Conoces las reglas —añade Leda—. Cuando dos chicas luchan, una gana y la otra pierde.

Tiene razón, Clitemnestra lo sabe, pero los combates no siempre son tan simples. Leda les ha enseñado que en todas las peleas hay ganadores y perdedores, y no se puede hacer nada por cambiarlo. Pero ¿y si el perdedor es una persona a la que quieres y tienes que verla caer? ¿Qué pasa si no merece que la golpeen y la conviertan en polvo? Cuando Clitemnestra hacía estas preguntas de niña, su madre siempre negaba con la cabeza. «No eres un dios —le decía—. Solo los dioses pueden intervenir en estos asuntos».

—Cinisca habría matado a Helena.

Clitemnestra repite lo que ha dicho su hermana, aunque sabe que no es cierto. Cinisca solo habría hecho daño a Helena, mucho.

—No habría matado a nadie —le replica Tindáreo.

—Conozco a Cinisca —interviene Cástor—. Es una chica violenta. Una vez mató a puñetazos a una ilota.

—¿De qué la conoces? —le pregunta Leda en tono burlón.

Cástor no se inmuta. Al fin y al cabo, todos están al corriente de sus gustos. Desde hace unos años, Clitemnestra oye gemidos y susurros al otro lado de las puertas. Sirvientas e hijas de nobles guerreros han pasado por las camas de sus hermanos, y así seguirá siendo hasta que Cástor y Polideuces decidan casarse. Cuando Clitemnestra pasea por el palacio, observa a las sirvientas que llenan vasos de vino, cortan carne y friegan el suelo preguntándose cuál de ellas se habrá acostado con Cástor. Seguramente casi todas. Pero es fácil saber las que han estado con Polideuces: las que se parecen a Helena, de pelo y piel claros, y ojos como manantiales. No son muchas.

—Padre —le dice Clitemnestra—, solo he hecho lo que hacen los soldados en la guerra. Si ven a un amigo muriendo a su lado, van a rescatarlo y luchan.

Tindáreo aprieta con fuerza la copa.

—¿Qué sabes tú de la guerra? —Deja las palabras suspendidas en el aire—. ¿Qué sabes tú de nada?

—Por fin alguien le ha dado a Cinisca su merecido —le dice Cástor alegremente mientras salen del *mégaron*.

Lleva a su hermana colgada a la espalda, y Clitemnestra observa cómo le rebota el pelo mientras camina. Recuerda que lo hacían de niños, Clitemnestra a la espalda de Cástor y Helena a la de Polideuces. Los dos niños hacían carreras con sus hermanas a caballito, y se caían y se reían hasta que les dolía la cara.

—Quería matarla —le responde Clitemnestra.

Cástor se ríe.

—Bueno, siempre has tenido mal genio. Y siempre te has preocupado más de los demás que de ti misma.

—No es verdad.

—Sabes que sí. No digo que te importe todo el mundo, claro. Solo tu familia.

Llegan a los establos, cerca de la parte inferior del palacio, donde el suelo es más llano y menos pedregoso. Hay chicos entrenando, y otros dando de comer a los caballos.

—Ven —le dice Cástor—, cabalguemos un rato.

Suben ambos a un fuerte semental al que llaman Ares, como el dios de la guerra, y cabalgan por la llanura hacia el Eurotas. Dejan atrás las higueras y la tierra seca salpicada de flores amarillas y rojas, y se acercan cada vez más al río. Los cascos de Ares levantan una nube de polvo y arena hasta que por fin chapotean en el agua. Cástor cabalga deprisa, silbando y riéndose, y Clitemnestra lo agarra con fuerza. Le duele el tobillo, y el sol le calienta la cara. Cuando se detienen, Cástor la ayuda a bajar y ambos se sientan en la orilla del río, donde crecen la hierba y las flores, aunque a veces también se encuentran cadáveres podridos y descompuestos.

—Pero sabes que nuestro padre tiene razón —le comenta Cástor tumbándose boca arriba—. Cinisca tenía todo el derecho del mundo a pegar a Helena.

—No lo tenía. Helena es diferente.

—Todos somos diferentes a nuestra manera.

Los ojos de Clitemnestra buscan los de su hermano.

—Sabes lo que quiero decir.

Cástor sonríe.

—No deberías protegerla tanto. La subestimas. Si Cinisca hubiera seguido pegándole, Helena se habría esforzado más la próxima vez.

—¿Y si hubiera muerto?

Cástor levanta las cejas, divertido.

—Siempre ha habido desafíos. En ellos, los más fuertes suben y bajan, los más débiles van y vienen. Pero algunos siguen en pie. —Juguetea con una brizna de hierba y al final la arranca—. Tú has heredado la fuerza de nuestro padre y de nuestra madre, pero Helena tiene su propia fuerza. Aunque sea dulce y frágil, es astuta. No me sorprendería que nos sobreviviera a todos.

El sentido común de su hermano la reconforta, como si fuera una piedra calentándose al sol. Así ha sido siempre su vida: placeres y tristezas, juegos y carreras, con su hermano siempre a su lado dispuesto a desentrañar los misterios del mundo y reírse de ellos.

Por un momento se pregunta cómo será su vida cuando él se haya ido.

3

Un rey

Cada vez que un extraño llega a Esparta, el palacio se convierte en una casa de susurros. Las noticias viajan más deprisa que la brisa del mar, y los sirvientes hacen que todo brille como el oro. A última hora de la tarde, cuando la luz se atenúa y el aire huele a perfume, llaman a Clitemnestra para que vaya a lavarse.

—Un hombre importante va a venir a cenar —le dicen.

—¿Un guerrero? —pregunta Clitemnestra en la oscuridad del pasillo, mientras se dirigen al baño. Cada día le duele menos el tobillo y pronto podrá volver a correr y a hacer ejercicio.

—Un rey —le contestan—. Al menos eso hemos oído.

En el baño, Helena ya está lavándose en la bañera de arcilla pintada, con las heridas de los brazos cubiertas de hierbas. Su rostro vuelve a ser suave y luminoso. Solo le queda un moratón en la mejilla izquierda, cuyo hueso le rompió Cinisca. Junto a ella hay otras dos bañeras preparadas, llenas de agua hasta el borde, y detrás una anciana sirvienta prepara un jabón de aceitunas que desprende un intenso olor afrutado.

—¿Te has enterado? —le pregunta Helena.

Clitemnestra se quita la túnica y se mete en una bañera.

—Hacía tiempo que no teníamos invitados.

—Ya iba siendo hora —le comenta Helena sonriendo para sí misma. Siempre se divierte cuando llegan visitantes al palacio.

Se abre la puerta. Timandra entra en la sala corriendo, sin aliento, y salta al agua fría. Tiene las manos y los pies sucios, y el pelo alborotado. Aunque ya ha empezado a sangrar, su cuerpo sigue siendo delgado, sin rastro de curvas femeninas.

—Lávate, Timandra —le dice Clitemnestra—. Parece que hayas estado revolcándote en la tierra.

Timandra se ríe.

—Bueno, es lo que estaba haciendo.

Helena sonríe y le brilla el rostro. Está de buen humor.

—No podemos ensuciarnos en toda la noche —dice en tono entusiasmado—. Va a venir un rey rico.

La sirvienta empieza a peinarla. Sus manos con manchas marrones desenredan los mechones de Helena como si fueran hilos de oro. Timandra se busca nudos en el pelo oscuro.

—Yo puedo ensuciarme —replica mirando a Helena—. Seguro que el rey viene por ti.

—Estoy convencida de que no ha venido en busca de esposa. Querrá hacer alguna propuesta económica.

Clitemnestra se ofende. ¿Por qué Helena tiene que ser la única lista para casarse?

Como si le hubiera leído la mente, Helena añade:

—Quizá ha venido a cortejar a Clitemnestra.

Aunque sus palabras son suaves como la crema, por primera vez algo subyace en ellas, algo que Clitemnestra no termina de identificar.

—Odio a los reyes —le replica en tono despreocupado.

Al ver que nadie dice nada, Clitemnestra se vuelve hacia su hermana, que la observa con ojos implacables.

—No, no los odias —le contesta Helena—. Te casarás con un rey.

Clitemnestra quiere decirle que le importa más llegar a ser una gran reina que casarse con un rey, pero ve que Helena está dolida, como cada vez que Clitemnestra la desdeña, y sabe que es una discusión inútil. Que los orgullosos y bravucones sean los hombres. Extiende la mano y toca el hombro de Helena.

—Todas nos casaremos con un rey —le dice.

Helena sonríe y su rostro brilla como la fruta madura.

Se sientan juntas en una gran sala junto al comedor para su clase de *mousiké*, frente a un baúl lleno de flautas y liras. Su maestra, una mujer noble que suele cantar poesía mientras cenan, toca las cuerdas de una lira para enseñarles una nueva melodía. Helena frunce las cejas, concentrada. Timandra baja la mirada burlándose y Clitemnestra le da un codazo.

Es una canción sobre la ira de Artemisa y sobre el desdichado destino de los hombres que se atreven a desafiar a los dioses. La maestra canta sobre el cazador Acteón, que vio a la diosa bañándose en un manantial en las montañas y llamó a sus compañeros para que se unieran a él. Pero ningún hombre puede mirar a Artemisa sin sufrir la ira de la diosa. «Así, el cazador se convirtió en cazado —concluye la maestra—, y mientras Acteón huía adentrándose en el bosque, Artemisa lo convirtió en un ciervo».

Cuando les toca a ellas tocar y cantar, Timandra olvida la mitad de las palabras. Las voces de Helena y Clitemnestra se mezclan como el cielo y el mar, una clara y dulce, y la otra oscura y feroz. Dejan de cantar y la maestra les sonríe sin prestar atención a Timandra.

—¿Estáis listas para impresionar al extranjero en la cena?

Se vuelven y Cástor está junto a la puerta, con una sonrisa divertida.

Helena se ruboriza y Clitemnestra deja la lira.

—No te pongas celoso —le dice a su hermano—. Estoy segura de que también tendrá ojos para ti.

Cástor se ríe.

—Lo dudo. De todos modos, tu clase ha terminado, Clitemnestra. Leda está esperándote en el *gynaikeion*.

En el pasillo que lleva a la habitación de su madre hay mucho ruido —susurros de mujeres, pasos apresurados, el repiqueteo de ollas y sartenes...—, y desde la cocina llega el olor a carne con especias. Clitemnestra abre la puerta del dormitorio, entra y la cierra rápidamente. El silencio es sepulcral. Su madre está sentada en un taburete de madera mirando al techo, como si rezara a los dioses. Franjas de luz procedentes de las pequeñas ventanas tocan las paredes a intervalos e iluminan las flores blancas pintadas sobre un fondo rojo brillante.

—¿Querías verme? —le pregunta Clitemnestra.

Leda se levanta y le alisa el pelo a su hija.

—¿Recuerdas cuando te llevé al mar?

Clitemnestra asiente, aunque solo recuerda algunas imágenes: la piel de Leda, mojada por el agua cristalina, las gotas trazando caminos en sus brazos y en su barriga, y las conchas esparcidas entre las piedras. Estaban vacías. Cuando preguntó por qué, Leda le explicó que porque el animal que vivía allí había muerto y otro animal se lo había comido.

—Ese día te hablé de mi boda con tu padre, pero eras demasiado pequeña para entenderlo.

—¿Quieres volver a contármelo?

—Sí. ¿Sabes por qué los espartanos llaman así al matrimonio? —La palabra que utiliza es *harpazein*, que también significa «arrebatar».

—El hombre rapta a su mujer, y ella tiene que resistirse —le dice Clitemnestra.

Leda asiente y empieza a trenzar el pelo de su hija, que siente sus manos ásperas en la nuca.

—El marido tiene que mostrar su fuerza —le explica Leda—, pero la mujer debe demostrar que es digna de él.

—Debe someterse a él.

—Sí.

—No creo que pueda hacerlo, madre.

—Cuando tu padre vino a llevarme a su habitación, me resistí, pero él era más fuerte. Lloré y grité, pero no me hacía caso. Así que fingí ceder, y cuando se relajó, le rodeé el cuello con los brazos hasta ahogarlo. —Termina de trenzarle el pelo a su hija, que se da la vuelta. El verde de los ojos de Leda es oscuro, como los árboles de hoja perenne de las montañas más altas—. Le dije que nunca me sometería. Cuando lo solté, me dijo que valía más de lo que esperaba e hicimos el amor.

—¿Estás diciéndome que debería hacer lo mismo?

—Estoy diciéndote que es difícil encontrar a un hombre que sea fuerte de verdad. Lo bastante fuerte para no desear ser más fuerte que tú.

Llaman a la puerta y entra Helena. Lleva un vestido blanco con un corpiño que apenas le oculta los pechos. Se detiene cuando ve a su madre, temerosa de interrumpir.

—Entra, Helena —le dice Leda.

—Estoy lista. ¿Vamos? —le pregunta Helena.

Leda asiente, la coge de la mano y se dirige a la puerta. Clitemnestra las sigue preguntándose si Leda ya le ha contado a su hermana lo que acaba de revelarle a ella.

Esta noche el comedor parece diferente. Han cubierto los bancos de madera con pieles de cordero, y en las paredes cuelgan tapices en lugar de las armas de bronce. Aquí las paredes están cubiertas de cacerías reales y escenas de batalla con hombres sangrando y héroes que parecen dioses. Las sirvientas se mueven deprisa y sin hacer ruido, como ninfas alrededor de un arroyo. Tindáreo ha ordenado colgar más lámparas de aceite, que proyectan luces parpadeantes sobre la gran mesa en la que comen varios nobles espartanos y el rey extranjero.

Clitemnestra no puede apartar los ojos del desconocido. El hombre parece joven y diferente de todos los demás invitados que han pasado por el palacio. Tiene el pelo negro como la obsidiana y los ojos turquesa, como las gemas más preciosas. Tindáreo lo presenta como el rey de Meoncia, una tierra en el este, al otro lado del mar. En Grecia a los hombres como él los llaman *bárbaroi*, personas gobernadas por déspotas que viven sin libertad ni razón. Clitemnestra se pregunta si en Meoncia los reyes luchan en sus batallas, como en Esparta. No lo parece, porque los brazos del extranjero son suaves, bastante diferentes de los cuerpos llenos de cicatrices de los espartanos que lo rodean.

En la mesa han dispuesto exquisiteces poco frecuentes —carne de cabra y oveja, cebollas, peras, higos y panes con miel—, pero Clitemnestra no quiere comer. El rey de Meoncia habla con Helena, que está sentada a su lado. Cuando la hace reír, mira fijamente a Clitemnestra.

Ella desvía la mirada mientras su padre se dirige al extranjero levantando la voz por encima de las conversaciones:

—Dime, Tántalo, ¿en tu tierra las mujeres son tan hermosas como dicen?

¿Está Tindáreo intentando arreglar un matrimonio? Esparta rara vez tiene invitados de tierras tan lejanas, y el rey de Meoncia debe de ser muy rico. Tántalo no pestañea. Sonríe y dos pequeñas arrugas aparecen en las comisuras de sus ojos.

—Lo son, pero nada que ver con la belleza que encuentras aquí, en Esparta.

Vuelve a mirar a Clitemnestra. Esta vez ella le devuelve la mirada con el corazón acelerado, como si estuviera corriendo. Casi puede sentir la sonrisa burlona de Cástor al otro lado de la mesa.

—Vuestras mujeres poseen la belleza más valiosa de todas: fuerza tanto del cuerpo como de carácter. —Tindáreo levanta su copa—. Por las mujeres de Esparta —dice.

Todos repiten sus palabras, y las copas de oro brillan a la luz de las lámparas.

El sol se pone tarde en verano. De pie en la terraza que da al salón principal, Clitemnestra mira las montañas al oeste y al este. Los picos se perfilan perfectamente contra el cielo anaranjado, y después se difuminan poco a poco y se funden en la oscuridad creciente. Oye pasos acercándose a ella por detrás, pero no se da la vuelta. Tántalo aparece a su lado, como esperaba. Aunque quería que la siguiera, ahora no sabe qué decir, así que espera. Se vuelve hacia él y ve que está observando fijamente sus pendientes dorados, que al moverse le rozan el cuello y los hombros. Tienen la forma de grandes anémonas.

—¿Conoces el origen de las flores del viento? —le pregunta Tántalo rompiendo el silencio. Su voz es cálida, y su piel, oscura como el roble.

—Las llamamos anémonas —le aclara Clitemnestra.

—Anémonas —repite—. Las creó la diosa Afrodita con la sangre de Adonis, el chico del que estaba enamorada.

—Sé lo que pasó. A Adonis lo mató un jabalí.

Tántalo frunce el ceño.

—El chico muere, pero el amor de la diosa permanece. Es un recordatorio de la belleza y la resistencia en tiempos adversos.

—Es cierto, pero Adonis está muerto y ninguna flor puede reemplazarlo.

Tántalo sonríe.

—Eres realmente una mujer extraña.

«No soy extraña», quiere decirle Clitemnestra, pero se queda callada y contiene la respiración.

—Tu padre dice que eres todo lo inteligente que puede ser una mujer madura, y cuando le he preguntado a tu hermana por ti, me ha dicho que siempre sabes lo que quieres.

Clitemnestra inclina la cabeza.

—Eso sería envidiable incluso para un hombre.

La sonrisa de Tántalo desaparece y Clitemnestra teme que se aleje de ella. Pero él extiende la mano, le toca las trenzas y busca su cuello. Su mano es como una llama, pero ella quiere más. Da un paso adelante para sentir su calor. El deseo le recorre todo el cuerpo, pero no puede acercarse más. Al fin y al cabo, es un extraño. Están quietos y el mundo se mueve a su alrededor.

Las sombras se alargan en la terraza. Todo a su alrededor es suave y se desvanece mientras el cielo se fusiona con la tierra y sus rostros se diluyen como una respiración fugaz.

4

Los relatos de Tántalo

Es temprano y Clitemnestra está sentada en el *mégaron*, al lado del trono de su padre. En la sala hace calor y los frescos parecen derretirse. Le llega el olor del sudor de Tindáreo mientras sus hermanos discuten sobre un guerrero espartano que reclama como propia a la mujer de un compañero. El *mégaron* no tardará en llenarse de personas con sus peticiones diarias, y ella tendrá que escucharlas, aunque solo puede pensar en la mano de Tántalo en su cuello. Fue como si la hubiera tocado una estrella.

—El guerrero tiene que pagar —dice Polideuces en voz alta.

Clitemnestra se frota los ojos e intenta concentrarse.

—Siempre eres demasiado vengativo, hijo mío —le contesta Tindáreo. Está comiendo uvas de un cuenco, y el zumo le mancha la barba—. No se puede gobernar solo con terror.

—¡Estamos hablando de un hombre que le ha robado la mujer a otro! —exclama Polideuces.

—Quizá la mujer se ha ido con él voluntariamente. —Cástor sonríe—. Asegúrate de que pague a su compañero en oro y déjalos tranquilos.

—Si su castigo es solo dinero, ¿qué lo detendrá la próxima vez que quiera follarse a la mujer de otro? —le pregunta Polideuces—. Pero si le quitas a su hijo o a su mujer y le muestras que él también puede perder a sus seres queridos, obedecerá. No pedirá perdón, lo suplicará.

—El hombre no tiene mujer —puntualiza Cástor—. Es viudo.

Tindáreo suspira.

—¿Qué sugieres, Clitemnestra?

Ella se incorpora.

—Llama a la mujer. Pregúntale qué ha hecho y por qué.

Sus hermanos se giran hacia ella rápidamente.

—¿Y después?

—Después actuad en consecuencia. —Como nadie dice nada, continúa—: ¿Estamos en Esparta o en Atenas? ¿Nos enorgullecemos de nuestras mujeres fuertes y libres o las encerramos en casa para que se vuelvan frágiles e inútiles?

Cástor frunce el ceño.

—¿Y si la mujer asegura que se ha ido con otro hombre voluntariamente?

—Entonces tendrá que pedirle a su marido que perdone al hombre. Si este la violó, le pedirá disculpas a ella, no a su marido.

Tindáreo asiente y el rostro de Clitemnestra resplandece de orgullo. Su padre rara vez hace caso a nadie más.

—Pues id a ver a esa mujer —les ordena Tindáreo a Cástor y Polideuces. Clitemnestra se dispone a levantarse, pero su padre la detiene—. Tú quédate.

Cuando sus hermanos han desaparecido, Tindáreo le ofrece uvas. Tiene las manos grandes y callosas.

—Clitemnestra, quiero preguntarte por el rey de Meoncia.

Ella coge las uvas maduras y se las traga manteniendo el rostro lo más inexpresivo posible.

—¿Qué pasa con él?

—Ya hemos hablado del acuerdo por el que ha venido y puede volver a su casa. Pero me dice que le gusta pasar tiempo contigo. —Se detiene y después sigue diciendo—: ¿Qué quieres tú?

Clitemnestra se mira las manos, los largos dedos cubiertos de pequeños cortes, y las palmas, más suaves que las de su padre. «¿Qué quiero yo?».

—Pronto muchos hombres de Esparta pedirán tu mano —le dice Tindáreo—. Nuestro pueblo te quiere y te respeta.

—Lo sé.

Como no dice nada más, Tindáreo le pregunta:

—Pero ¿quieres que Tántalo se quede?

Espera su respuesta pacientemente, metiéndose uvas en la boca hasta que se vacía el cuenco.

—Sí, padre —le contesta por fin—. Quiero que se quede un poco más.

Se obsesiona con Tántalo. Desea su contacto cuando está cerca de ella, y cuando no lo está, se distrae y se descubre pensando en sus ojos y en su cuerpo delgado como nunca había pensado en nadie.

Helena no lo entiende, pero ¿cómo iba a entenderlo? Clitemnestra sabe muy bien que ella es la mayor obsesión de su hermana. Para Helena, todos los hombres son iguales: fuertes, violentos y excitados por su belleza, pero nada más. No sienten el desafío de conquistar su corazón, la ven solo como un premio, el más valioso, pero un premio al fin y al cabo, como podría serlo una vaca o una espada. Pero Tántalo ha visto en Clitemnestra algo que ama y desea, y parece dispuesto a hacer cualquier cosa por tenerlo.

—No es diferente de los demás —le dice Helena mientras atraviesan a toda prisa la estrecha calle de talleres de artesanos y tiendas a las afueras del palacio. La calle lleva a la plaza donde los tejedores y los tintoreros hacen sus recados.

—Creo que es diferente, pero ya veremos —le responde Clitemnestra avanzando a saltos por la calle empedrada.

—¡Más despacio! ¿Por qué corres? —le pregunta Helena jadeando.

Clitemnestra sabe que Tántalo está en los establos y espera que siga allí cuando vuelvan al palacio.

—Tenemos que recoger la túnica de nuestra madre antes de que se ponga el sol. ¡Date prisa! —exclama saltando de la oscuridad de la estrecha calle a la luz de la plaza.

Aunque se acerca el final del verano, el sol es intenso y cegador. Clitemnestra se detiene de repente y Helena choca contra ella.

—Oh, venga ya —le dice—. Quieres volver para ver a Tántalo.

Clitemnestra coge a su hermana del brazo y tira de ella hacia la plaza. Se detiene frente a la tienda de los perfumistas para mirar las hierbas aromáticas y los árboles frutales plantados en un patio interior. Sigue tirando de Helena, dejan atrás las tiendas de los tintoreros, con pieles de animales colgando junto a las puertas, y llegan a una tienda más pequeña, en una esquina. Vende telas, dominio de hilanderos y tejedores. Dentro, en el local grande y bien organizado, unas mujeres trabajan la lana y el lino.

—Venimos a buscar el nuevo *chitón* de Leda —dice Clitemnestra en voz alta y clara.

Una mujer de pelo negro y piel clara deja a un lado la lana en la que estaba trabajando y se acerca a ellas.

—Bienvenidas, princesas —les dice. Las conduce a la parte de atrás de la tienda, donde mujeres mayores trabajan en grandes telares—. Esperad aquí. —Y desaparece detrás de una cortina.

—¿Cuándo se marchará Tántalo? —le pregunta Helena a su hermana—. Los invitados nunca se quedan tanto tiempo.

—Puede que no se marche —le responde Clitemnestra.

Detrás de ellas, las mujeres susurran. Clitemnestra se da la vuelta para intentar captar lo que dicen, pero se callan de inmediato y se centran en sus telares. Helena se ruboriza y agacha la mirada.

—¿Qué han dicho? —le pregunta Clitemnestra.

—No importa —susurra Helena.

Antes de que Clitemnestra haya podido insistir, la mujer vuelve con una túnica carmesí en las manos.

Clitemnestra la coge y se vuelve hacia su hermana.

—Vamos. Debemos volver.

Helena murmura algo, pero en cuanto dice la primera palabra, las mujeres vuelven a susurrar. Las chicas salen de la tienda, seguidas por los ojos de las tejedoras.

Fuera, en la plaza, Helena se adelanta. Parece preocupada, así que Clitemnestra la deja tranquila. Está impaciente por dejar la túnica junto a la puerta del palacio y correr a los establos.

—No has oído lo que han dicho, ¿verdad? —le pregunta Helena de repente.

Como sigue delante de ella, Clitemnestra no puede verle la cara.

—No.

—Esas mujeres me han llamado *teras*. —La palabra le corta los labios. Significa «presagio», como un arcoíris que aparece por encima de las nubes, pero también «monstruo», como una gorgona, la criatura con serpientes por pelo—. También lo han dicho en el *gymnasion*.

Clitemnestra se enfada.

—¿Por qué? ¿Por qué lo dicen?

Helena se da la vuelta. Tiene las mejillas coloradas y los ojos llenos de lágrimas. Es doloroso ver su rostro, la tristeza que destila.

—Creen que Tindáreo no es mi padre. Que nací después de que Zeus violara a Leda. Lo creen, pero no me lo dicen a la cara.

Clitemnestra respira hondo.

—Volvamos a la tienda.

Su hermano tiene razón: algunas personas merecen una lección.

—Creía que tenías prisa por ver a Tántalo —le contesta Helena en tono amargo.

Y sigue caminando a toda velocidad por la calle adoquinada que conduce al palacio. Clitemnestra se queda a la luz cegadora de la plaza, con la túnica de su madre arrugándose en sus manos. Desearía que la luz la quemara para que Helena pudiera ver su dolor.

Cuando Clitemnestra llega a los establos medio desiertos, Tántalo está dando de comer a un semental castaño. Se dirige hacia él despacio, como si no hubiera vuelto al palacio corriendo. Él la ve, le da al caballo un último puñado de heno y se gira hacia ella.

—Acabo de enterarme de que hace poco te hirieron en una pelea —le dice.

—No fue nada. Me torcí el tobillo.

Los ojos de Tántalo son de un azul claro, como una piedra preciosa que capta la luz, siempre diferentes, pero seguros, como el agua cristalina de la orilla, nunca demasiado profunda y nunca demasiado aterradora.

—¿Tú luchas? —le pregunta Clitemnestra.

—Sí, pero no como vosotros. Luchamos con armas.

—¿Y qué pasa cuando alguien te ataca y no tienes armas?

Tántalo se ríe.

—Estamos rodeados de escoltas.

—Ahora no hay escoltas.

Él sonríe y abre los brazos.

—Pelea conmigo si quieres. Así veremos si los *bárbaroi* nos merecemos el nombre que nos habéis dado. —No habla enfadado ni con desprecio—. Pero te advierto que me temo que no soy rival para ti.

Clitemnestra se queda sorprendida. No conoce a ningún hombre que hable así.

—Entonces quizá deberíamos luchar con armas.

Tántalo avanza un paso, dos, tres.

—Oh, estoy seguro de que serías aún más fuerte. He oído que siempre luchas para ganar.

—¿Y tú no?

Ahora Tántalo está tan cerca que puede ver las pequeñas arrugas alrededor de sus ojos.

—Nunca he tenido que luchar para ganarme nada. Es mi condena y mi debilidad.

Clitemnestra vuelve a sorprenderse. Los hombres a los que conoce no hablan de sus debilidades. Piensa en lo que acaba de decirle. Le cuesta imaginar una vida así.

—Me doy cuenta de que contigo debe ser diferente —añade Tántalo—, así que lo intentaré una y otra vez, si me dejas.

—¿Y si no?

—En ese caso volveré a Meoncia. Y habré aprendido lo doloroso que es no tener lo que deseas.

—Te iría bien.

—No estoy tan seguro.

Clitemnestra se inclina hacia atrás, aunque quiere tocarle la cara. Quiere sentir su suave piel bajo su mano y apretar su cuerpo contra el de él. Pero todo lo bueno debe esperar, así que se marcha con las manos vacías.

Empiezan a ir juntos al río, día tras día. Pasean bajo el sol poniente de la tarde, cuando la tierra aún está caliente bajo sus pies. Se sientan con los pies colgando en el agua y las cañas haciéndoles cosquillas en la espalda, y Tántalo le cuenta anécdotas de personas a las que ha conocido y de tierras por las que ha pasado, de los dioses a los que adora y de los mitos que le gustan. Le habla de los hititas, con sus carros de guerra y sus dioses de la tormenta. Le describe Creta, su imponente palacio, con todas las paredes cubiertas de vivos colores y dibujos que el sol calienta. Le habla del primer gobernante de Meoncia y de su orgullosa hija Níobe, a cuyos siete hijos e hijas mató Artemisa.

—Como Níobe no dejaba de llorar —le dice Tántalo—, los dioses la convirtieron en piedra. Pero aun así el agua brotaba sin cesar de la roca.

Le habla de la Cólquide, la maravillosa tierra de Eetes, hijo del sol, y de los hechizos con los que aterroriza a su pueblo.

—Guerreros de polvo luchan para él, y también dragones. Ahora tiene una hija, Medea. Dicen que es peligrosa, que es bruja, como su padre.

—Puede que no sea peligrosa —le comenta Clitemnestra.

—Puede —le contesta Tántalo—, pero los niños cuando crecen suelen ser como sus padres.

—¿Y qué me cuentas de tus padres?

Tántalo le habla de los gobernantes de Meoncia, los padres de las monedas de oro y de plata. Clitemnestra se da cuenta de que le gusta contar estas historias. A ella no le importan mucho los mitos. Ha crecido con su padre y sus hermanos, que ven el mundo sin hechizos ni fantasías. Pero Tántalo es un excelente narrador, así que lo escucha.

Mientras él habla, a ella le sorprende lo maravilloso y aterrador que resulta estar pendiente de cada una de sus palabras, y desea escucharlo para siempre. Es como saltar desde un precipicio y caer con el corazón acelerado, pero deseando más.

Durante los días siguientes, Clitemnestra observa a sus padres como nunca antes lo había hecho.

Cuando entran plebeyos en el *mégaron* con sus peticiones,

Leda habla y da órdenes, pero solo si Tindáreo le pide su opinión. En la cena, cuando él mira a las sirvientas con tanta indiscreción que su mujer se da cuenta, Leda apura su vino en silencio, aunque sus ojos echan chispas, como si estuviera a punto de explotar. Clitemnestra ve que su madre desafía a su padre, y que a él le gusta, pero solo hasta cierto punto. Juega demasiado con el lobo y te arrancará el brazo.

Clitemnestra los observa sintiéndose como una tejedora que teje hilo tras hilo, impaciente por ver el tapiz terminado. Ve que su madre puede ser dos personas diferentes, y que la mejor versión aparece cuando su padre no está.

¿Es lo que sucede cuando una mujer se enamora y se casa?, se pregunta Clitemnestra. ¿A esto se rinden las mujeres? Toda su vida le han enseñado a ser valiente, fuerte y resistente, pero ¿deben mantener a raya estas cualidades con el marido? Aunque también es cierto que su padre la escucha cuando habla, y Tántalo la mira como si fuera una diosa.

Sus pensamientos arden y parpadean, y ella intenta sofocarlos.

Le da igual lo que hagan Leda y Tindáreo. Su abuela le dijo que será reina, y así será.

No se inclinará ante nadie. Su destino será el que ella quiera que sea.

Sus hermanos deben marcharse. Una expedición heroica, a la rica Cólquide. Un mensajero llega a darles la noticia al amanecer, con la túnica cubierta de sudor tras el largo viaje. Clitemnestra observa desde la terraza cómo desmonta del caballo y se encuentra con Cástor y Polideuces en la entrada del palacio. No han tenido visitas desde la llegada de Tántalo, y le sorprende ver que el hombre se queda en la puerta hablando con sus hermanos en lugar de entrar inmediatamente a ver al rey.

Más tarde, Cástor la lleva a la orilla del río. Parece sumido en sus pensamientos, y sus ojos son oscuros a la luz de la mañana.

—El mensajero era para ti y Polideuces —le dice Clitemnestra.

Él asiente.

53

—Nos vamos a la Cólquide. Nos han pedido que nos unamos a un grupo de jóvenes griegos.

—Tántalo me ha hablado de la Cólquide —le dice ella—. La gobierna un rey malvado.

—Eetes, sí —le confirma Cástor.

—Es experto en pociones. Utiliza hierbas que crecen en los bosques para producir cambios en el mundo.

—¿Cómo sabes estas cosas?

—Tántalo dice que en el este todo el mundo lo sabe.

—¿Qué hacen esas hierbas?

—Curan tanto a animales como a personas y les devuelven la vida. Pero también causan dolor.

Cástor no dice nada. Observa a un grupo de chicos haciendo carreras a lo lejos.

—¿Cuándo os marcharéis? —le pregunta Clitemnestra metiendo los pies en el agua.

—Pronto. Dentro de diez días.

—¿Y cuándo volveréis?

Cástor se sienta a su lado.

—Aún no lo sé. Será una de las mayores expediciones de todos los tiempos. Hablarán de ella en el futuro.

—Así que estaréis lejos mucho tiempo —le dice Clitemnestra.

Cástor pasa por alto su comentario.

—Jasón de Tesalia está al mando. La tripulación será de cuarenta hombres o más.

—¿Jasón?

Recuerda a las mujeres del palacio hablando del hijo del legítimo rey de Yolcos. Era una de esas historias que a la gente le encantaba contar una y otra vez: un gobernante sediento de poder que desea eliminar todas las amenazas al trono, y una madre desesperada por salvar a su hijo. Cuando Jasón nació, su tío Pelias ordenó que lo mataran, por lo que su madre y las sirvientas se agruparon alrededor del bebé y se lamentaron como si hubiera nacido muerto. Por la noche salió del palacio sin que la vieran, escondió a su hijo en el bosque y rezó para que alguien lo rescatara. Desde entonces nadie había oído hablar de él.

—Está vivo —le cuenta Cástor—, y recuperará su reino. Pero antes debe ir a la Cólquide.

—¿Qué busca?

—Un vellocino de oro. —Como Clitemnestra alza las cejas, escéptica, Cástor se lo explica—. Se rumorea que el rey Eetes tiene el vellón de un carnero con lana de oro. Muchos han intentado robarlo, pero nadie lo ha conseguido. El tío de Jasón quiere que lo encuentre y se lo lleve. Si lo conseguimos, le entregará el trono de Yolcos.

—¿Por qué vais con él? —le pregunta Clitemnestra—. Esa pelea no es asunto vuestro.

—Todo hombre de valor estará allí. Todo aquel que quiera que lo recuerden.

«¿Y qué pasará conmigo? ¿Me olvidarán?». Pero recuerda las palabras de su abuela: «A vosotras, chicas, os recordarán durante más tiempo que a vuestros hermanos». Se mete en el agua sintiendo piedras cubiertas de musgo bajo sus pies.

—¿Te gusta ese rey, ese Tántalo? —oye que le pregunta Cástor.

Clitemnestra se ríe, pero no le contesta.

—Él te quiere, creo —añade Cástor.

—Yo también lo creo.

—¿Vas a casarte con él?

—Meoncia está lejos —le responde Clitemnestra.

Cástor inclina la cabeza y la mira, muy serio.

—La Cólquide también está lejos. ¿Y qué? ¿Nos quedamos en Esparta y nos pudrimos hasta el fin de nuestros días?

Clitemnestra oye a Helena jadeando detrás de ella. Le tiende la mano para ayudarla a subir por el sendero del bosque. Las hojas crujen bajo sus pies y el sol se filtra a través de los árboles. Junto a arroyos y troncos caídos, las fresas silvestres brillan a la sombra en un tono rojo sangre.

El ambiente en el *gymnasion* era insoportable, con grupos de espartiatas murmurando a espaldas de Helena mientras entrenaban. En cuanto terminó la danza, Clitemnestra cogió del brazo a su hermana y la condujo por el sendero que lleva a la cima del monte Taigeto. Sabía que si se hubiera quedado allí más tiempo, no habría podido controlarse.

Suben a la cima, donde el aire es frío y húmedo, y los árboles atraviesan el cielo como lanzas. Clitemnestra se detiene para sentarse en una gran roca, y Helena se arrodilla a su lado con el pelo dorado empapado en sudor y salpicado de ramitas. Desde aquí arriba, el valle es marrón y suave, y las manchas de tierra seca y amarilla parecen cicatrices en la espalda de un guerrero.

—¿Sabes lo de Cástor y Polideuces? —le pregunta Helena.

Polideuces debe de habérselo contado. Clitemnestra asiente.

—¿Estás preocupada? —vuelve a preguntarle.

—No —le responde Clitemnestra.

Un águila vuela por encima de sus cabezas con un ratón muerto en el pico. Clitemnestra la observa hasta que desaparece zambulléndose desde el cielo en las profundidades del bosque.

—Ojalá pudiera marcharme yo también —le dice Helena—. Ojalá pudiera irme con ellos.

—¿Para ir a la Cólquide?

—¿Por qué no?

Clitemnestra se encoge de hombros.

—Yo quiero ver Cnosos. O las colonias fenicias. O Meoncia.

—Meoncia —repite Helena.

Clitemnestra se acuclilla en la roca, consciente de que su hermana está mirándola.

—¿Quieres casarte con Tántalo? —le pregunta Helena. En su voz no hay celos ni ira, solo sorpresa.

«¿Por qué le sorprende? —piensa Clitemnestra—. ¿Creía que iba a casarme con un rey cualquiera o con un espartano? No... Quiero estar con un hombre diferente, un hombre que me haga mirar el mundo con placer y que me muestre sus maravillas y secretos».

—Veo cómo cambias cuando estás con él —le comenta Helena.

—¿Cambio para bien o para mal? —le pregunta Clitemnestra.

Helena desvía la mirada y se alisa la túnica. Clitemnestra sabe que su aplomo oculta tristeza y miedo. Pero su hermana ha aprendido a mantener la oscuridad bajo la superficie, como las algas se esconden bajo el mar.

Cuando vuelve a mirarla, Helena sonríe.

—Creo que para bien.

En la cena, Cástor y Polideuces anuncian su inminente partida. Tindáreo y Leda los besan. Los nobles espartanos los aplauden.

—Nos iremos cuando llegue la noticia de que Jasón está listo en Yolcos —les explica Cástor, y todos los aclaman golpeando la mesa con las copas.

Las sirvientas llevan vino en jarras de oro y bandejas de pan, carne, higos y queso.

—Servíos, parientes y miembros del clan de Esparta —dice Tindáreo—. ¡Esta noche celebramos la expedición de mis hijos!

Otra ronda de aplausos y alegres gritos. Helena toma un sorbo de vino en silencio mientras Polideuces le susurra al oído. Clitemnestra los observa.

—¿Estás triste? —le pregunta Tántalo.

Clitemnestra se vuelve hacia él.

—Veo que estás triste porque se marchan —le dice. La mira fijamente y espera, como si estuviera listo para sujetar sus sentimientos y secretos en sus manos.

—Allí serán felices —le contesta—. Nacieron para esto.

—¿Para qué?

—Para ser grandes guerreros. Héroes.

—¿Y tú?

—Yo no nací para formar parte de la expedición de otro hombre.

—¿Y para qué naciste?

Clitemnestra espera un momento antes de responder.

—Mi abuela me dijo una vez que he nacido para gobernar.

Tántalo sonríe.

—Todos los gobernantes deben aprender a seguir a otros antes de liderar.

—¿Pasaste mucho tiempo siguiendo a otros antes de ser rey?

Él se ríe y le coge la mano. A ella le arde la piel en cuanto la toca. Después la suelta y come mientras la sala se llena de charlas de borrachos.

A medida que el sol se hunde en la tierra seca, el salón va quedándose en silencio. Los perros se comen las sobras del suelo. Platos sucios, cuencos y copas medio llenas de vino cubren la mesa. Leda y Tindáreo ya han desaparecido a sus aposentos, y ahora los últimos nobles borrachos se marchan tambaleándose y arrastrando a sus mujeres.

Fuera está oscuro, pero el salón de techo alto todavía está iluminado. Cástor le tiende a Tántalo una jarra de oro con una sonrisa traviesa.

—Bebe un poco más.

Él la coge.

—Si estás intentando emborracharme, no vas a tenerlo fácil.

—¿En Meoncia bebéis mucho? —le pregunta Helena, que está tumbada en el banco de madera, con la cabeza en el regazo de Polideuces.

—Bebemos hasta morir —le contesta Tántalo.

Cástor y Clitemnestra se ríen. Ella pasea por el salón, iluminada a intervalos por las antorchas. Tántalo la sigue con la mirada.

—Entonces no podemos dejar que nuestra hermana se vaya contigo —le replica Cástor—. No queremos que se muera por beber demasiado vino.

Aunque le arden las mejillas, Clitemnestra sonríe.

—No deberías preocuparte, Cástor. Sabes muy bien que puedo pelear contigo incluso después de haberme bebido dos jarras.

Cástor salta hacia su hermana e intenta levantarla en broma, pero ella le agarra el brazo y se lo dobla detrás de la espalda. Él se ríe y la empuja.

Helena bosteza y Polideuces se levanta.

—Me voy a la cama —dice.

Una sirvienta de pelo oscuro entra en la sala y lo mira, esperanzada, como si estuviera esperando a que se la llevara con él. Polideuces la ignora y le tiende la mano a Helena.

—Bueno, yo también me voy —dice Cástor dirigiéndose hacia la sirvienta—. Parece que al final esta noche voy a tener compañía.

Helena se detiene junto a la puerta y mira a Clitemnestra y a Tántalo. Abre la boca para decir algo, pero la cierra y coge de la mano a Polideuces. Se van juntos, y Helena gira la cabeza una vez más antes de desaparecer al otro lado de la puerta.

Clitemnestra se apoya en la pared ante la atenta mirada de Tántalo. Ahora están solos, uno frente al otro. Ella espera, aún bajo la luz de una antorcha, y él se acerca a ella. Cuando está lo bastante cerca para tocarla, habla tan bajo que sus palabras parecen un suspiro.

—Dime lo que quieres, Clitemnestra. —Ella se muerde el labio, en silencio, así que Tántalo añade—: Me voy también yo, si es lo que deseas.

Él entiende que a ella le gusta el poder y se lo está dando. Ella se pregunta si es un truco o un juego. Pero aunque lo sea, no le importa. Es buena jugando y puede jugar a este.

—Quédate —le contesta.

Ya ha estado con un hombre, un chico no mucho mayor que ella. Fue en una fiesta del pueblo, una noche de verano. Las estrellas cubrían la bóveda del cielo e iluminaban a los aldeanos, que bailaban y saltaban en la hierba amarilla. Helena, Clitemnestra, Cástor y Polideuces habían observado, cautivados por los golpes secos de los pies, las caras pintadas de los aldeanos. Después Helena dio palmas y cantó al ritmo, y pronto los cuatro estaban bailando y riéndose cogidos de la mano.

Bebieron hasta que las estrellas giraron y la pintura de los aldeanos parecía un sueño. Helena y Polideuces siguieron bailando juntos, y Cástor desapareció con la belleza del pueblo, una chica mayor que él de ojos grandes, como la diosa Era. Un chico de rizos oscuros cogió a Clitemnestra de la mano, y ambos corrieron a esconderse entre la hierba alta, con el cuerpo ardiendo de excitación.

Después, mientras temblaban bajo la luna silenciosa y el placer se desvanecía lentamente, el chico le preguntó si podía volver a verla. Ella negó con la cabeza. Le llegaba el olor a higuera, barro, jazmín y sudor. El chico se durmió enseguida y ella lo dejó allí, soñando bajo los árboles.

Caminó por el pueblo, impaciente por encontrar a sus hermanos. Helena y Polideuces se habían ido, pero encontró a Cástor sentado solo en el campo de árboles frutales, con una ligera sonrisa en los labios. Se tumbó a su lado, con la cabeza en su regazo y frutas brillantes colgando por encima de ella como pequeños soles. Sentir la mano de Cástor en la cabeza la tranquilizó. Durmió acurrucada junto a su hermano hasta que amaneció y los aldeanos los despertaron.

Clitemnestra se despierta en la oscuridad de una habitación que no reconoce de inmediato. No hay velas encendidas y las delgadas cortinas bailan con las ráfagas de viento. Se incorpora apoyándose en un brazo, y un mechón de pelo cae sobre la cara de Tántalo, que sonríe sin abrir los ojos. Aun así, ella siente que la ve.

—No duermes mucho —le dice él.

—Me gusta pensar.

—Te gusta observar.

Clitemnestra se pregunta cómo contestarle. Suele ser buena respondiendo, pero él parece aún mejor. «Debe de ser porque habla de mí, no de sí mismo». Mira las pestañas oscuras de Tántalo, incluso más pobladas que las suyas. Él abre los ojos, y las pestañas brillan como el mar a la luz de la luna.

—Y cuéntame —le dice sonriendo—, ¿qué ves?

Ella vuelve a tumbarse y mira fijamente el techo desnudo.

—A un extranjero que no lo parece, y a una espartana que parece extranjera en su propio palacio.

Tántalo se ríe y le besa el cuello, las mejillas y la clavícula.

Un rey siempre es un rey, incluso cuando está lejos de casa, piensa Clitemnestra. ¿Y una reina? ¿Qué convierte a una chica en reina? Sin duda es una mujer que puede protegerse a sí misma y a su pueblo, que imparte justicia a los que la merecen y castiga a quienes la traicionan.

Nota la cabeza embotada. Tántalo huele a vino especiado y

sabe a menta, la que utilizan en la cocina para dar sabor a las comidas insípidas. Tiene la cabeza apoyada en su hombro, y ella se siente como si volara, como un pájaro atravesando el cielo azul oscuro.

Por un momento piensa en Helena, sola en su habitación. En todas las noches que se han quedado despiertas preguntándose cómo sería estar con un rey.

Aparta el pensamiento y se pega a Tántalo.

5

La prima inteligente

La boda debe celebrarse enseguida, antes de que Cástor y Polideuces se marchen. Tindáreo da su permiso fácilmente. Leda es la única reacia.

—Tántalo no es fuerte —le dice mientras come albaricoques maduros en el *mégaron*.

Febe y Filónoe corren a su alrededor jugando con palos. Tienen los pies cubiertos de barro y el pelo alborotado. Rayos de sol acarician los frescos haciendo brillar los colores como gotas de lluvia en la hierba.

—Tiene una fuerza diferente —le replica Clitemnestra—. Es inteligente y curioso.

Leda levanta las cejas y Clitemnestra sabe que está preguntándose cómo puede comparar la curiosidad con la fuerza.

—¿Crees que sería un padre adecuado? —le pregunta su madre.

—Mucho mejor que cualquier espartano.

Leda frunce el ceño, pero no dice nada. Llama a Febe y Filónoe, que llegan enseguida con las túnicas manchadas de zumo de albaricoque.

—Id a bañaros —les ordena Leda—. Mañana será un día importante. Vuestra hermana se va a casar.

Febe aplaude, encantada, pero a Filónoe no podría importarle menos. El matrimonio le queda muy lejos.

—Venga, daos prisa —insiste Leda.

Las chicas se marchan corriendo. Antes de que Febe desaparezca más allá de la puerta, se da la vuelta, hosca, mientras Filónoe le tira del pelo. Clitemnestra le guiña un ojo.

—Mañana no vendrá mucha gente —le dice Leda—, pero tu padre dice que su hermano y tu prima Penélope llegarán esta noche.

—Prefiero que no haya mucha gente.

—Lo sé. Yo también lo prefería cuando tenía tu edad.

Clitemnestra se arrodilla junto al trono y apoya la cabeza en el regazo de su madre.

—No estás segura de esta unión —le dice—, pero confía en mí, madre.

Leda suspira.

—Eres tan testaruda que no sirve de nada llevarte la contraria.

Después de la cena, su tío, el rey Icario, y la hija de este llegan de Acarnania, una tierra de colinas verdes y ríos resplandecientes al norte del Peloponeso, cerca de Etolia. Clitemnestra y Helena oyen a Tindáreo dándoles la bienvenida en el salón e instándolos a descansar tras el viaje. Les han ordenado que esperen a su prima Penélope en el *gynaikeion*, donde le han guardado panes sin levadura y miel.

Penélope es de la edad de Clitemnestra. Parece dulce y delicada, pero es inteligente y obstinada como el rosal trepador que crece en las paredes del palacio. Cuando eran pequeñas, pasaban mucho tiempo juntas. Penélope era más como Helena, una niña educada y tranquila, aunque ambas encontraban la manera de decir lo que pensaban y de reclamar su espacio. Clitemnestra lo respetaba.

—Bienvenida, prima —le dice Helena cuando Penélope llega envuelta en una capa marrón oscura y con un velo claro alrededor del rostro.

—Me alegro mucho de veros.

Penélope se sienta en el taburete de madera que le ofrece Clitemnestra, se quita el velo y deja al descubierto su pelo castaño con mechas, como el pelaje de un lince. Ha cambiado desde la última vez que la vieron. Sigue siendo bajita y todavía tiene la cara almendrada y la mirada amable, pero su cuerpo ha desarrollado suaves curvas adolescentes.

Helena empuja el cuenco de panes hacia ella y Penélope coge uno despacio, como si no tuviera hambre. Mientras parte un trozo, clava sus dulces ojos en Clitemnestra.

—Felicidades. Me han dicho que vas a casarte con un extranjero.

—Sí. Con el rey Tántalo de Meoncia.

Algo brilla en los ojos de Penélope, como el repentino destello de la plata bajo la luz de las antorchas.

—Así que te marchas.

—Sí, pero no pronto.

Penélope asiente con rostro impasible. Clitemnestra conoce bien esa expresión. Cuando eran niñas, Penélope siempre la seguía e intentaba que no tomara decisiones precipitadas. Cuando no lo conseguía, se inventaba excusas para su prima ante los mayores. Era muy buena mintiendo.

—¿No te parece bien? —le pregunta Clitemnestra.

Penélope sonríe.

—Nunca pensé que serías la primera en casarte, eso es todo. Pero me alegro por ti.

—Debes de estar cansada —le dice Helena a su prima.

—Un poco —admite Penélope—. Pero hacía mucho tiempo que no os veía. Tenemos mucho que contarnos. —Las mira fijamente con expresión pensativa. Después coge la mano de Clitemnestra—. Bueno, háblame de Tántalo. Quiero saberlo todo.

El día de la boda, el amanecer es claro y dorado. Al otro lado de las ventanas, los árboles son amarillos y naranjas, y las orillas del Eurotas están cubiertas de barro. En el *mégaron*, las mesas están llenas de barreños con gansos y patos, codornices y jabalíes, higos y pasteles, cebollas, uvas y manzanas dulces. Por todas partes hay jarrones con flores frescas, y la puerta y las ventanas están abiertas de par en par para que la luz haga justicia a los frescos.

La sala se llena enseguida de ricas familias espartanas. Tindáreo y Leda les dan la bienvenida y les ofrecen vino. La mayoría pregunta qué gana Esparta con este matrimonio y qué propuestas económicas ofrece el rey de Meoncia. Clitemnestra no les presta atención. Se queda junto a la ventana más grande con Helena y Penélope. Penélope está muy guapa con su vestido azul lapislázuli, mientras que Helena lleva una sencilla túnica blanca y el largo pelo brillante alrededor de los hombros. Ha hecho todo lo posible por no eclipsar a su hermana. Clitemnestra se ha puesto los pendientes que llevaba la noche que conoció a Tántalo, y un estrecho cinturón dorado le ciñe el vestido blanco.

—Nuestra prima Penélope ha crecido —comenta Cástor acercándose a las chicas con Polideuces y varios jóvenes espartanos.

Penélope acepta el beso de su primo con una sonrisa y observa a los otros chicos con una mirada brillante como la luna en una noche sin estrellas.

—Pronto te casarás tú también, supongo —le dice Cástor.

—No antes de que encuentre a un hombre que me respete de verdad —le contesta Penélope. Cástor abre la boca, pero Penélope es más rápida—. ¿Y tú, primo? ¿Aún te queda lejos el matrimonio? —Su tono es suave y prudente. No parece que quiera discutir con él, como suele hacer Clitemnestra.

Cástor se ríe.

—¿Por qué sentar la cabeza habiendo tantas espartanas? Mira esta sala. Está llena de mujeres.

—¿No te has acostado ya con todas ellas? —Polideuces resopla.

Cástor lo mira fijamente.

—Creo que todavía no —le contesta. Los hombres que lo rodean sueltan una carcajada y Penélope sonríe—. Bueno, si nos disculpáis... —Se dirige hacia un grupo de espartiatas y los hombres lo siguen.

Clitemnestra se vuelve hacia la ventana.

—Me siento rara —dice.

Es como si la vida que ha conocido hasta ahora hubiera terminado.

Penélope le coge la muñeca.

—No te sientas rara. —Y, como si le hubiera leído la mente, añade—: Nos enseñan que con el matrimonio se acaba la diversión y la infancia, pero es lo mismo. En la vida nada cambia mucho.

—¿Cómo lo sabes?

—Estoy segura. Es una de esas cosas que dicen los hombres para asegurarse de que nos sintamos responsables, mientras que ellos pueden ser niños para siempre.

Helena se ríe.

—Ojalá recordara todo lo que dices, Penélope. ¿Te lo ha enseñado el tío Icario?

Penélope niega con la cabeza.

—Mi padre no me enseña demasiado. Me lo enseñó mi madre antes de morir. Le gustaba hablar, sobre todo conmigo. Con mi padre no tanto.

Clitemnestra busca en el rostro de Penélope un indicio de tristeza, pero parece tranquila. Su madre, Policasta, fue una mujer frágil y amable que murió de fiebres altas hace unos años, cuando Penélope aún era pequeña. Desde entonces ella se ha ocupado de todo en su palacio. Clitemnestra sabe que Penélope tiene un don para hacerse escuchar y al mismo tiempo puede ser muy buena oyente. Un día será una reina justa.

Cinco chicos sacan flautas y tambores. En cuanto suena la música, las chicas y las mujeres saltan al centro del *mégaron*. Giran, mueven la cabeza y su pelo ondea como ramas al viento. Los ventanales derraman sol sobre ellas. Helena lleva a Clitemnestra al centro de la sala. Esta la complace, mueve las muñecas y los tobillos al ritmo de la música y sus joyas centellean. Los hombres no tardan en unirse a ellas. Clitemnestra ve a Cástor saltando y dando palmadas, y a Polideuces moviendo la cabeza con los ojos cerrados mientras varias chicas lo miran riéndose.

No se detienen hasta que el sudor les resbala por la espalda. Ahora todos se sienten más borrachos y felices. Clitemnestra coge un puñado de frutos secos y bebe más vino. Se siente casi febril. Alguien empieza a cantar y los músicos lo acompañan. Cantan

66

sobre ciudades conquistadas y sobre cacerías y ataques exitosos. Sobre mujeres guerreras y combates monumentales.

—¿Es cosa mía o los hombres parecen tontos cuando cantan?

Clitemnestra se vuelve hacia su hermano. Cástor parece más borracho que ella, y su piel aceitunada ha adquirido un tono rojizo en las mejillas, lo que la hace reír.

—Parecemos animales —insiste Cástor.

Clitemnestra mira a su alrededor y ve a los hombres con la cara roja de reírse y la copa de vino en la mano. Cada verso que cantan es más obsceno que el anterior, lo que no la sorprende, siempre ha sido así, pero ahora parecen casi grotescos.

De repente necesita silencio y atraviesa la sala. Mientras se dirige hacia la puerta, se topa con una chica alta. Cinisca. Clitemnestra da un paso atrás y Cinisca la mira fijamente, huraña.

—Felicidades —le dice Cinisca. Tiene la nariz aguileña torcida de forma extraña y débiles moratones en los brazos.

Clitemnestra se pregunta si son de su pelea.

—Gracias —le contesta.

Intenta pasar de largo y coger una copa de vino, pero Cinisca se interpone en su camino.

—Amada, honorable y valiente —le dice—. Serás una gran reina.

Clitemnestra se queda en silencio, sin saber qué decir. Como siempre, la expresión de Cinisca la inquieta.

—Yo en tu lugar tendría cuidado. Los afortunados siempre caen.

—Muchos hombres tienen suerte, son amados y aun así viven felices. —Incluso mientras lo dice, sabe que no es del todo cierto.

Cinisca sonríe.

—Ah, ese es tu error. Te crees un hombre, pero no lo eres. Las mujeres afortunadas nunca se libran de la envidia de los dioses.

Podría hacer que la azotaran aquí y ahora si quisiera. Pero Cinisca no es digna de su ira, así que se limita a mirarla con frialdad. Se aleja de ella y se dirige sonriente hacia su amado Tántalo. «Mejor ser envidiada que no ser nadie».

Por la noche, mientras Tántalo duerme tranquilamente a su lado, se siente inquieta. Han hecho el amor, borrachos y excitados, y ahora las sábanas huelen a sus cuerpos. Se vuelve sobre el costado izquierdo y observa la pared desnuda. Helena debe de estar durmiendo con Penélope en el otro extremo del palacio, rodeada por los brillantes frescos del *gynaikeion*. Clitemnestra siente una punzada de celos.

No hay forma de que se duerma esta noche. Aparta las sábanas intentando no hacer ruido y sale de la habitación. De puntillas, sintiendo el calor de las antorchas encendidas al pasar ante ellas, llega al *mégaron*. La sala debería estar vacía y en silencio, pero encuentra a Penélope admirando los frescos con una antorcha en la mano.

—¿Qué haces aquí? —le pregunta Clitemnestra. Su voz resuena en las paredes, débil como el sonido de las alas de los murciélagos.

Penélope se da la vuelta rápidamente sujetando la antorcha frente a ella.

—Oh —le dice—, eres tú.

—¿No puedes dormir?

Penélope niega con la cabeza.

—Son maravillosos. En Acarnania no tenemos tantos. —Retrocede, se acerca al fresco y observa, asombrada, una bandada de pájaros—. Son tan alegres que desearías haberlos pintado tú misma.

Clitemnestra nunca ha pensado en estas cosas. Mira a las guerreras que se apartan el pelo mientras atacan a un jabalí y recuerda que de niña pasaba horas mirándolas y deseando ser como ellas.

Como siempre, Penélope parece leerle el pensamiento.

—Pero seguramente tú solo has pensado en cazar y luchar como ellas, ¿verdad?

—Sí.

—Tú y yo somos muy distintas. A mí me gusta ver el mundo

desde cierta distancia, mientras que tú deseas estar en el centro y formar parte de la acción.

—¿Por qué quieres quedarte a cierta distancia?

—Me gusta más. Quizá tenga miedo.

Fuera llueve. Las chicas oyen las gotas golpeando el tejado y a los caballos relinchando en los establos. Penélope se cierra la capa clara que lleva puesta encima del camisón.

—Hoy he oído una cosa en la boda —le dice. Sus ojos oscuros proyectan una mirada dorada, como la antorcha encendida que tiene en la mano—. Una habladuría.

—Una habladuría —repite Clitemnestra.

—Sí, sobre el nacimiento de Helena. —Habla sin pestañear.

Clitemnestra mira fijamente a su inteligente prima.

—¿Qué han dicho? —le pregunta—. ¿Que Zeus sedujo a Leda transformado en un cisne de largo cuello?

—No. Decían que la violó.

Clitemnestra aprieta los dientes y se muerde la lengua.

—Ya sabes cuánto le gustan a la gente los chismes malintencionados —le dice.

Penélope la mira con la cabeza inclinada.

—¿Y entonces? ¿Quién es el padre de Helena?

Clitemnestra se acerca a ella. Por un momento se plantea mentir, pero su prima no se deja engañar fácilmente.

—Cuando Leda se quedó embarazada, había un hombre en la corte —le contesta—. Un extranjero. Me lo dijeron mis hermanos. En realidad, fue Cástor, porque Polideuces asegura que no se acuerda.

—Ya veo.

—No sé de dónde era ese hombre, ni si era rey o no. Solo sé lo que Cástor recuerda, que es que Leda solía desaparecer en los alrededores del palacio con él y que se marchó antes de que mi madre diera a luz.

—Ah —dice Penélope. Después, inesperadamente, sonríe—. Veo que has heredado el interés de tu madre por los extranjeros.

Clitemnestra no le devuelve la sonrisa. El aire está oscuro, como si la niebla se hubiera introducido en la sala y lo desdibujara todo.

—Estoy cansada —le dice, y se da la vuelta para marcharse. Cuando llega a la puerta, de espaldas a Penélope, añade—: No se lo cuentes a nadie, ni siquiera a Helena.

Oye la amenaza en su tono, y espera que Penélope también la oiga.

Llega la noticia de que Jasón está listo para partir y que espera a sus hombres en Yolcos. La lluvia sigue inundando las orillas del Eurotas y empapando a los ilotas que trabajan en los campos. Clitemnestra corre a encontrarse con Cástor en los establos. Sus sandalias chapotean en los charcos y hace tanto frío que le duelen las manos.

—Estaba pensando en ti, hermana —le dice Cástor con una sonrisa.

—Quiero ir contigo —le suelta Clitemnestra.

Cástor frunce el ceño.

—¿A la Cólquide?

—No. A Yolcos, para despedirme.

Cástor se seca las manos en la túnica.

—Está demasiado lejos. Tardaremos días en llegar. —Mira fijamente a su hermana, que sabe que también él es consciente de que no estarán juntos durante mucho tiempo—. Volveré, te lo prometo —añade.

—¿Cómo puedes estar tan seguro?

—Jasón es fuerte. Estaremos a salvo con él.

Clitemnestra resopla.

—No terminas de creértelo —le dice Cástor.

—Claro que no. Jasón ha sido lo bastante tonto para creer a su tío Pelias. Aunque volváis, Pelias no le entregará el trono. Solo quiere que Jasón muera en el intento. ¿Parece Pelias un gobernante que cumple sus promesas? ¡Usurpó el trono a su legítimo gobernante! ¿Y Eetes parece un rey que deja sus tesoros desprotegidos? ¿Un rey al que pueda derrotar un grupo de guerreros?

Cástor no contesta a sus preguntas.

—Me he ido cien veces —le dice—. Sabes que siempre vuelvo.

—Esta vez es diferente. La Cólquide está lejos y es peligrosa.

—Y tú te has casado y pronto estarás en Meoncia. —Se acerca a ella—. Nuestras vidas están a punto de cambiar, y deberíamos dejar que así sea.

La lluvia golpea el tejado del establo, y los caballos relinchan, inquietos. Antes de cada viaje de sus hermanos, en cuanto tuvo la edad suficiente para andar, Clitemnestra siempre iba a los establos a despedirse. Y Cástor siempre la tranquilizaba.

—Algunas cosas nunca cambian —replica ella.

Él sonríe y le coge las manos.

—Tienes razón. No cambian.

Él siente su piel cálida en las palmas de las manos.

Clitemnestra respira hondo, retrocede y vuelve al palacio a toda velocidad.

Se marchan todos al anochecer, su tío Icario y Penélope cabalgando hacia el oeste, y Cástor y Polideuces, hacia el este. La espesa capa de lluvia oscurece la tierra y, en la terraza que da al salón principal, Helena y Clitemnestra observan cómo cruzan la ciudad al galope y dejan atrás las casas de los espartiatas, los jardines, los campos de árboles frutales y las aldeas de los ilotas. Las oscuras montañas y la creciente negrura los van empequeñeciendo hasta que la lluvia y la niebla se los tragan y desaparecen.

Clitemnestra se mete las manos en las mangas de la túnica para calentárselas. Por un momento, la marcha de sus hermanos la golpea con fuerza y siente dolor por dentro, como si de repente le hubieran arrancado dos árboles del corazón y en el suelo solo hubieran quedado dos grandes agujeros.

Cuando se vuelve hacia Helena, los ojos de su hermana están clavados en el punto en el que ha desaparecido Penélope.

«No se lo cuentes a nadie, ni siquiera a Helena», le dijo a su prima, y está segura de que Penélope no ha traicionado su confianza. Aun así, observando las sombras en el rostro de su hermana, no puede evitar sentir que tiene una delicada concha en las manos y que en cualquier momento se le puede caer.

SEGUNDA PARTE

Y un humano destino
que avanza viento en popa
choca en oculto escollo.

Esquilo,
Agamenón, 1006-7

6

A los ojos de los dioses

La arena mojada del *gymnasion* está cubierta de hojas caídas. Varias ilotas las recogen y las meten en grandes cestas. En sus manos llenas de cicatrices, las hojas brillan rojas y doradas como piedras preciosas. Las espartiatas esperan a la sombra de los árboles con el cuerpo embadurnado de aceite. Hoy van a luchar con lanzas, y Clitemnestra saca brillo a la suya en un rincón intentando no desconcentrarse.

Anoche, con las mantas enrolladas alrededor de sus cuerpos desnudos, Tántalo le preguntó por qué entrenan las espartanas. «Para tener hijos sanos —le contestó—. Y para ser libres». Su respuesta lo dejó confundido, pero no la presionó. Ella dejó caer su largo pelo alrededor de él, y él la besó suavemente en los párpados.

Clitemnestra deja la lanza en el suelo y levanta la mirada. Una mujer de ojos negros y afilados como rocas marinas las observa desde un rincón del patio. Lleva una túnica blanca que deja sus pechos al descubierto, como las sacerdotisas de Artemisa, y escucha mientras una chica llamada Ligia les habla a las demás de una revuelta ilota.

—Llegaron en plena noche y mataron a dos espartanos —les cuenta Ligia mientras las chicas que la rodean la escuchan boquiabiertas—. Oí los gritos. Todos los oímos.

—¿Los atraparon? —le pregunta una chica alta.

—Sí —le contesta Ligia—. Mi padre y varios otros se los llevaron.

—¡El Ceadas los espera! —gritan las chicas.

La sacerdotisa interviene:

—No antes de que los hayan azotado en el altar de Artemisa. Asesinar es el peor crimen que puede cometer un esclavo.

Su voz es ronca y desagradable, y las chicas agachan la mirada, temerosas de llevarle la contraria. Clitemnestra siente náuseas. Recuerda las veces que la sacerdotisa hizo que la azotaran, y también a sus hermanos. De los hijos de Tindáreo, Timandra ha sido la última en recibir este castigo. La sacerdotisa ordenó que la azotaran en el altar por haber desobedecido a su padre. Como Clitemnestra antes que ella, guardó silencio mientras la sangre le corría por la espalda y mojaba la piedra.

Más tarde Tindáreo le dijo que nunca confiara en las personas religiosas, aunque Clitemnestra sabía que ni siquiera él podía hacer nada contra la voluntad de una sacerdotisa. No se puede hacer daño a sacerdotes ni a sacerdotisas —sus dioses no lo permitirán—, pero a otros sí. De modo que, después de que Timandra hubiera recibido los azotes, Clitemnestra y Cástor siguieron al hombre que había actuado a las órdenes de la sacerdotisa. Cuando la noche se volvió oscura y silenciosa, lo persiguieron, como sombras, hasta que se detuvo a mear en un callejón iluminado por la luna, cerca de las chozas de los ilotas. Llevaba un puñal atado al cinturón, de modo que Clitemnestra sospechó que había ido hasta allí para matar a unos cuantos ilotas por diversión, como a menudo había visto hacer a espartanos. Sintió un placer enfermizo al saber que estaba a punto de hacer daño a un hombre que quería infligírselo a otros, como si estuviera enderezando algo torcido. Cástor se colocó detrás del hombre sin hacer ruido mientras Clitemnestra vigilaba. «Asegúrate de que no te vean» es una de las primeras reglas que los espartanos aprenden de niños. Puedes robar, puedes matar, pero si te pillan, te castigarán. Así que Clitemnestra hizo guardia mientras Cástor le clavaba al hombre un cuchillo en la pantorrilla. Después los dos hermanos se adentraron en la noche y dejaron al hombre gritando detrás de ellos.

—¿Te encuentras bien, Clitemnestra?

La sacerdotisa está mirándola. Tiene el pelo pegado a la cara y las manos blancas como la leche. Por un momento, Clitemnestra teme que pueda leerle el pensamiento.

—Sí —le contesta.

—Pareces débil —insiste la sacerdotisa.

«¿Cómo se atreve?».

—No estoy débil.

La sacerdotisa entrecierra los ojos. Sisea al hablar, como cuando se enfría una espada caliente en agua.

—Todo el mundo es débil a los ojos de los dioses.

Clitemnestra se muerde el labio para no contestarle. Siente que su hermana le toca el brazo y se da la vuelta.

—Estamos listas —le dice Helena. La sacerdotisa les lanza una última mirada y se aleja. Helena espera a que se haya ido y le comenta—: Quizá no deberías entrenar. —Mira a Clitemnestra con el ceño fruncido—. Estás sudando.

—Estoy bien —le miente Clitemnestra.

Las chicas se agrupan en la arena, algunas con escudos de bronce y madera, y otras solo con la lanza. Leda se dirige a la sombra de los árboles con un hombre de anchos hombros, Lisímaco, uno de los guerreros más leales de Tindáreo. Al verlos, Clitemnestra desvía la mirada. Cada vez que Leda va a verla entrenar, hace todo lo posible por impresionar a su madre, pero hoy se encuentra mal, tiene el estómago revuelto y le tiemblan las manos. Aprieta los puños para que dejen de moverse. Lisímaco entrega a cada una de las chicas un *xiphos*, una espada corta con la hoja ligeramente curva. Clitemnestra se ata el suyo al cinturón que le rodea la túnica.

—Ahora dividíos en grupos —les ordena Leda—. Y empezad a entrenar con las lanzas. Las que tenéis escudo, recordad que también podéis usarlo como arma.

Lisímaco camina alrededor de las chicas mientras se dividen en grupos de tres y cuatro para luchar. Clitemnestra forma un grupo con Eupolia, Ligia y una chica bajita que parece un gato callejero. Se siente aliviada al ver que Cinisca la evita como si fuera una espada envenenada.

Empiezan con prácticas de tiro. Dibujan pequeños círculos en la arena a un lado del patio y se reúnen en el otro para lanzar las jabalinas hacia el blanco. Saltan con el brazo derecho doblado por encima del hombro y lanzan la jabalina hacia el suelo con todas sus fuerzas. Del grupo de Clitemnestra, todas menos Ligia alcanzan el objetivo. Pero los espartanos no dejan a nadie atrás, así que siguen entrenando hasta que también la jabalina de Ligia cae dentro del círculo que han trazado en la arena.

Después empiezan a luchar. Por turnos, cada grupo empuja a una chica hacia el centro, y las otras tres la atacan. Eupolia es la primera. Levanta el escudo para que la cubra desde la barbilla hasta las rodillas, y las demás avanzan. Ligia mueve la lanza con precisión mientras la chica bajita salta alrededor de Eupolia buscando un punto débil. Cuando Clitemnestra se abalanza hacia el escudo, la chica bajita agarra rápidamente la lanza de Eupolia y la aparta. Juntas la derriban y empiezan a rodar y a luchar en la arena.

—Utilizad el *xiphos* —les recuerda Lisímaco—. Apuntad a los ojos y la garganta.

Clitemnestra coge la espada corta y apunta a la garganta de Eupolia mientras Ligia le da una fuerte patada en la cara.

—Bien hecho —les dice Leda.

Se detienen. Ayudan a Eupolia a levantarse y le dan palmadas en la espalda. Ligeia no dura mucho cuando le toca luchar contra las otras tres. Pero, para sorpresa de todos, la chica bajita se las arregla para aguantar un buen rato y mueve la lanza muy rápido para defenderse de las demás, a las que les cuesta anticipar sus movimientos. Al final Eupolia agarra la punta de la lanza de la chica, la sangre le gotea por los dedos, y Clitemnestra parte la madera de cornejo en dos.

—Bien —les dice Lisímaco—, pero tenéis que aguantar más. Tenéis que encontrar mejores tácticas para hacer retroceder a vuestros adversarios. Usad las piernas para mantener el equilibrio. Si perdéis el equilibrio, estáis perdidas. —Señala la lanza rota en la arena—. ¿Alguien os quita el arma? No flaqueéis. Recuperad el equilibrio.

Le toca a Clitemnestra. Eupolia se limpia las manos ensangrentadas con la túnica y coge la lanza. La chica bajita va a buscar otra. Ligia se aparta el pelo de la cara y coge un escudo. Las chicas atacan a la vez saltando hacia delante como una serpiente de tres cabezas. Clitemnestra retrocede con la lanza levantada. Eupolia la intercepta, pero Clitemnestra la esquiva. Ligia gruñe bajo el peso del escudo. Clitemnestra ataca de nuevo y el bronce grita sobre el metal cuando la punta de la lanza araña el escudo redondo.

El combate dura más que los anteriores. Las chicas se mueven por el patio en espirales, saltando de un lado a otro, y las lanzas parpadean apuntando a la cabeza, la garganta y las manos de Clitemnestra.

—¡Derribadla! —les grita Lisímaco—. ¡Derribadla!

Pero Clitemnestra sigue esquivando las puntas de las lanzas de sus compañeras. Da una patada al escudo de Ligia con tanta fuerza que la chica pierde el equilibrio y se cae. Clitemnestra aprovecha la ocasión para tirar el escudo a un lado. La chica bajita corre a ayudar a Ligia a levantarse mientras Eupolia agarra la lanza de Clitemnestra. Por un momento, las dos se quedan inmóviles tirando de la lanza. Después Clitemnestra la suelta con una mano, saca la espada y le hace un corte a Eupolia en la mejilla. La chica da un paso atrás, y en la lanza quedan grabadas las huellas de sus dedos ensangrentados. Clitemnestra se prepara para volver a atacar. Aprieta con fuerza la espada y de repente, como un trueno, las náuseas se apoderan de ella. Cae al suelo y siente que se ahoga, como si tuviera encima una losa de piedra. El *xiphos* de Eupolia brilla en el aire y Clitemnestra siente dolor en la mejilla. Golpea con fuerza a Eupolia en la cara e intenta recuperar terreno, pero está temblando y la cabeza le da vueltas. Las tres chicas se acercan a ella mientras vomita en la arena.

—¡Alto! —les ordena Leda.

—¿Qué ha pasado? —pregunta Lisímaco, pero Leda está arrodillada junto a su hija.

—Levántate. Volvemos al palacio —le ordena a Clitemnestra.

Intenta ayudarla a levantarse, pero su hija siente que le hierven las tripas y que se le revuelve el estómago. Solo se sintió así la vez que vio cadáveres de caballos pudriéndose en la orilla del río después de una pelea entre espartanos y rebeldes ilotas. Vuelve a vomitar, y el vómito se esparce por la arena. Ligia da un paso atrás con repulsión. Todas las chicas la miran, curiosas. Por un momento se quedan en silencio, como el que reina junto al altar tras haber sacrificado un animal, cuando la sangre resbala por la piedra y los pájaros se alejan revoloteando.

—Te he dicho que te levantes, Clitemnestra —le repite Leda.

Clitemnestra abre los ojos. Agarra el brazo de su madre y se pone en pie.

—¿Me han envenenado? —le pregunta.

Su madre niega con la cabeza.

—Ven conmigo.

Leda la lleva a la cocina del palacio. Aunque se encuentra cada vez peor, su madre la arrastra por los pasillos sin dejar que se detenga.

Helena las sigue de cerca.

—Madre, ¿quieres que llame a Tindáreo? —le pregunta, pero Leda no le contesta.

En la cocina, dos mujeres cortan cañas y frutas. En una gran mesa de madera se apilan almendras, avellanas y pequeños membrillos. En un rincón de la sala, bajo la luz dorada de las antorchas, una ilota de no más de trece años machaca pequeñas aceitunas negras en un mortero. La cocina huele a aceite y a albaricoques maduros, aunque no hay ninguno a la vista.

Leda empuja a Clitemnestra hacia delante.

—Revisadla —les ordena a las mujeres.

Las dos mujeres dejan inmediatamente de cortar cañas y se acercan a Clitemnestra. Tienen el pelo oscuro, pero el de una está seco y sucio, mientras que el de la otra es brillante y vigoroso, con ondas como el mar en la noche. Agarran el dobladillo de la túnica de Clitemnestra y la levantan por encima de su cabeza. Ella se tambalea y se sienta en el suelo, presa de un dolor de cabeza tan fuerte que por un momento la ciega. Las mujeres le pellizcan los pechos con fuerza. Cuando Clitemnestra abre los ojos, Helena la mira desde arriba con la mano apoyada en su brazo.

—¿Cuántas veces te has acostado con Tántalo? —le preguntan las mujeres.

Clitemnestra intenta pensar.

—¿Queréis decir…?

—¿Cuántas veces ha estado dentro de ti?

—No lo…

—¿Cuándo fue la última vez que sangraste?

—Hace un tiempo.

Vuelve a vomitar junto a los sacos de trigo apilados en el suelo. Las mujeres fruncen el ceño.

—Helena, llama a Tántalo —le dice Leda—. Y luego dile a tu padre que tu hermana está embarazada.

Los pequeños pies de Helena desaparecen de la vista de Clitemnestra. Oye a su hermana corriendo por los pasillos, débil como un batir de alas. Leda le acaricia el pelo como si fuera un perro asustado mientras susurra a las mujeres. Clitemnestra intenta captar las palabras, pero hablan en voz demasiado baja y se encuentra muy mal. Junto a ella, la chica ilota limpia su vómito.

—Bébete esto —le dice Leda acercándole una pequeña taza a los labios.

El olor es repugnante y Clitemnestra intenta apartar la cabeza, pero su madre la sujeta. Bebe y de repente se siente muy cansada. No puede evitar que se le caigan los párpados. Apoya la cabeza en los sacos de trigo con las extremidades entumecidas. «Estoy embarazada —piensa—. Se acabó mi entrenamiento en el *gymnasion*».

Está sentada en la cama y se encuentra peor que nunca. Leda le ha dado hierbas para que las triture y las mezcle con el vino, pero no le gusta quedarse adormecida.

Los sirvientes trasladaron sus cosas a la habitación de Tántalo después de la boda y ahora ella mira la pared desnuda deseando que el mundo deje de girar.

—Tendré que volver a Meoncia durante un tiempo —le dice Tántalo.

Recorre la habitación de un lado al otro con una capa alrededor de su delgado cuerpo. En cuanto le dieron la noticia, corrió a la cocina con los ojos brillantes como la nieve bajo el sol. Clitemnestra nunca lo había visto tan feliz.

—¿Por qué? —susurra. Su voz parece el graznido de un cuervo.

—Para anunciar la llegada de un heredero. Además, me marché hace meses. Tengo que asegurarme de que todo esté en orden y tranquilo para cuando regresemos. Aunque he dejado a mis asesores más leales gobernando en mi lugar, tengo cuidado cada vez que vuelvo. No es prudente dejar que un hombre que no es rey se siente en un trono durante mucho tiempo.

Ella cierra los ojos en un vano intento por aliviar el dolor de cabeza.

—Aún no es invierno —añade Tántalo acercándose a ella y acariciándole el rostro—, así que el mal tiempo no debería retrasarnos. Volveré en primavera, antes de que nazca el bebé.

—Llévame contigo —le dice ella.

—Iremos juntos después del nacimiento. En cuanto nos vayamos de aquí, no volverás en años. Tus hermanos acaban de marcharse. No estoy seguro de que tu familia esté lista para que otro de vosotros se vaya tan pronto.

Clitemnestra cree que tiene razón. Es mejor que se quede unos meses más. Además, sus padres tienen que ver a su nieto cuando nazca. Tienen que ver que es fuerte y sano. No puede privarlos de eso.

—La gente de Meoncia pensará que soy diferente de ti —le dice en tono débil.

—Lo eres. —Se ríe—. Y te amarán por serlo, como yo.

Él apoya la cabeza en su corazón, y ella deja que la abrace.

En su última noche juntos antes de que él se marche, están tumbados desnudos sobre las mantas escuchando el silencio del palacio. La habitación parece una caverna y sienten en la piel la brisa fría pero agradable.

Él le cuenta que en Meoncia nunca hay silencio. Por la noche cantan pájaros, y en las calles y los pasillos siempre hay antorchas encendidas y sirvientes y guardias detrás de todas las puertas. Pero también puede encontrarse tranquilidad paseando por los jardines y las columnatas sombreadas, donde las rosas perfuman el aire y las paredes del palacio están cubiertas de pinturas de grifos y otras criaturas legendarias.

Tántalo la rodea con un brazo y su dulce aliento le hace cosquillas en la cabeza.

—¿Y nuestro hijo?› —le pregunta ella—. ¿Entrenará y se convertirá en un fuerte guerrero?

Si está embarazada de un niño, al menos no tendrá que entregarlo para que lo entrenen, como toda mujer espartana.

—Lo entrenarás tú —le contesta—. Serás reina y libre para hacer lo que quieras.

Ella le da un beso en el pecho y saborea las especias de los aceites que utiliza. Él le sujeta la cara con las dos manos y la acerca a la suya. Clitemnestra siente en la piel los latidos de su corazón. Deja que el deseo le inunde las venas hasta sentir que le oprime el pecho. Al otro lado de las ventanas, la luna, pálida y luminosa, baña sus cuerpos de luz como si fueran dioses.

Cuando se despierta, la cama está fría por la ausencia de Tántalo y la habitación le parece demasiado silenciosa. Empieza a sentir náuseas. Para intentar detenerlas piensa en tiempos felices.

Recuerda cuando jugaba al escondite con sus hermanos y su hermana. Una vez, intentando esconderse de Polideuces, Helena y ella se metieron en una aldea ilota alejada del palacio. Las chozas en las que vivían los ilotas eran de madera y estaban asentadas en un barrizal. Las calles eran estrechas y estaban llenas de porquería. Gatos callejeros y perros hambrientos rebuscaban en la basura, y en zonas valladas había cerdos y cabras. Helena parecía inquieta, pero siguió adelante de la mano de Clitemnestra. Vieron a unos niños, diminutos y escuálidos como los perros que los rodeaban, sentados en el barro y jugando con los cerdos. Miraron a Helena y a Clitemnestra con ojos grandes y brillantes. Sus cuerpos eran frágiles como cráneos de bebés.

—Busquemos un sitio para escondernos —le dijo Helena con expresión de lástima.

Clitemnestra siguió caminando hasta que encontró un granero maloliente. Entró a toda prisa tirando de Helena. El suelo estaba cubierto de polvo y excrementos de animales, y el calor era insoportable.

—Aquí nunca nos encontrará —le comentó Clitemnestra, satisfecha.

La luz se filtraba entre las vigas de madera y proyectaba franjas de luz en el rostro de las chicas. Para pasar el rato se pusieron a buscar piedras blancas.

—Este sitio no me gusta —le dijo Helena poco después.

—El que nada arriesga nada es —recitó Clitemnestra. Solía decírselo su padre.

—Pero este sitio es horrible —replicó Helena—. Y si la sacerdotisa nos encuentra aquí…

Clitemnestra estaba a punto de contestarle cuando vio la cabeza de una serpiente escondida en la oscuridad. Era gris con rayas en el lomo.

—No te muevas —le ordenó a su hermana.

—¿Por qué? —le preguntó Helena dándose la vuelta. Se quedó inmóvil—. ¿Es venenosa? —Como Clitemnestra no le respondió, Helena siguió diciendo—: Creo que sí. No es marrón y amarilla…

Sucedieron varias cosas a la vez. Clitemnestra retrocedió hacia la entrada del granero. Helena chilló. La serpiente avanzó, rápida como una espada, pero, antes de que los colmillos hubieran alcanzado el brazo de Clitemnestra, una lanza le atravesó la cabeza. Entonces Polideuces entró en el granero, sin aliento. Recogió la lanza y revisó la punta, cubierta con el veneno de la serpiente. Se giró hacia sus hermanas y apartó de una patada el reptil muerto.

—Os he encontrado. —Sonrió—. Habéis perdido.

Helena se rio y Clitemnestra negó con la cabeza, asombrada por la rapidez de su hermano. Los espartanos llaman a la punta de las lanzas «asesina de lagartos».

Más tarde, mientras volvían al *gynaikeion*, Clitemnestra cogió de la mano de Helena. Estaba caliente y suave.

—Lo siento. Estabas asustada y no quise que nos marcháramos.

Helena negó con la cabeza.

—No estaba asustada —le contestó—. Estaba contigo.

El recuerdo le deja un extraño sabor de boca. En aquel entonces Helena era todo su mundo, y ella el de su hermana. Pero nada permanece invariable. No puedes meterte dos veces en el mismo río.

Le crece la barriga y siente que se le tensa la piel de los pechos. Poco a poco deja de tener náuseas. A veces vuelven en oleadas, como una marea alta, pero se desvanecen tan rápido como llegaron.

La ausencia de Tántalo es como una sombra. La siente, pero cada vez que se da la vuelta para mirarla, ha desaparecido. Decide dejar de buscarla y ahorrarse un dolor inútil. En unos meses habrá vuelto, el bebé nacerá, lo mostrarán a los ancianos y lo presentarán a su familia. Después se trasladará al este y se convertirá en la reina de un pueblo cuyas costumbres le serán ajenas.

Las sirvientas de la cocina llegan a cortarle el pelo. Le piden que se siente en un taburete, le cepillan la larga melena castaña y se la cortan con un cuchillo afilado. Clitemnestra recuerda que miraba a las mujeres del palacio mientras pasaban de niña a mujer, de hija a madre. El pelo que acababan de cortarles cubría el suelo como una alfombra, y Helena y ella lo pisaban y les hacía cosquillas en las plantas de los pies.

Cuando las sirvientas le muestran su reflejo en la palangana de agua, se toca las puntas del pelo y piensa que el corte le queda mejor, porque le realza los ojos y los pómulos.

También llega la sacerdotisa, que le toca la barriga con sus blancas y frías manos.

—Los dioses nos vigilan a todos —le dice con voz chillona como el grito de una gaviota—. Bendicen a los que son leales y castigan a los que no lo son.

No dice si a ella la bendecirán o la castigarán, pero no le importa. El hijo que espera será heredero del trono de Meoncia, y la sacerdotisa no puede hacer nada al respecto. Así que le deja decir sus palabras oscuras hasta que llega el momento de que vuelva a su templo.

—¿Te da miedo marcharte? —le pregunta Helena.

Están delante de la bañera, mirando el agua hirviendo, que brilla bajo las antorchas. La luz del atardecer entra a raudales por la pequeña ventana e ilumina la piel de las chicas en tonos rosas y anaranjados. Desde allí arriba, Esparta solo parece un grupo de pequeñas aldeas esparcidas junto al Eurotas como un rebaño de cabras marrones. Aunque Tántalo le ha dicho muchas veces que el valle es un pobre espectáculo en comparación con su tierra natal, Clitemnestra echará de menos la vista de las montañas y de sus picos rodeados de nubes blancas.

—Pronto tú también te marcharás —le responde Clitemnestra quitándose la túnica y metiéndose en la bañera.

El agua caliente le acaricia la piel. Helena, con perfumado y aceitoso jabón en los dedos, empieza a lavarla.

—¿Por qué siempre tenemos que irnos las mujeres? —le pregunta. Sigue creyendo que Clitemnestra tiene la respuesta a todas sus preguntas, como cuando eran niñas.

«¿Por qué siempre tenemos que irnos las mujeres?». Clitemnestra repite mentalmente estas palabras hasta que pierden su significado. No sabe la respuesta. Solo sabe que irse no le parece un castigo, sino una bendición. La vida en este momento es como estar en alta mar, rodeada de agua y sin costa a la vista. El mundo está lleno de posibilidades.

Helena se queda un rato en silencio. Mira el cuerpo de su hermana con una luz extraña en los ojos. Se han visto desnudas mil veces, pero ahora es diferente. Brazos, piernas, caderas, cuello... Todo lo que toca Helena lo ha tocado Tántalo, y no pueden pasarlo por alto. Su marca está muy dentro de ella, aunque no se vea, pero está ahí, y pronto transformará el cuerpo de Clitemnestra, que madurará y se hinchará. Los ojos de Helena brillan, asombrados, aunque también hay angustia en su forma de aferrarse a los hombros de su hermana mientras los frota, en el afán con el que le escurre el pelo.

Clitemnestra la deja tranquila y escucha el goteo del agua. Entiende su dolor. Helena tendrá que presenciar su mayor miedo: el cuerpo de Clitemnestra diferenciándose poco a poco del suyo hasta que no queden similitudes a las que aferrarse.

Cuando el agua se ha enfriado, Helena se levanta y se aleja de la bañera. Le brillan los ojos, deseosos de la atención de su hermana.

—Nuestra madre me ha dicho que pronto llegarán dos hermanos —le dice—, los hijos de Atreo, que vienen de Micenas. Los han exiliado y le han pedido ayuda a Tindáreo. —Como Clitemnestra no dice nada, Helena añade—: ¡Atreo, el hombre que asesinó a los hijos de su hermano y se los dio a comer! Cástor solía hablarnos de ellos, ¿lo recuerdas?

Clitemnestra mira fijamente a su hermana.

—No tendrás que irte si no quieres. Tu futuro puede ser como tú quieras que sea.

Le ofrece sus palabras para tranquilizarla, y las pronuncia con claridad y cuidado, aunque parecen desvanecerse en la sala mal iluminada.

Helena agacha la mirada con una sonrisa triste.

—Quizá para ti sea tan sencillo como eso. Pero para mí no.

Y después vuelve a la habitación que las dos han compartido toda su vida.

Mientras el sol se hunde detrás de las montañas y el cielo azul se vuelve plateado, dos diminutas figuras cabalgan por el valle siguiendo el serpenteante curso del río. Agamenón y Menelao cabalgan solos al galope, como si los persiguieran. La noche es silenciosa y el valle parece un caparazón vacío que no tardará en llenarse del eco de la violencia.

7

Los hijos de Atreo

Clitemnestra está junto a las puertas del *mégaron*, escondida detrás de una columna. Entrelaza las manos y contiene la respiración mientras escucha a los hijos de Atreo hablando con sus padres.

Agamenón tiene los brazos fuertes y llenos de cicatrices, y los ojos, voraces e inteligentes. Su rostro es asimétrico, todo líneas y bordes afilados, y hay algo inquietante en su forma de mirar, como si buscara la debilidad en las personas que lo rodean. Los rasgos de Menelao se parecen a los de su hermano, aunque remotamente, como un lince se parece a un león. Es más delgado, más guapo y su expresión carece de la astucia que muestra el rostro de Agamenón.

Llegaron por la noche, muy tarde, con los caballos casi extenuados. Los sirvientes se agruparon alrededor de las columnas de la entrada del palacio, impacientes por ver a los hermanos exiliados, los condenados vástagos del rey de Micenas. Tindáreo les dio la bienvenida, aunque todavía había sangre en la espada de Agamenón, y cortes en la cara de Menelao. Habían cabalgado para salvarse y Tindáreo estaba obligado a dejarlos quedarse en su palacio. En su tierra los huéspedes son sagrados, sin importar sus acciones y crímenes.

—Han tomado Micenas por la fuerza y con engaños —le explica Agamenón a Tindáreo—. Nuestro primo Egisto ha asesinado a nuestro padre y ahora gobierna con nuestro tío Tiestes.

—Pero el pueblo desprecia al padre y al hijo —añade Menelao.

—El engaño corre en vuestra familia —les dice Leda en tono frío—. La casa de Atreo está condenada.

Agamenón da un paso adelante, como para atacarla, y Clitemnestra casi hace lo mismo. Cuando su madre mira en su dirección, se esconde detrás de la columna. Tindáreo ha ordenado que nadie se acerque al *mégaron*, lo que solo ha conseguido que Clitemnestra tuviera más ganas de escuchar a escondidas.

Menelao coge del brazo a su hermano, como para detenerlo. Agamenón se queda quieto.

—Recuperaremos Micenas —dice Menelao—. Y la gobernaremos.

Por un momento se quedan todos en silencio. Tindáreo los mira y después pide más vino. Una sirvienta que está al pie del trono se levanta y sale corriendo. Al pasar junto a Clitemnestra, ambas se miran durante un segundo. Dos chicas en las sombras, con los ojos brillantes, a las que los demás no ven. Clitemnestra se lleva el dedo índice a los labios, y la sirvienta se aleja deprisa.

—¿No planeó vuestro abuelo el asesinato de su anfitrión y suegro en una carrera de carros? —les pregunta Tindáreo.

—Sí —le contesta Menelao.

Agamenón, que está tenso, a su lado, guarda silencio.

—Y vuestro padre, Atreo..., ¿no asesinó a su hermanastro Crisipo?

—Sí. Y lo exiliaron por ello. Lo desterraron a Micenas.

—Entonces Micenas no siempre fue de los Atridas —dice Tindáreo aludiendo al linaje de Atreo—. ¿Quién gobernaba la ciudad cuando desterraron a tu padre allí?

—El rey Euristeo —le contesta Menelao—. Pero estaba lejos, luchando, así que nuestro padre ascendió al trono sin oposición.

Tindáreo abre la boca para seguir hablando, pero Agamenón es más rápido.

—El pueblo de Micenas nos respeta. Y Micenas es una ciudad poderosa, destinada a la grandeza. El rey Euristeo murió lejos, luchando, y nunca designó a su heredero. Nuestro padre tomó lo que le correspondía. Nuestra familia está condenada por el engaño de nuestros predecesores, no por nuestra ambición. —Pronuncia todas las palabras despacio y con claridad, en tono firme y audaz.

Algo cambia en el rostro de Tindáreo. Es una expresión que Clitemnestra no conoce y que no le gusta. Leda se inclina hacia delante para hablar, pero Tindáreo la detiene.

—Hijos de Atreo —les dice, y su voz es diferente, más cálida—, nuestro país honra el vínculo entre anfitrión y huésped, y no seré yo quien lo rompa.

Agamenón se arrodilla y Menelao sigue su ejemplo. Durante solo un segundo, Clitemnestra ve a su madre lanzando una mirada de absoluta sorpresa a su padre. Después, antes de que los hermanos se levanten y la vean, sale de la sala procurando hacer el mínimo ruido posible. La ira crece dentro de ella y le quema el pecho, aunque no entiende por qué.

El palacio cambia cuando Agamenón está presente. Las sirvientas empiezan a mostrarse precavidas, se quedan calladas cuando se acerca y corren por los pasillos cuando tienen que pasar junto a él. Lo evitan en la medida de lo posible, pero algunas, las que le preparan el baño y se ocupan de su habitación, tienen pequeños moratones en los brazos y la cara. En la cena agachan la mirada mientras le sirven el vino y él les mira los pechos y la cara.

Sin embargo, los hombres parecen respetarlo. Agamenón y Menelao empiezan a ir al *gymnasion* cuando los guerreros espartanos están entrenando. Pronto, los chicos solo hablan de que los hijos de Atreo desafían a los jóvenes y ganan todos los combates. Es algo inaudito en Esparta, donde los huéspedes y los visitantes suelen mantenerse alejados del campo de entrenamiento.

Resulta extraño presenciar ese cambio. Las salas y los pasillos siguen siendo los mismos, con sus paredes desnudas y sus rincones oscuros, pero una nueva luz brilla bajo la superficie, una nueva promesa de violencia. Hace que Clitemnestra piense en el cielo cuando está gris y sombrío, con infinitas nubes que nunca se convierten en lluvia. Una amenaza agotadora e interminable.

—Si sigues luchando convencida de que puedes ganar, seguirás perdiendo, Timandra.

Están en la terraza. Clitemnestra sujeta con el pie a su hermana menor, que está en el suelo. Ahora que está embarazada, no le permiten entrenar en el *gymnasion*, así que busca otras maneras de mantenerse en forma mientras su barriga se expande: lucha con su hermana, monta a caballo y dispara flechas y lanzas por la noche, cuando en el patio de entrenamiento no hay nadie. Así mantiene su mente alejada de la ausencia de Tántalo.

Aunque la brisa invernal es fría, el sol brilla con fuerza y nota el suelo caliente bajo los pies. Helena está sentada en un rincón, riéndose de los esfuerzos de Timandra por derrotar a su hermana. Cuando Clitemnestra le permite levantarse, Timandra hace una mueca e intenta darle un puñetazo.

—No dejes que los demás vean que te enfadas cuando pierdes —le aconseja Clitemnestra.

La empuja y Timandra cae de nuevo mientras intenta mantener el rostro inexpresivo. Pero tiene las mejillas rojas, y Helena vuelve a reírse.

Oyen pasos apresurados y una criada llega a la terraza con pan y miel. Se arrodilla junto a Helena para entregarle el cuenco procurando evitar a Clitemnestra y Timandra, que están luchando.

—Espera —dice Helena agarrando del brazo a la ilota.

La chica se detiene y deja el cuenco con cuidado. Tiene un gran moratón en la mejilla, de esos que salen cuando te golpean con el mango de un puñal. Detrás de ella, Clitemnestra agarra del brazo a Timandra y finge torcérselo.

—¿Lo ves? —le pregunta—. Tienes que soltarte por aquí.

—¿Quién te ha hecho eso? —le pregunta Helena a la chica, que no dice nada—. Contéstame —le ordena.

La ilota susurra con voz casi inaudible y con los ojos clavados en el suelo. Clitemnestra deja de luchar con Timandra y su cuerpo se tensa de repente.

—¿De qué estáis hablando? —les pregunta.

—Muéstrale la mejilla —le ordena Helena a la chica.

La ilota la obedece. Tiene la piel sudorosa y amoratada, como podrida. Timandra, aburrida, tira de los brazos de su hermana.

—Ha sido Agamenón, ¿verdad? —le dice Clitemnestra.

La sirvienta asiente. Los bordes del moratón han empezado a adquirir un tono verdoso.

—¿Te ha forzado? —sigue preguntándole Clitemnestra con la voz quebrada por la ira.

Timandra deja de tirar y observa con atención a sus hermanas.

La ilota niega con la cabeza.

—No le interesan las sirvientas —murmura.

—Entonces ¿por qué te ha pegado?

La chica se encoge de hombros.

—Puedes marcharte —le dice Helena en voz baja.

La ilota mira a su alrededor, asustada, como para asegurarse de que nadie la haya oído, y después se aleja. Su pelo oscuro parece un trapo grasiento.

—Deberíamos decírselo a nuestra madre —comenta Helena—. No es la primera vez que pasa. ¿Has visto a las pobres mujeres que le preparan el baño?

—¿Por qué crees que no se acuesta con sirvientas? —le pregunta Clitemnestra.

Ha visto a Agamenón agarrando a chicas, y sabe que Menelao suele llevarse a sirvientas a su habitación, las más guapas.

—No lo sé —le contesta Helena—, pero creo que solo quiere poder, por encima de todo.

En el cielo, las nubes se juntan como ovejas en un prado. Clitemnestra empieza a sentir náuseas.

—Quizá deberíamos volver dentro —le sugiere Helena, que parece preocupada.

Clitemnestra se toca la barriga y siente que se le revuelve el estómago. Después empuja a Timandra con fuerza.

—No hemos terminado.

Timandra retrocede y levanta los puños. Se lanza hacia su hermana, que se aparta para evitarla. Se pegan y luchan con dureza.

Están enfadadas y asustadas, y la violencia se arrastra bajo su piel como gusanos.

Por encima de ellas, las nubes se oscurecen, y moratones negros y azules se esparcen por todo el cielo.

Encuentran a Leda en el *mégaron*, sentada en el trono de Tindáreo. Bebe vino de una gran copa, y una diadema de oro le brilla en el pelo. Filónoe está acurrucada en su regazo, y suaves mechones azabaches le caen sobre la frente.

—¿Qué pasa? —les pregunta Leda. Su voz suena ronca, como si estuviera medio dormida.

Helena y Clitemnestra se acercan a ella y el olor a vino se vuelve más intenso.

—Vuestro padre está cazando —les dice Leda.

Filónoe se mueve en las rodillas de su madre buscando una postura más cómoda.

Helena carraspea.

—Te buscábamos a ti, madre.

—¿Y eso? —murmura Leda.

—Agamenón ha pegado a otra sirvienta —le contesta Clitemnestra con la voz más clara posible.

Silencio. Luego, para sorpresa de las hermanas, Leda se ríe. Su voz resuena en el salón como un tambor de guerra y después se desvanece. Filónoe se sobresalta.

—No me sorprende —les dice Leda por fin—. ¿A vosotras sí?

Helena y Clitemnestra intercambian una rápida mirada.

—Deberíamos enviarlo de vuelta a… —empieza a decir Helena, pero Leda la interrumpe.

—Vuestro padre no lo echará. —Su voz es fría y aguda. Bebe más vino, y los labios se le ponen morados.

—¿No? —le pregunta Helena.

Leda niega con la cabeza acariciándole el pelo a Filónoe.

—¿Qué dios es más hábil con el arco, Artemisa o Apolo? —pregunta Filónoe, perdida en sus pensamientos.

—Los dos —le contesta Leda perezosamente.

—Quiero ser arquera, como Artemisa —asegura Filónoe.

—Pues ve a entrenar.

—Estoy cansada —se queja la niña.

—¿Crees que Artemisa se cansa alguna vez? ¿Crees que se queja? —Leda, que tiene las mejillas enrojecidas, levanta la voz. Está bastante borracha.

Filónoe se burla de su madre, salta de sus rodillas y sale corriendo del *mégaron*. Leda se sirve más vino.

—Vuestro padre no echará a los Atridas porque le recuerdan a él mismo cuando era más joven.

Clitemnestra abre la boca para protestar, pero Helena es más rápida.

—Tindáreo no se parece en nada a ellos.

—Se parecía hace tiempo. Icario y él fueron desterrados por su hermanastro Hipocoonte, como ahora Agamenón y Menelao.

—No lo sabía —comenta Clitemnestra.

—Vosotras no habíais nacido. Cuando vuestro abuelo Ébalo murió, Tindáreo se convirtió en rey de Esparta. Pero Hipocoonte era envidioso y cruel. Solía desafiar a hombres en el *gymnasion* solo para matarlos a puñetazos. Vuestro padre siempre decía que era así porque no lo querían como a Icario y a él. No era hijo de Gorgófone. Ébalo lo tuvo con otra mujer.

Clitemnestra lanza una rápida mirada a Helena, que se mira fijamente los pies.

—En cuanto Tindáreo fue rey, Hipocoonte lo derrocó.

—Pero ¿cómo? —le pregunta Clitemnestra—. Sin duda los espartanos querían a nuestro padre.

—Hipocoonte ya tenía muchos hijos de muchas mujeres, en su mayoría esclavas. Los había tenido de joven, cuando apenas había cumplido los quince años. Cuando vuestro padre subió al trono, los hijos de Hipocoonte eran mayores y estaban listos para luchar por su padre y por su sucesión. Desterraron a Icario y a Tindáreo, e Hipocoonte se adueñó del trono, masacró a todos los que intentaron rebelarse y sacrificó a varios ilotas en honor a los dioses para ganarse su favor.

Helena parece sorprendida. Clitemnestra se muerde los labios.

Hay muchas cosas que no sabe sobre su padre y sobre su tierra. A veces le da la impresión de que vivir en Esparta es como estar atrapada en una ciénaga, con los pies metidos en el agua y solo los ojos libres para observar los inminentes peligros que la rodean. Pero en cuanto intenta mirar más allá, la ciénaga se la traga.

—Así que vuestro padre le pidió ayuda a Heracles —sigue contándoles Leda.

—El más grande de los héroes griegos —susurra Helena, y Leda asiente.

—¿Por qué Heracles se puso de parte de Tindáreo? ¿Qué le importaba? —le pregunta Clitemnestra.

—Hipocoonte no había dado la bienvenida a Heracles cuando tuvo que refugiarse en Esparta. Así que Heracles mató a Hipocoonte y a sus hijos, y vuestro padre recuperó el trono.

Clitemnestra lo entiende por fin. Tindáreo no había repetido el error de Hipocoonte y no había rechazado a dos guerreros en apuros. Pero ¿cómo no ve que Agamenón y Menelao son crueles? Que no tienen honor. Su padre siempre ha sabido juzgar el carácter de las personas.

—De todos modos, hoy vuestro padre está enfadado —añade Leda interrumpiendo sus pensamientos—. Por eso se ha ido a cazar.

En la voz de su madre hay una crispación que hace que Clitemnestra se prepare, como si estuviera a punto de recibir un golpe.

—¿Por qué?

—La sacerdotisa acaba de comunicar una nueva profecía.

—Nuestro padre no cree en las profecías.

—Bueno, esta vez está molesto.

—Porque sabe que es la verdad —dice una voz ronca detrás de ellas.

Clitemnestra gira la cabeza tan rápido que casi se hace daño en el cuello.

La sacerdotisa se dirige al trono. Una raya separa en dos partes su pelo negro. La mujer mueve los pies sin hacer ruido, como hojas arrastradas por un arroyo. Leda, que está sentada con la espalda recta, hace una mueca de asco. No es ningún secreto que odia a la sacerdotisa. «Una mujer cruel, que chupa las fuerzas de los demás». Así la describió cuando Clitemnestra le preguntó por qué siempre se marchaba cuando la sacerdotisa entraba en el palacio para hablar con el rey.

—¿Alguien te ha pedido que vengas al *mégaron*? —le pregunta Leda.

La sacerdotisa se detiene a unos metros de ellas. Sus blancas manos sobresalen de las mangas como garras.

—He venido a comunicar la profecía a tus hijas.

—Entonces nadie te ha pedido que vengas —le replica Leda.

La sacerdotisa la ignora.

—Afrodita está enfadada —les dice a Helena y a Clitemnestra—. Vuestro padre nunca hace sacrificios en su honor.

—¿No se supone que adoras a Artemisa? —le pregunta Clitemnestra.

La sacerdotisa la mira fijamente. Cuando vuelve a hablar, su voz chirría como una espada contra la piedra.

—«Las hijas de Leda se casarán dos y tres veces. Y todas ellas abandonarán a sus legítimos maridos». —Fija en ellas la mirada, la misma mirada que lanza a sus animales antes de sacrificarlos—. Esta es la profecía.

Clitemnestra observa a la sacerdotisa. ¿Abandonar a su marido? ¿Cómo se atreve siquiera a pensarlo?

—Es la voluntad de los dioses —añade la sacerdotisa—. Muchos os despreciarán, y otros os odiarán y os castigarán. Pero al final seréis libres.

Helena se vuelve hacia su madre. Parece confundida. La sacerdotisa nunca les ha comunicado profecías, y mucho menos sobre ellas mismas. Leda apoya una mano en el hombro de Helena, como para protegerla de la sacerdotisa.

—Has comunicado tu profecía —le dice—. Ahora vete.

—No puedes darme órdenes, Leda, y lo sabes —le replica la sacerdotisa. Su mirada se detiene en la copa de vino vacía que hay en el suelo, y la repulsión le recorre el rostro.

Leda se pone tensa.

—No eres bienvenida en el palacio. Vuelve a tu templo. —La ira contorsiona sus facciones y desplaza la mano hacia el puñal con piedras preciosas incrustadas que lleva a la cintura, aunque no lo desenvaina.

La sacerdotisa no parece intimidada. Levanta la barbilla y le dice:

—Tú eres la extranjera aquí. Recuerda que yo estaba en la cama de tu marido mucho antes de que te enamoraras de ese extranjero... —Sus ojos se posan en Helena.

—¡FUERA! —le grita Leda perdiendo el control—. ¡FUERA! O TE MATARÉ YO MISMA. ¿ENTENDIDO?

La sacerdotisa sonríe. Leda rodea con los dedos el mango del puñal, y la sacerdotisa espera, como desafiándola. Después se aleja, descalza y pálida como la luna, con su larga túnica ondeando detrás de ella. Leda baja del trono hecha una furia y la sigue hasta la puerta con los ojos inyectados en sangre.

—ME DA IGUAL QUE TU DIOSA ESTÉ ENFADADA. ¡NO ES MI DIOSA Y NUNCA LO HA SIDO! —le grita.

La sacerdotisa desaparece al otro lado de la puerta y Leda se da la vuelta, sin aliento. Clitemnestra y Helena siguen junto al trono, inmóviles.

—Vosotras dos marchaos también —les ordena Leda—. Ahora.

—Siempre has dicho que hay que controlar la ira —le replica Helena con ojos desafiantes. Está intentando asimilar las palabras de la sacerdotisa.

—Me da igual lo que dijera. Marchaos.

Clitemnestra coge del brazo a su hermana y tira de ella. Cuando se vuelve para mirar hacia atrás, su madre está de rodillas con la cabeza entre las manos, como si temiera que fuera a rompérsele en cualquier momento.

Leda no aparece a cenar, y Helena y Clitemnestra no preguntan por ella. Helena come despacio, perdida en sus pensamientos. Clitemnestra fija la mirada en la carne esparcida en su plato, aunque le produce náuseas.

La tarde es luminosa y fría. Los últimos rayos del sol invernal iluminan el salón, y al otro lado de la ventana se perfilan nítidamente las montañas con sus picos cubiertos de copos de nieve. Timandra, que ha pasado el día en el *gymnasion*, les habla a Febe y a Filónoe de los combates.

—¡Menelao es tan fiero que casi le rompe la cabeza a Licamedes! ¡Sin armas, solo con los puños! Lo he visto. —Mientras habla se mete comida en la boca, entusiasmada—. Agamenón ha esperado hasta el final y después ha desafiado al más fuerte. Creo que quería verlos pelear antes de elegir.

—Es fuerte como los espartanos, pero más inteligente —interviene Tindáreo. Corta la carne de cerdo de su plato en trozos grandes e irregulares y después clava el cuchillo en uno de esos trozos.

—¿Por qué, padre? —le pregunta Clitemnestra.

Tindáreo mastica despacio, pensando.

—Tiene miedo a la muerte —le contesta, y se lleva más cerdo a la boca.

—¿Y por qué eso hace a un hombre más inteligente? Los dioses nos envidian porque somos mortales —le replica Helena.

Tindáreo no le hace caso y Helena agacha la mirada con las mejillas sonrojadas.

Clitemnestra le coge la mano por encima de la mesa.

—Agamenón no luchó contra su primo Egisto cuando tuvo la oportunidad, aunque Egisto había matado a su padre y usurpado el trono de Micenas. Escapó y se refugió aquí. Fue una decisión inteligente, porque en Grecia los huéspedes son sagrados.

Tindáreo asiente.

—Es paciente, una cualidad que pocos hombres poseen. Estoy seguro de que se vengará.

El respeto que muestra su padre molesta a Clitemnestra, pero intenta pasarlo por alto.

—¿Y Menelao? —le pregunta Helena.

Esta vez Tindáreo no ignora su pregunta.

—Menelao es poderoso, aunque está eclipsado por su hermano. Pronto se alzarán como héroes y obtendrán sus tronos.

Clitemnestra se reclina en su silla. Si Agamenón eclipsa a Menelao, ¿Helena la eclipsa a ella? La mujer más hermosa de sus territorios, así llaman a Helena en toda Grecia, mientras que nadie sabe nada de Clitemnestra. Pero en Esparta Clitemnestra es la más querida y respetada. Y cuando Tántalo tuvo la oportunidad de elegir, la prefirió a ella, no a Helena. «Tu hermana es hermosa, es cierto —le dijo Tántalo en cierta ocasión—, pero hay algo domesticado en ella. Las dos tenéis fuego en el corazón, pero ella vierte agua en el suyo, mientras que tú le añades madera al tuyo. Y eso es hermoso».

Cuando levanta la mirada, Helena está mirándola fijamente. Su rostro cambia a la luz del fuego. Clitemnestra se siente culpable. Se pregunta si su hermana puede oír sus pensamientos, porque Helena se levanta y su silla chirría.

—Estoy cansada —dice—. Me voy a descansar.

A la mañana siguiente, Clitemnestra decide ver los combates de los Atridas. Fuera del palacio, el aire es frío como una espada de bronce presionada contra la piel, y los árboles desnudos parecen brazos que se extienden hacia el cielo. Cuando llega al *gymnasion*, Leda ya está allí, sentada en una silla de respaldo alto en una esquina del patio. Junto a ella, Timandra, con las rodillas y los codos llenos de barro, saca brillo a una lanza. Cuando ve a su hermana, se levanta de un salto.

—Mira —le dice—. Están a punto de pelear.

En el campo de lucha, Agamenón y un joven espartano caminan en círculo. Parecen un león y un lobo, Agamenón con su pelo largo y ondulado, que le cae sobre los anchos hombros, y el chico con su cuerpo delgado y peludo. Y los leones siempre son más fuertes que los lobos. Clitemnestra lo sabe bien. Los leones luchan solos, mientras que los lobos necesitan su manada.

—Este es listo y rápido —le dice Timandra, emocionada, señalando al chico—. Lo he visto luchar.

—Cuando luchas contra un animal mucho más fuerte, la inteligencia no basta —le contesta Leda.

El chico espartano espera a que Agamenón se abalance hacia él y gira a su alrededor para atraparlo en un momento en el que pierda la estabilidad. Tiene la cara delgada, con ojos oscuros y observadores. Agamenón intenta agarrarlo, pero el chico salta hacia su derecha. En un segundo, antes de que los ojos de Clitemnestra hayan podido seguir los movimientos, Agamenón derriba al espartano, que cae boca abajo con un ruido ahogado. Intenta alejarse gateando, pero Agamenón salta a su espalda. Sus manos grandes y llenas de cicatrices rodean el cuello del chico y le hunden la cara en la arena. Al chico le sale sangre de la nariz. Se retuerce intentando desesperadamente respirar, pero se ahoga con su propia sangre. Se oye el crujido de costillas rompiéndose, y Clitemnestra no puede evitar pensar en el sonido de los cuerpos de criminales estrellándose contra las rocas del Ceadas. Se vuelve hacia su hermana, pero Timandra no se inmuta. También ella conoce bien el sonido.

Leda corre hacia el campo de lucha. Se le hunden los pies en la arena mojada. Agarra del brazo a Agamenón, lo empuja hacia atrás y protege al espartano con su cuerpo. Por un momento, Clitemnestra cree que Agamenón va a golpear a su madre, pero se limita a mirarla, sorprendido. El chico espartano emite un ligero gemido. Está vivo.

—Levántate —le ordena Leda.

Agamenón se sacude la arena roja de las manos contra los muslos. Después, sin haber dicho una palabra a Leda, se dirige hacia Clitemnestra. Llega bajo la sombra de los árboles y la coge del brazo con suavidad. Ella, sorprendida, ve por el rabillo del ojo a Timandra apretando su lanza.

—Espero que hayas disfrutado del combate, mi reina —le dice Agamenón.

Es la primera vez que habla con ella. Su expresión es dura como una roca, y sus facciones, demasiado afiladas, como talladas por un escultor poco cuidadoso.

—Tu reina es Leda —le responde Clitemnestra.

Agamenón pasa por alto sus palabras. Le suelta el brazo y Clitemnestra siente que le arde la piel en los puntos que le ha tocado con las yemas de los dedos.

—Me han dicho que eres buena luchando —le dice—. En mi tierra las mujeres no entrenan como hombres.

—Lo siento por ellas —le responde Clitemnestra.

Él aprieta la mandíbula, pero no replica. Su silencio es frustrante. Ella desearía golpearlo o marcharse mientras él la observa y siente que sus ojos le desgarran la piel. Pero se queda donde está. Cuando Agamenón se da por fin la vuelta para marcharse del *gymnasion*, Clitemnestra se dirige a su madre, que sigue en el campo de lucha. Timandra suelta la lanza y corre tras ella. Las tres miran el cuerpo destrozado del chico espartano.

—Timandra —dice Leda—, ve a buscar al médico. Y trae un poco de opio.

Su hija se aleja corriendo, veloz como un gato. Leda mira a Clitemnestra y después el pórtico en el que hace unos segundos estaba Agamenón.

—Le gustas —le dice por fin. Sus ojos verdes proyectan una mirada plana, como cobre envejecido.

—¿No ve que estoy embarazada?

Leda niega con la cabeza.

—Algunos hombres solo quieren lo que no pueden tener.

Clitemnestra vuelve sola al palacio. El agua del Eurotas es plateada, y la tierra a su alrededor parece bronce líquido. Piensa en Leda y la sacerdotisa, una frente a la otra en el *mégaron*. Aunque su madre tenía razón, fue desvergonzada. Ella misma le había enseñado que siempre hay mejores formas de tratar a tus adversarios, mejores formas de humillarlos. Pero lo único que consiguió fue humillarse a sí misma. ¿Por qué no había echado a la sacerdotisa? Quizá lo había intentado, pero Tindáreo no lo había permitido. El pensamiento es doloroso como un profundo corte en la garganta.

Está lloviendo. Corre por el camino con las sandalias cubiertas de barro. Cuando llega a los establos, se refugia junto a una yegua y su potro para recuperar el aliento. Les da palmaditas escuchando las gotas de lluvia que golpean el suelo.

Entonces oye un ruido a su izquierda. Se esconde detrás de los fardos de heno, escucha con más atención y oye claramente un grito ahogado. Se acerca y ve la espalda de Agamenón detrás de una gran pila de heno. Clitemnestra observa que tiene la túnica, todavía manchada con la sangre del chico, enrollada por encima de la cintura, y las manos en las caderas de una mujer joven. La chica gime y grita, pero Clitemnestra no le ve la cara. Da un paso adelante pensando en la ilota amoratada.

—Déjala en paz —le dice en voz alta para que la lluvia no cubra sus palabras.

Agamenón se da la vuelta rápidamente dirigiendo la mano hacia el cuchillo que le cuelga de la túnica. La chica se pone de pie sin molestarse en cubrir su cuerpo desnudo y sonríe al ver a Clitemnestra. Es Cinisca.

—¿Qué quieres? —le pregunta la chica.

Las cicatrices que le cubren las piernas parecen serpientes. Sus pechos son pequeños, con grandes pezones marrones. Tiene una gran marca de nacimiento en un pecho, que Clitemnestra nunca había visto en el *gymnasion*. Se vuelve hacia Agamenón, que aprieta el cuchillo con una mano. Es diferente de los puñales espartanos, más parecido a los cuchillos que utilizan para destripar cerdos.

—Guarda eso —le ordena Clitemnestra.

Agamenón no lo guarda.

—Has sido tú la que nos ha interrumpido.

—Estoy en mi palacio.

—Y yo soy tu huésped.

Cinisca se pone el *chitón*, que cubre con una capa más larga.

—Vuelve al palacio, mi señor —le dice—. Iré enseguida.

Él se vuelve hacia ella con una mirada dura, pero no parece molesto. Se marcha sin mirar a Clitemnestra, y la oscuridad y la lluvia se tragan su figura al instante. Cinisca se inclina para atarse las sandalias.

—No siempre puedes tenerlo todo, ¿sabes? —le dice.

Clitemnestra frunce el ceño.

—¿De verdad crees que querría a un hombre como él?

Cinisca la mira. De repente se ríe.

—Has creído que estaba violándome.

—No sabía que eras tú.

—¿En ese caso no lo habrías detenido?

Clitemnestra duda.

—No importa —sigue diciendo Cinisca—. Ahora ya sabes que no me obliga a nada. Toda mujer estaría encantada de acostarse con un hombre como él.

—No lo creo.

Cinisca se ríe con desdén.

—Eso es porque no ves el poder cuando lo tienes frente a ti.

Ha terminado de atarse las sandalias. Le lanza a Clitemnestra una última mirada triunfante, como si acabara de ganar un combate, y se marcha.

Cuando Clitemnestra llega por fin al palacio, está empapada y temblando. Los pasillos huelen a humedad y a moho, y las antorchas están apagándose. Se dirige a toda prisa al *gynaikeion* y llama a la puerta del dormitorio que antes compartía con Helena. Se abre enseguida y aparece su hermana envuelta en una gruesa túnica de lana.

—¿Qué pasa?

—¿Puedo dormir aquí esta noche? —le pregunta.

—Claro. —Helena esboza una ligera sonrisa—. De todos modos, no duermo mucho cuando estoy sola.

—Yo tampoco.

Clitemnestra se sienta en el taburete junto a la cama y Helena le da una cálida túnica de lana.

—Cinisca estaba en los establos con Agamenón —le dice Clitemnestra cuando sus dientes dejan de castañetear—. Él estaba dentro de ella.

—¿Cómo lo sabes?

—Los he visto. Ahora mismo.

Helena se encoge de hombros.

—Las personas crueles siempre se encuentran.

Clitemnestra se envuelve los pies con la túnica y se palpa los dedos.

—En él hay algo diferente —le dice.

—Sí —coincide Helena.

—No me gusta estar cerca de él.

Helena le sonríe.

—Quizá porque te asusta. Las únicas personas que te asustan son aquellas cuyos motivos no ves.

Se sienta en su taburete y se sirve un poco de vino diluido. En la mesa, junto a la jarra de vino, hay un collar de oro decorado con pétalos. Clitemnestra nunca ha visto nada tan bonito.

—¿De dónde lo has sacado?

Helena mira el collar distraídamente. El pelo dorado le cae sobre los hombros. Ahora las dos chicas son tan distintas que ni siquiera parecen parientes.

—No importa —le contesta.

Clitemnestra quiere replicar, pero Helena es más rápida.

—¿Qué crees que significa? —le pregunta—. La profecía. —Levanta la cabeza con los ojos ardiendo, como cada vez que espera respuestas de su hermana.

Clitemnestra se queda un momento callada. De repente siente la cara entumecida.

—No creo que signifique nada.

Helena la mira.

—¿No crees en ella?

—¿Cuándo hemos creído en las profecías?

Helena no le contesta. Su rostro es tan transparente como cuando era niña, antes de que hubiera aprendido a ocultar sus debilidades. Toca el collar y siente las flores de oro bajo los dedos. Por un momento, Clitemnestra cree que va a dejarlo correr, pero de repente Helena le pregunta:

—¿Sabías lo de Tindáreo y Leda?

—¿A qué te refieres?

Helena levanta los ojos, y en su tono azul hay algo frío, como un río helado.

—Sabes a lo que me refiero.

—No sabía lo de nuestro padre —le responde Clitemnestra.

Ve que la expresión de su hermana cambia y que sus suaves rasgos se endurecen. No puede hacer nada por detenerlo.

—Entonces sabías lo de Leda. Sabías que se acostó con otro hombre.

Clitemnestra no se mueve. Siente la ira burbujeando bajo la piel, y también algo frío y resbaladizo. Miedo.

—Lo sabías y no me lo dijiste —insiste Helena.

—Solo sabía lo que me dijo Cástor, que no estaba seguro de que fuera cierto.

—¿Y quién es mi padre? —le pregunta Helena apretando el collar con una mano.

—No lo sé. Solo sabía que Leda se enamoró de un extranjero que se marchó del palacio antes de que nacieras.

Helena desvía la mirada. Clitemnestra se siente como si la hubiera abofeteado.

—¿Por qué me has mentido?

—No te he mentido.

Helena niega con la cabeza. El espacio que las separa crece como un remolino y las succiona hacia su oscuridad.

—¿Y Polideuces? —le pregunta Helena.

—¿Qué pasa con él?

—¿Sabe algo?

—Siempre dice que no lo recuerda y se niega a decir nada.

Helena se ríe, una risa fría que Clitemnestra no reconoce.

—Porque me quiere.

—Yo te quiero —le asegura Clitemnestra.

Helena se vuelve de nuevo hacia ella. Sus ojos parecen extraños.

—No, tú no me quieres. Me has mentido. Ahora vete, por favor.

Es peor que recibir patadas, peor que recibir puñaladas. Clitemnestra ha aprendido que el dolor físico puede curarse, pero ¿esto? Nadie se lo ha enseñado. Se levanta rápidamente, sale y cierra la puerta. Se siente débil, como si el vacío la succionara. Se lleva las manos a la cara y siente las mejillas húmedas, lo que la enfada todavía más. Oye a su hermana golpeando el taburete o la mesa al otro lado de la puerta. Quiere volver atrás, pero por alguna razón le parece imposible que la puerta se abra de nuevo.

8

La mujer más hermosa

Cuando Helena tenía catorce años, el héroe Teseo fue a Esparta por ella. Sus grandes hazañas llevaban años extendiéndose por sus tierras: las luchas contra bandidos en los peligrosos caminos a Atenas y el asesinato de un rey en el recinto sagrado de Eleusis. Tindáreo dijo que no había mayor honor que llamar la atención de un hombre así.

—¿Qué quiere de mí? —le preguntó Helena a Leda—. Soy demasiado joven para casarme.

—Quiere mirarte, solo eso.

—Cree que es hijo de un dios —resopló Polideuces—, así que quiere una esposa divina.

Helena frunció el ceño.

—Yo no soy divina —replicó. Y acto seguido repitió—: Y soy demasiado joven para casarme.

Teseo llegó a Esparta acompañado de su amigo Pirítoo, un príncipe de los lápitas, una tribu de las montañas del norte. Teseo era hermoso como un dios, incluso más que Polideuces, mientras que Pirítoo tenía una espesa barba y la piel en carne viva por el sol. Les gustaba hablar de sus aventuras juntos, de cómo su amistad se había forjado tras haber robado un rebaño de ovejas y de las muchas chicas a las que habían seducido. Se reían recordándolo, y los habitantes del palacio se reían con ellos, como si esas chicas hubieran sido aburridas e inútiles. Clitemnestra se dio cuenta de que Teseo creía de verdad que todas las mujeres querían complacerlo. El resto del mundo le parecía aburrido o fastidioso.

Solo Pirítoo le hacía reír y conseguía que le brillaran los ojos de emoción.

—Desconfiad de los hombres que solo encuentran consuelo en otros hombres —les dijo Cástor a Clitemnestra y Helena una mañana, mientras observaban a Teseo y Pirítoo luchando en el *gymnasion*—. No respetan a nadie más, y mucho menos a una mujer.

Teseo llenó los salones espartanos de regalos, entre ellos la cama de ébano egipcio, pero no pidió a nadie en matrimonio. Pronto todos olvidaron por qué había ido al palacio. Y un día de verano Teseo comentó que estaba listo para volver a Atenas y suceder a su padre en el trono.

La noche antes de su marcha, mientras los sirvientes dormían y Pirítoo preparaba los caballos, Teseo irrumpió en la habitación de Helena y la secuestró, silencioso como el aire. Clitemnestra se despertó a primera hora de la mañana y vio que en la cama egipcia no estaba su hermana. Gritó y corrió hacia su padre con el corazón latiéndole tan rápido que le dolía. Cástor y Polideuces salieron a toda prisa y preguntaron a sirvientes hasta que encontraron a un ilota que había visto a Teseo cabalgando hacia el este.

—Llevan a Helena a la pequeña ciudad de Afidnas, señores —les explicó el ilota cuando lo arrastraron hasta el *mégaron*.

Clitemnestra no sabía dónde estaba Afidnas ni qué significaba. Polideuces dio un puñetazo en la pared pintada y salió a toda prisa del salón. Cástor y Clitemnestra lo siguieron. En los establos, Cástor la detuvo.

—Tú te quedas aquí —le ordenó.

Clitemnestra no le hizo caso y cogió un caballo, pero Polideuces le gritó:

—¿No has oído a tu hermano? ¡Tú te quedas aquí!

Espolearon a los caballos y desaparecieron en una nube de polvo.

Clitemnestra, obligada a esperar sin tener noticias de la persona a la que más quería, se refugió en el templo de Artemisa. Allí, cerca de un manantial al pie de las montañas, se sentó entre dos columnas de madera y rezó. No se le dio muy bien, porque estaba impaciente. Se rindió enseguida y caminó alrededor de las paredes de adobe hasta que encontró a Tindáreo hablando con la sacerdotisa.

—No entiendo por qué tus hijos han ido a buscarla, Tindáreo —le decía la sacerdotisa—. Acostarse con Teseo sería un honor para cualquier chica. Helena tiene edad para casarse y aún es virgen.

La sacerdotisa llevaba flores en el pelo y un vestido largo que dejaba ver su delgado cuerpo.

—Quiero a Helena de vuelta —le contestó Tindáreo. Entonces sintió que alguien lo observaba, se giró y vio a Clitemnestra. Se dirigió a ella dejando a la sacerdotisa atrás y le dijo—: Recemos juntos por el regreso de tu hermana.

Sus hermanos volvieron al anochecer. Helena estaba desplomada en el caballo de Polideuces, con la cabeza apoyada en su espalda y los brazos llenos de arañazos. Clitemnestra aún seguía en el templo con su padre cuando los vio llegar. Nunca había rezado tanto en su vida. Se levantó de un salto y corrió hacia el palacio.

Dos sirvientes dejaron a Helena en el *gynaikeion* mientras Cástor y Polideuces hablaban con Tindáreo y Leda.

—Teseo ya se había marchado cuando llegamos —les contó Cástor—, pero la encontramos. Dos campesinos nos dijeron dónde la habían escondido.

—¿Qué le ha hecho? —les preguntó Leda.

—Necesita descansar. Y voy a pedirles a las mujeres de la cocina que le lleven grasa de ganso a su habitación.

Leda se tapó la cara con las manos. En aquel momento Clitemnestra no lo sabía, pero utilizaban grasa de ganso mezclada con hierbas trituradas para los dolores de las mujeres después de haberse acostado con un hombre.

—Volveremos mañana —dijo Polideuces—, ahora que Helena está a salvo. Me llevaré a diez de nuestros mejores hombres y saquearemos Afidnas. —Parecía enloquecido y desconsolado.

Tindáreo negó con la cabeza.

—Teseo es ahora el rey de Atenas. Atenas es poderosa y no podemos declararle la guerra, al menos por esta razón.

«Al menos por esta razón». Clitemnestra quiso arrancarse el pelo, pero Polideuces se adelantó.

—Ese hombre ha violado a tu hija por diversión. ¡Ni siquiera ha pedido su mano!

—Mejor para Helena —intervino Cástor—. Algo me dice que no querría casarse con él.

Tindáreo hizo un gesto con la mano para que se callaran.

—Teseo es un héroe y hace lo que hacen los héroes. ¿Sabéis cuántas chicas como Helena hay por ahí? ¿Creéis que sus hermanos fueron a la guerra por eso? No, porque no son tontos.

Y ahí se acabó la historia.

De vuelta en su habitación, el aire le escocía y la sofocaba, pero Clitemnestra aguantó. Se habían llevado a Helena por su culpa. Si se hubiera despertado, si hubiera visto a Teseo…

Cuando se sentó en la cama, Helena ya parecía dormida, así que se tumbó en la oscuridad y se tapó con las sábanas.

—Jugaron a los dados —le dijo Helena de repente, en voz tan baja que Clitemnestra apenas la oía—. Jugaron a los dados y ganó Teseo. Así que le correspondí a él.

Clitemnestra se quedó en silencio. Se giró hacia Helena y la rodeó con un brazo. Se obligó a no quedarse dormida en toda la noche. Cuando amaneció, se derrumbó con el brazo entumecido, pero todavía rodeando a su hermana.

Al día siguiente de su discusión, Clitemnestra no sabe adónde ir. Recorre la habitación de un lado a otro con ganas de gritar o romper algo. Pero parece que lo único que puede hacer es caminar. Sus pies inquietos van y vienen, una y otra vez. Siente un zumbido en su cabeza y no puede pensar con claridad. Se moja la cara con agua fría y sale de la habitación en busca de su hermana.

Al pasar junto a los sirvientes ocupados y los chicos sudorosos que llegan de entrenar, la mente le da un giro. Quizá Helena ya no esté enfadada. Puede que haya entendido que no es culpa suya. Quizá haya hablado con su madre, y esta le haya explicado por qué mantuvo en secreto quién era el padre de Helena. Las posibilidades son como balsas rotas que apenas la mantienen a flote en un mar tormentoso.

Bajo los árboles que rodean el campo de lucha, un chico herido está sentado a los pies del médico. El hombre limpia la sien del chico, donde un bulto oscuro sobresale como una roca del mar. Junto a ellos, Helena está triturando hierbas, concentrada y con el ceño fruncido.

Cuando ve a su hermana, deja de triturar las hierbas, pero no se aleja del médico.

—Helena —le dice Clitemnestra, incapaz de encontrar otra palabra.

Su hermana niega con la cabeza. La mira, pero en realidad no la ve. Sus ojos parecen vacíos. Clitemnestra se estremece al sentirse rechazada. Helena nunca la había mirado así, ni una sola vez. Siempre la mira intensamente, como los cazadores observan los árboles en busca del más mínimo movimiento.

—¿Podemos...? —empieza a preguntarle, pero Helena la interrumpe.

—Deberías haberme dicho la verdad —le dice con frialdad.

Tiene razón, y Clitemnestra no tiene nada que decir al respecto. Piensa en responderle «Lo hice para protegerte», pero sonaría tonto.

Siente que la felicidad se le escapa como agua que cae al suelo cuando se aprieta una túnica empapada. Se da media vuelta y se marcha.

Pasan los días. El invierno se vuelve más frío y ventoso. El agua del Eurotas se congela y los niños juegan en ella. Los días son oscuros y los árboles están desnudos.

Clitemnestra nunca se ha sentido tan sola. Añora a su marido. Debe de haber llegado ya a Meoncia y se habrá sentado en su trono dorado para anunciar su matrimonio y a su heredero. Ella imagina los rostros de los hombres que lo rodean y sus reacciones. Puede ver su ropa y sus joyas relucientes, sus preciosas telas y sus aceites perfumados. Después piensa en las manos de Tántalo en su nuca, sus brazos alrededor de su vientre, y se le encoge el estómago de nostalgia.

Timandra es la única que le ofrece consuelo. Ahora suele acompañarla al *mégaron* y se sienta con ella y Tindáreo mientras los plebeyos hacen sus peticiones. En el salón de techo alto escucha, aprende y a menudo le susurra al oído a Clitemnestra, impaciente por decir lo que piensa y hacer sugerencias.

—Eres demasiado joven —le dice Clitemnestra.

—Tengo solo tres años menos que tú —le recuerda Timandra.

Aunque su cuerpo sigue siendo delgado y atlético, como el de una niña, su rostro ha adquirido rasgos más maduros. Tiene los ojos oscuros como una noche sin estrellas, y el pelo castaño como la cáscara de las avellanas.

—De momento limítate a escuchar —le ordena Clitemnestra.

—Pero tú nunca escuchas cuando los demás te dicen que guardes silencio —señala Timandra.

Clitemnestra se ríe e incluso a Tindáreo le divierte el comentario de su hija y sonríe.

Es tarde y llevan horas escuchando las solicitudes de los ciudadanos. El fuego del hogar despide un humo denso y en el salón hace demasiado calor.

En ese momento entra Menelao, solo. La luz del atardecer cae sobre él, sobre su flamante pelo rojo, y el color del fuego chisporrotea en la oscuridad. Deja la espada de bronce en el suelo como señal de respeto y se acerca al trono. Clitemnestra se muerde el labio. Desconfía de su amabilidad, de que siempre se incline ante Tindáreo. Le recuerda a Teseo cuando llegó a Esparta: guapo y violento, arrogante pero respetuoso.

—No te esperaba, Menelao —le dice Tindáreo en tono amable—. Creía que estarías en el *gymnasion*.

Menelao sonríe. Sus ojos son de un marrón dorado, como los de Agamenón, aunque su mirada no es tan dura.

—He venido a pedirte ayuda.

—¿Y tu hermano? —le pregunta Tindáreo.

—Vendrá enseguida. Tengo dos solicitudes, y una es mejor que la haga yo solo.

Tindáreo asiente y pide a una sirvienta que se acerque.

—Tráenos agua y comida —le ordena. Y dirigiéndose a Menelao—: Escucharé tus peticiones, hijo de Atreo, pero comamos algo también. El día ha sido largo.

La sirvienta desaparece del salón y vuelve corriendo poco después con una palangana de plata para lavarse en una mano y una bandeja con carne y queso en la otra. Timandra, que estaba de pie desenredándose el pelo, inquieta, se sienta en el taburete junto a Clitemnestra sin decir una palabra.

Tindáreo coge un trozo de lomo grasiento.

—Dime, Menelao, ¿qué quieres? —le pregunta.

—A tu hija —le contesta sin dudar.

Timandra ahoga un grito y Clitemnestra se lleva instintivamente una mano al estómago. Tindáreo se vuelve hacia ella sin dejar de masticar y después vuelve a mirar a Menelao.

—¿Qué hija? —le pregunta.

Menelao frunce el ceño. Mira a Clitemnestra y a Timandra como si acabara de darse cuenta de que también están ahí. Después, con un tono que sugiere que es obvio, le contesta:

—Helena.

—Ya veo. —Tindáreo escupe el hueso en la bandeja.

—Me han dicho que está lista para casarse y la convertiría en la reina de Micenas, que, como bien sabes, es una de las ciudades más ricas.

—Ya veo —repite Tindáreo. Se lleva una mano a la sien, como si le doliera la cabeza, y deja a la vista la cicatriz del dorso de la mano, consecuencia de una herida que se hizo de joven peleando con lobos en el bosque como parte de su entrenamiento.

—¿Qué dices, Tindáreo? —le pregunta Menelao.

—En Esparta, la mayoría de las veces son las mujeres las que eligen a sus maridos —le comenta Tindáreo.

Menelao parece desconcertado, aunque se recupera rápidamente.

—Lo he oído decir. Pero no creo que sea un problema.

—Helena nunca te elegiría —interviene Clitemnestra, que no ha podido contenerse.

Menelao la mira. Timandra se inclina hacia su hermana como para susurrarle algo al oído, pero esta la detiene con un gesto de la mano. Quiere escuchar a los hombres.

—Aunque Helena te quisiera —le dice Tindáreo—, su belleza es famosa en nuestras tierras. Muchos pretendientes de toda Grecia están esperando el momento en que esté lista para casarse.

—Entonces convócalos a todos —le contesta Menelao— y deja que Helena elija.

Por un instante se quedan todos en silencio. Sus palabras resuenan en la nuca de Clitemnestra. Ahí está, creyéndose superior a los demás y convencido de que puede tener a Helena. Casi se ríe. Timandra vuelve a inclinarse hacia ella, impaciente por hablar, pero Clitemnestra le aprieta la mano para indicarle que sea consciente de cuál es su lugar.

—Lo haré —acepta Tindáreo—. Anunciaré que Helena tiene edad para casarse y pediré a todos los pretendientes que vengan a Esparta. Pero aun así no tendrás tierras ni riquezas que ofrecer. Cuando llegasteis, me dijisteis que teníais un plan para recuperar Micenas. Habéis sido mis huéspedes durante toda una estación y Micenas todavía no es vuestra.

—Tienes razón —admite Menelao—, lo que me lleva a mi segunda petición.

Antes de que le haya dado tiempo a seguir hablando, Agamenón entra en la sala. Mira la espada que su hermano ha dejado en el suelo, pero mantiene la suya en la cintura. Clitemnestra se da cuenta de que ha estado escuchando a escondidas. Mientras se coloca junto a Menelao, ella se obliga a dirigir la mirada hacia los duros ojos de Agamenón, que ignora su presencia.

—Ah, Agamenón —dice Tindáreo en tono cansado—. Sírvete algo de comida.

La sirvienta sale de las sombras una vez más y le ofrece la bandeja de carne a Agamenón, que coge el hueso que ha escupido Tindáreo, lo aparta y se traga un trozo de queso.

—Ha llegado el momento de recuperar Micenas —le dice—. No podemos esperar más.

—Estoy de acuerdo —le contesta Tindáreo—. Debéis hacerlo antes de que el pueblo se acostumbre a su nuevo rey.

—Tiestes no es rey —puntualiza Menelao, pero Agamenón silencia a su hermano con una mirada.

—Tindáreo, has sido un anfitrión generoso —le dice Agamenón—. Y nos duele pedirte un favor más, pero te aseguro que te lo devolveremos multiplicado por diez.

Tindáreo levanta las cejas y espera. Al ver que Agamenón no sigue hablando, le dice:

—No puedo darte mi ejército.

Agamenón niega con la cabeza y esboza una fría sonrisa.

—Solo necesitamos tu bendición y a diez de tus mejores hombres.

Incluso Clitemnestra debe admitir que el plan es ingenioso. Agamenón elige a diez guerreros, los mejores y más rápidos escaladores. Cabalgarán con los Atridas hasta Micenas, esconderán los caballos a cierta distancia de la ciudadela y escalarán las murallas de la ciudad. Es imposible cruzar la entrada a Micenas, la Puerta de los Leones, sin desatar las alarmas, como explica Menelao, pero una vez dentro de las murallas, correrán por las estrechas calles de la parte baja de la ciudad, donde vive la gente. Matarán a los guardias que se esconden en los callejones y subirán a la parte más alta de la ciudadela, hasta el palacio. Cuando Clitemnestra comenta que los ciudadanos podrían dar la alarma, Agamenón niega con la cabeza.

—El pueblo odia a Tiestes —explica—. Serán leales a nosotros.

—¿Y si no lo son? —le pregunta Tindáreo.

—Los mataremos antes de que puedan huir.

Clitemnestra piensa en sus palabras. Le choca que para los Atridas todas las vidas valgan lo mismo. En Esparta ha crecido sabiendo que la igualdad es producto de la naturaleza, y que algunos hombres y mujeres son *hómoioi*, iguales, mientras que otros no lo son. Le ha resultado difícil ver a espartanos matar a ilotas por ofensas tan absurdas como pasar por su lado, pero lo ha soportado porque creía que era la única forma de vida posible. Pero Agamenón y Menelao hablan de matar a hombres sin tener en cuenta su posición y su origen. Ninguna vida les importa, aparte de la suya.

Camina por los serpenteantes pasillos del palacio con las manos en la barriga y las piernas doloridas. «Van a marcharse —se dice a sí misma y al bebé—. Van a marcharse y nunca volverán». Una ligera sonrisa se le dibuja en el rostro. Siente la suave curva bajo la mano, que no tardará en verse también a través de las túnicas. Y cuanto más crece su bebé, más cerca está de Tántalo.

Entra en el comedor porque le apetece beber algo. En la sala solo está Timandra, sentada con los pies en la mesa y engullendo pan y pescado en salazón.

—Si Leda te ve así, hará que te azoten —le advierte Clitemnestra.

Timandra se traga un gran bocado de pescado y se saca una espina de los dientes.

—Lo dudo —le contesta—. Además, ella hace lo mismo cuando está aquí sola.

Clitemnestra coge una copa y se sirve un poco de vino diluido.

—¿Puedo decírtelo ahora? —le pregunta Timandra.

—¿Decirme el qué?

—He intentado hablar contigo en el *mégaron*, pero no me has dejado.

—Era importante escuchar lo que Menelao tenía que decir.

—Sí —le contesta Timandra—. Pero vi algo el otro día.

Coge un higo, lo muerde y la pulpa oscura se abre debajo de sus dientes. Lanza una mirada a Clitemnestra que sugiere que le gusta tener un secreto, algo que otros también desean saber.

—¿Qué viste? —le pregunta Clitemnestra.

—A Helena con Menelao.

Clitemnestra se atraganta con el vino. Timandra se ríe, pero al ver la expresión de su hermana, rápidamente se pone seria.

—Estaban juntos fuera del palacio, cerca de los árboles frutales —añade.

—¿Oíste lo que decían?

—Menelao le decía que, en cuanto recuperara Micenas, le regalaría una rica tela teñida de púrpura, algo de Creta, creo.

Clitemnestra se pone de pie, aunque le duele el cuerpo.

—¿Y qué le contestó Helena?

Timandra se encoge de hombros.

—No lo recuerdo. Hacía frío y tenía prisa... Iba a encontrarme con otra persona.

Clitemnestra ve la decepción en los ojos de su hermana cuando no le pregunta con quién. Se da la vuelta para marcharse, pero Timandra añade:

—Te lo he contado porque creo que Menelao tiene razón. Helena podría elegirlo.

Clitemnestra asiente, aunque no lo entiende ni lo cree. Tiene que hablar con su hermana.

Mucho tiempo después de que Teseo se la hubiera llevado, Helena seguía despertándose gritando. Durante un momento, hasta que veía que estaba a salvo en la cama con su hermana, su cuerpo se retorcía y forcejeaba como si estuvieran torturándola. Clitemnestra no se separaba de su lado. Le sujetaba la muñeca, sentía que se le aceleraba el pulso y levantaba las manos hacia las mejillas de su hermana.

«Ha vuelto», decía siempre Helena. Clitemnestra se daba cuenta de que tenía la mente en otra parte, todavía atrapada en su sueño. «Lucho, pero él encuentra la manera de derribarme».

Para mantener a raya el dolor, Clitemnestra soñaba con vencer a Teseo. ¿De qué le servía ser tan guapo e inteligente? Los héroes como él son codiciosos y crueles. Toman lo que quieren hasta que el mundo que los rodea queda despojado de su belleza.

«Algo malo va a pasar mañana —le decía Helena cuando se había dado cuenta de que estaba con su hermana—. Cada vez que sueño con él pasa algo malo».

Y Clitemnestra negaba con la cabeza. «Los sueños son sueños. No se vuelven reales si no les das ese poder». Y Helena volvía a dormirse.

Pero una noche el sueño le pareció tan real que se despertó y abandonó el palacio a la carrera. Clitemnestra la siguió, descalza, con la hierba mojada ensuciándole las plantas de los pies, y la luna brillando, tímida, en el cielo lúgubre. Helena corrió por la llanura hasta que llegó al templo de Artemisa sollozando y jadeando. Allí, cerca del manantial que derramaba agua, como una cascada de lágrimas, se sentó y se abrazó las rodillas. Clitemnestra la observó pensando en las palabras de la sacerdotisa: «Acostarse con Teseo sería un honor para cualquier chica». Todo mentiras.

—¿Qué ha pasado? ¿Alguien os ha hecho daño?

Clitemnestra se giró y vio a Polideuces con el miedo danzando en los ojos y una lanza en la mano. Debía de haberlas oído salir corriendo.

—Es Teseo —le contestó Clitemnestra—. Se le aparece en sueños.

Polideuces suspiró aliviado y dejó la lanza.

—No debes llorar, Helena. Teseo se ha ido.

Jamás hablaba en ese tono paciente con nadie más.

—Todavía me duele —susurró Helena, y Clitemnestra supo que no hablaba ni del recuerdo ni del sueño. Lo que todavía le dolía era el cuerpo.

Polideuces se arrodilló a su lado.

—Lo entiendo…

—No, Polideuces —lo interrumpió Helena con un destello de ira en los ojos brillantes—. No lo entiendes. ¿Cómo ibas a entenderlo? —«Eres un hombre».

Aunque Helena no dijo la última frase, Clitemnestra la oyó. A veces sentía el dolor de Helena en su propio cuerpo, y la tristeza de su hermana la agotaba. Era como si, tras haber pasado tanto tiempo una junto a la otra, sus corazones hubieran aprendido a llevar el mismo ritmo y latieran al unísono.

Polideuces apretó los puños y después se llevó las manos a la cara, como si intentara borrar de su mente la idea del dolor de Helena. Clitemnestra se agachó a su lado. Intercambiaron una mirada y extendieron el brazo hacia su hermana. La piel de Helena era delicada y bellísima, como el ala de una mariposa. Los miró con el rostro surcado por las lágrimas.

—Helena —le dijo Clitemnestra—, ahora estás a salvo porque estamos contigo. —«Y te queremos». No fue necesario que lo dijera porque sabía que su hermana también la oía.

Ahora sabe dónde encontrar a Helena. Se dirige al templo de Artemisa, y allí está su hermana, junto al manantial al pie de las montañas, con los ojos cerrados. ¿Está rezando? En cuanto oye los pasos de Clitemnestra, levanta la mirada. Alrededor de su cuello brilla el collar de oro que estaba en su habitación, con los pétalos perfectamente delineados sobre su piel nacarada.

—¿Quién te ha regalado ese collar? —le pregunta Clitemnestra.

Por un momento, al verse al lado de su hermana con el pelo corto y el cuerpo hinchado, se siente fea. Recuerda haberse sentido así de niña. Un guerrero de Argos que estaba de visita en el palacio le había dicho a Tindáreo que Helena era la niña más hermosa de sus tierras. «Su pelo es como la miel —le dijo el guerrero—, y su cuello, como el de un cisne. Se casará con un rey favorecido por los dioses». No dijo nada sobre Clitemnestra.

Helena pasa por alto su pregunta y clava los ojos en los de Clitemnestra con una mirada desafiante.

—Ha sido Menelao, ¿no? —vuelve a preguntarle Clitemnestra.

—¿Y qué pasa si ha sido él?

—No es un buen hombre, Helena.

—No sabes nada de él.

—¿Y tú sí?

Helena se encoge de hombros. El aire es frío y el viento empuja gotas de agua del manantial hacia ellas.

—Nuestro padre va a anunciar que estás lista para casarte —le dice Clitemnestra intentando no levantar la voz—. Pronto muchos hombres vendrán a pedir tu mano, y serás libre de elegir.

—No es mi padre —le replica Helena.

—Lo ha sido para ti. Has crecido aquí, en este palacio, con tus hermanos y hermanas.

Helena mueve bruscamente la cabeza, como si espantara una molesta mosca.

—No lo entiendes —le dice—. Puedo tomar decisiones por mí misma. No quiero seguir viviendo a tu sombra.

A Clitemnestra le arde la cara.

—¿Cómo puedes decir eso cuando siempre has sido la más hermosa, desde que eras niña? —Ahora habla con resentimiento, y no lo oculta—. Los espartanos cantan sobre tu belleza en las fiestas, y todos creen que eres hija de Zeus solo por tu apariencia.

—¡No me importan las apariencias! —le grita Helena—. ¿De qué sirven? Sabes lo que me granjeó mi belleza. Recuerdas a Teseo, ¿verdad?

—Y entonces ¿qué te importa? —le pregunta Clitemnestra, pero Helena sigue hablando en tono cada vez más bajo, aunque cada palabra es más punzante y más dolorosa que la anterior.

—El centro de atención siempre has sido tú. «Helena es hermosa, pero Clitemnestra es inteligente y encantadora, fuerte y sensata», y tantas otras cosas... Siempre has tenido el amor de Tindáreo, y los espartanos te respetan como a nadie. Hagas lo que hagas, sobresales. Consigues todo lo que te propones. —Los celos, que Clitemnestra siempre había creído que eran ajenos a su hermana, se abren camino fácilmente en sus rasgos perfectos—. Y ahí estoy yo, a tu lado, tu hermosa, débil y aburrida hermana, que no tiene nada interesante que decir. El único interés que suscito es mirarme.

Clitemnestra, dolida, intenta entenderla. Se obliga a hablar en voz tan baja como la de su hermana, tan incolora como el cielo gris por encima de ellas.

—Solo ves lo que quieres ver. No entiendes cómo lo vivo yo.

Helena pone los ojos en blanco.

—¿Y cómo lo vives tú?

Se pregunta qué le haría más daño a Helena. Algo le dice que gritar y suplicar no servirá de nada.

—No importa —le contesta—. Solo te preocupa tu propio sufrimiento. —Se seca una gota de agua de la mejilla—. Haz lo que quieras con Menelao. Cásate con él si deseas joyas y ropa lujosa. —Ve la perplejidad en el rostro de su hermana, pero no se detiene—. Pero no te engañes. No te ve ni te quiere por lo que eres. Él es uno de esos en los que el único interés que suscitas es mirarte.

Se marcha apretando los puños, con la escarcha crujiendo bajo los pies y el cielo despiadado por encima de la cabeza.

Al día siguiente Agamenón y Menelao se marchan. Lisímaco es uno de los elegidos para acompañarlos, junto con el padre de Cinisca, que sale a despedirse. Abraza a su padre y besa la mano a Agamenón, pero este no la mira. Observa a Clitemnestra con expresión sombría, absorbiéndola con los ojos. Helena está al lado de su madre, con el pelo trenzado alrededor de la cabeza como una corona de oro. Todavía lleva puesto el collar, los pétalos fríos sobre sus clavículas.

La sacerdotisa espera al otro lado de la puerta de piedra con una cabra que cojea a sus pies. Cuando los guerreros están listos, Tindáreo le tiende una gran palangana dorada. Ella coge el cuchillo de bronce que lleva atado a la capa y le corta la garganta al animal, que se revuelve mientras la sangre brota y cae en la palangana. Clitemnestra observa la mancha roja que se extiende en la capa de la sacerdotisa.

La sacerdotisa se vuelve hacia los soldados. Su expresión es tan solemne que parece más alta y peligrosa.

—Podéis marcharos —les dice—. Micenas será vuestra dentro de cinco días, antes de que caiga la noche.

Menelao monta en su caballo. Los hombres que lo rodean hacen lo mismo, con espadas y hachas brillando y resonando en sus costados.

Agamenón se vuelve hacia Tindáreo con expresión hosca y fría.

—Gracias por tu hospitalidad, rey de Esparta. Pronto enviaremos oro desde Micenas.

Y, sin decir una palabra más, se aleja galopando, seguido por su hermano y los soldados. La oscuridad se los traga y lo único que queda es el sonido de los cascos al golpear el suelo helado.

Se reúnen en el comedor. El viento les ha agrietado las manos. Esta noche no hay nobles ni guerreros, solo la familia de Clitemnestra, y las sirvientas disponen cuencos de peras y manzanas, queso y nueces. Como en la sala hace frío, una ilota enciende un pequeño fuego cuyas llamas proyectan sombras sobre las armas colgadas en las paredes.

—Esta mañana he enviado emisarios a las ciudades más poderosas de Grecia —dice Tindáreo—. He convocado a Esparta a reyes y príncipes que deseen casarse con Helena.

Nombra a Helena como si no estuviera en la sala. Febe, a la que entristece el comportamiento de su padre, mira a su hermana.

—Gracias —le dice Helena sin mirarlo. Su tono es ligeramente burlón, aunque no lo bastante para que Tindáreo se dé cuenta.

—Vendrán guerreros incluso de lugares tan lejanos como Creta —dice Leda. Se detiene un segundo cuando Febe susurra emocionada: «¡Creta!», y después continúa—: Será un honor tenerlos aquí.

Por un momento, Clitemnestra no puede evitar pensar en que la sacerdotisa había considerado «un honor» acostarse con Teseo.

—¿Sabes quiénes vendrán? —le pregunta Timandra.

—Áyax, primo del gran Aquiles, estará aquí —le contesta Tindáreo—. No tiene más de treinta años y está buscando esposa.

—¿No es un bruto? —le pregunta Clitemnestra—. Una vez lo dijiste.

Helena la mira y sus ojos se cruzan. Clitemnestra recuerda lo mucho que se rieron hace unos años cuando su madre les describió a Áyax, y que pasaron una noche entera imitándolo. El recuerdo hace que le arda el estómago.

—Lo entrenó Quirón, y su padre es el héroe Telamón —les explica Leda. Helena desvía la mirada y se centra en el queso de su plato—. Aunque era un bruto cuando vuestro padre lo conoció, estoy segura de que ya ha crecido y sería un buen partido.

—Si lo entrenó Quirón —le dice Helena—, supongo que se le dará bien el arte de curar.

—Así es —le contesta Leda. Se vuelve hacia Timandra y sigue diciendo—: También es posible que venga el rey de Argos, Diomedes, e incluso el arquero Filoctetes.

Febe se ríe, encantada. Está cada día más guapa. Aunque no es tan hábil luchando y entrenando como Timandra y Filónoe, es muy buena con el arco.

—Ya que vendrán tantos hombres —comenta—, quizá uno de ellos se case conmigo.

Tindáreo levanta sus pobladas cejas con escepticismo.

—Tú todavía tienes mucho tiempo para que te cortejen y decidir, Febe —le contesta—. Pero Timandra puede empezar a pensarlo.

—El matrimonio me da asco —le replica Timandra, aburrida—. A veces desearía ser un chico.

Tindáreo se ríe. Febe mira a su hermana, convencida de que ha pretendido ofenderla.

—¿Por eso estabas con esa chica el otro día? —le pregunta.

Timandra se ruboriza y aprieta los puños. Clitemnestra recuerda sus palabras: «Hacía frío y tenía prisa... Iba a encontrarme con otra persona».

—¿De qué hablas? —le pregunta Leda frunciendo el ceño—. ¿Qué chica?

Timandra le da una patada a Febe por debajo de la mesa con tanta fuerza que todos oyen el golpe.

Febe levanta la barbilla, desafiante.

—La vi con una chica del *gymnasion*, una que siempre lucha con ella. Estaban cerca del campo de árboles frutales.

Timandra clava su cuchillo en la mesa de madera. Ahora todos la miran.

—¿Qué hacían? —le pregunta Tindáreo mirando a Timandra.

—Estaban muy cerca —le contesta Febe—. Hablaban y...

—¿Y qué hacías tú allí, Febe? —la interrumpe Clitemnestra—. ¿No te da vergüenza espiar a tu hermana?

Febe baja la cabeza con los ojos húmedos de vergüenza. Timandra también parece a punto de llorar, pero de sus ojos no sale nada. Las chicas espartanas nunca lloran, y mucho menos por razones como esta.

—La cena ha terminado —les dice Leda antes de que su marido siga hablando—. ¡Fuera todo el mundo!

Timandra tira su silla al levantarse y sale corriendo. Su madre grita:

—¡Y portaos bien! ¡Ahora sois mujeres y debéis comportaros, no hacer lo que os plazca!

A los diez días llega un enviado al palacio. Le hacen entrar enseguida y se reúne con Tindáreo, Leda y Clitemnestra en el *mégaron*. Tiene la túnica hecha jirones y la piel cubierta de sudor y suciedad.

—Mi rey —dice jadeando—, traigo noticias de Micenas. —Se le quiebra la voz. Debe de haber cabalgado a toda velocidad sin detenerse.

—Traedle un poco de agua —ordena Tindáreo.

El mensajero lo mira agradecido, y cuando una sirvienta le ofrece una copa de vino diluido, se lo bebe todo.

Tindáreo se inclina hacia delante.

—Habla.

—La ciudad vuelve a estar en manos de los Atridas. Han ejecutado a Tiestes y su hijo Egisto ha huido.

Clitemnestra mira a su padre, pero su rostro es impenetrable.

—Muy bien —le contesta Tindáreo. Se vuelve hacia los sirvientes, que esperan obedientemente junto a la puerta—. Llevad a este hombre al baño, lavadlo y dadle una túnica abrigadora.

—Gracias —le dice el enviado con una reverencia.

Cuando se ha ido, Tindáreo se reclina en el respaldo de su silla.

—Sabía que recuperarían la ciudad.

—Lo dijiste —le comenta Leda.

—Son grandes guerreros.

Leda se vuelve hacia Clitemnestra y después mira de nuevo a su marido.

—Sabes que en esto no estamos de acuerdo.

Clitemnestra siente que el bebé da patadas y se lleva una mano a la barriga para calmarlo. «Se acabó —se dice a sí misma—. No volverás a verlos». Pero cuanto más lo repite, más siente que no es verdad.

9

El hombre de pelo llameante
y el hombre de muchas mañas

Una mujer cabalga sola siguiendo el curso zigzagueante del Eurotas. Dos centinelas espartanos siguen su avance desde el palacio, con los ojos fijos en su rostro oculto tras un velo y en su capa, que ondea al viento. Ella deja atrás las manchas amarillas de hierba seca, el suelo duro que rodea los campos y el terreno rocoso al pie del palacio. Allí, junto a la puerta, la espera Clitemnestra. La mujer la ve y desmonta del caballo gris. Se acerca a Clitemnestra con pasos lentos y firmes. Se quita el velo y deja al descubierto su pelo castaño con mechas y sus ojos oscuros e inteligentes.

—Bienvenida de nuevo, Penélope.

Penélope sonríe mirando la barriga de su prima.

—¿Te ha mandado a buscarme mi tío Tindáreo? Él sabía que iba a venir.

—He venido por mi cuenta —le contesta Clitemnestra mientras le tiende una mano—. Vamos, debes de estar cansada.

Lleva a Penélope al *gynaikeion* para que se lave y descanse antes de la cena. Recorren los pasillos oscuros, desiertos a esta hora de la tarde, hasta llegar al baño. Las sirvientas ya han preparado dos bañeras de arcilla. Las dos mujeres empiezan a desnudarse y la luz de las antorchas les acaricia el cuerpo, uno más oscuro e hinchado, y el otro más claro y suave. Penélope deja caer la capa y la túnica al frío suelo y después extiende el brazo para tocar la barriga de Clitemnestra, en la que se forman ondas porque el bebé da patadas.

—No falta mucho para que nazca —le dice Penélope.

—Un par de meses.

Penélope se mira a sí misma, como si buscara cambios. Pero su piel sigue siendo clara, y sus curvas, suaves. Comprueba la temperatura del agua con las yemas de los dedos.

—¿Ha llegado ya algún rey? —le pregunta.

Clitemnestra no puede evitar pensar en Helena, que no soporta el agua fría.

—No. Llegarán casi todos mañana.

—¿Sabes por qué Icario me ha hecho venir?

—Para que encuentres marido, supongo.

—Sí. —Penelope sonríe—. Quiere que me case con un hombre que viene a Esparta a pedir la mano de otra mujer. ¿No es patético?

—Sí —admite Clitemnestra. Se mete en el agua, y el pelo le hace cosquillas en los hombros.

—El palacio está muy silencioso sin tus hermanos —le comenta Penélope mojándose los brazos y la cara—. Imagino que tardarán en volver.

—Desde la última vez que estuviste aquí han cambiado muchas cosas.

Penélope la mira.

—¿Como que tú y Helena no os habléis? —Su dulce rostro es más anguloso a la oscilante luz de las antorchas—. Antes siempre estabais juntas —añade.

Se quedan un momento en silencio, con el cuerpo sumergido en el agua de la bañera.

—Quiere casarse con el hijo de Atreo, Menelao —le dice por fin Clitemnestra.

—Pues sería una desgracia —le contesta Penélope—. Su familia está maldita. Ha cometido crímenes sangrientos e imperdonables.

Clitemnestra no dice nada. Ya lo sabe.

—¿Crees que Menelao vendrá a pedir su mano? —le pregunta Penélope.

—Me temo que sí.

—Déjame hablar con ella —le sugiere Penélope, segura de sí misma—. La convenceré.

Clitemnestra lo piensa. Le fastidia admitir que su hermana le haría más caso a Penélope que a ella. Pero es por una buena causa. Asiente y Penélope sonríe.

Los reyes empiezan a llegar a la tarde siguiente. Una fina capa de nieve cubre la llanura; es uno de los días más fríos que se han vivido en el valle. Desde la terraza que da al salón principal, Clitemnestra y Penélope observan las mulas y los caballos que se acercan al palacio cargados de regalos.

Néstor y su hijo Antíloco son de los primeros en llegar. Reconocen al hombre por su rala barba blanca. Es viejo y se dice que su sabiduría es legendaria. Su hijo no parece tener más de veinte años y su piel es morena como el cobre. Su ciudad, la arenosa Pilos, está bañada por el mar, con hierba seca y amarilla, y agua azul como un cielo sin nubes.

—Y aquel es Diomedes —dice Penélope señalando a un pequeño grupo de hombres apenas visibles al otro lado del valle. Son diez soldados con armaduras relucientes que rodean a un hombre montado en un semental negro.

—¿Cómo lo sabes? —le pregunta Clitemnestra. Por más que fija la mirada, no ve bien al hombre.

Penélope se encoge de hombros.

—Lo he supuesto. Argos está en esa dirección.

Pasan toda la tarde en la terraza mirando a izquierda y derecha, y saltando de emoción cada vez que divisan a un grupo. Ven a Menecio y a su hijo, que parece un niño; a Áyax el Menor, de Locris, y a Menesteo, rey de Atenas, seguido por una larga columna de soldados.

Y después, procedentes del puerto, a Áyax el Grande y a su primo Teucro, de la isla de Salamina; a soldados escoltando a un príncipe cretense, con el símbolo de un hacha de doble filo grabado en los escudos; a Efenor, de la gran isla de Eubea, una importante fuente de cereales y ganado, e importante punto de unión entre Grecia y Oriente, y a un hombre que viaja con solo dos escoltas y que Penélope sabe que viene de Ítaca, una pequeña isla de rocas y cabras al oeste.

—¿Quién es el rey de Ítaca? —le pregunta Clitemnestra.

—Creo que nunca he oído hablar de él. ¿Laertes, quizá? Pero seguramente ya es demasiado viejo. Puede que lo haya sucedido su hijo.

Clitemnestra piensa en Ítaca, tan pequeña que muchos no se molestan en recordarla. Debe de ser horrible vivir en una isla olvidada hasta que te haces viejo y te llenas de arrugas. El hijo de Laertes debe de soñar con el honor de casarse con la hija de Tindáreo.

Los últimos en llegar son los hombres de Tesalia, una tierra al norte, incluso más allá de Delfos. Entre ellos están Macaón, experto en el arte de curar, y el arquero Filoctetes, un anciano de espeso pelo gris, como lana de oveja. Se bambolean en sus cansados burros, y sus sacos de comida están casi vacíos tras el largo viaje.

Al ponerse el sol, los sirvientes llaman a Penélope y a Clitemnestra. Cuando por fin salen de la terraza para prepararse para la cena, tienen las manos agrietadas y los ojos llorosos por el frío.

El comedor nunca ha sido tan ruidoso ni ha estado tan lleno. Los sirvientes han colocado dos mesas más y han encendido solo la mitad de las antorchas. El fuego ya despide un humo denso y la sala se calienta a toda velocidad.

Tindáreo está sentado a un extremo de la mesa, y el viejo Néstor, al otro. Casi todos los reyes y príncipes se han reunido a su alrededor, y los soldados y escoltas ocupan las otras dos mesas, sentados en bancos cubiertos con pieles de cordero. Clitemnestra está sentada entre Helena y Penélope. Helena brilla como el sol de verano con su vestido blanco bordado en oro y su perfumado pelo recogido en largas trenzas. Los vestidos de Penélope y Clitemnestra son de un azul oscuro, como el mar por la noche. Frente a ellas están Filoctetes, con su largo pelo cepillado y su arrugado rostro afeitado, el rey de Argos, Diomedes y el hombre de Ítaca, el que Penélope no sabía cómo se llamaba. Comen con avidez hundiendo los cuchillos en el ganso asado, el queso y las cebollas, con las copas llenas hasta el borde del mejor vino de la cocina.

—¿Todas son tuyas? —le pregunta Diomedes a Tindáreo después de haberse tragado un trozo de carne. Se refiere a las mujeres. Tiene una barba espesa y una fea cicatriz en el brazo.

—Helena y Clitemnestra son mis hijas mayores —le contesta Tindáreo en tono cálido y educado—. Timandra, Febe y Filónoe son más jóvenes. —Señala a las tres niñas, que están a su lado—. Penélope es mi sobrina, hija del príncipe Icario.

—Acarnania está muy lejos —comenta Diomedes sin dirigirse a nadie en concreto.

¿Le da miedo dirigirse directamente a Penélope? Clitemnestra ha oído decir que en algunos palacios griegos las mujeres no cenan con los hombres.

—¿Has venido a Esparta sola? —le pregunta el hombre de Ítaca. No parece compartir la incomodidad de Diomedes y mira a Penélope a los ojos. Levanta su copa y bebe.

Penélope se mueve en su asiento.

—Sí. He venido sola, a caballo.

El hombre sonríe y la mira con ojos brillantes.

—¿No te da miedo viajar sola?

Clitemnestra frunce el ceño, pero Penélope se dirige a él en tono amistoso:

—¿Alguien te haría esta misma pregunta si salieras de Ítaca solo en un barco?

Un soldado de otra mesa termina de contar un chiste verde y todos los que lo rodean se ríen a carcajadas y golpean la mesa con la copa. El hombre de Ítaca resopla, como si le hubiera molestado la interrupción, y vuelve a llenarse la copa antes de que una ilota haya podido hacerlo por él. Quizá no esté acostumbrado a los sirvientes en su pobre palacio entre las rocas.

—Me temo que no me he presentado adecuadamente —dice sonriendo en cuanto ha vaciado la copa. Tiene una bonita sonrisa y unos ojos inteligentes y conspirativos—. Qué tonto soy. Aquí estamos, para cortejar a la chica más hermosa de nuestras tierras —dice haciendo un gesto hacia Helena—, en presencia de otras mujeres maravillosas —sonríe a Penélope y a Clitemnestra—, y ni siquiera he dicho cómo me llamo. Soy Odiseo, príncipe de Ítaca, pero seguro que no habéis oído hablar de mí.

Penélope se vuelve de inmediato hacia Clitemnestra con una ligera sonrisa. A Clitemnestra, algo en su forma de hablar le recuerda a Tántalo, aunque no sabe exactamente el qué.

—Oh, hijo de Laertes, eres demasiado humilde —le dice el viejo Néstor desde el otro lado de la mesa—. Puede que no sepan cómo te llamas, pero todo el mundo ha oído hablar de tu astucia. Por algo te llaman *polytropos*.

Néstor ha empleado la palabra que califica a un hombre que es mucho más que ingenioso, que es inteligente e intrigante. Clitemnestra de repente recuerda el calificativo. «El de muchas mañas», su hermano se había referido a él en el pasado. Observa a Odiseo con más atención, pero, en cuanto lo hace, él la mira fijamente, como se hace con un niño desobediente, y ella desvía la mirada.

Diomedes se ríe con desdén.

—¿De qué sirve el cerebro? Los dioses favorecen a los fuertes.

Odiseo no pierde la sonrisa.

—Los dioses favorecen a todo aquel que los divierte. Y puedo asegurarte que los hombres y las mujeres inteligentes —añade dirigiendo la mirada a Penélope, Helena y Clitemnestra— son más atractivos que los brutos.

Clitemnestra se ríe. Diomedes se pone rojo y clava su cuchillo en el ganso como si fuera a atravesar el pecho de un guerrero.

—¿Estás insultando a los fuertes, hijo de Laertes? —le pregunta un hombre alto sentado al lado de Néstor con una voz profunda como el eco dentro de una cueva.

Clitemnestra reconoce a Áyax el Grande, el héroe de Salamina. Su primo Teucro, que está sentado a su lado, se queda rígido.

—No me atrevería, Áyax, pero los dioses nos otorgan a cada uno de nosotros dones diferentes, y hacemos con ellos lo que podemos.

—Palabras sabias de un hombre inteligente —interviene Tindáreo.

Odiseo le sonríe como un gato.

—Hablando de los fuertes —dice Diomedes con la cara todavía roja—, creía que estarían aquí los hijos de Atreo.

Clitemnestra se vuelve hacia Helena, que está untando miel en el queso con demasiada atención y las mejillas sonrojadas.

—Llegarán mañana —le contesta Tindáreo—. Acaban de recuperar Micenas, como seguramente sabes, y han estado ocupados en colocar de nuevo las cosas como estaban en la ciudad.

—¿Qué ha sido de su tío, Tiestes? —le pregunta Filoctetes. Como Tesalia está tan al norte, las noticias tardan en llegar.

—Lo han ejecutado —le responde Tindáreo con rostro inexpresivo como una losa de piedra—. Pero su primo Egisto está vivo.

Odiseo se ríe. Casi todos los reyes se giran hacia él de inmediato.

—¿Hay algo que te parezca divertido? —le pregunta Diomedes mirándolo como si quisiera estrangularlo.

—Perdóname, rey de Esparta —dice Odiseo—, pero, por cómo lo has dicho, casi parece que Egisto esté vivo gracias a la gracia de los Atridas. —Le guiña un ojo a Tindáreo, y Leda casi se atraganta con el vino—. Sin embargo —sigue diciendo—, por lo que he oído, a Tiestes lo quemaron vivo y Egisto huyó con la ayuda de un sirviente (al que más tarde también quemaron, supongo), y ahora vive en el bosque, sin hogar, planeando su venganza después de haber tenido que oír cómo resonaban los gritos de su padre en todo el valle.

Clitemnestra ve la expresión horrorizada de Helena y siente una especie de satisfacción. Es como ganar un combate, solo que el hijo de Laertes lo ha hecho por ella.

—Estas historias no son adecuadas en una cena como la nuestra, Odiseo —le reprende Néstor—. No queremos molestar a las mujeres.

—Muy pocas cosas molestan a las mujeres de Esparta, amigo mío —le dice Tindáreo en voz baja.

Clitemnestra se inclina hacia delante.

—Además, el príncipe de Ítaca no cuenta nada que no sepamos ya.

—Vaya —comenta Odiseo con una sonrisa—, a la princesa de Esparta no le gustan los hijos de Atreo.

Clitemnestra le devuelve la sonrisa.

—En eso coincidimos, estoy segura.

Diomedes se termina la comida del plato como un león que arranca la carne de los huesos de su presa. Después se vuelve hacia Clitemnestra.

—Incluso en Argos eres famosa por tu habilidad luchando.

Como la frase es una afirmación, Clitemnestra no sabe qué contestarle.

—Ha salido a su madre —interviene Tindáreo—. Leda cazaba linces y leones en los bosques de Etolia cuando era joven.

Leda sonríe, pero parece que no tiene ganas de hablar. Clitemnestra sospecha que ha vuelto a beber demasiado y, efectivamente, ve que Helena le quita la copa en cuanto intenta que vuelvan a llenársela.

—En Salamina, lo único que hacen las mujeres es quejarse y reírse —dice Áyax el Grande.

Quizá es lo que les gusta a sus compañeros, porque Teucro se ríe, pero pocos más, aparte de Menecio, Efenor y Diomedes.

—¿No luchan? —le pregunta Clitemnestra.

—¿Luchar? —Áyax se ríe y pega un puñetazo en la mesa—. Las mujeres no están hechas para luchar.

—Tejen y danzan —añade Teucro sin dejar de reírse—, y follan de vez en cuando.

Los hombres se ríen todavía más.

Diomedes vuelve a tener la cara roja, aunque esta vez de risa.

—Mi padre ni siquiera vio a su futura mujer hasta el día de la boda —dice—. Ella nunca había salido de casa.

De nuevo carcajadas.

Clitemnestra no entiende el chiste. Aunque ha crecido entre simples guerreros, nunca ha oído a hombres hablar así. Suelen bromear sobre follarse a cabras y cerdas, y se retan por cualquier tontería. Tindáreo no se une a las risas, pero tampoco hace nada por detenerlas.

—¿Cuántos años tenía? —le pregunta Penélope en tono educado.

—Doce. —Diomedes se encoge de hombros.

Timandra, que está al lado de Tindáreo, se revuelve, de repente consciente de su edad.

Al rato, el fuego se apaga y las antorchas parpadean débilmente, como estrellas en un cielo nublado. Leda parece dormida en la silla y Helena tiene que ayudarla a salir del comedor cuando termina la cena. Helena no vuelve de la habitación de su madre, así que cuando los soldados empiezan a salir del salón con la frente grasienta y los ojos cansados, Clitemnestra y Penélope se retiran juntas. Al llegar a la entrada del *gynaikeion*, Penélope comenta que se ha dejado la capa y regresa corriendo al salón. Clitemnestra la espera en la habitación y abre las ventanas para que entre un poco de aire. El viento, frío como una espada, le corta la piel, pero, tras haber pasado horas en el comedor lleno de gente, lo disfruta. Se quita el vestido azul y se acurruca bajo las gruesas mantas.

Penélope irrumpe en la habitación con la respiración entrecortada. Se ha subido la túnica para no tropezar con ella, así que la tela está arrugada alrededor de la cintura.

—¿Qué pasa? —Clitemnestra se sienta en la cama.

—El príncipe Odiseo estaba hablando con tu padre... Los he oído —le contesta sin aliento.

—¿De qué hablaban?

—De mí, pero no lo he oído bien. —Frunce el ceño—. Creo que estaban llegando a un acuerdo.

—¿Un acuerdo?

Penélope asiente. Camina un momento por la habitación y después salta a la cama, al lado de Clitemnestra.

—Me gusta ese príncipe —le dice Clitemnestra.

Penélope se ríe.

—A mí también. Habla como tu marido.

—¿Verdad que sí? Me ha dado la misma impresión.

—Sí, son diferentes de los demás. Tienen algo oscuro, aunque no sabría decirte el qué. —Lo piensa un momento y después añade con una sonrisa—: Hablar con ellos es como entrar en una cueva.

Clitemnestra conoce la sensación: moverse en la oscuridad palpando las piedras y encontrar todos los secretos con las manos, paso a paso.

—Te atraen haciéndote preguntas sobre ti —sigue diciéndole Penélope.

Clitemnestra se ríe.

—Es la especialidad de Tántalo.

Penélope se acerca a ella para que se le calienten los pies bajo las mantas. Tiene piel de gallina en los brazos.

—¿Y qué te ha parecido ese tal Diomedes?

—Asqueroso —le responde Clitemnestra—. Aún peor que Menelao.

—Yo he pensado lo mismo.

—Y Áyax el Grande. Parece un jabalí enorme, con los pelos y todo.

Penélope se ríe.

—¡Sí! Y cuando hablaba de que las mujeres se quejan...

—Si no hubiera estado embarazada, lo habría desafiado a un combate allí mismo, en el comedor.

—Oh, ojalá lo hubieras hecho. Le habrías quitado la arrogancia a patadas.

Siguen riéndose mientras, acurrucadas en la cama, pasan revista a todos los pretendientes de Helena, y el bebé de Clitemnestra da patadas y se ríe con ellas.

Por la mañana hace aún más frío que el día anterior. En el *gynaikeion*, las sirvientas van de un lado a otro cuchicheando mientras ayudan a las mujeres a vestirse. Penélope ya ha salido a buscar a Helena para convencerla de que elija al pretendiente adecuado. Clitemnestra se queda junto a la ventana mientras una sirvienta la peina. Siente que la chica le trenza dos mechones cortos hacia atrás para retirarle el pelo de la frente. En un taburete hay una corona de oro en forma de puntiagudas hojas de mirto.

Esta noche ha vuelto a soñar con Tántalo. Siempre acude a ella en sueños, con su piel cálida y sus ojos azules. «El pueblo está listo. —Sonrió—. Saben que pronto vendrá una espartana que será su reina. Les he dicho que eres feroz y que no te da miedo luchar por lo que es correcto». Al abrir los ojos, la luna era del tamaño de una uña y estaba sola en la cama.

—¿Princesa Clitemnestra? —le dice la sirvienta.

Clitemnestra mira por la ventana. Menelao y Agamenón cabalgan hacia el palacio por el valle cubierto de escarcha. Justo a tiempo.

—¿Son los…? —empieza a preguntarle la ilota.

—Los Atridas, sí —le responde Clitemnestra con brusquedad.

La chica se queda callada y termina de arreglarla. Dos pendientes pequeños a juego con la diadema. Una túnica blanca, lisa y fina. Una piel de lince para cubrirle los hombros. La sirvienta le lleva una palangana de agua fría y Clitemnestra hunde la cara en ella.

Está lista.

Cuando los sirvientes abren las puertas de madera del *mégaron*, los pretendientes llenan la sala como langostas. Todos llevan puesta su mejor túnica, dorada, plateada o carmesí, con el símbolo de su isla o de su ciudad en la capa y el puñal. Tindáreo se sienta en el trono, junto a la chimenea, con la barba recortada y una fina corona dorada sobre el pelo canoso. Junto a él, Leda está hermosa, con pendientes en forma de anémona colgando a ambos lados del cuello y pieles de cordero sobre los hombros. Clitemnestra sonríe. Es como mirarse en un arroyo de agua clara y verse a sí misma dentro de veinte años.

Helena ya está sentada en una silla tapizada en cuero marrón, en una pequeña tarima que han colocado delante de la pared pintada. Alrededor de la cabeza lleva un velo que le cubre el pelo dorado. Como está muy quieta, los coloridos frescos de mujeres bailando la enmarcan perfectamente. Podría formar parte de la pintura, y lo cierto es que desde esa tarima parece más un fresco de colores claros. Siente la mirada de su hermana sobre ella, se da la vuelta y sus ojos se encuentran. Clitemnestra quiere correr hacia ella, agarrarla, sacarla de aquí y llevársela a los altos juncos del río o entre los árboles que crecen en las montañas. Pero Helena desvía la mirada.

—Deberían haberla dejado sentarse al lado de tu padre —le susurra al oído Penélope a Clitemnestra, que ni siquiera la ha oído llegar.

—¿Has hablado con ella? —le pregunta en voz baja.

—Sí —le contesta Penélope. También lleva el pelo trenzado, y el peinado realza sus suaves labios y sus delicadas facciones.

—¿Y?

—Parecía convencida. He elogiado a Idomeneo, que es muy guapo. —Se vuelve rápidamente hacia la izquierda, donde está el príncipe de Creta—. Y a Macaón, porque a Helena le interesa el arte de curar, ¿no es así?

—Así es —le responde Clitemnestra, impresionada por lo observadora que es su prima.

Estira el cuello para ver a Macaón. Tiene callos en las manos, aunque parecen suaves, y el pelo largo y rizado. Clitemnestra intenta imaginarse a su hermana a su lado, su resplandeciente belleza contrastando con la tosca apariencia de él.

Mientras los hombres están en el centro de la sala, con sus sirvientes sosteniendo valiosos regalos, Clitemnestra ve al hijo de Laertes apoyado con indiferencia en una columna, con las manos vacías y sin sirvientes. ¿Cómo piensa cortejar a Helena sin un regalo?

Leda llama a Clitemnestra, que se acerca al trono. Febe y Filónoe están junto a su madre, ambas con una gruesa capa adornada con un alfiler de oro. Tindáreo parece molesto.

—¿Qué pasa? —pregunta Clitemnestra.

—Ve a buscar a tu hermana Timandra —le pide Leda—. No está aquí.

—Date prisa —le ordena Tindáreo—. Los Atridas están llegando, así que empezaremos pronto.

Clitemnestra asiente y sale del salón. Fuera hay varios sirvientes en fila, pegados a la pared, listos para atender las órdenes de Tindáreo.

—¿Habéis visto a Timandra? —les pregunta Clitemnestra.

Un chico se ruboriza, pero el ilota mayor que está a su lado le responde:

—Estaba aquí hace...

—Tu hermana está en la terraza.

Clitemnestra se da la vuelta. Desde el otro extremo del pasillo, vestido con una túnica carmesí, Agamenón avanza hacia ella con su hermano detrás. Han pasado dos meses desde la última vez que se vieron y ahora él mira fijamente su gran barriga y la repulsión se extiende por sus duros rasgos. Ella resiste el impulso de cubrírsela con las manos.

—Será mejor que vayas a buscarla antes de que haga una tontería —le dice Agamenón.

—Lo que haga mi hermana no es asunto tuyo —le responde Clitemnestra.

Menelao resopla. Lleva colgada del brazo una túnica con maravillosas figuras tejidas, aunque Clitemnestra no puede verlas del todo. Se vuelve hacia Agamenón.

—No has traído ningún regalo.

—No he venido a pedir la mano de tu hermana.

—Vamos, hermano —le dice Menelao pasándole una mano por los hombros.

Se dirigen juntos al *mégaron* y sus pasos resuenan en el suelo de piedra.

Clitemnestra corre hacia la terraza con el corazón acelerado y las palmas de las manos húmedas. Se detiene junto a la puerta.

Timandra, vestida con una larga túnica lila que oculta su figura desgarbada, le susurra a alguien algo al oído. Clitemnestra da un paso adelante. Es una chica de pelo negro rizado que le cae por la espalda y cejas en forma de alas de gaviota. La chica se ríe de lo que le está diciendo Timandra y después le da un beso en los labios. Timandra le devuelve el beso, entreabre la boca y pasa suavemente las manos alrededor del cuello de la chica.

—Timandra —dice Clitemnestra.

La chica salta hacia atrás y Timandra se gira. Abre la boca y le tiemblan las manos. Clitemnestra intenta mantener la compostura.

—Llegamos tarde —le dice.

Timandra asiente y se agarra una mano con la otra para detener el temblor.

—Déjanos solas —le pide Clitemnestra a la chica, que huye aterrorizada.

Como a Timandra no dejan de temblarle las manos, se muerde una. Clitemnestra se acerca, le coge la mano y la coloca entre las suyas antes de entrar en el salón con su hermana.

—Aquí pueden verte —le advierte.

Timandra abre mucho los ojos oscuros.

—¿Alguien ha…?

—Los hijos de Atreo acaban de pasar.

Timandra ahoga un grito, horrorizada.

—¡Por favor!

Clitemnestra le aprieta la mano.

—No te disculpes. Si dicen algo, lo niegas. Yo te protegeré. —Ahora están en la entrada del *mégaron* y oyen claramente las voces de la sala—. Pero ten cuidado, Timandra. Ya no eres una niña.

Antes de que Timandra haya podido asentir, Clitemnestra la arrastra a la sala. Los sirvientes cierran las puertas y Clitemnestra lleva a su hermana a una esquina en la que está Penélope sola, parcialmente oculta por una columna.

—Ah, aquí están mis hijas —dice Tindáreo en voz alta en el salón de techo alto—. Empecemos.

El salón se queda en silencio, y los hombres se vuelven hacia él y esperan.

—Ofreceréis vuestros regalos a Helena —empieza a decir Tindáreo. Muchos reyes susurran, confundidos. Probablemente esperaban presentar sus regalos a Tindáreo, el rey, no a su hermosa hija—. Pero, antes de que empecéis —sigue diciendo—, me han advertido que esta reunión puede causar problemas.

137

Diomedes se ríe. Áyax y Teucro fruncen el ceño y flexionan los brazos en un gesto amenazador.

—Nos han engañado —murmura Menecio en un volumen un poco alto.

Agamenón mira hacia el trono con expresión indescifrable mientras Menelao le susurra algo al oído.

Tindáreo no les hace caso.

—Es justo que, antes de que cada uno de vosotros entregue su valioso tesoro para pedir la mano de mi hija, aceptéis que ella elegirá a un solo hombre.

Varios príncipes miran a Tindáreo como si acabara de decir una obviedad, pero una ligerísima expresión de haber entendido sus palabras recorre el rostro de Agamenón. Clitemnestra también las ha entendido. Su padre pretende evitar una guerra con los pretendientes rechazados.

—Pero, rey de Esparta, sin duda confías en estos héroes —le dice el viejo Néstor mirando a su alrededor.

—Sí —le contesta Tindáreo en tono tranquilo—. Pero me han dicho que anoche hubo una pelea después de que alguien se jactara de que sería el marido de Helena. Nada serio —añade mientras todos estiran el cuello para ver quién pudo haber sido—, aunque sugiere que quizá muchos de vosotros no aceptéis el rechazo.

Áyax tiene la cara morada de furia. Junto a él, Menesteo, rey de Atenas, un hombre bajo y con los ojos saltones, mira a Tindáreo como si estuviera a punto de cortarle el cuello.

—No quiero dar motivos para una pelea, así que os ofrezco una alternativa. Si queréis quedaros y presentar vuestro regalo a mi hija, tendréis que hacer un juramento.

—¿Un juramento? —le pregunta Idomeneo frunciendo el ceño.

—Sí. El juramento de que aceptaréis la elección de Helena y de que apoyaréis y defenderéis a su marido si necesita ayuda en el futuro.

Nadie se mueve. De repente, el aire es sofocante y en el salón vibra una violencia contenida. Entonces Menelao da un paso adelante. Su pelo llameante brilla mientras se inclina ante Tindáreo.

Cuando levanta la mirada, Tindáreo asiente y Menelao se dirige a la tarima donde está Helena.

—Haré el juramento —dice mirándola con sus ojos dorados—. Respetaré tu elección. —Helena se ruboriza, pero se las arregla para mantener la cara inmóvil—. Este es mi regalo para ti, princesa de Esparta.

Mientras Menelao muestra la túnica, Clitemnestra no puede evitar admirar las figuras tejidas en ella: el rey Minos y la reina Pasífae, de Creta, en su palacio de bailarines y comerciantes, con su hija Ariadna arrodillada junto a ellos. Penélope lanza una mirada preocupada a Clitemnestra.

Los demás pretendientes avanzan.

Uno a uno se dirigen a la tarima, se inclinan, hacen el juramento y presentan su regalo: cuencos de oro, un escudo decorado con hojas y flores de cobre, un hacha cretense de doble filo...

—Ha sido una jugada inteligente —le susurra Clitemnestra a Penélope mientras los pretendientes siguen jurando lealtad.

—¿Pedirles que hagan un juramento?

—Sí. Me pregunto quién se lo ha sugerido a mi padre.

—Me temo que yo.

Las dos mujeres se dan la vuelta. Odiseo está detrás de ellas con una media sonrisa en el rostro.

—¿Tú? —le pregunta Clitemnestra, más enfadada de lo que quisiera.

—Sí —le contesta Odiseo en voz baja para asegurarse de que los demás no lo oigan.

—¿Por qué ibas a sugerirle algo así si tú mismo tienes que hacer el juramento? —le pregunta Penélope.

—Bueno, yo no voy a jurar nada como pretendiente —les explica Odiseo—. Mirad, Agamenón no es el único inteligente de todos nosotros. —Se detiene porque Clitemnestra resopla—. Es inteligente, por mucho que lo odies. —Ella se encoge de hombros y él continúa—: No quiero arriesgarlo todo solo por pedir la mano de una mujer, y menos cuando el mundo está lleno de ellas.

—¿Y? —Clitemnestra frunce el ceño.

—¿Qué estás preguntándome?

—¿Qué sacas tú de esto? ¿Qué ganas con sugerírselo a Tindáreo?

Odiseo sonríe moviendo las manos. Están destrozadas. Son manos de campesino, no de príncipe.

—Le he pedido a Tindáreo una cosa a cambio, pero me ha dicho que la decisión no es suya.

—Bien, ¿y qué es? —le pregunta Clitemnestra.

Empieza a impacientarse, porque la fila de héroes que pretenden a su hermana está a punto de terminar. Ahora Idomeneo está arrodillado ante Helena y casi toca el suelo con la cara.

Odiseo avanza y se coloca entre Clitemnestra y Penélope.

—Eres tú, Penélope. —Cuando dice su nombre, por un segundo su voz es más cálida y suave—. Quiero casarme contigo.

Penélope se queda en silencio. En su rostro aparece una mirada obstinada que Clitemnestra conoce muy bien.

—¿Quieres casarte conmigo, pero has venido a pedir la mano de otra mujer?

Odiseo hace un gesto de indiferencia con la mano.

—Nunca he pretendido casarme con Helena. Ni siquiera he traído un regalo y no creía que tuviera la menor posibilidad. Mi tierra es yerma y mis bienes son menores que los de cualquiera de estos reyes.

—Entonces ¿por qué has venido?

Odiseo se encoge de hombros.

—Deseaba ver a la mujer de la que hablaba todo el mundo. Pero, como habrás podido observar, no me interesa la belleza, si viene sola. Quiero casarme contigo porque pareces una mujer inteligente.

Penélope mira al frente.

—Lo pensaré, hijo de Laertes. Pero este no es ni el momento ni el lugar adecuado. Los pretendientes han terminado.

Tiene razón. La sala vuelve a quedarse en silencio. Leda parece cansada, y Tindáreo, nervioso. Junto a Helena hay una gran pila de regalos, bronce, oro y ánforas pintadas que brillan bajo las antorchas.

—Todos habéis jurado —dice Tindáreo poniéndose de pie—. Ahora, Helena, elige al hombre al que quieres como marido.

Clitemnestra siente una punzada de pánico en el pecho, pero la mirada resuelta de Penélope la tranquiliza. Acaba de respirar hondo cuando Helena habla.

—Elijo a Menelao, hijo de Atreo.

Después el salón se queda en silencio. Menelao vuelve a acercarse al trono de Tindáreo con una sonrisa triunfal en su hermoso rostro. Tindáreo se levanta y le da una palmadita en el hombro a su futuro yerno ante la atenta mirada de los demás pretendientes, a los que la rabia les hierve bajo la piel. Clitemnestra los observa: hombres enfadados que vibran de brutalidad. Una sensación de asco se apodera de ella cuando los ve apretando los puños y los dientes. Parecen depredadores cuando otro se lleva su carne ante sus ojos.

—Esta chica es tonta —Clitemnestra oye decir a Odiseo en voz baja. Por una vez no parece divertido.

Penélope mira a Helena boquiabierta, sin acabar de creérselo. Clitemnestra nunca la había visto tan sorprendida.

—Gracias por vuestros regalos, reyes y príncipes —les dice Tindáreo—. Esparta no los olvidará.

Los reyes se dan cuenta de que está echándolos. Se marchan uno a uno, y el salón va vaciándose de su violencia hasta que solo queda el miedo. Clitemnestra se vuelve para mirar a Helena, aunque verla le provoca un dolor insoportable. Está pálida, como quien ha tomado veneno y espera la muerte.

Menelao se dirige hacia ella, que está delante de un fresco de cazadores junto a su presa moribunda, y la coge de la mano. Clitemnestra siente el impulso de dar un paso adelante, pero su padre y Agamenón tienen los ojos fijos en ella, así que borra toda expresión de su rostro y se marcha dejando atrás la chimenea, las columnas y los cisnes y los ciervos pintados. Al salir del salón gira la cabeza, pero Agamenón ha cerrado la puerta. Ya nada puede hacer por su hermana.

10

Sudor y sangre

Pasan las semanas y el hielo del invierno se derrite. El aire huele a tierra cuando los reyes y los príncipes abandonan el palacio de Esparta, y el sol es cada vez más cálido. Filoctetes y Macaón son los últimos en marcharse. Sus burros oscilan bajo el peso del pan, los quesos y otros alimentos.

Los pretendientes se van, pero Odiseo y los Atridas se quedan. El hijo de Laertes pasa mucho tiempo deambulando por el palacio con Penélope y Clitemnestra, riéndose y contando historias. No presiona a Penélope para que se case con él, y esta no le responde al respecto, aunque lo observa y sigue sus movimientos sin apartar los ojos de él.

Cuando pasean por los alrededores del bosque, Odiseo les muestra qué plantas tienen raíces húmedas y qué bayas son venenosas. Cuando van a los talleres y las tiendas de los artesanos que rodean el palacio, les enseña el arte de la carpintería, del que disfruta en su casa, en Ítaca. Les cuenta cómo preparar y almacenar la leche de cabra, el queso y la mantequilla. Penélope lo escucha con entusiasmo y Clitemnestra se relaja pensando en su marido y sus maravillosos mitos. Odiseo y Tántalo cuentan historias diferentes, pero ambos hablan con la misma claridad y pasión, y los dos tienen el don de hacer interesante para los demás lo que les encanta.

Desde hace semanas, los tres son inseparables. Recogen leña para el fuego mientras el sol se esconde más allá de las montañas y en las habitaciones del palacio empieza a hacer frío. Tocan la barriga de Clitemnestra y le hablan, le cuentan cuentos infantiles, y ella siente a su bebé dando patadas, deseoso de participar.

Le ha crecido tanto el vientre que le cuesta dormir. Pasa las noches mirando la luna fría y pensando en su bebé. Lo imagina con el pelo oscuro, los ojos azules, como los de su padre, y una voz tan dulce que hace que se le derrita el corazón. Tántalo debe de estar ya en su barco pintado de colores vivos, de camino a Esparta para llevárselos con él. Espera noche tras noche, y por la mañana va al *mégaron* para ver si ha llegado alguna noticia.

Sabe que Helena la observa. Cuando su hermana no está cuidando a Febe y Filónoe, sigue a Menelao por el palacio con expresión triste. A veces se queda un rato en la terraza y observa a Clitemnestra, Penélope y Odiseo, que pasean por los alrededores del río cogidos de la mano e intentando no resbalar en las orillas cubiertas de barro. Clitemnestra se pregunta si su hermana cree que son felices.

Clitemnestra está cortando carne en salazón en el comedor cuando entra Timandra. Penélope descansa y Odiseo ha ido a cazar con Tindáreo, Agamenón y Menelao. Aparte de ella, en el comedor solo hay un sirviente quitando el polvo de las armas que cuelgan en las paredes. Al oír a su hermana, se da la vuelta. Los rasgos de Timandra están cambiando. Aunque aún tiene el pecho plano y las caderas estrechas, ahora su rostro es más delgado, y sus oscuros ojos, más grandes.

—Pareces distinta —le dice Clitemnestra sonriendo.

Timandra frunce el ceño.

—¿En qué sentido?

—Más mayor. Más guapa.

Timandra se ruboriza y se recoloca la piel de animal sobre los hombros.

—Hoy he ganado un combate —le comenta en tono extrañamente inexpresivo.

—Bien —le contesta Clitemnestra, pero se da cuenta de que Timandra no sonríe—. ¿Qué pasa?

—He tenido que luchar con mi amiga. Nuestro padre me ha obligado. —Se le quiebra la voz. Clitemnestra recuerda a la chica de pelo negro rizado, sus labios sobre los de su hermana—. Hasta ahora siempre luchábamos en el mismo equipo —añade Timandra.

Clitemnestra lanza una mirada al sirviente. Parece muy concentrado en su trabajo y que no le interesa la conversación de las chicas.

—¿Le has hecho daño? —le pregunta en voz baja.

Timandra agacha la mirada, y el pelo castaño le cae alrededor del rostro y cubre su vergüenza.

—Sí. No he tenido más remedio.

—Entiendo. ¿Le has hecho daño para que nuestro padre crea que no te gusta?

Timandra asiente. Al levantar la cabeza, sus ojos son oscuros como un pozo.

—Deberías ir a verla —le dice Clitemnestra—. Ahora. Yo te cubriré.

Timandra duda un instante.

—Pero sabes que no está bien.

—No sé lo que está mal y lo que está bien. ¿Cómo iba a saberlo? Somos jóvenes. Pero si quieres ir a verla, ve. Hazlo mientras puedas. Sabes que algún día tendrás que casarte.

Timandra asiente con tristeza.

—Si nuestro padre se entera, me castigará.

—Sin duda. Así que pregúntate si vale la pena.

—Vale la pena —le contesta Timandra sin dudarlo, en tono audaz y con los ojos muy abiertos.

Clitemnestra sonríe.

—¿Cómo se llama tu amiga?

—Crisanta —le contesta Timandra, y su mirada se dulcifica de repente, como un melocotón bajo el sol. El nombre significa «flor dorada».

—Bonito nombre —le comenta Clitemnestra—. Venga, vete.

Timandra sale de inmediato del salón, silenciosa y veloz como un soplo de viento. Mientras sigue comiendo, Clitemnestra piensa en la chica de pelo rizado y en Timandra pegándole en el patio de entrenamiento. Visualiza la ferocidad de su hermana, que es una de las guerreras más fuertes de su edad, y la impotencia de Crisanta, la ira de Timandra y el dolor de Crisanta. Las imágenes la entristecen. Es la vida que siempre ha conocido: una cadena interminable de brutalidad en la que la fuerza, el orgullo y la belleza solo brotan de la sangre que derrama otra persona. En la tierra yerma no puede florecer nada valioso. Quizá por eso eligió a Tántalo. El mundo de su marido parece mucho más esperanzador de lo que ella se ha visto siempre obligada a creer. Y si todo lo que le ha contado sobre Meoncia es cierto, su bebé no tendrá que recibir golpes para aprender, ni lo azotarán si no obedece.

El sirviente ha terminado de limpiar. Se inclina ante Clitemnestra y se marcha. Ella se levanta para seguirlo, pero ve a Odiseo apoyado en el marco de la puerta. Tiene cortes en la cara y aún lleva en la mano la espada de caza.

—Suponía que te encontraría aquí —le dice.

—¿Ya habéis terminado de cazar?

Se encoge de hombros.

—Hemos matado un jabalí pequeño y he venido a traerlo. Los demás querían seguir cazando, pero se avecina una tormenta. Pronto estarán empapados y el bosque será un lago de barro. —Se dirige a la mesa y se sienta.

Clitemnestra mira hacia la ventana y, efectivamente, el cielo está gris y el aire ya huele a lluvia.

—¿Quieres despertar a Penélope? —le pregunta.

—No. Quiero hablar contigo a solas. —Esboza su hermosa sonrisa con ojos brillantes.

—Pues habla.

—Tu hermana Timandra tiene gustos curiosos —le dice.

Clitemnestra se sirve un poco de vino.

—Como todo el mundo.

—No lo creo, no.

Clitemnestra lo mira fijamente. Es inútil ocultar lo que piensa con Odiseo. Mejor ir directa al grano, algo que a él siempre le perturba y le divierte.

—Tienes razón. Tiene gustos curiosos. ¿Te importa?

—A mí no, la verdad. Pero creo que debería tener más cuidado. A otros hombres no les parecería bien.

—¿Y a ti te parece bien?

Odiseo se recuesta en la silla y se apoya en los brazos tallados.

—Los chicos suelen acostarse con compañeros —le contesta—. ¿Por qué las mujeres no iban a poder hacer lo mismo?

—Estoy de acuerdo. Pero seguro que no has venido a hablarme de Timandra.

—No. —Suspira. La observa mientras ella toma un sorbo de vino y después le dice—: Tengo que volver a Ítaca antes de las lluvias de primavera. No me alegro de marcharme. Aquí me lo he pasado muy bien. —Coge una copa de vino y mira a Clitemnestra con una expresión extraña—. ¿Crees que Penélope vendrá conmigo?

—Sí —le contesta—. Estoy segura.

Odiseo se relaja y su expresión vuelve a ser divertida.

—Bien... Quizá en otra vida me habría casado contigo —añade en tono despreocupado.

Ella lo mira, pero su sonrisa es impenetrable.

—No habrías podido manejarme —le contesta—. Soy demasiado intensa para ti.

Él se ríe.

—¿Y tu marido?

—Le gusta el fuego. No le da miedo quemarse. —Lo dice en tono ligero, con una sonrisa, pero sabe que es verdad. Odiseo le parece un hombre al que le fascina la intensidad, pero también le provoca repulsión. Se valora demasiado a sí mismo como para acercarse a algo que pueda hacerle daño.

Odiseo se pasa una mano por el pelo.

—Ojalá lo hubiera conocido.

—Te habría caído muy bien.

—Lo sé. —Se levanta frotándose los cortes de la cara—. Voy a despertar a Penélope antes de que esos brutos vuelvan de cazar.

Ella sonríe. Él sabe lo graciosas que son sus anécdotas sobre sus compañeros soldados. Se acerca a ella, le recoloca un mechón de pelo detrás de la oreja y abandona el comedor.

El sol está saliendo por el este, y en cuestión de días los vientos se convertirán en lluvias primaverales. Clitemnestra y Penélope están sentadas en una gran roca junto al bosque, mirando el río de espaldas a las montañas. Los ilotas ya están trabajando en los campos con las manos endurecidas y la espalda encorvada bajo el peso de grandes cestas.

—Odiseo vino ayer a hablar conmigo —le dice Clitemnestra.

—¿En serio? —le pregunta Penélope. Lleva el pelo trenzado y tiene semicírculos oscuros debajo de los ojos. Anoche durmieron juntas y Clitemnestra la sintió moverse a su lado en la cama, inquieta.

—Pronto se marchará —le dice—. ¿Vas a ir a Ítaca?

Penélope se queda en silencio con las manos en el pecho, como para sujetarse el corazón. Después de un buen rato le contesta:

—Sí, iré.

—Pero algo te frena —le comenta Clitemnestra.

Penélope se pasa la capa alrededor de las piernas y se abraza las rodillas, como hacen los pájaros con las alas cuando descansan.

—¿Te acuerdas de que te dije que Odiseo me recuerda a tu marido? Bueno, sigo pensándolo, aunque creo que en él hay algo más oscuro, algo escurridizo... —Mira las piedras del suelo, perdida en sus pensamientos.

—Sé a lo que te refieres —le responde Clitemnestra—. Es como intentar atrapar las hojas cuando el viento las hace bailar. En un momento las tienes, y al siguiente desaparecen volando.

Penélope se ríe.

—Solíamos hacerlo hace años, ¿recuerdas? Corríamos por la llanura con las hojas volando a nuestro alrededor.

Clitemnestra asiente sonriendo. Siempre era ella la que cogía más hojas, pero Penélope atrapaba las bonitas, las de color rojo y naranja claro.

—Pero sí —sigue diciendo Penélope—, Odiseo es así. Es un hombre con secretos.

—Y aun así te gusta.

—Mucho. —Se le ilumina la cara—. Mi padre siempre me decía de broma que me casaría con un rey olvidado de una isla olvidada.

Clitemnestra le da un codazo.

—Bueno, vas a hacerlo.

Penélope se ríe.

—¿Quién conoce Ítaca? ¿Quién recordará a Odiseo?

—Seguramente nadie. Los inteligentes siempre quedan en el olvido.

—Por eso no habrá cantos sobre ti ni sobre mí, pero habrá muchos sobre el bruto de Diomedes.

Se ríen. El viento empieza a oler a primavera, y la vida sigue su curso a su alrededor, imperturbable.

Clitemnestra se sienta sola en la sala de *mousiké* y observa las flautas y las liras de las cestas alineadas junto a la pared. La sala es pequeña, con techo bajo y las paredes cubiertas de dibujos a tiza que hicieron de niños. Están las liras de Helena, sus linces, las lanzas de Cástor y los perros de Timandra. En una esquina de la pared, una chica noble ha garabateado: «Polideuces es hermoso como Apolo».

—Parece que tu hermano tiene éxito.

Odiseo aparece en la puerta. Aunque ella se ha entrenado para oír los más mínimos sonidos, nunca lo oye llegar, porque se mueve como un gato.

Clitemnestra coge un *aulós*, la flauta doble, la favorita de Polideuces.

—¿Sabes tocar? —le pregunta a Odiseo.

—Sí —le contesta—. Aunque no puedo decir que tenga especial talento. —Le quita la flauta de las manos—. Vaya, qué bonita. ¿Loto de Libia? Es muy ligera. —Mira a Clitemnestra con una sonrisa—. Imagino que Helena era la mejor de esta clase.

Ella le devuelve la sonrisa.

—Yo también era buena.

Él levanta las manos.

—Por supuesto.

Se produce un silencio incómodo. Odiseo deja el *aulós* en la cesta y vuelve a apoyarse en la pared.

—Debo decir que Helena no tiene mucha suerte con los hombres —comenta por fin—. Me han contado lo mucho que sufrió con Teseo... Pobre chica. —Niega con la cabeza.

—Aquello fue diferente. A Menelao lo ha elegido ella —le replica Clitemnestra.

Él inclina la cabeza.

—¿De verdad lo ha elegido ella? En mi experiencia, algunos hombres (reyes y héroes, hombres amados por los dioses) siempre consiguen lo que quieren. Llámalo poder, obstinación o simplemente no estar dispuestos a aceptar el fracaso.

—Tú también has conseguido lo que querías —le dice ella—. Te casarás con Penélope.

Odiseo la mira fijamente, como si le hubiera confundido que lo haya comparado con hombres poderosos. Lo disimula enseguida y se inclina hacia delante hasta casi rozarle la oreja con los labios.

—No soy el único que ha hecho un trato con Tindáreo.

Ella retrocede.

—¿Quién más?

—No estoy seguro, pero no pierdas de vista a Menelao.

—Menelao ya tiene Micenas y a Helena. ¿Qué más quiere?

—Te he dicho que no estoy seguro, pero has crecido en Esparta. Sabes lo que es estar siempre atento al peligro, como si estuvieras rodeado de lobos. —Le guiña un ojo, como suele hacer antes de marcharse—. En eso, tú y yo somos iguales.

La advertencia de Odiseo la persigue como una serpiente, se arrastra detrás de ella y le muestra los colmillos cada vez que se da la vuelta. No puede fingir que no está ahí.

Una tarde, mientras Penélope está descansando, Clitemnestra se decide a recorrer la zona de los huéspedes hasta el final, donde sabe que Menelao comparte una habitación con Helena. No hay nadie en los pasillos y avanza despacio, con la barriga grande y pesada. Las paredes están desnudas y las pequeñas ventanas, que casi tocan el techo, derraman pequeñas semillas de luz y largas sombras. De niña este lugar le parecía un calabozo. Tántalo debió de pensar lo mismo cuando estuvo aquí, porque su habitación está en el extremo opuesto de las habitaciones de los huéspedes, cerca del *mégaron* y sus pasillos bellamente iluminados.

Dos voces resuenan desde el final del pasillo, y Clitemnestra se acerca sigilosamente, atenta a dónde apoya los pies descalzos, como si avanzara por un camino lleno de piedras. Se detiene ante la puerta y contiene el aliento.

—He oído que tu prima va a casarse con el hijo de Laertes.

—Yo también lo he oído. —La voz de Helena es suave y tímida comparada con la de Menelao, como el canto de un abejaruco tras el de un halcón—. Creo que serán felices. Son muy parecidos.

—¿Has hablado con ella?

Un instante de silencio. Clitemnestra casi puede sentir la tristeza de su hermana.

—No —le contesta Helena.

Clitemnestra oye un tintineo, como si Menelao estuviera jugando con un cuchillo.

—Su aspecto no es agradable —le dice—, pero es amable, aunque mi hermano cree que es astuta.

—Tiene razón —le contesta Helena—. Penélope es inteligente.

Menelao se burla, y por un momento se quedan en silencio. Clitemnestra imagina sus labios sobre los de su hermana, sus manos sobre sus hombros, y siente náuseas.

—¿De qué has hablado con Tindáreo? —le pregunta Helena. Parece asustada, y Clitemnestra se da cuenta de que se esfuerza en hablar con calma—. Has estado en el *mégaron* mucho rato.

Helena respira hondo y Clitemnestra se mueve ligeramente para mirar. Ve que Menelao da un paso adelante y que Helena retrocede. El movimiento es elegante, como una ola, pero encierra peligro. Parece como si él fuera a pegarle, pero no lo hace. Coloca la pequeña mano de Helena entre las suyas y le dice:

—Siempre preguntas por cosas que no te conciernen, Helena.

Ella se muerde el labio y no dice nada. Menelao observa a su mujer y añade:

—Solo hemos hablado de Micenas y del oro que debemos a Esparta. Hicimos un pacto con Tindáreo, y los pactos deben respetarse.

Clitemnestra siente que su cuerpo se relaja y que su miedo se diluye. Las palabras de Odiseo se desvanecen y lo único que queda es un ruido en su cabeza, una débil nota de advertencia.

Siente que el bebé da patadas y retrocede. Tiempo atrás habría entrado en la habitación y habría protegido a su hermana. Habría defendido a Helena de cualquier persona y cualquier cosa. Pero ahora no puede.

«Ella lo ha querido —piensa con amargura—. Ha elegido a este hombre por despecho, y ahora es lo que tiene».

La marcha de Penélope y Odiseo, unos días después, deja a Clitemnestra sola una vez más. Esa noche han invitado a cenar a Cinisca, su padre, Lisímaco y varios otros nobles espartanos. Para evitar el lugar vacío al lado de Agamenón, Clitemnestra se sienta junto a Helena, que levanta los ojos, sorprendida. Le llega el aroma de su hermana, miel, azafrán y almendras de los árboles que crecen cerca de los establos. Se miran por un momento. Entonces Menelao coge la pequeña mano de su mujer entre las suyas y Helena desvía la mirada. Clitemnestra siente frío en las zonas de la cara por las que han pasado los ojos de su hermana. Se pregunta por qué todavía no han vuelto a Micenas.

Las sirvientas les llevan bandejas de cebollas y queso, que dejan un rastro de olor a su paso mientras Tindáreo habla de su última cacería. Cinisca interviene a menudo para presumir de las suyas mirando a Agamenón con un deseo que asquea a Clitemnestra. Helena apenas toca su comida.

—¿Así que el hijo de Laertes se ha marchado con tu sobrina? —le pregunta Lisímaco a Tindáreo.

—Sí —le contesta.

—Parece una buena pareja —comenta Agamenón.

—¿Te cae bien Odiseo? —le pregunta Cinisca, que a continuación da un sorbo de vino.

Agamenón no pestañea.

—No me cae bien. Lo respeto. Es inteligente.

—Hay quien dice que es el hombre más inteligente del mundo, un hombre de infinitos trucos —interviene Leda.

—Los trucos no te conviertes en héroe —objeta Menelao.

Clitemnestra se ríe con sarcasmo y vuelve a su queso. Está lista para replicar si alguien decide insultar de nuevo a Odiseo, pero su padre cambia de tema.

—¿Qué noticias tenemos del este?

—No muchas —le contesta Agamenón—. La ciudad de Troya sigue desafiando a los griegos en el mar, pero nadie luchará contra ella.

—Muchos dicen que la ciudad es impenetrable —comenta Leda.

—Madre, ¿dónde está Troya? —le pregunta Filónoe con voz chillona.

El que contesta es Agamenón.

—Al otro lado del mar Egeo. Al norte de Meoncia —se vuelve rápidamente hacia Clitemnestra—, donde vive el marido de tu hermana.

—Al norte incluso de Lesbos —añade Leda, y Filónoe asiente y vuelve a sus cebollas, que selecciona una a una y saborea como si fueran caramelos.

—Ninguna ciudad es impenetrable —asegura Agamenón—. Si los griegos uniéramos nuestros ejércitos y lucháramos juntos, Troya caería.

Lisímaco se burla. Los espartanos no luchan en guerras de otros.

—Parece poco probable.

Algo parpadea en los ojos de Agamenón, pero no sigue hablando del tema.

Cuando la luna aparece en el cielo, Tindáreo pide entretenimiento. Colocan bloques de madera en un lado de la sala para que los invitados lancen cuchillos. Tántalo le contó a Clitemnestra que en Meoncia estas diversiones son muy frecuentes. Cada vez que celebra un banquete, en sus salones hay músicos que tocan la lira, malabaristas y bailarines. Los acróbatas y los animales exóticos están entre sus espectáculos favoritos. Una vez, a un domador se le escapó una hiena rayada —Clitemnestra nunca había oído hablar de este animal—, que deambuló por el palacio hasta que la atraparon. Tántalo le describió el grito de la hiena, que sonaba como una carcajada, y los dos se echaron a reír.

Cinisca se levanta de la mesa con el cuchillo en la mano, todavía manchado de grasa. Lo lanza hacia un bloque de madera, y cuando se hunde cerca del centro, todos aplauden. Leda insta a Febe y Filónoe a intentarlo, y Agamenón les aconseja cómo hacerlo. Clitemnestra desvía la mirada y observa un perro pequeño que está comiéndose las sobras a los pies de su padre. Traga rápido, con avidez, y cuando ha terminado, levanta la cabeza pidiendo más comida.

No es tan diferente de los hombres, piensa. Sus rostros son brillantes y ansiosos a la luz de las lámparas, y sus sombras, afiladas. Siguen lanzando cuchillos y peleando por comida y vino mientras las sirvientas recorren de un lado a otro el suelo, que está pegajoso por las grasas y los jugos derramados.

Clitemnestra se levanta y se disculpa. Cruza el comedor, ansiosa por escapar, en el instante en que Agamenón lanza su puñal, que se clava justo en el centro del bloque de madera.

En su habitación, Clitemnestra fija la mirada en el techo y rememora los tiempos en que Helena y ella hablaban de las estrellas que brillaban en el cielo y de los dioses que las observaban.

—¿Crees que están viéndonos ahora? —le preguntaba siempre Helena.

—No —le contestaba Clitemnestra—. Están demasiado ocupados observando a otros. ¿Cómo van a mirar a todos a la vez?

Por primera vez en semanas se queda dormida arrullada por estos pensamientos.

Empieza con dolor, como si alguien estuviera haciéndole cortes con una cuchilla afilada. Clitemnestra se despierta y se cae de la cama jadeando. No hay ninguna cuchilla. Fuera de las mantas de pieles hace frío. Una tímida luz se despierta en el este; debe de estar amaneciendo. Intenta levantarse, pero el dolor regresa, más fuerte que antes. El bebé está listo para nacer. Intenta pedir ayuda, pero no le sale ningún sonido. Tiene los puños apretados y no puede respirar. Se arrodilla y después se pone de pie con los dientes apretados e intentando pensar en otras ocasiones en las que ha sentido un dolor tan intenso: cuando se cayó por un barranco y se desgarró el hombro; cuando Cástor despertó a un oso durante una cacería, y ella echó a correr y saltó a un arbusto con espinas; cuando una chica le clavó una lanza por encima de la cadera en el *gymnasion*, y cuando un lince le arañó la espalda con las garras.

Se las arregla para salir a trompicones del dormitorio y llegar al pasillo principal del *gynaikeion*. Está recuperando el aliento cuando le llega el siguiente dolor y se dirige a toda prisa a la habitación de su madre. Hace frío y solo lleva una túnica fina, pero el sudor le resbala por la frente. «Respira». Se tropieza con alguien de camino a la habitación de Leda y levanta la mirada. Es Helena.

—¿Qué pasa? —le pregunta su hermana, preocupada. Está pálida y tiene los ojos rojos, como si hubiera estado llorando.

—El bebé está en camino —le susurra Clitemnestra con voz entrecortada. Se apoya en la pared porque el dolor es más intenso.

Helena abre los ojos como platos.

—Voy a llamar a nuestra madre...

Clitemnestra niega con la cabeza.

—Llévame con las comadronas. Ya viene. —Emite un sonido áspero cuando otra punzada la hace encorvarse.

Helena deja que su hermana se apoye en ella y la arrastra a la cocina. Clitemnestra siente la piel fría de su hermana contra la suya y el olor a fruta y aceite que emana de ella.

—¿Te duele mucho? —le pregunta.

Ahora casi están corriendo. A Clitemnestra le cuesta respirar y agarra con fuerza el brazo de Helena.

—He tenido momentos peores —consigue contestarle, y su hermana esboza una débil sonrisa.

Abajo, cerca de las habitaciones de los sirvientes, no hay luz. Helena coge una antorcha y entra a toda prisa en la cocina vacía.

—¿Dónde están las mujeres? ¿Dónde están las comadronas? —grita. No hay nadie—. Espera aquí —le dice a Clitemnestra, y sale de la cocina.

Clitemnestra se deja caer en una silla gritando. Se lleva una mano entre los muslos y siente la humedad.

Una mujer con el pelo negro recogido hacia atrás entra muy deprisa.

—Tranquila —le dice—. Tu hermana ha ido a llamar a tu madre y a los ancianos. Tu marido también está en camino.

—Tántalo —murmura Clitemnestra con voz ronca.

—Su barco llegó anoche al puerto. En estos momentos está cabalgando hacia el palacio.

La mujer le indica que se ponga en cuclillas y le pide que respire. Inspirar y espirar, inspirar y espirar. «Tántalo está en camino —piensa Clitemnestra—. Ya casi está aquí». Mira el techo, los sacos de trigo apilados en un rincón y la cara pálida de la comadrona. El dolor llega a su punto máximo. Clitemnestra grita y vuelca una mesa. Bayas y cañas ruedan por el suelo a su alrededor.

—¡Estoy tocándole la cabeza! —exclama la mujer, y de repente en la cocina están también Helena, Timandra y su madre.

Leda se agacha junto a Clitemnestra y le coge la mano.

—Ya casi está, Clitemnestra, empuja fuerte, ¡empuja!

Ella empuja y grita, cubierta de sudor. La comadrona reza a Ilitía, diosa de los nacimientos, pero Leda le grita, enfadada:

—¡Ayúdala! Ya rezarás luego.

A Clitemnestra se le queda la respiración atrapada en la garganta. Hace un ruido, como si se ahogara, y entonces lo ve. Su bebé.

—¡Es un niño! —La comadrona lo sostiene con sus blancas manos. Es un frágil bulto cubierto de mucosidad y sangre.

—Dámelo —le ordena Clitemnestra, estremecida y agotada.

La mujer coge un cuchillo de cocina limpio y corta el cordón. Después le entrega el bebé a su madre. Clitemnestra siente su humedad y su suavidad. Mira sus manos minúsculas, cada una de ellas perfecta como un pétalo, y su cabeza, que le cabe en la palma de la mano. Observa a su hijo, que, al sentir su presencia, abre los ojos, ligeros y azules como el cielo de la mañana.

11

Ruiseñor

Su hijo y Tántalo. No existe nada más.

Fuera, la primavera despierta. La llanura está cada vez más verde y los árboles muestran los primeros brotes, tiernos y frágiles. Los días son más largos, y el sol, más cálido. Serpientes y lagartijas salen de sus agujeros y toman el sol en la tierra oscura. Las comadronas destripan el pescado y lo cuelgan fuera para que se seque mientras las sirvientas lavan pieles y túnicas en el río.

Dentro, el bebé llora y grita, grita y llora. Nunca duerme. Clitemnestra se queja y Tántalo se ríe.

—¿Qué esperabas? —Sonríe—. Tú nunca duermes.

Sus largos dedos atan con destreza trozos de cuero. Está haciendo un arnés para llevar al bebé. Qué guapo es su marido. Clitemnestra, con el bebé en el regazo, le apoya la cabeza en el hombro.

Ha observado que el bebé duerme mejor con su padre. Ella le canta y le tararea, le da hierbas de Leda para que se calme, pero el bebé le devuelve la mirada, contento y un poco desafiante, y extiende sus diminutas manos hacia su rostro. Y cuando se cansa, llora. Pero cuando Tántalo lo mece, cuando lo besa, el bebé se relaja.

Los ancianos le dieron la bienvenida poco después de que hubiera nacido. Lo cogieron tal como estaba, desnudo, y lo llevaron al monte Taigeto. El bebé pataleaba y lloraba, pero estaba a salvo. Estaba a salvo porque estaba sano. Los ancianos lo revisaron y vieron que estaba perfecto y que era fuerte.

Clitemnestra pasea durante horas con él en brazos. Es un niño curioso. Le muestra flores y le acerca a la cara los pétalos. Azafranes, laureles, lirios y anémonas. Le cuenta historias sobre estas plantas. La princesa fenicia Europa cayó en los brazos de Zeus tras inhalar un azafrán que el dios llevaba en la boca; a la ninfa Dafne la transformaron en laurel para ocultarla de Apolo, que la deseaba; Hades, rey del inframundo, raptó a la diosa Perséfone mientras recogía lirios en un prado. Al bebé le gustan sobre todo las anémonas, así que Clitemnestra le habla de Adonis, al que mató un jabalí, y de Afrodita, que estaba enamorada de él, recordando que Tántalo y ella hablaron de este mito en su primera noche juntos.

Leda quiere mucho al bebé. Lo coge en brazos cuando Clitemnestra está muy cansada y lo deja jugar con sus pendientes, milagros brillantes a ojos del niño. Se convierte en la mujer que era cuando nacieron Febe y Filónoe, cuando pasaba los días cantándoles y hablándoles con sus cabecitas entre las manos. Clitemnestra se alegra mucho de ver a su madre así, de ver la suavidad detrás de la fuerza y los ojos brillantes de determinación.

Cuando Timandra toca los pies del bebé, Leda le susurra: «Ten cuidado. Los bebés son frágiles».

Cuando Clitemnestra le ha dado de comer, Leda lo envuelve en una manta y recorre con el dedo sus diminutos rasgos: los ojos, la nariz, los labios y las orejas.

Tántalo empieza a organizar el viaje a Meoncia. Envía un mensajero al puerto para que lleven la noticia al otro lado del mar Egeo. Ha nacido un heredero, y el rey está listo para regresar con la reina.

Clitemnestra está sentada en un rincón de la plaza del pueblo, arrullando al bebé a la sombra de un roble. Ha escapado del comedor para evitar a Agamenón y Menelao, porque no le gusta cómo miran al bebé, con una mezcla de frialdad y repulsión. A veces casi parece lástima.

—Pronto nos iremos —le dice, y el bebé abre los ojos como platos y sonríe—. Nos vamos a la tierra de tu padre.

Todo está tranquilo. Dos chicas pasan con cántaros de agua en los hombros, y un perro las sigue y les lame los tobillos. Un hombre recoge cestas de aceitunas y cebollas frente a su puerta. Los olores bailan en el aire e invaden la plaza, y un niño se asoma por una ventana con mirada hambrienta.

Clitemnestra levanta los ojos. Helena se dirige a la plaza a pasos lentos, como si estuviera nerviosa por acercarse a ella. Cuando llega, se echa el manto hacia atrás y se coloca debajo del árbol. El silencio se prolonga entre ellas hasta que el bebé balbucea y Helena sonríe.

—Se parece a ti —le dice.

—Yo creo que se parece a su padre.

—Tiene los ojos y el pelo de Tántalo —admite Helena—, pero la manera de mirar a su alrededor es tuya.

Clitemnestra saborea la calidez de las palabras de su hermana como si fueran un bocado de manzana dulce. Al otro lado de la plaza, el hombre cuenta las aceitunas de una cesta, y un niño se sienta en el suelo junto a él a la cálida luz del sol. En el tejado de la casa, dos niñas cantan mientras juegan con barro.

—He hablado con nuestra madre —le dice Helena mirando a las niñas—. Me ha dicho que mantuvo en secreto quién era mi padre para que Tindáreo no me echara.

—Me alegro de que hayas hablado con ella —le responde Clitemnestra.

Recuerda las palabras de Cástor cuando eran pequeños: «Cuando la marea retrocede y deja algo en la arena, no hay que preocuparse. Tarde o temprano el agua volverá a subir y se lo llevará».

—Me protegiste —le dice Helena.

—¿He hecho otra cosa desde que naciste? —bromea Clitemnestra.

Helena se ríe, y las niñas que están en el tejado dejan de cantar y las miran, curiosas. Clitemnestra quiere hablar con su hermana sobre la vida que la espera en Meoncia, pero ve una pequeña sombra en el rostro de Helena.

—Pero... —Helena se detiene buscando las palabras adecuadas—. Entre nosotras nunca había habido secretos.

Clitemnestra sonríe.

—Todo el mundo tiene secretos.

Helena se ruboriza y agacha la mirada.

—Yo no tenía secretos contigo.

Por un momento, Clitemnestra ve a Helena de niña, con el pelo rubio cayéndole sobre los hombros como una cascada de oro y sus diminutas manos manchadas de zumo de albaricoque. «Somos como dos mitades de un albaricoque —le dijo Helena tendiéndole la fruta—. ¿Lo ves? Compartimos el hueso, y en él escondemos nuestros secretos».

Clitemnestra apoya la cabeza en el roble sintiendo en la mano la suave piel del bebé. De niña se negaba a aceptarlo, pero ahora está claro como el agua de un arroyo: nunca serán iguales. Y quizá no sea tan malo.

—¿Cómo vamos a llamarlo? —le pregunta Tántalo.

Están sentados en la terraza, Clitemnestra con el bebé apoyado en los muslos, y el sol les acaricia la piel. Los pájaros se dispersan en el cielo, y el bebé los sigue con sus grandes ojos.

—Esperemos hasta que lleguemos a Meoncia —le contesta—. Esperemos hasta que esté en su casa.

Un diminuto ruiseñor marrón vuela hasta la terraza y empieza a cantar. El bebé mira el pajarito y se ríe.

—Es un ruiseñor —le susurra—. Canta por todos los que no tienen voz.

El bebé sonríe y extiende la mano hacia él, pero el ruiseñor levanta el vuelo.

Por la noche se desata una tormenta. Oyen truenos y gotas de lluvia golpeando el tejado. Clitemnestra sostiene al bebé cerca de su corazón, aunque no llora. Escucha mirando la oscuridad del cielo con los ojos muy abiertos.

—¿Estás preocupada por algo? —le pregunta Tántalo.

Ella se vuelve hacia él meciendo suavemente al bebé.

—Sí.

—¿Vas a contármelo?

Ella espera a que enmudezca un trueno y le contesta:

—Ojalá pudiera volver a ver a mis hermanos antes de marcharnos.

—Vendrán a visitarnos. Y podrás volver aquí.

Llaman a la puerta, tan suavemente que Clitemnestra casi cree que se lo ha imaginado.

—¿Lo has oído? —le pregunta Tántalo.

Ella asiente. Esperan hasta que oyen otro golpe, tan suave como el primero. Tántalo se levanta frunciendo el ceño.

—¿Quién será? Aún no ha amanecido.

Abre la puerta. Al otro lado está una mujer. Como el pasillo está oscuro, tardan un momento en reconocer a Helena, en camisón y temblando, con el pelo dorado alrededor de los hombros. No lleva una antorcha.

—¿Helena? —le dice Tántalo, pero ella avanza y le tapa la boca con la mano. Entra a toda prisa y cierra la puerta.

Clitemnestra se sienta en la cama.

—¿Qué ha pasado?

Helena se acerca a ella. Su camisón solo tiene un tirante, por lo que se le ve el pecho izquierdo, blanco a la tenue luz.

—Necesitaba hablar contigo. —Su voz destila miedo.

Clitemnestra le da el bebé a Tántalo, que lo mece.

—Que no llore, por favor —le dice Helena.

Tántalo asiente.

—¿Dónde está Menelao? ¿Sabe que estás aquí?

—Mi marido está durmiendo —le contesta Helena. Sus palabras son apresuradas, un susurro tras otro—. No debe despertarse.

Clitemnestra sujeta la barbilla de su hermana con la mano y la obliga a levantar la cabeza y a mirarla a los ojos.

—¿Qué ha hecho? —le pregunta.

Helena se vuelve y le muestra un pequeño moratón en el cuello.

—No es nada —le dice cuando Clitemnestra abre la boca para hablar—. No he venido por eso.

—¿Por qué? —le pregunta Clitemnestra. La ira se apodera de

ella y, como siempre, no puede hacer nada para detenerla—. ¿Por qué lo ha hecho?

—Lo hace cuando se enfada, para amenazar a los demás. —Lo dice como si fuera lo más natural—. Pero esta vez lo he oído. Él creía que yo estaba dormida y ha salido de nuestra habitación para hablar con su hermano. Han dicho: «Ha llegado el momento. Tenemos que hacerlo antes de que sea demasiado tarde».

—¿A qué se referían? —le pregunta Tántalo.

—Hablemos en voz baja, por favor. No lo sé. Pero no es la primera vez que hablan de este tema. Tindáreo también debe de estar involucrado, porque suelen hablar con él en privado en el *mégaron*.

—Han tomado Micenas con su ayuda. Están unidos por un pacto —observa Tántalo.

Pero Helena niega con la cabeza.

—Se trata de otra cosa. He intentado espiarlos… Pero te han mencionado a ti, Tántalo, y después han dicho: «Aunque Tindáreo está de acuerdo, debemos tener cuidado».

—¿Qué es todo esto? —Clitemnestra se levanta, inquieta. Va de un lado a otro de la habitación y Helena la mira fijamente—. ¿Es la primera vez que te ha pegado?

—No le tengo miedo. Esta vez me ha pegado solo porque me ha pillado escuchando… —Se detiene y se le llenan los ojos de lágrimas—. Casarme con él fue un error. Me equivoqué. —Las lágrimas surcan su rostro como ríos que inundan una llanura. Se cubre la cara con las manos temblando en silencio.

—No va a tocarte —estalla Clitemnestra—. ¿Lo entiendes? Me aseguraré de que no vuelva a tocarte.

Helena cae al suelo y llora a los pies de Clitemnestra.

—Ahora te marchas, y me lo merezco. Me lo merezco todo. Me casé con él solo porque fui una tonta. Tenía celos de ti… Y Tindáreo me dijo que lo hiciera. Cuando Penélope vino a hablar conmigo para disuadirme, Tindáreo me dijo que solo estaba celosa…

El bebé llora suavemente y Tántalo lo tranquiliza.

—No te disculpes, Helena —le dice—. Lo hecho, hecho está.

—Yo te protegeré —le asegura Clitemnestra—. Hablaré con ellos. Pondré fin a esto.

Atrae a su hermana hacia ella, y Helena se acurruca en sus brazos y llora en silencio. Cuando se agota, se seca la cara y se levanta.

—Tengo que irme ya o se dará cuenta.

Clitemnestra corre hacia la puerta.

—No puedes irte.

—Debo hacerlo. —Esboza una sonrisa triste y las lágrimas brillan en sus mejillas—. No va a hacerme daño. Está durmiendo.

Sale a toda prisa de la habitación y se desvanece en la oscuridad del pasillo.

Cuando Tántalo se ha quedado dormido, con el bebé entre los brazos, Clitemnestra se acerca a la ventana. Las gotas de lluvia golpean la tierra como manos de músicos tocando el *tympanon*, y el ritmo parece una canción para los dioses.

Nadie ha hecho jamás daño a su hermana sin pagar las consecuencias. Es extraño que ella, Clitemnestra, esté tan acostumbrada al dolor que no la preocupe, siempre y cuando no sea Helena la que lo siente. ¿Por qué aguanta tan bien el suyo, pero no acepta el de su hermana? Debe de ser porque cree que Helena no puede soportarlo. Se imagina a Menelao levantándole la mano a su hermana, y a Helena intentando cubrirse como un pájaro que se esconde bajo las alas. La imagen va extendiéndose y pudriéndose hasta que no puede respirar y todo el cuerpo se le contrae como un puño.

«Helena está perdida en un juego demasiado potente para ella. Pero estas mentiras y estos secretos, estas amenazas y estos juegos deben terminar. Acabaré con ellos».

12

El pájaro con las alas rotas

Clitemnestra se despierta cuando el sol ya está alto en el cielo, con una determinación tensándole el cuerpo. Después de la tormenta, el aire es fresco, y el día, luminoso. Se pone una túnica de color marrón claro y se recoge el pelo hacia atrás. Tántalo y el bebé están dormidos al otro lado de la cama. Su familia. Mueve suavemente a su marido, y cuando este abre sus ojos turquesa, le susurra:

—Quédate hoy con el bebé.

—¿Adónde vas? —Frunce el ceño, alarmado—. No hagas ninguna tontería, Clitemnestra.

Ella sonríe y se da la vuelta para darle un último beso.

—No te preocupes por mí. Cuida de nuestro bebé.

Recorre los pasillos semidesiertos descalza, sin hacer ruido al pisar el suelo de piedra. Pasa al lado de dos sirvientas mayores cargadas con pollos muertos y de Cinisca, que avanza a toda prisa en dirección contraria sin decir una palabra. Oye el parloteo de las mujeres que llegan del pueblo y las súplicas de una familia que intenta entrar en el *mégaron* para hablar con el rey. Lo pasa todo por alto, deja atrás el baño y las estrechas despensas, y atraviesa un gran pasillo que conduce al comedor.

Lo pensó anoche, mientras miraba el techo, totalmente despierta e inquieta. Al principio quería hablar con Menelao, pero después entendió que sería una mala jugada. De nada sirve limpiar la superficie de una herida infectada si dentro queda una astilla pudriéndose. Hay que cortar la piel y extraerla antes de que corrompa todo lo demás. Y Menelao no es una astilla; se limita a hacer lo que le dice su hermano. Debe tratar con Agamenón.

Lo encuentra en el comedor, solo. La luz se derrama suavemente desde las ventanas sobre su alta figura. Está sentado a la cabecera de la mesa, el sitio de su padre, bebiendo vino tinto de una jarra pintada. Mientras se dirige hacia él, Agamenón levanta la cabeza y la mira. Si le sorprende verla, no se le nota. Ella se queda de pie, en silencio, y por un momento se apodera de ella la necesidad de regresar deprisa con su bebé y mantenerlo a salvo. Pero nunca ha rehuido las confrontaciones.

—Tienes algo que decirme —señala Agamenón, medio sonriendo. Las sonrisas no quedan bien en sus duros rasgos—. ¿De qué se trata?

—Tu hermano ha hecho daño a mi hermana. —Su tono es plano, como ha oído muchas veces hablar a su padre cuando se enfrenta a un adversario—. Si vuelve a hacerlo, lo pagará.

Agamenón parece divertido y coge unas uvas de la mesa.

—Lo que mi hermano le haga a tu hermana no debería importarte. Ahora es suya. —Se mete las uvas en la boca.

Ella mira el cuchillo que él tiene en la cintura.

—No, no lo es.

—Tu padre dice que a veces eres difícil. Que no sabes cuál es tu sitio.

Las palabras la golpean. ¿Por qué su padre iba a decirle algo así a Agamenón? Él la mira fijamente con ojos fríos.

—Espero que a tu marido extranjero le guste —sigue diciéndole—. Pero aquí las mujeres no hablan así a los reyes.

Clitemnestra le quita las uvas de las manos y las tira al suelo. Al explotar, salpican zumo púrpura en las paredes. «Que aprenda que hablo como quiero».

—Si veo otro moratón en el cuerpo de mi hermana —le replica Clitemnestra con la voz temblando de rabia—, te mataré y te destriparé como a un pez muerto.

Agamenón mira el zumo del suelo. En un segundo coge el cuchillo con una mano, a Clitemnestra con la otra y la empuja sobre la mesa. Ella siente la fría hoja contra el cuello, la jarra volcada contra los hombros y el vino derramándose en la mesa y mojándole el pelo.

Le muerde la mano, y sangre tibia le resbala en los dientes. Como él no la suelta, le da una patada en la entrepierna. Él retrocede, y ella se incorpora y lo empuja. Agamenón no se cae al suelo, solo se tambalea con el cuchillo en la mano. Clitemnestra coge la jarra volcada de la mesa y se la lanza. Él se inclina y la esquiva. Se miran. Después él baja la mirada hacia su mano sangrante, como si el brazo no fuera suyo. Al verla se ríe. Ella salta hacia él, pero él es más rápido, la agarra del cuello y aprieta hasta casi asfixiarla.

—Debes aprender cuál es tu sitio entre los hombres, Clitemnestra —le dice. Sus palabras son látigos que le cortan la garganta—. Eres demasiado orgullosa y demasiado arrogante.

Ella siente que la cara se le pone morada y que se queda sin aire en los pulmones.

—Tú eres igual —gruñe—. Si me matas…

Él la suelta y ella cae al suelo como un animal muerto después de un sacrificio.

—¿Matarte? —le pregunta Agamenón—. Nunca he querido matarte.

Se acerca y se arrodilla a su lado. Clitemnestra hace un ruido inarticulado y se agarra la garganta. Intenta moverse, pero él la empuja hacia atrás.

—Quédate ahí abajo, Clitemnestra. Aprende cuál es tu sitio.

Y la deja en el suelo, sola pero viva en el salón de techo alto.

«Quizá debería cortarme y fingir que me han pegado —piensa Timandra—. Así mi padre no sospechará cuando vuelva al palacio».

Está tumbada en la tierra mojada del campo de árboles frutales del pueblo. Las hormigas pasan a su alrededor en filas interminables y le llega el olor de las higueras y los almendros desde debajo de sus espesas ramas. El silencio es sutil, solo alterado por el batir de alas y la rítmica respiración de Crisanta, que está a su lado. Se da la vuelta. Crisanta está mirando el cielo. En el hombro tiene la cicatriz de una herida que le hizo Timandra durante el entrenamiento, y sigue teniendo varios dedos rotos. Crisanta se mueve y sus rizos negros le hacen cosquillas en el hombro a Timandra. El deseo inunda el corazón de esta, poderoso como un río desbordado.

—¿Tu hermana está cubriéndonos otra vez? —le pregunta Crisanta.

—Hoy no —le contesta Timandra—. Tiene que cuidar al bebé.

—¿No pueden hacerlo las sirvientas?

Timandra se ríe.

—Mi hermana no es así. Nunca dejaría a su hijo en manos de otra persona, y mucho menos de una sirvienta.

—Así que no hay nadie cubriéndonos —le dice Crisanta.

Timandra le acaricia la cara. Crisanta tiene los ojos muy claros, como arroyos de nieve derretida.

—No te preocupes. Clitemnestra nos protege. Mientras esté aquí, estaremos a salvo.

Crisanta abre la boca para protestar, pero Timandra la besa. No se han besado muchas veces. Están tan ansiosas por probarse la una a la otra que sus labios son torpes. Crisanta se inclina hacia delante y Timandra hacia atrás.

—Tengo que irme ya —le dice Timandra. El placer todavía la asusta porque no está acostumbrada a él.

—Me iré yo antes —le contesta Crisanta—. Es mejor.

Se levanta y corre entre las plantas y flores hacia la plaza. Timandra se queda un momento a la sombra. «Queridos dioses —piensa—, dejadme estar con Crisanta para siempre». Si Clitemnestra lo aprueba, ¿por qué no los demás? A veces le parece que la finalidad de todas las reglas espartanas es hacerla infeliz. ¿Por qué va a tener que casarse con un hombre? ¿Por qué van a tener que poseerla por la fuerza después del matrimonio? ¿Por qué tienen que azotarla si no obedece? ¿Por qué tiene que amenazar para que la escuchen? Ve una pequeña serpiente escondida en una grieta de la tierra. Es hora de volver. Tiene las rodillas cubiertas de barro, como de costumbre, y el pelo lleno de ramitas. Corre por el campo y toma el estrecho y empinado camino que lleva al palacio.

Cuando gira la primera esquina, se encuentra con Cinisca. Una túnica oscura se adhiere a su fuerte cuerpo, y un velo le cubre la cabeza. Hay algo amenazador en ella. A Timandra se le hiela la sangre en las venas. Si Cinisca la ha visto...

—Timandra —le dice Cinisca. Su voz es como la de Tindáreo cuando la riñe.

—Cinisca.

—No puedes volver al palacio. —Su tono es agudo, pero sus órdenes no significan nada para una princesa.

—Déjame en paz —le responde Timandra pasando junto a ella.

Ese es su error. Siente que Cinisca se mueve, pero cuando se da la vuelta, es demasiado tarde. Cinisca le da un golpe en la cabeza y ella cae al suelo. Lo ve todo borroso y la cabeza le palpita. Intenta mover los brazos, pero algo pesado la mantiene en el suelo y le aplasta los dedos.

—Es por tu bien —añade Cinisca golpeando la cabeza de Timandra contra una piedra.

Todo se vuelve oscuro.

Helena abre los ojos, sin aliento. Estaba soñando que no podía despertarse. Alguien la inmovilizaba en el suelo. Sentía piedras frías debajo de la espalda y oía la risa de un hombre. «No te esfuerces», le decía con desdén, como si ella fuera una lagartija clavada en la tierra que se retuerce en vano.

Era Teseo. Hacía mucho tiempo que no soñaba con él. Algo malo va a pasar, lo sabe. Se levanta temblando y se toca la zona de la cabeza en la que Teseo la ha golpeado en el sueño.

Menelao está vistiéndose en un rincón de la habitación. Un sirviente está sentado en un taburete a sus pies abrillantándole las sandalias. Helena se queda quieta y su marido la mira como si le molestara que se hubiera levantado.

—Estaré fuera todo el día —le dice.

Helena observa que lleva puesta una armadura. Siente un hormigueo en la piel que la insta a correr hacia Clitemnestra. Tiene que contarle a su hermana que ha vuelto a soñar con Teseo.

—¿Me esperarás aquí? —le pregunta Menelao.

Ella no esperaba esa pregunta. Nunca le pregunta por ella. Duda durante demasiado tiempo.

—No era una pregunta, Helena —añade Menelao.

Ella le coge una mano. Siente el pánico revoloteando en su interior.

—Quería tomar el aire un rato. No me encuentro bien.

Menelao niega con la cabeza.

—No puedes. Tendrás que esperar aquí. Pediré que te traigan hierbas para que te sientas mejor.

Se dirige a la puerta. Ella corre detrás de él y casi derriba al sirviente.

—¿Por qué no puedo salir? —le pregunta en tono atemorizado.

Menelao se da la vuelta y la empuja.

—Debes estar a salvo —le contesta—. El sirviente te hará compañía.

Abre la puerta y la cierra rápidamente detrás de él. Helena se lanza hacia delante, pero la puerta no se abre. La ha cerrado por fuera. Golpea la pared con las manos gritando.

—¡Abre! ¡Déjame salir, Menelao!

Lo oye murmurar desde el otro lado:

—Cállate, Helena, o el sirviente te hará callar.

Helena se vuelve justo a tiempo para ver al chico ilota avanzando hacia ella. Corre hasta la cama y coge el cuchillo que Menelao ha dejado debajo de la almohada.

—No te acerques —le advierte—. No estás a sus órdenes.

El ilota retrocede.

—Tengo que asegurarme de que te quedes aquí —murmura—. Tengo que asegurarme de que estés a salvo, princesa.

Helena le escupe y lanza la mesa contra la puerta.

—¡DÉJAME SALIR!

—Te reclaman en el *mégaron*, mi señor.

Tántalo se da la vuelta y ve a dos jóvenes sirvientes esperándolo junto a la puerta de su habitación. Son de piel oscura, tienen los brazos cubiertos de cortes y moratones, y en sus ojos hay un destello de miedo. Detrás de él, el bebé gime. Esta mañana aún no lo han amamantado. Tántalo lo envuelve en un trozo de tela ligera y lo coloca en el arnés que ha hecho para él.

—¿Quién me llama? —les pregunta mientras se asegura de que el bebé esté cómodo.

—El rey.

¿Le ha dado esa impresión o la voz del sirviente ha temblado ligeramente? Desde que nació el bebé, ve peligro en todas partes: abejas volando a su alrededor, perros deambulando por el palacio o armas colgadas en las paredes. Es la impresión que le ha dado el palacio de Esparta desde el principio: un lugar violento y peligroso.

Los sirvientes lo miran, inquietos. Hay desesperación en sus ojos, y Tántalo se compadece de ellos.

—Voy —les dice.

Los sigue por los sinuosos pasillos. El bebé no deja de lloriquear y Tántalo intenta tranquilizarlo. En mitad del camino se da cuenta de que no ha cogido ningún arma, ni siquiera el pequeño cuchillo con brillantes rubíes que le regaló su difunto abuelo... Está siendo demasiado temeroso otra vez. Los sirvientes aceleran el paso. En lugar de girar a la derecha, hacia el *mégaron*, giran a la izquierda y llegan a un pasillo sin ventanas, donde arde una sola antorcha. Se detiene y retrocede unos pasos. En el otro extremo del pasillo está Agamenón.

—Creía que me llevabais ante el rey —les dice Tántalo a los sirvientes.

—Soy rey —replica Agamenón—. Rey de Micenas.

El bebé se ha callado. Agarra el arnés y mira a su alrededor con los ojos muy abiertos.

—Si quieres que hablemos, Agamenón —le dice Tántalo—, podemos hacerlo en otro sitio.

—Dale tu bebé a un sirviente, extranjero —le ordena Agamenón.

Tántalo piensa que algo no va bien. No hay guardias, ni nadie a quien pueda llamar.

—¿Por qué iba a hacerlo?

Agamenón pasa los dedos por el mango de su espada. A diferencia de Tántalo, lleva encima dos cuchillos y una larga espada de bronce. Dicen que es más hábil luchando que la mayoría de los espartanos y que ha derrotado a hombres mucho más jóvenes y fuertes que él. Dicen que le aplastó el cráneo a un hombre con una mano.

—Dáselo —vuelve a ordenarle Agamenón—. Quiero que esto sea rápido.

Los sirvientes avanzan hacia Tántalo, que los empuja. Al fin y al cabo, es más fuerte que ellos. Corre hacia el *mégaron* apretando al bebé contra su pecho. Oye detrás de él los fuertes golpes contra las piedras de los pasos de Agamenón. Junto a la entrada del salón ve a una anciana, la sirvienta que siempre les lleva la comida. Tántalo, desesperado, le tiende al bebé.

—¡Cógelo y vete! ¡Corre!

La mujer se queda boquiabierta, pero hace lo que le ha dicho. El bebé empieza a llorar. Tántalo se vuelve hacia Agamenón, que avanza lentamente hacia él, como un león frente a su presa acorralada.

—Mátame —le dice Tántalo—, pero no le hagas daño al bebé.

Ve que la mujer se aleja corriendo a su derecha. Espera que encuentre a Clitemnestra.

Agamenón esboza una débil sonrisa.

—No puedo.

—¿No tienes piedad?

Agamenón da un paso adelante con la espada en la mano.

—¡ME MATAN! —grita Tántalo—. ¡TRAICIÓN!

La espada vuela, brillante y afilada, y se hunde en su cuerpo. Mientras Tántalo cae de rodillas, con las manos cubiertas de sangre, piensa: «¿Dónde está Clitemnestra?».

Leda está bebiendo vino en el *mégaron* cuando oye un grito pidiendo ayuda. Las puertas del salón principal son gruesas y amortiguan incluso los ruidos más fuertes, pero el grito es tan potente que la alcanza. La sangre le palpita en los oídos. Se levanta y se le cae la copa. El vino se derrama hasta el suelo. Antes de que haya podido avanzar tambaleándose, Tindáreo la agarra del brazo.

—Alguien ha pedido ayuda —le dice ella.

—Quédate aquí —le contesta Tindáreo. Aunque parece nervioso, la agarra con fuerza.

Leda se suelta y sale corriendo.

Es la primera en verlo. Tántalo está sangrando en el suelo, cerca de la puerta, con un gran corte atravesándole el cuerpo. Leda grita y se acerca a él. Los ojos de su yerno parecen vacíos, del color del cielo de la mañana sin nubes. Tiene un arnés alrededor del pecho, pero ¿dónde está el bebé? Leda mira a su alrededor. Ve un bulto manchado de sangre a no mucha distancia de Tántalo. Marpesa, la anciana ilota que les lleva la comida de la cocina, está muerta. Su túnica harapienta la envuelve como una concha. Y en sus brazos está su nieto. Leda se derrumba. «No. No, no, no, no». Coge al bebé y lo sacude, pero está muerto. De repente un pensamiento le viene a la cabeza y casi se desmaya allí mismo.

—¿Clitemnestra? —susurra—. ¿Dónde está?

—Está viva —le contesta una voz.

Leda se da la vuelta. Tindáreo está junto a Agamenón. Intercambian una mirada cómplice, como perros de caza antes de atacar a un ciervo. Leda corre hacia su marido y grita con todas las fuerzas de su cuerpo:

—¿DÓNDE ESTÁ MI HIJA? ¿QUÉ HABÉIS HECHO?

Cuando Timandra abre los ojos, tiene la cara llena de sangre y de barro. Apenas puede respirar. Gime y se coloca boca arriba. El callejón huele fatal. Cebollas y cortezas de pan duro se pudren en algún lugar a su derecha. Se limpia el barro de la boca y la nariz. Le sale sangre de la cabeza. Se la toca y casi grita de dolor. Ve la piedra contra la que la ha golpeado Cinisca y recuerda. Tiene que volver deprisa al palacio. Se le hunden las manos en el barro y la basura, y le tiemblan las rodillas, pero se las arregla para levantarse. No ve a Cinisca. Oye voces lejanas procedentes de la plaza. ¿Hay alguien herido? Llega a la calle principal tambaleándose y pisando melocotones podridos. La luz es cegadora, pero sigue las voces. A la plaza empiezan a llegar personas que estiran el cuello para ver lo que sucede. Unas susurran, nerviosas, y otras intentan avanzar a empujones. Timandra para a una anciana que carga una cesta de pan.

—¿Qué pasa? ¿Alguien ha muerto?

La mujer le lanza una mirada temerosa.

—Dicen que el hijo de la princesa. Los Atridas lo han asesinado.

Timandra echa a correr. Apenas puede mantenerse en pie, se choca contra las paredes y la sangre le gotea por el cuello, pero no se detiene. Las lágrimas le fluyen por las mejillas y le impiden ver. Es la primera vez que está asustada por otra persona, no por ella. La sensación la hace ahogarse.

Helena ha oído el primer grito, y después el segundo y el tercero. Se ha quedado sentada en el taburete, aunque estaba segura de que la voz era la de su madre. Oye ruidos que resuenan débilmente por los pasillos del palacio, como el aleteo de las alas de un murciélago en una cueva. El sirviente la mira esperando su reacción. No sabe que ella aprendió hace mucho tiempo a ocultar sus emociones. Solo los dioses saben que está llorando por dentro.

Se suelta el pelo e inclina el cuello, como para aliviar el dolor de espalda. Se abre el imperdible del vestido y deja caer un tirante. El sirviente se ruboriza tanto que sus mejillas parecen manzanas. Quiere mirar, pero al mismo tiempo no quiere.

—Ven —le ordena Helena en voz baja y tono dulce.

El sirviente no puede desobedecer su orden. Se acerca a ella sin apartar la mirada de su largo cuello y sus pechos, apenas visibles.

—Acércate más. —Se lo indica también con un gesto—. No voy a morderte.

Hunde el cuchillo de su marido en la rodilla del sirviente, que grita, pero ella le tapa la boca con la mano para silenciarlo.

—¿Qué está pasando fuera? —le susurra—. ¿Qué está haciendo Menelao?

El sirviente niega con la cabeza y Helena le muestra el cuchillo.

—Habla ahora mismo.

—Iban a buscar al rey de Meoncia y al bebé.

Helena suelta al sirviente, que cae al suelo sujetándose la pierna. Ella se esconde el cuchillo en el vestido y sale por la ventana, que da a una terraza. Se recoloca el tirante en el hombro mientras corre por los pasillos. Llega por fin al *mégaron*.

Lo ve todo por partes. A su madre con el bebé muerto en sus brazos. Las manos ensangrentadas de Tántalo. A Timandra, con la cara cubierta de barro, intentando sujetar a su hermana. Clitemnestra se desgarra la túnica, enloquecida. Intenta coger una espada para cortarse el cuello. Helena corre a ayudar a Timandra. Clitemnestra llora y muerde como una pantera, pero juntas consiguen tirarla al suelo. El latido de sus corazones son el único consuelo para su hermana.

13

Las mujeres de los Atridas

Tiene los pies empapados de sangre de Tántalo. Le llega el olor del dolor, que invade el palacio e impregna las paredes. Clitemnestra sabe que ese olor nunca desaparecerá. Se ha introducido hasta el fondo. La fragancia de su marido se desvanece, enterrada bajo el hedor de la sangre. Mientras lo abraza con fuerza y la sangre que brota de su pecho le mancha la túnica, sabe que lo pierde. Llora. Solo ve el corte escarlata en el cuerpo de Tántalo. Una voz dulce le habla a lo lejos. Debe de ser Helena. Apenas la oye mientras se llevan el cadáver de su marido como si fuera una marioneta rota e inútil. Se desmaya, abrumada por el dolor, y la voz de Helena, como una canción de cuna, la guía a un lugar de pesadillas.

Durante mucho tiempo todo está oscuro. Su hermana no se separa de ella, ni siquiera cuando Clitemnestra la echa. Helena no deja de hablarle del viento, que no puede doblegar los árboles más fuertes, de los héroes que nunca caen en el olvido y de cantos de pájaros que transmiten la palabra de los muertos. Habla con Clitemnestra para recordarle que se quede en el mundo de los vivos.

—Piensa en las máscaras de oro que han hecho para nuestros héroes. Los orfebres harán una para Tántalo, tan hermosa como su cara, y debajo de ella se sumirá en el sueño más apacible —le dice Helena.

Clitemnestra solo puede pensar en la imagen del cuerpo ensangrentado de Tántalo arrastrado por el suelo y en sus manos sin vida, demasiado frías entre las suyas. En la mirada de Agamenón mientras limpiaba la sangre de su marido de la espada. Sabía que la había destrozado, pero no parecía arrepentido.

Piensa en su hijo, muerto en los brazos de Leda. Su cuerpecito estaba inmóvil, y sus ojos turquesa, cerrados. Clitemnestra quería tocarlo, sacudirlo y abrazarlo, pero unos brazos la sujetaban, los de sus hermanas, y tiraban de ella para que no se acercara al bebé.

Al otro lado de las ventanas, la vida sigue, y sus sonidos arañan el cielo como garras. Se forman nubes que después se dispersan. Por la noche, las estrellas brillan y flotan en el cielo triste. Cuando Clitemnestra se duerme, Helena enciende las lámparas y tapa a su hermana con gruesas mantas.

Clitemnestra sueña con algo que sucedió hace mucho tiempo: cuando tenía siete años, presenció un combate en el *gymnasion* en el que un espartano le rompió el cuello a un chico muy joven. Fue un accidente. Dejaron al chico en la arena ardiente, como un pájaro con las alas rotas, hasta que su madre llegó y clamó a los dioses. Tindáreo dijo que había muerto luchando.

Clitemnestra se despierta del sueño con sudor y lágrimas resbalándole por el rostro.

—Mi hijo no ha muerto luchando —susurra.

Timandra le lleva comida, pero Clitemnestra no la toca. Está sentada junto a la ventana escuchando las voces que suben y bajan del pueblo. Se le han secado las lágrimas de las mejillas y su expresión destila frialdad, como si el dolor al congelarse se hubiera convertido en ira.

—Deberías comer —le aconseja Timandra. Su voz es tan suave que ni siquiera parece la suya.

—No va a comer —le dice Helena desde un rincón de la habitación—. Lo he intentado.

Clitemnestra hunde la cabeza entre las palmas de las manos. No ve el sentido de comer. No ve el sentido de nada. Nada de lo que haga traerá de vuelta a los que ha perdido.

Timandra da un paso adelante con cautela.

—Han lavado y quemado sus cuerpos —le dice—. Sus cenizas están seguras en la tumba real. Juntas.

«Y allí se pudrirán y caerán en el olvido». El peor destino de todos, desvanecerse y marchitarse en la oscuridad. Clitemnestra quería lavar el cuerpo de Tántalo y ponerle su mejor túnica, pero Tindáreo no la dejaba salir de su habitación. Siente que algo le desgarra la piel al pensar en otra mujer preparando el cuerpo de su marido, tocándolo y llorándolo. ¿Ha sido su madre? ¿Una sirvienta?

—Agamenón no lo ha planeado en solitario —le comenta Timandra tras una larga pausa.

Clitemnestra levanta la cabeza de golpe y mira a su hermana menor.

—Mi propio padre me ha traicionado —le contesta.

Helena se revuelve un poco, sorprendida de lo que acaba de oír.

—Así es —coincide Timandra—. Pero Agamenón tuvo ayuda. La de varios sirvientes y la de Cinisca.

—Cinisca —repite Helena frunciendo el ceño.

—Sí. —Timandra, indecisa, mira a Clitemnestra antes de continuar—: Me siguió por la calle. Me dio un golpe en la cabeza y me dejó inconsciente para que no pudiera intervenir.

Clitemnestra se levanta. Le sudan las palmas de las manos. Coge el cuenco de comida y empieza a comerse el pan, muy despacio. Timandra y Helena se miran, divididas entre el temor y el alivio.

—¿Por qué Cinisca iba a hacer algo así? —pregunta Helena.

—Quiere a Agamenón —le responde Clitemnestra antes de que Timandra haya podido abrir la boca.

—Sí —coincide Timandra—. Creo que le ha prometido que se la llevará a Micenas con él.

—Nunca lo haría —señala Helena frunciendo el ceño—. Agamenón no se conformará con menos que una princesa.

—Cinisca es espartiata —comenta Timandra—. Su familia es rica, y su padre, un reconocido guerrero.

Helena se encoge de hombros.

—Fuera de Esparta a nadie le importa quién es Cinisca. Agamenón nunca se casará con ella.

—Espero que lo haga —dice Clitemnestra en voz baja—. Los monstruos se merecen entre sí. —El pan adquiere un sabor agrio en su boca. Espera un momento y añade—: ¿Sabes qué sirvientes fueron a buscar a Tántalo y lo llevaron hasta Agamenón?

Timandra asiente.

—Bien. Tráemelos.

A la mañana siguiente, Clitemnestra se cubre la cabeza con un manto y sigue a Timandra hasta la cocina. Aún es temprano y los dedos del sol son fríos y tímidos. El palacio está extrañamente silencioso, y los pasillos, vacíos. Sus pasos resuenan con suavidad, y el sonido flota en la penumbra.

—Vuelve —le suplica Helena acelerando el paso para mantener el ritmo de Clitemnestra—. Deja que otro lo haga.

Ha corrido detrás de sus hermanas desde el *gynaikeion*, agarrando el brazo de Clitemnestra con lágrimas en los ojos.

Clitemnestra la aparta.

—Quédate fuera vigilando —le ordena—. No dejes entrar a Tindáreo.

«Ni a los Atridas».

En la cocina, a la débil luz de una sola lámpara, hay dos sirvientes arrodillados junto a los sacos de cebada, atados de pies y manos y mirando el suelo de piedra. Tienen el torso desnudo y tiemblan. Timandra llega hasta ellos y les da patadas. Los sirvientes levantan la mirada. Sus ojos oscuros brillan y tienen la piel de los pómulos tensa. Sus caras son ya como calaveras.

—¿Dónde están las mujeres? —le pregunta Clitemnestra a su hermana.

Hay almendras y nueces esparcidas en la mesa de madera, como si alguien las hubiera dejado a toda prisa. En un cuenco hay albaricoques demasiado maduros que despiden un olor dulce y putrefacto.

—Se han ido —le contesta Timandra. Aprieta los dedos alrededor del mango de su espada de bronce—. Me he asegurado de que no estuvieran aquí.

Los sirvientes miran a Clitemnestra con expresión suplicante y asustada. Ella ve las marcas y la sangre seca de sus brazos y se pregunta si Timandra les ha pegado antes de llevarla a la cocina, o si lo ha hecho otra persona.

—Contadle a mi hermana lo que me habéis dicho —les ordena Timandra en tono frío—. Que estabais con el rey de Meoncia cuando lo mataron.

Timandra tiene un aspecto extraño en la penumbra, desconcertante.

Clitemnestra está inmóvil. El odio está echando raíces dentro de ella. Lo ve en la cara de su hermana, y algo burbujeando más abajo. Si su hermano estuviera aquí, Timandra no tendría que hacer esto, pero Cástor está al otro lado del mar, en la expedición de un héroe.

—El rey nos lo ordenó —susurra un sirviente. Se le quiebra la voz, que parece un graznido—. No teníamos elección.

Clitemnestra sabe que debería compadecerse de ellos. Su existencia consiste en cumplir órdenes y sufrir, y sus vidas son como balsas empujadas por las olas. Pero es fácil volverse contra los más débiles cuando te atormenta el dolor, y hacer daño a los que no pueden defenderse cuando no puedes hacérselo a los que te lo han hecho a ti. Así funciona el mundo: dioses furiosos que someten a ninfas y a humanos, héroes que se aprovechan de hombres y mujeres inferiores, y reyes y príncipes que explotan a esclavos.

Clitemnestra no quiere ser así. Está llena de odio, pero no es despiadada. ¿De qué serviría dar una paliza y hacer aún más daño a los ilotas para que sus últimos momentos sean insufribles? Que su muerte sea rápida.

Mira los airados ojos de su hermana y asiente. Timandra se coloca detrás de los sirvientes con la espada en la mano. Ahora los hombres rezan, y sus palabras apresuradas son como sombras moviéndose en el agua.

—Los dioses no pueden encontraros aquí —les dice Clitemnestra.

Tienen un instante para mirarla con la boca abierta para suplicar y las manos entrelazadas. Después Timandra les corta el cuello.

Por la noche, cuando la oscuridad parece envolver el valle como una oscura ola del mar, Tindáreo manda a buscarla. La lluvia cae con fuerza y el viento azota y chirría. El Eurotas no tardará en desbordarse y las riberas se cubrirán de barro durante semanas.

—Voy contigo —le dice Helena cerrando la parte de atrás de la túnica púrpura de Clitemnestra con un imperdible de oro.

Se ha pasado todo el día deambulando por la habitación, inquieta, y limpiando todas las manchas del vestido de Timandra. Había sangre seca debajo de las uñas de su hermana, y Helena se las ha frotado con tanta fuerza que parecía que pretendía arrancarle la piel.

—Iré sola —le responde Clitemnestra.

—Nuestro padre debe de saber que he sido yo —comenta Timandra frunciendo el ceño—. ¿Por qué te llama a ti?

—Quizá quiera pedirte perdón —sugiere Helena en voz baja.

Clitemnestra niega con la cabeza. Su pueblo no conoce el perdón. Conoce el respeto, la grandeza, la belleza y las fuerzas que brillan como llamas e iluminan la tierra. Y junto a ellos, como sombras amenazadoras, la vergüenza, la deshonra, la venganza y la *moira*, el hilo inquebrantable entre la culpa y el castigo.

Coge las manos de sus hermanas y siente su calor.

—Esperadme aquí.

Se encuentra con su padre en el salón de techo alto. Sus pasos resuenan en el pavimento mientras avanza hacia él con los puños apretados. Le duele ver su rostro después de haber pasado tanto tiempo en su habitación. Se siente como si estuviera frente a una vida que ha perdido. El hombre que ahora está sentado en el trono ante ella podría ser un extraño, no es el padre que la enseñó a andar, a luchar y a gobernar. Junto a él está Leda, con una túnica negra demasiado grande para su delgada figura. En una gran mesa frente a ellos han dispuesto vasijas de dos asas, pan de trigo y brochetas de cerdo. A Clitemnestra le llega el olor a vino, aceitunas y miedo.

Leda es la primera en hablar.

—Los ilotas muertos en la cocina... —Se detiene para respirar hondo, como si no tuviera palabras—. Los ha matado tu hermana.

Clitemnestra no le presta atención y sigue con la mirada fija en Tindáreo. Su rostro es frío e inescrutable. Busca algún indicio de cariño y de calidez, pero sus facciones son estériles como la tierra en invierno.

—Has convertido a Timandra en una asesina —le reprocha Leda. Tiene los ojos rojos. Debe de haber estado llorando—. Solo tiene catorce años.

«Es espartana. Si la he convertido en una asesina, ¿qué hay de mi padre, que le ordenó que le rompiera la cara a Crisanta? ¿Qué hay de la sacerdotisa, que le destrozó la espalda con un látigo?».

Tindáreo se revuelve en el trono, como si le hubiera leído el pensamiento.

—Timandra es lo bastante fuerte para soportar esa carga. Pero esos esclavos cumplieron órdenes, Clitemnestra. Esas vidas no eran tuyas y no podías arrebatárselas.

Un grito le araña la cabeza intentando salir. Escupe las palabras como si fueran veneno.

—Estás aquí sentado, hablándome de vidas arrebatadas indebidamente, después de haber ayudado a un monstruo a asesinar a tu nieto.

—Agamenón y Menelao son nuestros huéspedes. —Tindáreo habla en tono inexpresivo—. Debemos tratarlos con respeto.

—Ellos no han mostrado ningún respeto con nosotros —le replica Leda. Levanta la mirada, que se encuentra con la de su hija.

Clitemnestra intenta entender de qué lado está Leda.

—Agamenón le ha faltado el respeto a un extranjero, no a nosotros —le contesta Tindáreo—. Es griego, y eso lo convierte en nuestro aliado.

—¡Ha matado a tu nieto! —le grita Clitemnestra.

Tindáreo se mira las manos. Cuando habla, le tiembla ligeramente la voz.

—Yo quería que el bebé siguiera vivo.

Para Clitemnestra, esta actitud es incluso peor que su frialdad. ¿Espera que lo perdone? ¿Esperaba que los Atridas cumplieran su palabra?

—Eres rey —le dice bruscamente—. Si quieres algo, exígelo.

—Aún eres joven y no entiendes que a veces hay que ceder —le contesta Tindáreo—. Es culpa mía. No te lo enseñé. Siempre te he dado demasiada libertad.

—No necesito que me des mi libertad —le replica Clitemnestra—. Soy libre. Pero tú no. Ahora eres la marioneta de Agamenón, porque eres débil.

—Tu marido era débil —le dice Tindáreo con frialdad.

—Tántalo era un hombre bueno y amable. Pero tú no lo ves, porque en tu mundo solo pueden vivir los brutos, y lo hacen destrozando todo lo demás.

—Así es la vida. Los débiles tienen que morir para que los demás sobrevivan.

—Me das asco —le dice a su padre.

Tindáreo se levanta y le da una bofetada antes de que haya podido retroceder. Ella siente que la cicatriz que tiene su padre en el dorso de la mano le araña la mejilla.

Mira a Tindáreo a los ojos con desdén.

—¿Qué clase de padre eres tú? —Se vuelve hacia su madre, que sigue sentada con la cabeza baja—. Y tú no te enfrentas a él. Lo perdonas. No eres mejor que él.

—Hay leyes que deben respetarse —le contesta Leda en voz baja.

—No buscas venganza porque te has vuelto una cobarde —le replica Clitemnestra. Como le tiemblan las manos, las aprieta con fuerza—. Pero que sepáis que se me hará justicia. Lo juro aquí y ahora. Lo juro por las Erinias y por toda otra diosa que haya conocido la venganza. Acecharé a los Atridas y destrozaré todo lo que aman hasta que solo queden cenizas.

—No vengarás nada —le dice Tindáreo.

—¿Qué pretendes que haga? —le pregunta en tono burlón—. ¿Olvidar? ¿Desearle a Agamenón que sea feliz con la puta de Cinisca?

Su madre se revuelve, incómoda, en su asiento. Abre la boca, pero lo único que sale de ella es un sonido ahogado. Tindáreo la mira, molesto.

—Eso no va a suceder —le dice despacio—. Eso no va a suceder —le repite— porque vas a casarte con él.

La voz de su padre le parece distante. Clitemnestra intenta mirar a su madre a los ojos, pero Leda no levanta la mirada del suelo. Sin querer, piensa en las muchas veces que ha estado sentada en el salón y, mientras su padre hablaba, intercambiaba miradas con Helena o Cástor y se mordía la lengua intentando no reírse. Siempre pensaban lo mismo al mismo tiempo: ¡Qué graciosa es la voz de este mensajero! ¡Qué serio está nuestro padre! ¡Qué miedo tiene este extranjero! ¡Qué aburrida es la sacerdotisa!… Y después, durante la cena, se lo contaban a Tindáreo riéndose, y él les decía: «No vendréis más al *mégaron*». Pero los dejaba volver.

Helena tenía razón. Agamenón nunca se casaría con una mujer como Cinisca. A Clitemnestra no le sorprende. No se enfada. Se siente idiota. Agamenón siempre la ha querido para él.

—No me casaré con él —le contesta en voz tan baja que apenas puede oírse a sí misma.

—Vives para honrar Esparta y a tu rey. —Tindáreo recita las palabras que le enseñó cuando era niña, cuando quería que se convirtiera en una guerrera fuerte y en una mujer libre—. ¿O lo has olvidado? Me debes lealtad a mí, no a un extranjero. Si piensas en ti y no en el bien de la ciudad…, eso es traición.

Las palabras la golpean como latigazos. Le vienen a la mente otras palabras, palabras que ha oído toda su vida y que le arrancan la piel capa a capa. «Ningún hombre y ninguna mujer puede vivir como le plazca, ni siquiera en Esparta. Nada le pertenece del todo».

Lo mira a los ojos y levanta la barbilla.

—¿Qué vas a hacer al respecto? ¿Arrastrarme al Ceadas? ¿Cortarme la cabeza?

Se quedan un largo rato en silencio. Al final, Tindáreo le contesta:

—Eres mi hija. No te mataré.

Clitemnestra siente que la rabia y el dolor le recorren la piel, y teme que se la desgarren.

—No me casaré con él —le repite.

—Sí, lo harás —le contesta su padre—. Iré a tu habitación dentro de dos días y estarás lista para la boda. Y si no lo estás, haré que te traigan al salón a rastras.

Ella se agarra la túnica por la cintura y la aprieta. Cuando la suelta, la tela arrugada se extiende como una flor prensada.

—Creía que me querías, padre —le dice, y después se marcha de vuelta a sus pesadillas.

Agamenón va a buscarla al amanecer con un cuchillo para destripar en la cintura y una sonrisa torcida en el rostro. Ella desearía arrancársela. Lo mira a los ojos sin intentar ocultar su desprecio, aunque a él parece no preocuparle. Es duro enfrentarse a un hombre al que no le afecta nada.

Helena se levanta rápidamente y se coloca delante de su hermana. Su vestido largo le ondea alrededor de los tobillos. Agamenón la mira como un águila mira un ratón.

—Déjanos solos —le dice.

—¿Cómo te atreves...? —empieza a preguntarle Helena, pero Clitemnestra la agarra de la muñeca.

—Vete, Helena. Hablaré con él.

No quiere que la deje sola, no quiere que se vaya, pero su hermana no es lo bastante fuerte para enfrentarse a un monstruo, y Agamenón ya le ha quitado demasiado.

Helena duda y se agarra el vestido. Es como un pájaro al que le asusta salir de su jaula, que espera que una flecha vuele hasta él y le atraviese un ala. Da unos pasos indecisos hacia la puerta. Apenas ha salido cuando Agamenón la cierra dejándola fuera.

Clitemnestra oye las protestas de su hermana, y después sus pasos apresurados. Debe de estar corriendo hacia Timandra en busca de ayuda.

Agamenón fija la mirada en Clitemnestra.

—Tu padre te ha informado de la boda.

—Sí.

La tranquilidad de Clitemnestra parece inquietarlo.

—Entonces también te ha contado el pacto que hizo conmigo y que traicionó al rey extranjero.

Así funciona Agamenón, piensa. Así vuelve a una hija contra su padre y a un espartano contra otro. La traición y la crueldad son sus caminos hacia el poder.

—A mi marido, quieres decir.

El rostro de Agamenón se endurece.

—Ahora tu marido seré yo.

Ella clava sus ojos en él, en silencio, y eso lo inquieta. Se da cuenta de que él esperaba su rabia, quizá incluso la deseaba. Pero no sabe cómo reaccionar ante la frialdad.

—Te deseé en cuanto te vi —le dice Agamenón mientras inclina la cabeza y la observa como quien mira un fresco.

—Debe de ser fácil vivir una vida como la tuya y creer que puedes apropiarte de lo que quieras —le contesta.

Una llama arde en sus ojos, aunque intenta ocultarla.

—Nadie me ha dado nunca nada, así que aprendí a apropiarme de lo que quiero.

Ella se ríe amargamente.

—Puedes apropiarte de personas, ciudades y ejércitos. Pero el amor y el respeto… no pueden tomarse por la fuerza.

Él la mira con ojos brillantes.

—No te tocaré hasta que lleguemos a Micenas. Te lo mereces.

¿De verdad cree que así se ganará su respeto? La rabia le nubla la visión.

—Aunque ahora llores la muerte del extranjero, pronto lo olvidarás y aprenderás a amar a otro.

Por un momento ve a Tántalo en la terraza, su cuerpo tan cerca del de ella que casi sentía su corazón. Él la había mirado, el calor de su mirada había sido como la manta más cálida en invierno, y le había hablado de Adonis, el joven del que estaba enamorada Artemisa. «El chico muere, pero el amor de la diosa permanece. Es un recordatorio de la belleza y la resistencia en tiempos adversos».

Mira a Agamenón y le dice:

—Yo no olvido.

Es tarde cuando la llaman para que vaya a lavarse. Dos sirvientas van a buscarlas a Helena y a ella, le ordenan a su hermana que vuelva con su marido y llevan a Clitemnestra al baño. El odio en los ojos de Helena mientras se dirige a las habitaciones de los huéspedes arde como un incendio descontrolado, y Clitemnestra se aferra a él y siente su calor cuando entra en el baño.

La sacerdotisa está junto a la bañera de arcilla pintada, y su esbelta figura se refleja en el agua. Su largo pelo le cae en cascada por la espalda como una capa pesada y tiene los párpados pintados de negro. Al verla, las ilotas retroceden y se marchan deprisa. Un destello de satisfacción arde en los ojos de la sacerdotisa, y por un momento Clitemnestra se pregunta cómo será vivir así, evitada y rehuida como una espada venenosa.

Una sola antorcha derrama su pálida luz sobre el suelo, y Clitemnestra da un paso adelante, se quita la túnica y se mete en la bañera. Mechones de pelo corto se le pegan a la cara y se los echa hacia atrás. La sala huele a fruta, lo que le produce náuseas, o quizá sea solo la forma en que la sacerdotisa la mira, como si estuviera diseccionando un animal muerto.

—Ardes de rabia hacia tu padre.

Clitemnestra se muerde la lengua. Lo que siente no es rabia. Es odio, crudo e implacable, que le desgarra el corazón.

La sacerdotisa inclina la cabeza, como si estuviera escuchando sus pensamientos.

—Estaba cegado por el poder, como suelen estarlo los hombres. Formó una alianza en beneficio de Esparta.

«Y destrozó a su familia».

La sacerdotisa se acerca a ella y la agarra del brazo. Tiene los pechos blancos y puntiagudos, como conchas, y Clitemnestra siente su mano en la piel como escamas de pescado.

—Ahora eres una mujer. Los dioses te han dado a probar el verdadero dolor. Te han enseñado la pérdida. Es su divino deber hacerlo, porque en caso contrario olvidas que eres mortal.

—Tus dioses son crueles —le replica Clitemnestra.

La sacerdotisa deja caer la mano y niega con la cabeza. El pelo se le balancea suavemente, como algas bajo el agua.

—La muerte nos llega a todos, tarde o temprano. En el momento en que lo olvidamos, nos volvemos tontos. —Mira a través de las ventanas la negra bóveda del cielo y las brillantes estrellas.

—Aún recuerdo la primera vez que hice que te azotaran. Habías desobedecido las órdenes del rey y te habías escondido en el templo.

Clitemnestra también lo recuerda. El suelo frío y las columnas rojas bajo sus manos. La sacerdotisa la había encontrado y la había arrastrado del pelo hasta el altar delante de sus hermanos.

—Tenías miedo, como todo el mundo, pero no lo mostrabas. Querías hacerme enfadar, demostrar tu valía ante tu madre y conseguir que tu padre se sintiera orgulloso de ti.

Es verdad. Se había mordido la lengua con tanta fuerza que temió perderla y se había quedado mirando una hoja arrugada en el suelo que el viento arremolinaba.

—Eres una mujer fuerte. Te enfrentarás a todo lo que se te oponga —le dice la sacerdotisa—. Pero no puedes vencer a la muerte, y cuanto antes lo entiendas, mejor.

Clitemnestra se echa hacia atrás y la sacerdotisa se levanta. La tenue luz desdibuja sus rasgos, y sus pasos se desvanecen mientras se aleja. Clitemnestra se queda en la bañera mucho rato, con las palabras de la sacerdotisa dando vueltas en su mente hasta que el agua se enfría.

Por la noche, cuando está limpia y perfumada, deja atrás el *gynaikeion* y recorre la oscuridad de los pasillos en dirección a la entrada principal del palacio. Sale descalza a la brisa y camina a buen paso por el estrecho sendero que desciende por la colina hasta el río. En las habitaciones de los huéspedes hay varias antorchas encendidas. Desde fuera ve su tenue parpadeo en las ventanas. Sintiendo las piedras y las flores bajo los pies, corre hacia el Eurotas procurando no inquietar a los caballos de los establos ni a los perros del pueblo. En las sombras de la noche, la tierra de los valles está cubierta de flores silvestres que brillan bajo las estrellas como piedras preciosas.

En la orilla derecha del Eurotas, entre las rocas y la maleza, hay un pasillo excavado entre grandes piedras cuadradas. Al fondo hay una puerta abierta, como la cuenca de un ojo vacía, con dos columnas a los lados pintadas de color verde: el *tholos*, la tumba donde se colocan las cenizas de la realeza, con piedras apiladas que forman una cúpula. Clitemnestra avanza, indecisa, hacia la entrada. Después se agarra la túnica y sale de las sombras en dirección a la oscuridad de la tumba. Hacía mucho tiempo que no entraba aquí, desde que murió su abuela. Es un espacio pequeño y oscuro, con el aire triste y húmedo. Copas de oro y joyas llenan los huecos entre las cenizas, y las tumbas están dispuestas como una colmena. Su marido y su bebé están aquí. Siente su presencia.

Se arrodilla. En el silencio absoluto, casi oye una brisa, como si los muertos respiraran. Pega la frente al suelo, mete los brazos debajo del pecho y llora.

Apenas recuerda nada de la boda. Su mundo es opaco, informe, como si ella fuera un espíritu insepulto, condenado a vagar en el mundo de los vivos, mudo e invisible. Lo único que le parece real son las manos de sus hermanas en sus brazos. Antes de salir con ella, Helena le dijo: «Eres muy fuerte». Clitemnestra no sabía si su hermana quería convencerla a ella o a sí misma.

Cuando terminó la ceremonia y prepararon la cena en el salón, comió en silencio mientras cuantos se hallaban a su alrededor hablaban y bebían. Los despreciaba a todos.

Tindáreo levantó su copa y gritó: «¡Por los Atridas y las mujeres de los Atridas!».

Clitemnestra lanzó su copa contra la pared. Se quedó de pie mientras una sirvienta corría a limpiar el vino derramado por el suelo. Todos se quedaron en silencio, observándola.

Miró a su padre a los ojos y le dijo: «Tarde o temprano morirás. Y no lloraré por ti. Contemplaré las llamas que consuman tu cuerpo y me alegraré».

Después salió del salón y corrió por los fríos pasillos. Solo había visto una cosa antes de marcharse: la cara de Agamenón mientras ella hablaba, con los labios curvados en una sonrisa.

14

Micenas

En su última mañana en Esparta, Clitemnestra se despierta sola. Los picos de las montañas están envueltos en una neblina iluminada por el sol, mientras que el valle aparece despejado con el amanecer. La mayoría de los ilotas ya están trabajando la tierra y cortando la hierba con la espalda encorvada, de modo que desde lejos tienen forma de media luna, como la hoz que sujetan en las manos. Las parras florecen en las paredes de las casas del pueblo y, más allá de los campos, los prados al pie de las montañas se tiñen de amarillo y lila.

Un repentino golpe en la puerta sobresalta a Clitemnestra, y por un momento teme que sea Agamenón. Se le tensan los músculos. La mano le vuela hacia el puñal cuando entra Helena con la primera luz del sol brillando en su pelo alborotado. El moratón del cuello está desvaneciéndose como un fresco viejo. Se mete en la cama sin decir una palabra, y Clitemnestra recuerda cuando de niñas dormían juntas y pegaban las palmas de las manos para medir la longitud de sus pequeños dedos.

—Siempre pensé que me marcharía de aquí —le dice Helena—, pero parece que estoy condenada a vivir en Esparta para siempre.

—Deberías haber ido a Micenas tú, no yo —le responde Clitemnestra.

—Ya está decidido. He oído a Tindáreo decir que con Agamenón en Micenas y Menelao aquí, en Esparta, se forjará la alianza más fuerte entre ciudades griegas.

Clitemnestra casi se ríe.

—Esparta siempre ha despreciado las alianzas.

Helena asiente.

—Las alianzas son para los débiles.

—Ya no, por lo que parece.

—¿Sabes cuando los pastores llevan sus ovejas y sus vacas al mercado para que todos las examinen antes de comprarlas? —le pregunta Helena—. Revisan la lana, las pezuñas y los dientes.

—Sí. —Sabe adónde quiere ir a parar su hermana, pero aun así la deja terminar.

—Nos han vendido como ganado por la estúpida alianza de los Atridas.

—No somos ganado.

Helena emite un sonido ahogado, entre la risa y el llanto. Clitemnestra se acerca a ella y le toca la mejilla. Quiere hablar, pero teme que llorará, y ya ha llorado bastante.

«Nos veremos pronto. Ahora separan nuestras vidas, pero encontraremos la manera de volver a estar juntas, como el agua siempre encuentra su camino rodeando las rocas».

Sale de su hogar unas horas después. Acompañada por sus hermanas, se dirige a la entrada del palacio, donde la esperan Agamenón y sus hombres, listos para escoltarla. Un ligero viento hace bailar los árboles y arrastra hasta ella el aroma de los olivos y las higueras.

Tindáreo y Menelao están ante el palacio, que se erige tras ellos. A unos pasos, la sacerdotisa mira a Clitemnestra agarrándose el fino vestido con las manos. Clitemnestra le devuelve la mirada intentando leerle el rostro. La profecía le resuena en la mente como si la hubiera proclamado en las profundidades de una gran cueva oscura. «Las hijas de Leda se casarán dos y tres veces. Y todas ellas abandonarán a sus legítimos maridos». El recuerdo la alivia como agua fría en una quemadura. Dos y tres veces. Mira a Agamenón, que está preparando su caballo, y se imagina rompiéndole el cráneo y aplastándole el cerebro. «Oh, sí. Ningún hombre puede tocar lo que no es suyo sin recibir su castigo. Seguirás ascendiendo, pisoteándolo todo y a todos, pero tarde o temprano cometerás un error. Y caerás».

Siente las manos de Febe y Filónoe en el brazo. Han ido a abrazarla con las mejillas surcadas de lágrimas.

—¿Podremos ir pronto a ver la gran ciudad de Micenas? —le preguntan con la carita fresca como gotas de agua.

Clitemnestra les da un beso en la frente.

—Vendréis cuando nuestra madre os deje.

Filónoe sonríe y Febe asiente con solemnidad. Leda tira de ellas para que ocupen su lugar junto a su padre. Clitemnestra espera en silencio el adiós de su madre.

—Ahora estás rota —le dice Leda apartándole un mechón de pelo de la cara—. Pero el dolor pasará. Te lo prometo. Los dioses son misericordiosos con quienes lo merecen. —Su expresión es lúgubre, y sus tristes ojos verdes miran fijamente algún lugar detrás de su hija.

Clitemnestra no le dice que el dolor se ha introducido demasiado hondo, que ahora está en cada uno de sus miembros y músculos, en cada una de sus respiraciones. Se vuelve hacia sus hermanas, y Helena y Timandra se adelantan con los brazos entrelazados y el corazón latiendo al unísono. Se abrazan con fuerza hasta que Agamenón agarra del brazo a Clitemnestra y la aparta.

—Es hora de marcharnos —le advierte—. No quiero cabalgar por la noche.

—Toma —le dice Leda con los brazos extendidos y los ojos brillantes como estrellas fugaces. Tiene en las manos un pequeño cuchillo con piedras preciosas incrustadas—. Era de tu abuela.

Clitemnestra toca la punta con el dedo y en la yema aparece una gota de sangre.

—Está muy afilado, aunque nadie lo sospecha. Su belleza despista a todo el mundo.

Le lanza a su hija una última mirada cómplice y se da la vuelta. Clitemnestra observa su pelo azabache rebotándole sobre los hombros mientras camina. Los soldados que la rodean espolean a su caballo. Lo último que mira antes de marcharse es a Helena, cuyos ojos azules derraman lágrimas como lluvia de verano.

A medida que se alejan del palacio y se adentran en la llanura, el sol asoma entre la niebla y la ciega. «Aquí estoy —piensa—. Era princesa de Esparta y reina de Meoncia... Ahora estoy casada con el hombre que ha asesinado a mi familia».

Llegan a Micenas a la luz del sol tardío, con las cimas de las colinas coloreadas en tonos violetas y púrpuras. La tierra que la rodea está salpicada de arbustos y piedras hasta donde le alcanza la vista, y frente a ella la ciudadela se alza sobre un enorme afloramiento rocoso. Los bloques de piedra caliza de las murallas son más grandes que toros, pálidos contra las oscuras montañas del fondo. El camino a la ciudadela es empinado y está desprotegido. Todo visitante que se acerca está a merced de los centinelas apostados en las murallas. Clitemnestra se pregunta cómo Agamenón y Menelao consiguieron recuperar la ciudad. Parece inexpugnable.

Los alrededores de la ciudadela se extienden como telarañas, con comerciantes y trabajadores diversos haciendo sus últimas labores del día. Los lugareños se detienen y se arrodillan al paso de Agamenón y Clitemnestra. Están sucios y extrañamente delgados, como ilotas. Clitemnestra ve que no son soldados. Su caballo pisa mendrugos de pan entre las piedras, y varios guardias la flanquean, como para protegerla de la gente.

Dos soldados los esperan ante la puerta sosteniendo un brillante estandarte: un león dorado sobre púrpura. El estandarte ondea al viento y Clitemnestra sigue su danza con la mirada. La puerta es distinta de todas las que ha visto. Por encima de los postes y el dintel hay dos leones tallados en posición semierguida, con las patas delanteras apoyadas a ambos lados de una columna y la cabeza vuelta hacia ellos. Clitemnestra siente que la miran. Están quietos y vigilantes, bañados por la luz.

Los guardias los dejan pasar. Dentro de las murallas avanzan por calles más estrechas a medida que se acercan al palacio. En la cima de la ciudadela ve un pequeño templo. Un guardia se dirige a ella en voz baja.

—Lo de la derecha es un círculo de tumbas —le susurra mientras pasan por una enorme construcción de piedra custodiada por dos soldados—. Estas casas son de los guerreros.

Edificios altos a lo largo de un camino pavimentado. Y después un granero. La fragua de un herrero. Panaderos pasando con panes. Esclavos cargados con fruta y carne para sus amos. El olor a miel y especias procedente de una tienda pintada de color naranja. Niños y niñas desnudos jugando con palos. Los escalones de piedra están desgastados a la luz del atardecer. Suben hasta llegar a la cima y al palacio, grande y resplandeciente, con terrazas rodeadas de columnas de color rojo fuego.

Una vez dentro, Agamenón desaparece con varios consejeros y llevan a Clitemnestra por oscuras columnatas y pasillos perfectamente iluminados. Las ventanas están cubiertas, de modo que la luz procede de antorchas doradas colgadas cada pocos pasos. Pasan por una sala tras otra que dan a un pasillo en el que se suceden habitaciones pintadas. Ve techos de color azul oscuro y columnas rodeadas de leones que rugen, grifos y ciervos temerosos. Cuando llegan a sus aposentos, el aire no se mueve y es más fresco.

Dos esclavas la esperan en su dormitorio. La más joven tiene el pelo rojo oscuro y los ojos muy grandes, y la mayor tiene la nariz torcida y una gran cicatriz en la mejilla. Están de pie con los brazos colgando a ambos lados del cuerpo y miran a Clitemnestra con ojos vacilantes. Ella se da cuenta de que se sienten amenazadas. Deja sus cosas y mira a su alrededor sin prestarles atención.

La cama está tallada y cubierta con una piel de león. Al lado hay un perchero pintado, una silla y un escabel. La pintura de los frescos de las paredes aún está húmeda, y las imágenes parecen destinadas a recordarle Esparta. Han pintado anémonas alrededor de grandes ventanales, y frente a la cama fluye un río bordeado por altos juncos. Clitemnestra huele las paredes y oye a las sirvientas susurrar.

—¿Cuántos años tenéis? —les pregunta de pronto mirándolas fijamente.

—Veinticinco, mi reina —le contesta la esclava de más edad—. Empecé a servir a los Atridas cuando tenía diez años. —Lo dice con un dejo de orgullo, pero Clitemnestra lo siente por ella.

—¿Y tú? —le pregunta Clitemnestra a la pelirroja. Sus ojos son grises y tristes como nubes antes de derramar sus lágrimas.

La sirvienta más mayor responde por ella.

—Ailín tiene catorce años.

—Mi hermana Timandra tiene la misma edad —comenta Clitemnestra, aunque no sabe por qué ha mencionado a su hermana. Como ninguna de las esclavas contesta, les ordena—: Dejadme sola.

Las esclavas no se mueven.

—El señor Agamenón nos ha ordenado que nos quedemos aquí hasta que vuelva —le dice la esclava más mayor.

—Me da igual lo que os haya dicho. Ahora que estoy aquí, las órdenes os las doy yo.

Las esclavas se miran asustadas y con los ojos brillando de incertidumbre.

—Nos azotará —susurra la chica pelirroja en un tono apenas más alto que un suspiro.

—No lo permitiré —le contesta Clitemnestra. Se asegura de que su voz suene firme.

Las esclavas salen a toda prisa.

Cuando sus pasos se han desvanecido, Clitemnestra se sienta por fin en la cama, rodeada de árboles pintados. Entre los juncos nadan y saltan peces. En el techo brillan estrellas sobre un cielo nocturno oscuro como el mar abierto. Los frescos del *mégaron* espartano no son nada comparados con estos, aunque es cierto que Micenas es la ciudad más rica de la zona. Hay hermosos cofres tallados para su ropa, cuencos y trípodes. Junto a la ventana cuelga un hacha rodeada de palomas y mariposas pintadas.

Mira una a una las pinturas, sus colores brillantes y las mentiras que cuentan. «Ahora esta es mi vida. Todo lo que amo ha desaparecido». No volverá a ver a Tántalo. No acunará a su hijo para que se duerma. El dolor fluye dentro de ella, y se tumba apretándose el corazón con las manos. Cierra los ojos, con las extremidades doloridas de pena y agotamiento, y se queda dormida.

Al despertarse le llega un fuerte olor a carne. Agamenón está frente a la cama con una copa de vino en la mano. Parece borracho, porque tiene las mejillas rojas y los ojos ligeramente desenfocados. Es muy tarde, y fuera unas finas nubes cubren las estrellas.

—Come —le dice Agamenón sentándose en una silla al lado de la cama.

Clitemnestra se levanta despacio y se dirige a la ventana. En un taburete hay un plato con pan y carne de cabra. Piensa en romperlo contra la cabeza de Agamenón.

Mientras come, él la observa dando sorbos de vino. Ella se descubre mirándole las manos. Son grandes, con dedos gruesos, y Clitemnestra piensa en las manos de color marrón claro de Tántalo, en sus dedos largos y elegantes acariciando su cuerpo como plumas.

Cuando se ha tragado el último bocado de pan, Agamenón se levanta. Clitemnestra no se mueve, ni siquiera cuando él está tan cerca que le llega el olor de su aliento. Él le abre los imperdibles del vestido, que cae a sus pies.

—Las esclavas me han dicho que a partir de ahora la que va a darles las órdenes serás tú —le dice.

—Sí.

—No te he dado permiso. —Parece casi divertido, aunque Clitemnestra no entiende por qué.

—No necesito tu permiso. No acataré tus órdenes.

Una sombra atraviesa la cara de Agamenón. La coge del pelo y tira. Ella da un paso atrás y él se desplaza con ella.

—Sé lo que piensas de mí, y tienes razón. Soy malo. Pero no me arrepiento. ¿Sabes por qué? Porque admitir lo que eres es la única manera de conseguir lo que quieres.

«¿Y qué quieres? Ya me lo has quitado todo».

La agarra de la cintura con las dos manos y la penetra. Ella siente que su cuerpo se resiste, que intenta retroceder, y se concentra en las antorchas que iluminan los frescos de las paredes, los peces y los pájaros pintados. Cuando le duele, trata de imaginar que es el ruiseñor pintado junto a la puerta. Recuerda la historia de Filomela, a la que los dioses transformaron en ruiseñor después de que el marido de su hermana la hubiera violado y mutilado. «Pero antes se había vengado». Filomela había matado al hijo de ese hombre, lo había cocinado y se lo había servido para que se lo comiera.

Con la espalda contra la pared, deja que Agamenón la bese y la muerda. Mientras él empuja con fuerza, ella se lame la sangre del labio y sigue mirando la pared de enfrente por encima de su hombro.

Agamenón gruñe y por fin se aparta sin aliento. Ella siente el interior de los muslos húmedo y desea lavarse. Se incorpora para marcharse, aunque no sabe adónde ir.

Él la agarra del brazo.

—Te he elegido porque eres fuerte, Clitemnestra. Deja ya de mostrarte débil.

Ella se suelta. El camisón ondea detrás de ella mientras recorre los pasillos iluminados y deja atrás su habitación. Llega a una ventana. En el pasillo hace un calor sofocante, salta y aterriza en una escalera que parece llevar a un jardín. Sigue el camino casi corriendo, tropezando en la oscuridad, y no se detiene hasta llegar a un lugar desde donde ve todo el valle extendiéndose ante ella, descansando en la noche tranquila. Por encima reconoce el templo que había vislumbrado al entrar en la ciudad, con sus columnas blancas como los dientes de un niño. En la piedra está grabado el nombre de Hera. La diosa más vengativa, decía siempre su madre.

Tantea con los pies descalzos en busca de flores, de manchas de color en la sombra. «Deja de mostrarte débil», le ha dicho. Piensa en el sentido y de repente lo entiende. Las palabras de Agamenón son claras como un estanque de agua helada.

Él deseaba su fuerza porque para él era un desafío. Quería doblegarla a su voluntad y romperla. Quería demostrar que era más fuerte subyugándola. Algunos hombres son así.

Siente las flores meciéndose con el viento y las arranca.

No va a romperla. Lo romperá ella a él.

TERCERA PARTE

Así que las hijas de Leda,
dos novias letales,
se casarán dos y tres veces.

Una hará que Grecia zarpe en mil barcos,
su belleza será la ruina de su tierra
y los hombres a los que envíen a rescatarla
volverán convertidos en cenizas y huesos.

La otra, la reina empeñada en vengarse,
se levantará en la casa de Micenas,
leal a los que la veneren
y salvaje con los que se opongan a ella.

15

La reina de Arcadia

Quince años después

AClitemnestra le duele la espalda, pero no deja de cabalgar. Micenas ha quedado muy atrás y tiene ante sí las interminables colinas de Arcadia, frondosas y brillantes como peras maduras. Avanza colina tras colina, salpicadas de flores amarillas, hacia una llanura con árboles de color verde oscuro. Lleva un par de días cabalgando y espera llegar al palacio del rey Équemo antes de que empiece a llover. Ya ha llegado la brisa, y las nubes se acumulan en el cielo.

Cuando el sol se pone y corona las colinas con oro, Clitemnestra se detiene cerca de unas piedras que quizá alguna vez fueron un templo. Los bloques se han oscurecido y las malas hierbas se han abierto camino entre las grietas. Ata el caballo a un árbol y camina en la creciente oscuridad siguiendo un débil sonido de agua. Encuentra un arroyo oculto por hierba alta y flores, y se inclina para llenar hasta el borde su odre vacío.

Un conejo salta a unos pasos de ella. Levanta la mirada y sus ojos se encuentran. Qué pequeño es, piensa, y sin embargo no la teme. Se lleva una mano al mango del puñal y se lo lanza. El puñal se hunde en el suave pelo del cuello del animal. Lo coge, flácido y muerto, y vuelve al antiguo templo para limpiarlo. Su caballo descansa mientras ella enciende una pequeña hoguera y se come la carne. Está jugosa, lo mejor que ha comido desde que salió de Micenas.

A su alrededor brillan chispas como luciérnagas. Se levanta viento y Clitemnestra se coloca la piel de cabra sobre los hombros. Aunque es verano, en las colinas siempre hace fresco por la noche. Se tumba junto al fuego y cierra los ojos, pero detrás de sus párpados están ya formándose pesadillas, figuras negras que bailan en las llamas. Llevan años siguiéndola. Se imagina luchando contra ellas y metiendo la mano en las llamas hasta que se le queme la piel y las figuras desaparecen. Pero no se puede luchar contra el fuego. Es el elemento de las Erinias, diosas de la venganza, antiguas criaturas del tormento.

Entonces piensa en sus hijos —Ifigenia, Electra, Orestes y Crisótemis—, que son las raíces que la mantienen firme. Ifigenia con su cuello de cisne y su pelo dorado; Electra con sus ojos solemnes y sus sabias palabras, y Crisótemis con su dulce sonrisa. Incluso Orestes, que se parece mucho a su padre, es una alegría. Agamenón no puede quitárselos. Los ha llevado en su vientre, los ha amamantado, los ha cuidado por la noche, con su aliento en la oreja y sus manitas entre las suyas. Ha abrazado a sus hijos uno tras otro, los ha protegido hasta que han crecido, y a cambio ellos le han devuelto la vida.

Las estrellas bailan en el cielo abovedado y Clitemnestra se queda dormida.

Llega al palacio de Alea la tarde siguiente. Es mucho más pequeño que el de Micenas —sencillas fachadas de madera sobre una base de piedra tosca—, y en los alrededores pastan ovejas y cabras. En la entrada, junto a dos altas columnas pintadas de color carmesí, la espera Timandra. Sus facciones parecen diferentes, más refinadas bajo su majestuosa diadema, aunque quizá solo sea porque por una vez el pelo no le cae en la cara. Lleva una túnica azul claro sujeta con un imperdible en el hombro izquierdo, y Clitemnestra no puede evitar ver una fea cicatriz, oscura y dentada, en la parte inferior del cuello.

—Fue nuestro padre —le dice Timandra siguiendo los ojos de Clitemnestra—. Una de sus muchas gentilezas antes de morir.

—No hables mal de los muertos. —Oye el desprecio en su voz y espera que su hermana no lo note.

—Una vez dijiste que los muertos no pueden oírnos —le contesta Timandra.

Sigue siendo delgada, y sus ojos son oscuros como el cielo por la noche. Con su pelo recién cortado, se parece mucho a Clitemnestra. Timandra se acerca a ella y la abraza. Huele a menta y madera, a los fuertes sabores de la cocina y a las densas fragancias del bosque.

—Bienvenida a Arcadia —le dice Timandra.

Entran al palacio, con grandes tinajas pintadas alineadas en los pasillos y paredes desnudas y grises, sin frescos.

—El palacio es pequeño —le dice Clitemnestra.

—No lo digas delante de mi marido. Lo construyó su abuelo Aleo, y a Équemo le encanta hablar de él cada vez que tiene la oportunidad. De hecho —dice volviéndose hacia su hermana—, seguro que lo comenta en la cena. Le gusta presumir.

Timandra se había casado solo unos meses antes de que muriera Tindáreo. Cuando un mensajero llegó a Micenas para darle la noticia a Clitemnestra, Agamenón le prohibió asistir a la boda. En el palacio había demasiadas embajadas con las que tratar, demasiados huéspedes y demasiadas disputas que resolver. Así que Clitemnestra concedió audiencias y se ocupó de conflictos sobre tierras y sobre el entrenamiento del ejército mientras su hermana se casaba con el rey de Arcadia.

—No te gusta —le dice Clitemnestra.

Timandra se ríe.

—Claro que me gusta. Es mi marido.

—Eso no quiere decir nada.

—Me aburre mortalmente —admite sin molestarse en bajar la voz—. Pero al menos me deja hacer lo que quiero.

Llegan a un pequeño dormitorio con el suelo cubierto de alfombras de piel de oveja. Hay una cama individual pegada a la pared, en la que el fresco de una ninfa está perdiendo el color.

Clitemnestra se sienta. Le duelen las articulaciones. Timandra la observa.

—¿Estás segura de que quieres volver a Esparta? —le pregunta.

Su pelo es de un castaño apagado, no tan abundante como el de su hermana, pero sus ojos son tan vivos que hacen que todo su rostro brille. Clitemnestra sabe en lo que está pensando Timandra: en el día en que deseó la muerte de su padre. «No lloraré por ti», le dijo.

—Tengo que hacerlo —le responde Clitemnestra en tono tranquilo.

Timandra asiente.

—Pues te dejo descansar. No tardes en prepararte para cenar.

Cuando el sol se ha puesto, llegan unos sirvientes a acompañarla al comedor. Timandra está sentada junto a la cabecera de la mesa, hablando con hombres de todas las edades. Solo hay unas pocas mujeres en los bancos, con diademas de oro brillando en el pelo. Un joven de brazos musculosos y piel aceitunada está sentado al lado de Timandra. Se levanta al ver a Clitemnestra y abre los brazos con gesto teatral.

—Bienvenida, reina de Micenas —le dice—. Me han contado maravillas sobre ti. —Su voz es dulce, aunque pegajosa, como la miel cuando se derrama en la mesa.

Équemo señala los bancos y Clitemnestra se sienta en el lado de la mesa en el que está su hermana, junto a una mujer de pelo negro y rizado. Las sirvientas se mueven bajo la luz de las lámparas llevando carne, vino, queso con hierbas y frutos secos.

—Siento la muerte de vuestro padre —le dice Équemo mientras en la sala se animan las conversaciones—. Mi mujer dice que eras su favorita.

«Mi mujer» suena raro en su boca, como si sintiera la necesidad de aclarar la posición de Timandra.

—Lo fui, hace tiempo —le responde Clitemnestra con sinceridad.

—Mis mensajeros me han informado de que el rey Menelao ha organizado uno de los funerales más grandes que nuestras tierras hayan visto jamás.

—Típico de Menelao —comenta Timandra.

Équemo pasa por alto su comentario.

—¿Y vais a ir mañana a caballo? —le pregunta a Clitemnestra—. ¿No estás cansada?

—Saldremos mañana a primera hora —le responde Clitemnestra mirando a Timandra—. Murió hace ya cuatro días. La ceremonia no puede esperar.

Équemo asiente con expresión repentinamente seria, y Timandra se vuelve hacia la derecha y sonríe a la mujer de pelo rizado. Clitemnestra sigue su mirada y se queda inmóvil en el banco. Ojos claros como manantiales, pelo oscuro como la obsidiana... Timandra es más rápida que ella. Antes de que Clitemnestra haya podido decir una palabra, las facciones de su hermana se tensan en una sonrisa.

—Hermana, ¿recuerdas a Crisanta?

Crisanta sonríe y se le sonrojan las mejillas. Clitemnestra recuerda cómo se sonrojó cuando años atrás las sorprendió besándose en la terraza de Esparta.

—¿Cómo iba a olvidarla? —le dice.

Équemo carraspea. Se endereza en la silla y toca la mano de Timandra, que mira hacia abajo como si el dedo de su marido fuera un gusano, aunque no aparta la mano.

—Mi mujer trajo a Crisanta de Esparta para que le haga compañía —le explica Équemo—. Como ha crecido en una familia numerosa, aquí a menudo se siente sola. —Habla como si Clitemnestra no conociera a su hermana, como si en Esparta no hubieran pasado todos los días jugando y luchando.

—Qué suerte tienes de que Crisanta te haga compañía —le comenta Clitemnestra a su hermana.

—Soy yo la que tiene suerte —interviene Crisanta—, porque puedo servir a mi reina todos los días.

Timandra sonríe y arranca un trozo de carne del hueso. No dice nada, pero no es necesario. Clitemnestra ve que su hermana lleva las riendas de este palacio. Toma un sorbo de vino de su copa y sonríe intentando que su gesto parezca sincero.

—Aunque estoy segura de que puedes manejar la soledad, Timandra.

Timandra levanta las cejas, pero es Équemo el que vuelve a hablar.

—Mi mujer es muy animada y siempre está buscando nuevas actividades. No es fácil domarla. —Suena como si estuviera hablando de un caballo.

—Imposible domarla, diría yo —añade Clitemnestra.

Timandra se ríe y su voz resuena en las paredes.

—Me parezco a ti.

Entran unos chicos con flautas y liras. Cuando Équemo les hace un gesto, empiezan a tocar una música dulce como fruta madura. Una sirvienta deja más vino frente a Clitemnestra, que observa la imagen del ánfora: dos guerreros con hermosas armaduras luchando con lanzas.

—Ahora Micenas es nuestro reino más poderoso —dice Équemo, ansioso por entablar conversación—. Más poderoso incluso que Troya.

—La llaman la Ciudad de Oro —interviene Crisanta.

—Sí —dice Clitemnestra—. Aunque Babilonia y Creta también son poderosas.

—Creta no es tan rica como antes —le replica Équemo con desdén—. El rey Minos ya no está, y la loca de su mujer ha desaparecido. No queda nada digno de atención.

—Creta sigue siendo crucial para el comercio —le asegura Clitemnestra—. Tienen barcos y oro. Comercian con fenicios, egipcios y etíopes.

Équemo parece un niño al que han reñido por no saberse la lección. Se muerde el labio y vuelve a hablar, ansioso por complacerla.

—¿Sabías que mi abuelo, el rey Aleo, construyó este palacio?

Clitemnestra se vuelve hacia Timandra, pero su hermana da un sorbo de vino, impasible. Clitemnestra ve por el rabillo del ojo que la rodilla de Timandra roza la de Crisanta.

—Por supuesto —le contesta—. Todo el mundo conoce a tu abuelo. Debió de ser un gran hombre.

No menciona que es famoso porque se deshizo de su hija cuando Heracles la dejó embarazada.

Équemo sonríe.

—Lo fue. Gracias a él adoramos a la diosa Alea.

Empieza a hablar de Alea y de los muchos sacrificios que hacen en su honor, pero Clitemnestra no lo escucha. Siente sobre sí la mirada de Crisanta, fría y penetrante como un témpano. Por alguna razón, siente que la mujer busca su aprobación. Clitemnestra le devuelve la mirada en una postura como la de los luchadores antes del combate. No puede decirle que no lo aprueba. No puede decirle que tenga cuidado, que evite ser demasiado feliz o sentirá la ira de los dioses. Tarde o temprano, hasta los más afortunados caen.

Vuelven juntas a la habitación de Clitemnestra, Timandra silbando una melodía, y Clitemnestra observando los pasos ligeros y despreocupados de su hermana. Al pasar por las grandes ventanas ven la luna, que brilla intensamente, y sienten la brisa de la noche de verano. Justo antes de girar hacia el pasillo de la zona de los huéspedes, Timandra coge del brazo a su hermana y tira de ella en dirección contraria, hacia una despensa llena de jarras de aceite y vino. Solo tiene una estrecha ventana, así que Clitemnestra tarda un momento en adaptarse a la oscuridad. Poco a poco aparecen los contornos de Timandra. Parece mareada.

—Crisanta vendrá con nosotras a Esparta —le dice en un susurro.

—Lo suponía —le responde Clitemnestra, aunque no es cierto. No había esperado que su hermana fuera tan imprudente.

Timandra observa su rostro.

—¿Qué pasa?

Clitemnestra mira por la ventana y vuelve a dirigir los ojos a su hermana.

—No debería venir.

Timandra frunce el ceño.

—¿Por qué?

—Sabes por qué.

—Fuiste tú la que me ayudó a estar con ella. Me cubriste en Esparta. Me dijiste que no era nada malo. —Su tono es casi acusatorio.

Clitemnestra respira hondo.

—Te dije todo eso cuando eras una niña. Ahora eres una mujer casada.

—¿Estás diciéndome que eres fiel a tu amado marido? ¿El mismo que asesinó a tu primer hijo?

Clitemnestra le da una bofetada. La cabeza de Timandra retrocede bruscamente y cuando vuelve a mirar a su hermana, tiene la mejilla roja y le sangra la nariz. Se la limpia con la manga.

—Lo que hago no es asunto tuyo —le dice Clitemnestra.

—¿Y es asunto tuyo lo que hago yo?

—Si exhibes a Crisanta, sí.

—¿Estás diciéndome que no soy libre de hacer lo que me plazca, de estar con la mujer a la que amo?

El verbo «amar» le cae en la cara como un cubo de agua helada.

—Escúchame. —Clitemnestra no sabe cómo explicárselo, cómo conseguir que su hermana lo entienda—. Haz lo que quieras, pero en las sombras. No dejes que los demás vean lo feliz que eres.

Timandra se queda en silencio. Fuera, un búho canta y las hojas susurran.

—¿Sabes quién es Aquiles? —le pregunta por fin Timandra.

Clitemnestra asiente. Aquiles, hijo de Peleo, rey de la diminuta Ftía y bendecido por los dioses. Dicen que es el héroe más importante de su generación. Agamenón suele hablar de él con inquietud, aunque no lo conoce personalmente.

—Dicen que Aquiles vive con su compañero, Patroclo —sigue diciéndole Timandra—. Comen juntos, juegan juntos y duermen juntos. Todo el mundo lo sabe. Pero eso no mancha su reputación. Sigue siendo áristos *achaión*. —Es decir, «el mejor de los griegos».

«Pero tú no eres áristos *achaión*», piensa Clitemnestra. Aunque lo que le dice es:

—Ellos son hombres, y tú eres una mujer.

—¿Y qué? En Esparta era lo mismo.

—Ya no estamos en Esparta.

Timandra va de un lado a otro de la habitación.

—¿Quieres que sea una sirvienta de mi marido solo porque es lo que los demás esperan de mí? —le pregunta alzando la voz.

Clitemnestra espera a encontrar las palabras adecuadas, como si las sacara de una profunda oscuridad.

—Naciste libre y siempre lo serás, digan lo que digan. Pero debes ver lo que te rodea y aprender a doblegarlo a tu voluntad antes de que te doblegen a ti.

Timandra se detiene. Aunque sus ojos oscuros son inescrutables, Clitemnestra ve en ellos un destello, como una antorcha que se enciende de repente en la oscuridad.

—Pues no llevaré a Crisanta —le dice a su hermana.

Clitemnestra duerme sin sueños. Cuando se despierta, al amanecer, el aire está impregnado del olor del verano y su mente está llena de recuerdos.

Su padre hablando con enviados en el *mégaron*, ofreciéndole a ella fruta y asegurándose de que estaba escuchando con atención. Después, cuando los hombres se habían marchado, le decía: «Clitemnestra, ¿qué habrías hecho tú?».

Su padre viendo su primer combate en el *gymnasion*. Tenía seis años y estaba cohibida, pero su presencia le dio fuerza. «Las personas no siempre son tan fuertes como parecen —le dijo—. La fuerza procede de muchas cosas diferentes, y una de ellas es la determinación». Ganó el combate, y su padre le dedicó una rápida sonrisa.

Tindáreo comiendo con sus hermanos, riéndose de sus bromas y riñendo de vez en cuando a Timandra porque daba demasiada comida a los perros. Incluso cuando estaba absorto en lo que le contaba otra persona, siempre buscaba a Clitemnestra, aunque fuera por un instante.

El dolor cae sobre ella, pesado como la nieve. Quiso a su padre, lo odió y deseó su muerte. Y ahora que ha muerto, tiene que volver a Esparta a rezar por él.

Pero los dioses no escuchan a las mujeres que maldicen a su padre, que lo odian y lo deshonran. Una hija como ella no tiene dioses a los que rezar.

16

La quema del muerto

Todos los hijos de Tindáreo están frente a la pira, juntos después de muchos años. Detrás de ellos, el palacio se alza contra el cielo, y el pueblo de Esparta los rodea. Menelao levanta una antorcha y la acerca a la pira, que se ilumina como un rayo, repentino y tenue contra el cielo, cada vez más oscuro. La leña arde y las llamas consumen el cuerpo de Tindáreo hasta convertirlo en cenizas y huesos. Un sacerdote canta, y las palabras vuelan con las chispas llenando el aire de colores.

Pocos lloran. Las lágrimas surcan el hermoso rostro de Febe, aunque se mantiene en silencio. No es correcto llorar cuando se quema un cuerpo. Las mujeres ya han gritado, se han tirado del pelo y se han arañado la cara. Los hombres ya han aullado y se han lamentado.

El rostro de Leda es duro y tiene las manos entrelazadas con fuerza. Mira fijamente el fuego, como si contuviera sus miedos y sus pesadillas. Sus ojos ya estaban rojos y su aliento olía a vino especiado cuando llegó Clitemnestra. Cuando Leda se levantó de la silla tambaleándose, Febe la sujetó y la mantuvo erguida.

Timandra está a su lado. El fuego le calienta la cara y danza en sus ojos. De camino a Esparta le ha contado a Clitemnestra lo que Tindáreo le hizo antes de casarse con Équemo, cuando descubrió que todavía estaba con Crisanta. La sacerdotisa las había encontrado en los establos y, pese a las desesperadas súplicas de Crisanta, se lo había contado a Tindáreo. Pero no castigaron a Crisanta. El rey obligó a Timandra a luchar contra tres espartiatas en el *gymnasion* hasta que la hirieron. Una le hundió una lanza en la blanda zona en la que el cuello se encuentra con el hombro, y Timandra casi se desangra ante los ojos de Crisanta y de su padre. Pero, antes de morir, Tindáreo le dijo que sus hijos eran su mayor orgullo y que no sabía cómo mostrarles su amor sin violencia. Timandra se compadeció de él.

«Me hiciste daño, padre —piensa Clitemnestra—. Y no sé perdonar». Mira a su derecha, donde están sus hermanos, y Cástor le devuelve la mirada. Ahora su pueblo lo llama «el domador de caballos». Sus rizos castaños son más largos y tiene la cara más hundida. El viaje a la Cólquide lo ha cambiado. Parece agotado.

Helena está con la espalda muy recta, el pelo dorado danzando con el viento y los brazos alrededor de su hija, Hermíone, aunque tiene edad suficiente para estar de pie. Observa la pira hasta que la última brasa se apaga. Cuando el sacerdote recoge las cenizas para meterlas en una urna dorada, la gente empieza a marcharse con la cara todavía caliente por las llamas y el pelo con olor a ceniza. Como han dejado las antorchas en el suelo, da la impresión de que en la tierra han pintado cien trazos de fuego.

Al ver a su padre volviendo al palacio, la pequeña Hermíone suelta a su madre y corre para alcanzarlo. Helena se vuelve hacia la derecha y ve que todos se han ido excepto Clitemnestra. Se miran. Aunque llevan el dolor grabado en el rostro, saben que no deben hablar de ello, así que se cogen de la mano y se alejan de la pira dejando a su padre atrás.

Se adentran en el camino que lleva a la montaña. Cástor y Polideuces las siguen. En breve se celebrará un banquete en el comedor, pero a ninguno de ellos le importa. Menelao entretendrá a los invitados. Es lo que mejor sabe hacer.

Caminan un rato en la sombría oscuridad sintiendo en los pies las raíces y las bayas rojas y azules que crecen en el camino. El cielo se llena de estrellas. Polideuces sujeta del brazo a Helena y la guía como si no conociera el camino, aunque Clitemnestra y ella siempre venían aquí de niñas. Aun así, Helena no le aparta la mano. Al llegar al palacio anoche, Clitemnestra encontró a su hermano en la habitación de su hermana, con los labios muy cerca de su cuello mientras ella se trenzaba el pelo. Clitemnestra no preguntó ni quiso saber. Recuerda que Helena y Polideuces siempre estuvieron tan unidos como los hermanos gemelos, y eran tan íntimos como los amantes. En cierta ocasión, cuando eran pequeñas, Helena le había contado a Clitemnestra que su hermano había intentado besarla.

—Le he dicho que no —le contó, confundida—. Porque está mal, ¿verdad?

—Creo que sí —le contestó Clitemnestra.

Y no volvieron a hablar de este tema.

A medida que suben por el sendero, el aire se vuelve más frío, y la oscuridad, más densa. Cástor se detiene en un pequeño claro cubierto de musgo y empieza a recoger leña. Helena se sienta en una zona con hojas. El aliento de todos ellos deja un rastro en el aire helado y les escuecen las manos de frío.

—Quería verte antes de morir —dice Helena mirando a Clitemnestra con ojos brillantes—. Dijo: «Ojalá estuviera aquí mi hija».

—No sabes si se refería a mí.

—Todas sus demás hijas estaban allí.

Cástor enciende el fuego y las llamas se elevan. Agradecen el calor en la cara y se acercan a la hoguera.

—Lo que te hizo fue imperdonable —le comenta Polideuces—, pero sigue siendo tu padre. La lealtad es difícil.

—No debería serlo —le responde Clitemnestra.

—Deberíamos haber estado aquí para protegerte —le dice Cástor.

El dolor en el rostro de su hermano la golpea y desearía eliminarlo. Ha pensado en ello a menudo, y cada vez le ha hecho daño y ha sentido que se ahogaba. Si sus hermanos hubieran estado aquí hace quince años, ¿de verdad la habrían protegido? ¿Y si se hubieran puesto del lado de Tindáreo y hubieran pensado que la alianza con los Atridas era lo más fructífero?

—Te hiciste famoso en la Cólquide. Mereció la pena —le contesta.

—La Cólquide fue un baño de sangre —interviene Polideuces. Lo ha repetido desde que volvieron a casa. Sus palabras suenan agudas y cortantes.

—Pero sobrevivisteis —susurra Helena.

—Los dioses nos protegieron —replica Polideuces.

Cástor se burla, pero su hermano lo pasa por alto. Clitemnestra cree que ahora se quedará en silencio, como hace cada vez que mencionan la Cólquide, pero Polideuces sigue hablando. Quizá sea la oscuridad, que hace que se sientan ocultos de todo lo demás.

—Eetes es un monstruo. Gobierna la Cólquide mediante el terror. Esclaviza a todos los tripulantes de los barcos que se atreven a ir a su reino y los tortura con fuego y cadenas. Nadie le importa lo más mínimo, ni los esclavos ni los guerreros ni las mujeres. Simplemente disfruta atormentándolos.

—¿Y el vellocino? —le pregunta Clitemnestra.

Ha oído las canciones que hablan del valor de Jasón, de que consiguió lo que nadie antes que él había hecho: matar a la bestia que vigilaba el vellocino y arrebatárselo antes de que Eetes hubiera podido detenerlo.

—Fue Medea —le contesta Cástor—. La hija bruja de Eetes. Le contó a Jasón todos los trucos para sobrevivir a las tareas que le había asignado su padre y después ella misma cogió el vellocino. Durmió a soldados y animales con drogas y huyó con nosotros de la Cólquide.

—¿Cómo es? —le pregunta Helena—. Dicen que es hermosa.

Polideuces niega con la cabeza.

—No como tú. Tiene el pelo como oro hilado y la piel blanca como la de una diosa. Pero sus facciones son como las de un león hambriento.

—Aquí la llaman loca —comenta Helena—. Dicen que asesinó a la nueva mujer de Jasón con un vestido empapado en veneno.

—Creció en un lugar oscuro, sin madre y con un tirano por padre —le explica Cástor—. Cuando íbamos a marcharnos de la Cólquide, le rogó a Jasón que la dejara venir con nosotros. ¿Quién sabe lo que le hacía su propio padre de niña?

—Os salvó la vida —les dice Clitemnestra.

—Así es. —Polideuces asiente—. Renunció a todo por Jasón. Y, a cambio, él la dejó por otra mujer. —Está abrillantando su cuchillo de caza junto al fuego, y el pelo rubio le cae alrededor de la cabeza.

Relatos del viaje brotan de sus labios como arroyos de nieve derretida. Las mujeres a las que encontraron en la isla de Lemnos, cuyos maridos estaban todos muertos. El monte de los Osos, donde habían masacrado a todos los lugareños, que habían intentado atacarlos. La tierra donde Polideuces derrotó a un rey salvaje en un certamen de boxeo. La isla de Día, donde encontraron a náufragos, desnudos y hambrientos, con los huesos sobresaliéndoles de la piel. Y por último la Cólquide, donde Medea se enamoró de Jasón y los ayudó a escapar de Eetes.

Las chispas vuelan a su alrededor, al igual que las palabras de Cástor, que llenan el aire de recuerdos. Cuando vuelven a quedarse en silencio, se tumban y miran el cielo pensando en las cicatrices de sus hermanos.

—A veces lo veo todo —dice Cástor—. Todos esos recuerdos se suceden en mi cabeza cuando cierro los ojos.

«Yo también —piensa Clitemnestra—. Cada noche».

—¿Qué haces cuando los ves? —le pregunta Helena—. ¿Cómo duermes?

Cástor gira la cara hacia ella.

—Durante el día intentas olvidar, pero por la noche sueñas con el pasado. Para eso están los sueños, para recordarnos lo que éramos y atarnos a nuestros recuerdos, nos guste o no.

El fuego crepita. Clitemnestra coge de la mano a Cástor y vuelve a mirar el cielo despejado y oscuro. Selene es la diosa de la luna y dicen que tiene el poder de detener las pesadillas. Los espartanos la llaman «benevolente». Pero su hermano tiene razón en burlarse cuando mencionan a los dioses. Están solos.

No pueden eludir los banquetes para siempre, así que al día siguiente se reúnen en el comedor a petición del rey. La sala ha cambiado tras tantos años de reinado de Menelao. Hay más antorchas, más armas en las paredes, más cuero de vaca en el suelo, más perros royendo los huesos y más mujeres. Las ilotas que les llevan carne y queso especiados a la mesa no parecen maltratadas ni cabizbajas. Sonríen y llevan túnicas limpias y brillantes. Menelao está sentado a la cabecera de la mesa, y a su alrededor están Helena y sus mejores guerreros. Entre ellos Clitemnestra ve a un hombre feo con una espesa barba y la nariz rota.

—Es el marido de Cinisca —le contesta Cástor cuando Clitemnestra le pregunta por él—. Estoy seguro de que la recuerdas.

Ella asiente.

—¿Qué ha sido de ella?

Cástor mira al hombre, que se ríe y brinda con Menelao.

—Su familia es cada vez más poderosa. Son de los pocos espartanos en los que Menelao confía. Cinisca suele estar en el *mégaron* susurrándole al oído al rey.

—¿Dónde está ahora?

—Descansando, creo. No se ha tomado bien la muerte de Tindáreo.

—¿Sabes dónde vive?

Cástor frunce el ceño.

—He oído que cerca de las tiendas de los tintoreros. ¿Por qué?

Clitemnestra se encoge de hombros.

—Es solo que me sorprende que no esté aquí.

Una sirvienta le ofrece vino a Cástor sonriendo y apretando el cuerpo contra el suyo al pasar, pero este no le hace caso. Clitemnestra recuerda las muchas veces que vio a su hermano saliendo furtivamente de las habitaciones de las sirvientas después de haber pasado la noche con una chica.

—Solías pasar mucho tiempo en la cama con las sirvientas —le comenta.

—Estuve con muchas, sí. —Cástor sonríe y por un segundo su rostro parece el de antes. Después baja la voz—. Pero estas chicas ya tienen que entretener a Menelao.

Clitemnestra sigue con la mirada a la sirvienta, que continúa llenando las copas de vino a lo largo de la mesa. Se inclina hacia atrás cada vez que pasa junto a un guerrero de Menelao, y cuando la llaman, se sobresalta. Clitemnestra piensa que es cierto lo que solía decir Tindáreo. Por amable que seas con una esclava, nunca aprenderá a amarte, porque ha conocido demasiado dolor.

Helena se levanta, se aleja de su marido y se sienta al lado de su hija. La pequeña Hermíone está comiendo higos con Polideuces, y cada vez que tiene las manos pegajosas, él se las limpia cuidadosamente con un trapo, como si fuera su hija. Menelao parece no darse cuenta. Hermíone tiene el pelo de su padre, como bronce forjado al fuego, y los ojos de Helena, claros como el agua del mar. Pero mientras que el rostro de su madre es delicado como una perla, el de Hermíone es afilado como un puñal. Es una belleza extraña.

Sirven carne, queso y aceitunas mientras el fuerte eco de las conversaciones resuena en las paredes. Febe y Filónoe charlan sobre el hombre con el que se casará Febe, y Timandra y Cástor engullen comida y beben vino. Leda mastica un trozo de cordero especiado sin hablar con nadie, y Clitemnestra se acerca a ella.

—Madre —le dice—, ¿dónde está la sacerdotisa?

Los grandes ojos de Leda parecen nublados.

—¿Por qué?

—Quiero hablar con ella sobre la profecía que hizo hace quince años.

Leda se toca distraídamente el pelo negro, que lleva recogido en hermosas trenzas.

—Se marchó —le contesta por fin.

—¿Cómo?

—La eché.

Clitemnestra recuerda que, cuando era pequeña, su padre solía llevarse a su habitación a una mujer, una ilota. Leda se enteró y durante una cena les dijo a todos que «había echado a la sirvienta». Pero un día, cuando Clitemnestra se dirigía al pueblo, encontró el cadáver de la ilota pudriéndose en el barro.

—¿Cuándo? —le pregunta.

El rostro de su madre se queda impasible.

—Poco después de que te marcharas.

—¿Qué dijo Tindáreo?

—No le gustó. Pero después de lo que te había hecho, después de todo el dolor que nos había causado, no podía darme órdenes.

—¿Cómo te sentiste?

Leda frunce el ceño.

—¿Qué?

—¿Cómo te sentiste al echar a la sacerdotisa?

Leda deja la copa de vino en la mesa y coge la mano de Clitemnestra. El dolor le oscurece los ojos.

—Escúchame. He dejado que la venganza dirigiera mis pensamientos y mis acciones. No cometas el mismo error.

—La venganza es nuestra forma de vida —le responde Clitemnestra.

—No debe serlo. Todo el tiempo que dediqué a odiar a la sacerdotisa podría haberlo pasado queriendo a mi Helena. Todo el tiempo que dediqué a odiar a tu padre podría haberlo pasado queriendo a sus hijos.

—Nos quieres.

—Sí, pero el odio es una mala raíz. Se asienta en tu corazón y crece hasta pudrirlo todo.

A su derecha, Menelao se ríe de las bromas de sus compañeros. El marido de Cinisca toca a la sirvienta cuando esta le lleva una bandeja de carne, y a la chica le tiemblan las manos.

—Prométeme que no serás tan vengativa como lo he sido yo —le susurra Leda.

Clitemnestra desvía la mirada de la sirvienta y mira a su madre a los ojos.

—Te lo prometo.

Por la noche, cuando los guerreros y los nobles se han ido a dormir, pasea por las callejuelas que rodean el palacio. Aunque el aire es cálido y húmedo, se ha puesto una capa que le oculta el rostro. En la cintura lleva el pequeño cuchillo con piedras preciosas incrustadas que su madre le regaló antes de marcharse a Micenas.

Las calles están silenciosas. Solo oye de vez en cuando ladridos y aullidos, suaves gemidos y llantos de bebés. Deja atrás carros llenos de heno y a un chico besando a una sirvienta debajo de unas pieles de cuero que cuelgan junto a una ventana. Cuando se acerca a la plaza, gira a la izquierda por una calle lateral que lleva a las tiendas de los tintoreros. Reduce el paso. Escucha los suaves sonidos procedentes de puertas y ventanas: una mujer cantándole a su hijo y un anciano roncando. Después mira hacia la pared del otro lado de la calle y se detiene. Echa un vistazo por una ventana abierta. Ve un gran escudo brillante junto a la puerta, una mesa de madera y un banco en el que hay una copa de oro medio llena. Y, a la luz parpadeante de una lámpara, a una mujer con los ojos cerrados. Lleva solo una túnica ligera que apenas le oculta los diminutos pechos, pero hace tanto calor que está sudando. La lámpara le ilumina el pelo corto, la nariz aguileña y la barbilla puntiaguda.

Clitemnestra rodea la casa sin hacer ruido y echa un vistazo por la única otra ventana. Parece que la mujer está sola. Intenta abrir la puerta, pero está cerrada por dentro, así que se sube al alféizar de la ventana y entra en la habitación con el mayor cuidado posible.

De repente Cinisca abre los ojos, alerta, y por un segundo las dos se miran. Entonces Clitemnestra apaga la lámpara. La luz parpadea y muere dejándolas en completa oscuridad.

—Hacía mucho tiempo que no nos veíamos —le dice. Siente el aliento agrio de Cinisca frente a ella, y la mesa de madera detrás.

—Sabía que estabas aquí —le contesta Cinisca—. ¿Qué quieres?

Clitemnestra rodea la mesa muy despacio. Se quita la capa, y la tela se le desliza entre los dedos mientras la deja a un lado. En la oscuridad siente que Cinisca está inmóvil y sabe que debe actuar antes de que ambas empiecen a distinguir las líneas y los contornos.

—¿Dónde estabas cuando asesinaron a mi marido en el palacio, hace quince años? —le pregunta.

Cinisca jadea con la suficiente intensidad para que Clitemnestra la oiga. Empieza a hablar, pero la interrumpe.

—No importa. Sé dónde estabas. Seguiste a mi hermana por

las calles, la golpeaste con una piedra y la dejaste sangrando.

—Toca con un dedo la copa de oro, cuyo borde es irregular, no liso, como los de las copas del palacio—. Lo hiciste para ayudar a Agamenón. Lo ayudaste a conseguir lo que quería, pero no te recompensó.

Cinisca se pone de pie.

—Me recompensó. Protegió a mi familia y me dio poder en Esparta. —Su voz es profunda y en ella hay algo parecido al orgullo.

—Qué generoso por su parte.

—Puede ser un hombre generoso.

—Si tú lo dices… Aunque estoy segura de que la mejor recompensa para ti fue verme caer. Saber que perdí todo lo que amaba y me importaba.

Cinisca no dice nada. Se mueve en las sombras y Clitemnestra sabe que trata de llegar al escudo.

—¿Puedes imaginarte lo que se siente al perder a un hijo? ¿Lo que se siente cuando lo asesinan? —Intenta no apretar con tanta fuerza el cuchillo.

—No puedes quitarme a un hijo, porque no tengo ninguno.

Clitemnestra pasa por alto sus palabras.

—Sientes que te ahogas. Como si alguien te retuviera bajo el agua, y en cuanto te rindieras y te prepararas para morir, esa persona te arrastrara a la superficie, te dejara respirar y volviera a sumergirte.

Cinisca se detiene. Clitemnestra sabe que está preguntándose por qué le cuenta todo esto, pero que no va a preguntárselo a ella.

—No he dejado de pensar en ti durante esta tortura —sigue diciéndole—. Siempre he despreciado a las personas como tú, que, como no tienen nada bueno, intentan robar la felicidad de cualquier otra.

—Nunca quise robar nada —le replica Cinisca.

—Pero lo hiciste.

Antes de que Cinisca haya podido responder, le lanza el cuchillo. Siente que Cinisca salta y coge el escudo, y oye el ruido metálico del cuchillo contra él. Se desplaza hacia un lado mientras Cinisca corre hacia delante y choca contra la mesa. La copa rueda por el suelo y Cinisca se incorpora. Clitemnestra se inclina y recoge el cuchillo. En la oscuridad siente que el escudo vuela hacia ella un segundo demasiado tarde. Consigue moverse a un lado, pero el metal le golpea el hombro y ahoga un grito de dolor. Cinisca corre hacia delante, pero Clitemnestra vuelve a lanzarle el cuchillo, que esta vez da en el blanco. Cinisca cae de rodillas frente a ella y Clitemnestra le arranca el cuchillo del costado antes de que Cinisca pueda cogerlo. El metal está frío como el hielo. Desgarra un trozo de su túnica y se lo mete en la boca a Cinisca.

—Quería matarte antes de irme, pero Agamenón se habría quejado —le dice—. Ahora ni siquiera te recuerda. A nadie le importa que mueras.

Cinisca gime y niega con la cabeza. Clitemnestra vuelve a clavarle el cuchillo, que se hunde profundamente en el pecho. El sonido que emite Cinisca es como un suspiro.

—Tus complots y tus planes no han funcionado. Yo tengo poder, y lo único que tienes tú son susurros al oído de un rey. Yo soy la reina de Micenas, y tú no eres nadie.

Saca el cuchillo del pecho de Cinisca y da un paso atrás cuando esta cae al suelo con sangre brotando de sus heridas. Busca la capa en las sombras, se la echa por encima y se marcha.

Los habitantes de la ciudad no tardarán en despertarse y llenar de vida las callejuelas. El marido de Cinisca volverá a casa y encontrará a su mujer muerta. Pero nadie sospechará de Clitemnestra, porque nadie sabe lo que Cinisca le hizo.

Corre por el laberinto de calles estrechas hasta que le tiemblan las manos y las lágrimas le han mojado la cara. En las sombras de un callejón sin salida se detiene para recuperar el aliento y limpiar el cuchillo de su madre en la capa. La luna brilla débilmente en el cielo, gotea luz como si fuera un cubo de leche lleno hasta el borde. Un dulce olor a higos maduros hace que el aire parezca denso, pero también le llega un olor a podrido, como si las calles estuvieran sucias.

«Prométeme que no serás tan vengativa como lo he sido yo»,

le ha dicho su madre. Y ella se lo ha prometido sabiendo que era mentira, que sus palabras estaban agrietadas como barro seco.

De joven le daban miedo las Erinias, las diosas que se vengan de todos los hombres que han jurado en falso. Leda les había contado un sinfín de historias en las que las Erinias buscaban a sus víctimas y las perseguían como sabuesos. Sus azotes eran dolorosos como mil látigos ardientes. Ahora aquí está, ha asesinado y no ha cumplido una promesa, pero nadie viene a por ella.

Un sentimiento de soledad se abre paso en su interior, grande como un desfiladero. Las nubes y las estrellas flotan por encima de ella. Apoya la cabeza en la pared y llora por lo que podría haber sido su vida. ¿Tuvo alguna vez una oportunidad? La sangre humana es fértil. En cuanto se derrama, engendra más violencia, pero los dioses no pueden devolver la vida. Solo pueden quitar otra. Leda sin duda lo sabe. Al fin y al cabo ha guardado secretos. Ha mentido y matado a los que se han opuesto a ella, pero se mantuvo al margen cuando su marido traicionó a su hija.

No, piensa Clitemnestra. Su madre no puede pedirle que cumpla una promesa.

17

Las reglas más fuertes

Micenas aparece a la luz del atardecer y Clitemnestra espolea al caballo. La calle que lleva a la Puerta de los Leones está llena de gente. Niños delgados se apartan a su paso, y los esclavos de los nobles se inclinan y se arrodillan. Levanta el brazo para saludarlos mientras el caballo avanza y deja la puerta atrás. Dentro de las murallas ve a mujeres moliendo y pesando trigo frente al granero, con la cabeza cubierta para protegerse los ojos del sol. Ve a chicas con cestas de aceitunas en la cabeza y a un grupo de chicos contando los cerdos en un patio. Cuando Clitemnestra pasa, la multitud se abre y se cierra detrás de ella, como una ola.

Fuera del palacio, en lo alto de la ciudadela, una mujer de pelo rojizo que está en una gran terraza calentada por el sol corre a su encuentro.

—Me alegro de que hayas vuelto, mi reina —le dice Ailín.

Ha cambiado desde que la conoció, hace quince años. En aquel entonces agachaba la mirada y le temblaban las manos, pero ahora se mueve en el mundo con seguridad. Clitemnestra se ha asegurado de ello. Muchos sirvientes han ido y venido, pero Ailín siempre ha sido la más leal a ella.

—¿Dónde están mis hijas?

La sirvienta la lleva al jardín, donde Crisótemis está jugando con piedras de colores. Sus pies descalzos se refrescan en la hierba, lejos del calor de la terraza. Detrás de ella, un grupo de bailarinas se desplaza entre el sol y la sombra de los olivos. Un chico toca la lira con los ojos cerrados a unos pasos de ellas.

Cuando ve a su madre, Crisótemis se levanta de un salto con una dulce y cálida sonrisa en el rostro.

—La he elegido para ti mientras no estabas, madre —le dice tendiéndole una piedra azul.

Clitemnestra roza la cabeza de su hija con los labios.

—¿Has elegido también algunas para tus hermanas?

Crisótemis le muestra una piedra rojiza y otra blanca, lisa como un huevo.

—Esta es para Electra —le explica levantando hacia la luz la piedra blanca, que adquiere tonos violetas y amarillos, como las nubes cuando las miras un buen rato—. Porque siempre se viste de blanco. Y porque es seria y aburrida como la diosa Atenea.

Clitemnestra quiere reírse, pero le dice:

—No llames aburrida a tu hermana.

Ailín, que está detrás de ellas, se ríe por lo bajo.

Crisótemis se da la vuelta y observa al grupo de bailarinas.

—¡Mira, Ifigenia ha aprendido los pasos nuevos!

Las chicas se bambolean y giran. Como los pasos son complicados, algunas dudan y dirigen la vista a la chica de pelo claro situada delante de ellas. Ifigenia se mueve con la gracia de una diosa, tan concentrada que contrae su hermoso rostro. Clitemnestra conoce esa mirada. Es el fuego, la feroz determinación con la que su hija lo hace todo. Lleva una pequeña tiara adornada con amatistas y varias pulseras de oro, como las mujeres ricas de Micenas. Las chicas giran y brillan al atrapar la luz del sol.

Crisótemis la observa apretando las piedras en la mano y moviendo la cabecita al ritmo de la música. Hace ya tiempo que empezó a imitar a su hermana.

Cuando el chico deja de tocar la lira y termina la danza, Ifigenia mira a su alrededor como si despertara de un trance. Ve a su madre y corre hacia ella.

—¡Madre! —grita abrazándola—. ¡No sabía que ibas a volver tan pronto! ¿Qué tal en Esparta? ¿Cómo está la tía Helena?

Clitemnestra coloca las manos en las mejillas de su hija y busca en su rostro algún rastro de moratones o de tristeza. Pero Ifigenia brilla como un fresco recién pintado. Detrás de ellas, las chicas descansan bajo los árboles y se echan agua en los brazos sudorosos.

—Todos están bien —le responde Clitemnestra—. He visto a tu prima Hermíone, que está tan alta como tu hermana.

—¿Y tus hermanos? ¿Te han hablado de la Cólquide? ¿Te han contado algo sobre Jasón y Medea?

—Sí —le contesta Clitemnestra, y la luz brilla en los ojos de su hija—. Pero ahora no es el momento. Antes debo ver a vuestro padre.

Crisótemis agacha la mirada, de repente triste.

—Nuestro padre se ha pasado todo el tiempo en el gran salón con soldados de Creta y Argos. Solo lo hemos visto en las cenas. Los soldados ya se han marchado, pero nuestro padre siempre está con los ancianos.

—Está hablando de la guerra —comenta Ifigenia—. Parece que todas las ciudades temen a Troya, pero ninguna quiere luchar contra ella.

Clitemnestra sube con sus hijas la escalera que lleva a la entrada del palacio. Ailín las sigue con las túnicas y las sandalias de las chicas en las manos. Cuando cruzan el umbral, de repente el aire es más fresco.

—Voy a ver a vuestro padre —les dice Clitemnestra—. Id a buscar a Electra y preparaos para la cena.

El patio que conduce al *mégaron* está fresco y silencioso. Clitemnestra esperaba ver a Electra aquí, escuchando a escondidas a su padre, pero debajo de las sombrías columnatas no hay nadie, solo los grifos pintados al fresco, sentados orgullosamente junto a las columnas.

Oye susurros procedentes de la antesala, con sus paredes desnudas y su suelo de piedra. Aquí el aire es húmedo, y la luz, escasa. Una sirvienta mayor se acerca para lavarle los pies. Se queda quieta mientras la mujer le desata las sandalias y la limpia en el lavapiés. Cuando le ha secado los pies con un trapo, entra a la brillante luz del *mégaron*.

El salón está ricamente adornado. Las paredes están decoradas con frescos de leones perseguidos por guerreros con lanzas. La primera vez que vio esos leones asustados, Clitemnestra se rio. Nadie que haya cazado leones ha visto jamás a los animales en ese estado.

—Evoca el poder de nuestra ciudad —le explicó Agamenón.

—Pero es mentira —le replicó ella.

—Es un relato. Los relatos unen a las personas, lideran ejércitos y forman alianzas.

Por mucho que lo odiara, sabía que tenía razón.

En la entrada con columnas hay cuatro guardias con lanzas y escudos en las manos. Clitemnestra espera mientras uno de ellos va a anunciar su presencia al rey. Más allá de la chimenea, que ocupa el centro de la sala, ve a Agamenón sentado en su trono elevado. Los escalones que conducen a él son dorados y brillantes. Un niño está sentado a sus pies, y varios ancianos susurran y hablan entre dientes.

—La reina está aquí —anuncia el guardia, y el rey y los ancianos se vuelven hacia ella.

Clitemnestra deja atrás los frescos de batallas de micénicos contra *bárbaroi*, de leones y ciervos, y llega al trono. Orestes se levanta de un salto y está a punto de correr hacia ella, pero se controla y se detiene. Es de piel aceitunada, como su madre, con rizos oscuros que le caen alrededor de la cara. Los ancianos se arrodillan y tocan con la cara el suelo a los pies de Clitemnestra.

—Levantaos, por favor —les dice—. No es necesario.

Le molesta verlos tan atentos, cuando lo único que hacen si su marido no está es desafiarla y llevarle la contraria.

—Mi reina —le dice uno de ellos levantándose. Es un hombre cruel llamado Polidamante, al que su marido respeta por encima de todo—. Espero que el viaje desde Esparta no haya sido muy agotador.

Aunque el aliento le huele a flores frescas, Clitemnestra sabe que hay algo turbio en él, como el barro escondido bajo los juncos después de una temporada de lluvias.

—Ha sido un viaje agradable —le contesta.

—¿Y cómo está tu hermana?

—Helena está bien. Puede pasar mucho tiempo con la pequeña Hermíone, sobre todo ahora que el rey Menelao se interesa por las ilotas del palacio.

Orestes agacha la mirada. «Tu padre te ha enseñado a no bajar la mirada delante de sus consejeros», quiere decirle Clitemnestra. Se lo dirá después. Los ancianos mantienen la boca cerrada, incómodos.

—Dejadnos solos —les dice Agamenón, y ellos asienten, aliviados.

Se alejan despacio, con las piernas viejas y nudosas como robles. Cuando desaparecen en la antesala, Clitemnestra acaricia los rizos de su hijo, que no se aparta, sino que se relaja. Agamenón baja del trono con ojos cautelosos.

—Los comerciantes de los que te pedí que te ocuparas han vuelto a quejarse —le dice.

No la saluda ni le pregunta nada, pero Clitemnestra no espera que su marido se comporte de otra manera.

—Quieren que les paguemos más por las pérdidas con Troya —le dice ella.

Antes de marcharse a Esparta habló varias veces con un grupo de mercaderes enfadados. Pedían que Micenas siguiera intercambiando bienes con Troya, pero Agamenón intentaba boicotear la ciudad.

—Sí. Pero hay algo más —le dice Agamenón.

—Habla.

—No quieren volver a tratar contigo.

Orestes mira a su madre, preocupado.

Clitemnestra borra toda expresión de su rostro.

—¿Qué te han dicho exactamente? —le pregunta.

—Que no eres la persona adecuada para darles órdenes. Pero no importa. Mañana hablarás con ellos y les enseñarás a escuchar.

—Bien —le dice ella.

Una de las pocas cosas por las que no lo desprecia es que le gusta que se ocupe de las cosas y las resuelva por sí misma. Al principio no estaba convencido, pero cuando vio que la ciudad funcionaba bajo su mando, fue lo bastante inteligente para dejarla en sus manos.

—¿Qué hay de Troya? —le pregunta Clitemnestra—. ¿Habrá guerra?

Agamenón niega con la cabeza.

—Ningún rey griego quiere luchar. Necesitan una razón para hacerlo. Troya es rica y peligrosa, pero para ellos no es motivo suficiente.

Ella frunce el ceño.

—Vas a la guerra porque te has preparado para eso.

—Estoy de acuerdo. Aun así esperarán hasta que tengamos a los troyanos en la puerta.

—Los troyanos no vendrán. Tienen oro, controlan gran parte del mar y tienen las minas al pie del monte Ida. No hay razón para que vengan.

Por un momento a Agamenón le brillan los ojos. Se acerca a ella y le da un beso en la frente.

—Pues iremos nosotros —le dice. Se da la vuelta para marcharse, pero se queda junto a la puerta—. No te he preguntado por tu familia. ¿Cómo están?

La pregunta casi la sorprende y se prepara para ver asomar la serpiente escondida entre las flores.

—Están bien.

—¿Y tu estancia en Alea fue buena?

A ella no le gusta su mirada.

—Sí.

—Supongo que ahora Timandra se folla a mujeres de Arcadia.

Orestes, que está al lado de Clitemnestra, ahoga un grito, pero ella no se inmuta.

—Timandra siempre ha sido la que más me ha gustado —sigue diciendo Agamenón—. Es dura, como tú. Ojalá viniera a vernos más a menudo. —Le lanza una mirada lasciva.

Ella recorre a grandes zancadas la distancia que los separa. Se pone de puntillas y le da un beso en la mejilla. Después le susurra al oído, en voz lo bastante baja para que Orestes no oiga las palabras:

—Si vuelves a hablar de mi hermana, te estrangularé mientras duermas.

Va a las despensas a buscar a su hija. La cena está lista, los olores a sopa de verduras y salsa de pescado invaden el palacio, y Ailín le ha dicho que no encuentran a Electra, así que, en lugar de darse un baño frío, Clitemnestra recorre el pasillo que lleva a las despensas. Deja atrás las salas con frescos y desciende los escalones de piedra que se adentran en las cámaras subterráneas del palacio. Le llega el leve olor de la tierra, y el de las especias y el aceite, procedente de las ánforas de arcilla alineadas en los pasillos oscuros. Llega a una habitación en la que brilla débilmente una sola lámpara. En un estante hay viejos cuencos de ofrendas y cuchillos de sacrificio todavía manchados de sangre seca. Las sombras que proyectan en las paredes parecen garras y dedos.

Electra permanece escondida en un rincón, con la cabeza apoyada en las rodillas. Su respiración es rítmica y tranquila, como si estuviera dormida. Clitemnestra da un paso adelante y Electra levanta la cabeza de golpe. Un rayo de luz de la lámpara le toca la mejilla.

—Siempre me encuentras —le dice.

Clitemnestra se sienta en el frío suelo frente a su hija.

—Es la hora de la cena. No deberías estar aquí.

Electra se observa las uñas y se queda callada. Al final dice en tono tranquilo:

—Hoy he visto un perro muerto.

—¿Dónde?

—En una calle cerca de la Puerta de los Leones.

Clitemnestra no le comenta que no debería haber estado allí sola. Desde siempre le ha costado más hablar con su hija mediana que con las otras. A veces le gustaría desenrollarle el cerebro y sacarle los pensamientos de la mente de uno en uno.

—¿Cómo era? —le pregunta.

Electra lo piensa un momento.

—Parecía un trapo —le responde—. Lo habían empujado hacia la puerta del alfarero. Seguramente se había muerto en la calle y alguien lo había apartado de su camino a patadas.

—¿Qué has hecho? —le pregunta Clitemnestra, aunque en el fondo sabe la respuesta.

—Lo he lavado, lo he quemado y he enterrado las cenizas cerca de la puerta trasera.

—Pero todavía estás aquí —le dice Clitemnestra—. ¿Qué te ha disgustado?

—Nunca había visto nada muerto —le contesta Electra.

Clitemnestra se sorprende. De repente recuerda a Helena sentada en la cama cuando tenían dieciséis años. «Yo nunca he matado nada», le dijo. Aun así, por inocente que fuera su hermana, había visto a muchos hombres, mujeres y animales muertos. Caballos pudriéndose junto al río, niños muertos por enfermedades en las aldeas de los ilotas, ladrones lanzados al Ceadas y chicos muertos en combate. Pero aquello era Esparta. En Micenas, Electra tiene doce años y está muy protegida. Todavía no ha sangrado. Aún no la ha tocado un chico. Nunca le han pegado. Y nunca ha visto un cadáver.

Como si le hubiera leído el pensamiento, Electra le dice:

—Viste a bebés muertos cuando tenías mi edad, ¿verdad?

Clitemnestra desvía la mirada. La imagen de su hijo muerto en los brazos de Leda es como una espada caliente que le perfora el cerebro. A veces Electra dice cosas que la hacen sufrir, y se pregunta si lo hace a propósito. Parece poco probable, pero un pensamiento le atraviesa la mente y la inquieta: ¿y si Electra es tan cruel como su padre? ¿Y si no es callada por tímida, sino por astuta?

—El primer cadáver que vi fue el de un chico —le cuenta—. En el *gymnasion*. Fue un accidente.

Electra no pestañea.

—¿Cómo era?

Clitemnestra intenta recordarlo. El chico no sangraba, pero tenía la cabeza torcida hacia un lado de forma antinatural, como si se hubiera quedado dormido en una posición incómoda.

—No sangraba.

—Como un pez cuando lo pescan.

También esto es típico de su hija: en lugar de hacer preguntas, sus frases son afirmaciones. A otros niños les resulta desconcertante.

—Sí —le confirma Clitemnestra—. Pero los peces boquean antes de morir. El chico no sufrió.

Electra se queda pensativa.

—La muerte no te asusta —le dice por fin a su madre.

—Me asusta, pero menos que a otras personas, porque estoy acostumbrada a ella. ¿Te asusta a ti?

—Sí. Solo un tonto no temería la muerte.

Clitemnestra sonríe.

—Tu abuelo dijo una vez algo parecido.

Electra se levanta y se alisa el vestido.

—Esta noche no quiero cenar en el salón. Estoy triste y los ancianos que le hablan al oído a mi padre son como arañas tejiendo sus telas.

Clitemnestra observa la luz moviéndose en los ojos de su hija, que está pensando en la mejor manera de hacerle una pregunta. Al final Electra le dice:

—¿Puedo quedarme en el *gynaikeion* y comer sola?

Clitemnestra también se levanta.

—No puedes comer sola. Lo sabes.

Electra abre la boca para replicar, pero su madre continúa diciéndole:

—Hablaré con tu padre para que nos deje comer juntas en tu habitación.

Electra se queda muy quieta, y por un momento Clitemnestra cree que va a decir que no. Pero de repente sonríe y su rostro serio se ilumina como el primer reflejo del sol en el agua.

Más tarde, cuando se han comido el pescado y las lentejas, se tumban en la habitación de Electra, con el techo pintado al fresco por encima de ellas como el cielo de verano. Clitemnestra hizo que repintaran el *gynaikeion* cuando descubrió que estaba embarazada de Ifigenia, y rascaron hasta el último trazo de su hogar.

Ahora las paredes están cubiertas de frescos de guerreras y diosas con bonitas lanzas afiladas y la piel clara y brillante como el marfil. Y en los techos de las habitaciones de sus hijas, de pequeños soles y estrellas como lágrimas de oro.

Clitemnestra cierra los ojos. La imagen del cuerpo de Cinisca arrodillado en el suelo, con sangre brotando entre sus dedos, vuelve a ella como bálsamo en la piel. «¿Creía que iba a olvidarlo? ¿Que la dejaría vivir después de lo que me había hecho?». Había pasado el tiempo y Cinisca se había creído a salvo. Pero la venganza funciona mejor con la ayuda de la paciencia. Y la paciencia es como un niño, hay que cuidarla para que crezca día tras día y alimentarla con dolor hasta que esté enfadada como un toro y sea letal como un colmillo envenenado.

Electra, que cree que su madre se ha quedado dormida, se acurruca bajo su brazo y se mantiene cerca de ella, aunque en la habitación hace calor. Clitemnestra siente que se le entumece el hombro, pero no se mueve porque teme que su hija se aparte. Finge dormir hasta que oye la respiración uniforme de Electra contra su cuello. Cuando abre los ojos, su hija está dormida con la boca entreabierta y las extremidades relajadas como nunca lo están cuando está despierta. Electra no tardará en despertarse, y su perspicacia y su estado de alerta volverán. Pero ahora, mientras duerme con una media sonrisa en los labios, parece feliz y vulnerable, como una diosa descansando entre humanos por error.

Se despierta con el ruido de las peleas de sus hijas. A su alrededor las paredes están bañadas de luz. Electra está sentada en el borde de la cama, y Ailín le arregla el *peplos* y le sujeta la tela en los hombros con imperdibles. Ifigenia va de un lado a otro de la habitación hablando de un certamen de lira en el que Electra no quiere participar.

Ailín y Clitemnestra intercambian una mirada divertida. Cada día igual. Crisótemis juega con los hijos de otros nobles, Orestes entrena con los niños, e Ifigenia y Electra discuten y se desafían. Son tan diferentes que a veces Clitemnestra se pregunta cómo es posible que salieran del mismo vientre. Ifigenia es hermosa y obstinada como una flor que crece en el desierto. Los límites y las restricciones se desmoronan ante su determinación, y su inteligencia, la brillantez con la que hace todo lo que se propone, deja sin palabras y asombrados a los demás. Electra se enfrenta al mundo sin esa seguridad en sí misma. Nunca está contenta ni satisfecha de verdad, como si un gusano se la comiera por dentro y la hiciera estar siempre temerosa y frustrada. Intenta encontrar paz encerrándose en las habitaciones y rincones más recónditos del palacio, pero al final siempre vuelve a Ifigenia. Es como si necesitara el fervor de su hermana para iluminar el mundo que la rodea, pero le recuerda que sin él su vida sería gris y rancia.

Los mercaderes no se presentan a hablar con ella, de modo que Clitemnestra decide ir a verlos. Sale a última hora de la tarde con su guardia más leal, un chico de abundante pelo oscuro y ojos de color ámbar. León lleva unos años a su servicio, después de haber ganado un combate que organizó su marido. Tiró a su adversario al suelo, se dirigió a la tarima en la que estaban sentados el rey y la reina y se arrodilló frente a Clitemnestra. «Mi único deseo es servirte, mi reina», le dijo. Agamenón se rio, pero ella dejó que le besara la mano y le dijo que le encantaría tenerlo como guardia. Es el tipo de hombre que le gustaría a Cástor, inteligente y leal. Oía a su hermano diciéndole: «Es una combinación poco frecuente. Inteligente y leal como un perro. Necesitarás uno así de vez en cuando».

A estas horas las calles están llenas de gente y el calor es casi insoportable. Los niños corren, saltan y juegan a pillar. Los vendedores gritan en el aire infestado de moscas. Clitemnestra y León toman un callejón lateral que conduce a la puerta trasera, donde las casas son tan altas que tapan el sol. El aire apesta a orina y pescado.

—¿Estás seguro de que están aquí? —le pregunta Clitemnestra mientras se hacen a un lado para esquivar a un viejo esclavo que empuja dos cerdos por la calle.

—Sí, mi reina —le contesta León—. Yo mismo vine una vez. Artistas y comerciantes beben aquí todas las noches.

Clitemnestra deja que le muestre el camino. Él gira a la izquierda y se mete en un callejón en el que se alinean barriles de vino y en el que ya no huele tanto a pescado, y después en un local oscuro iluminado por tres antorchas. En la sala solo hay una mujer de pelo largo y ondulado que le cubre los pechos desnudos y un hombre limpiando una copa brillante con un trapo. Cuando Clitemnestra se quita la capa, ahogan un grito.

—Mi reina… —empiezan a decir, pero Clitemnestra les indica que se callen.

Ve una puerta cubierta con un gran trozo de tela al final de la sala y oye voces procedentes del otro lado.

—No es necesario que me anunciéis. —Se vuelve hacia León y le tiende la capa—. Espérame aquí.

—No puedes entrar ahí sola —protesta el guardia.

Ella no le hace caso, aparta la tela a un lado y accede a la trastienda.

El calor es tan intenso que los hombres se ahogan en su propio sudor. Seis comerciantes con copas de vino en la mano están sentados a una gran mesa de madera con una bandeja de carne asada en el medio. No levantan la mirada cuando ella entra. Al oír sus pasos, un hombre dice:

—Creía que lo habías entendido, muchacha. Aquí hace demasiado calor para follar.

Clitemnestra se queda muy quieta. Se imagina a León al otro lado de la cortina, echando humo y apretando los puños.

—El rey me ha dicho que no queréis hablar conmigo —les dice en voz alta y clara.

Los hombres se vuelven hacia ella. Tienen la cara muy roja. Al verla se quedan petrificados.

—Majestad —le dice un hombre de baja estatura y de ojos pequeños y brillantes—, no sabíamos que estabas aquí.

Ella se acerca a la mesa, coge la jarra y vierte un poco de vino en una copa vacía. Los hombres la miran fijamente sin saber qué hacer. Parecen ciervos frente a un leopardo.

—Os pagué en oro para compensar vuestras pérdidas comerciales —les dice Clitemnestra—, pero traicionasteis al rey e intentasteis aprovecharos de la situación vendiendo vuestro oro y vuestras joyas a Troya. Podría haberos ejecutado, como me sugirió mi marido, pero os pagué más y os hice prometer que no comerciaríais con Troya.

—Has sido muy amable, majestad —le contesta el hombre de baja estatura.

Los demás asienten y lo miran como pidiéndole instrucciones.

—Lo he sido. Aun así no queréis que sea yo la que os dé las órdenes. ¿Por qué? —les pregunta, aunque conoce el motivo. Quiere que lo digan en voz alta.

Los hombres se miran y ella los observa mientras se toman su tiempo para responder. Llevan túnicas de fina tela bordada, pero están amarillentas por el sudor. El sol les ha oscurecido el rostro y tienen arrugas en las comisuras de los ojos y en el cuello. No son fuertes, pero sí astutos. «Te enseñaron a luchar contra guerreros, pero ten cuidado con los mercaderes —le dijo una vez Agamenón—. Son los más peligrosos».

Como guardan silencio, Clitemnestra les dice:

—Hablad.

El hombre de baja estatura vuelve a tomar la palabra.

—No aceptamos órdenes de una mujer.

—¿Por qué?

Esta vez el hombre no duda.

—El más fuerte manda —le contesta.

Ella sonríe.

—¿Y quién es el más fuerte de vosotros?

Los recorre lentamente con la mirada. Se detiene en la barriga fofa de uno de ellos y en los anillos de oro de otro.

—Los comerciantes no tenemos líder —le contesta el hombre.

—Pero tú hablas en nombre de todos ellos.

Un viejo comerciante con los brazos delgados como los de una mujer carraspea.

—Él es nuestro líder, majestad.

El hombre de baja estatura sonríe. Clitemnestra está segura de que quería que lo dijeran. Y ahora es demasiado tarde para él.

—Bien, pues te desafío a luchar conmigo, aquí y ahora. Si ganas, seguirás tomando decisiones por los comerciantes. Si gano yo, aceptarás las órdenes de tu reina.

Él frunce el ceño.

—Seguro que no quieres luchar con un hombre de tan bajo nivel como el mío, majestad.

—Has dicho que el más fuerte manda, así que veamos quién es más fuerte.

Se bebe el vino y deja la copa vacía en la mesa. Los demás comerciantes retroceden hacia la pared.

El hombre parece asustado como un ratón de campo. Un pensamiento le cruza la mente y dice:

—¿Qué pasa con el rey?

—El rey nunca se enterará —le contesta—. Le ahorraremos vuestro vil comportamiento.

Apenas ha terminado la última frase cuando el hombre salta hacia delante con los puños apretados. Ella se desplaza hacia un lado sin esfuerzo. Él es lento, poco equilibrado y débil, un hombre que no ha luchado en su vida. Y aun así quiere darle órdenes. Cuando vuelve a lanzarse hacia ella, Clitemnestra le agarra el brazo y se lo dobla detrás de la espalda. Él cae de rodillas jadeando. Ella le da un puñetazo en la cabeza y él cae al suelo como un saco de trigo. Clitemnestra se vuelve hacia los demás hombres, que la miran con los ojos como platos y boquiabiertos.

—Ha perdido el conocimiento —les dice—, pero lo recuperará enseguida. Ya no os lidera. Os lidero yo. Y de ahora en adelante, cada vez que oigáis a alguien quejándose de que tiene que recibir órdenes de una reina, recordadle lo que le ha pasado al pequeño comerciante.

Los hombres asienten. Es difícil saber si están asustados o simplemente asombrados. En cualquier caso, ¿cuál es la diferencia? Su hermano solía decir que no la hay.

18

La hija favorita

Es otoño, y la tierra se tiñe de tonos amarillos y naranjas. Los mensajeros entran y salen del palacio con noticias sobre comercio, bodas y alianzas. Guerreros y aldeanos piden audiencia en el *mégaron*, cada uno con su petición: «Mi rey, mi hijo ha nacido lisiado, mi mujer se ha acostado con otro hombre, los mercaderes no quieren venderme vino…».

«Mi reina, mi vecino me ha robado el pan, ha insultado a los dioses, ha hablado de traición…».

Sus palabras flotan en la habitación como canciones, y Clitemnestra las escucha observando los frescos de las paredes. Ailín está a su lado, sentada en un taburete bajo y organizando pilas de tablillas de arcilla con inventarios: ovejas y carneros, hachas y lanzas, trigo y cebada, caballos y prisioneros de guerra. Muchos plebeyos llegan a hablar con la reina. Entran en el luminoso salón, se arrodillan frente al rey y después se dirigen a Clitemnestra con sus solicitudes sobre disputas territoriales y dotes. Saben que ella escucha con calma toda petición y que brinda su ayuda a los que la respetan.

También saben que es mejor tenerla como aliada que como enemiga. En la ciudadela todo el mundo recuerda la ocasión en que el hijo de un noble violó a la hija de un aldeano y la asesinó después de que la chica proclamara a gritos que la había profanado. El padre de la joven muerta, destrozado, llegó al *mégaron* pidiendo lo imposible: que el hijo del noble pagara por lo que había hecho. Los ancianos se quedaron consternados. Los padres no pedían venganza por sus hijas. Los reyes no castigaban a los jóvenes lujuriosos. Clitemnestra lo había aprendido hacía mucho tiempo.

Pero ella no es rey. Hizo que arrastraran al hijo del noble a la calle, bajo el sol abrasador y ante los ojos de todo el mundo. Lo azotaron hasta dejarle la espalda empapada de sangre.

Mientras se llevaban al chico, apenas consciente, Clitemnestra se quedó en la calle observando el riachuelo de sangre que avanzaba por delante de las puertas de las casas. Agamenón se quedó con ella. La miraba con la expresión divertida de un comerciante que ha hecho una buena inversión y ahora disfruta de los frutos de su trabajo. A Clitemnestra su sonrisa le produjo arcadas.

En el patio de entrenamiento, Clitemnestra y el maestro del ejército muestran a los chicos diferentes espadas, escudos y lanzas. También tienen hondas y hachas, arcos y flechas. El que enseña a los chicos a disparar flechas es León, porque Clitemnestra lo ha visto cazar pájaros y ardillas, y nunca falla el blanco.

Orestes ha empezado a entrenar y Ailín ha llevado a sus hermanas al patio para que lo vean. Clitemnestra quería que sus hijas también entrenaran, pero Agamenón se lo prohibió.

—Si empiezan a entrenar, otras mujeres también querrán hacerlo —le dijo.

—¿Y qué? Tendrías un ejército más grande.

—Y más débil.

—Soy más fuerte que la mayoría de tus hombres.

Él se rio, como si Clitemnestra lo hubiera dicho en broma, y se marchó.

El día es agradable y sin lluvia, con una fresca brisa que arrastra el canto de los pájaros hasta el patio. Clitemnestra pide a los chicos que luchen cuerpo a cuerpo. Le da a uno una espada corta y deja al otro sin arma para enseñarle a ser rápido y desarmar a su adversario con las manos. Es una tarea difícil, pero los chicos tienen ganas de aprender. Orestes es más pequeño que la mayoría, pero es rápido como una liebre y consigue desarmar a un chico mucho mayor que él poniéndole la zancadilla. Sin embargo, cuando el maestro le entrega la espada, se vuelve lento y deja a su rival ileso.

—¿Por qué lo has hecho? —le pregunta Clitemnestra.

Él la mira con expresión culpable.

—No es un combate justo.

—¿Y lo ha sido cuando el que no tenía arma eras tú?

Orestes se encoge de hombros y dibuja un círculo en la arena con la punta de la espada.

—¿Crees que la guerra es justa?

Orestes niega con la cabeza. Clitemnestra sabe que su hijo es débil. Lo ha visto llorar después de que su padre le hubiera pegado y encogerse de miedo cuando sus hermanas le gritaban. Por el rabillo del ojo ve a Electra mirándola. Se pregunta qué estará pensando su hija.

—¿Nuestro pueblo lucha solo para defenderse? —le pregunta Clitemnestra—. ¿Hacemos daño solo a los que nos han ofendido?

Ahora siente el zumbido de los pensamientos de Electra. Casi puede oír a su hija pensando: «¿Tan malo sería? Habría menos guerras».

Pero Orestes le contesta:

—No.

—Pues vuelve a empezar —le ordena Clitemnestra apartándose para dejarle espacio.

El chico contra el que Orestes ha luchado vuelve al centro del patio con paso inseguro. Ahora todo el mundo los mira y a su alrededor se hace el silencio.

Orestes lanza una última mirada a su madre y después le hace un corte en la cara al chico. La sangre cae sobre la túnica de Orestes, y el maestro asiente, satisfecho. El chico vuelve a dar un paso adelante, con los puños cerrados, y Orestes le hace un corte en la pierna y lo deja arrodillado en el suelo, con las palmas de las manos empapadas de sangre.

León entra y ayuda al chico a ponerse de pie y a limpiarse las heridas. Los susurros de los demás chicos revolotean como murciélagos entre las ramas de los árboles. Clitemnestra se vuelve hacia sus hijas. Ifigenia tiene los ojos muy abiertos, divididos entre el terror y el alivio. Ha cogido de la mano a Crisótemis, aunque su hermana no parece asustada. El rostro de Electra es oscuro como el mar.

—¿Me odia? —Orestes se ha acercado a su madre con la espada goteando sangre. Mira al chico, al que León está limpiándole la cara con agua. El corte, que va desde la sien hasta la barbilla, es profundo y no tardará en hincharse.

—No importa —le responde Clitemnestra—. La próxima vez se esforzará más y se defenderá mejor.

Orestes asiente. Clitemnestra no lo toca —no puede tocarlo ahora, ante los demás chicos—, pero después lo abrazará y le dirá que ha sido valiente. Animada por este pensamiento, se vuelve de nuevo hacia sus hijas, pero junto a Ifigenia solo está Crisótemis, que mira al chico herido frunciendo el ceño. Electra ha desaparecido.

Las clases de *mousiké* se imparten en una gran sala que da al patio interior. El suelo es del más puro mármol blanco de Paros y el techo está pintado de un rojo brillante. Cuando Clitemnestra entra, una mujer con el pelo largo y negro y gruesos pendientes de oro está colocando los instrumentos frente a Ifigenia y Electra. Clitemnestra ve por el rabillo del ojo a Electra con el ceño fruncido. Su hija sigue enfadada por lo sucedido en el patio de entrenamiento.

—Vete —le dice Clitemnestra a la maestra de música levantando la tapa del baúl de las liras—. Hoy les enseñaré yo una canción.

Ifigenia inclina la cabeza, curiosa, y Electra se burla. Los dedos de Clitemnestra acarician las cuerdas, y un sonido brillante invade la sala.

—Nuestra maestra nos enseñó esta canción a mis hermanas y a mí en Esparta —les explica—. ¿Conocéis la historia de la diosa Artemisa y el cazador Acteón?

Electra mira fijamente a su madre.

—¿El cazador la miró mientras la diosa se bañaba? —le pregunta Ifigenia—. ¿Y llamó a sus compañeros de caza para que la miraran también?

—Lo impulsaba la lujuria, como suele sucederles a los hombres. Pero Artemisa lo castigó y lo convirtió en un ciervo. —Mira a sus hijas y empieza a cantar.

¡Tonto Acteón!
Creíste que podrías
humillar a la Célibe.

¡Mírate ahora!
El cazador es devorado
por sus propios sabuesos.

Ifigenia se mueve en el taburete, incómoda. Los ojos de Electra están fríos y serios como los de un cuervo. «Me encantan las canciones sobre Artemisa —le dijo Helena cuando la escuchó por primera vez—. Es despiadada, pero al menos nunca le hacen daño».

—Quizá esos hombres no le habrían hecho nada —les comenta Clitemnestra—. Quizá solo querían ver su cuerpo. Pero ¿alguna vez habéis oído hablar de un hombre que se haya topado con una diosa desnuda y se haya limitado a marcharse?

Ifigenia niega con la cabeza.

—Es noble ser amable y ahorrar el dolor a los demás, pero también es peligroso. A veces tienes que hacerles la vida difícil antes de que te la hagan imposible a ti.

En los días siguientes, cada vez que los chicos reciben cortes, Clitemnestra les enseña cómo limpiarse las heridas y qué hierbas utilizar para evitar que se infecten. León la ayuda, e Ifigenia y Electra se unen a los chicos durante el entrenamiento. Ifigenia tiene un talento especial. Sus dedos son firmes y suaves, y su memoria nunca duda respecto de las hierbas adecuadas. No se detiene ante nada, ni siquiera ante las heridas más espantosas en la cabeza.

Una mañana, Clitemnestra y León van al patio de entrenamiento y encuentran a Ifigenia limpiándole la pierna a un chico desaliñado, con costras en las rodillas y el pelo sucio. Debe de ser del pueblo que está al otro lado de las puertas de la ciudad. Ifigenia se inclina hacia delante y aplica un poco de ungüento en la herida silbando una canción para calmarlo. Su perfil es suave a la luz de la mañana, y Clitemnestra no sabe qué decir. No quiere interrumpir a su hija perfecta.

León corre hacia el patio de entrenamiento antes de que Clitemnestra haya podido detenerlo. Se arrodilla al lado de Ifigenia y le tiende las hierbas que necesita. Ella lo mira con una sonrisa agradecida y su rostro brilla como una flor al sol.

—¡Madre, ven! —grita Ifigenia cuando ve que su madre se ha quedado en el borde del patio—. Lo he encontrado en el pueblo del otro lado de las murallas. Le ha mordido un perro.

Clitemnestra se acerca a ellos. Observa la fascinación con la que su hija y León se miran, arrodillados en la tierra polvorienta del patio. Agamenón le dijo una vez que León la deseaba, pero se equivocaba. A quien desea es a Ifigenia. La rabia crece dentro de ella, como cada vez que alguien quiere quitarle a su hija.

Pero después ve la atención con la que León le entrega las hierbas a Ifigenia, su cuidado en mantenerse a cierta distancia de ella y sus ojos amables. No va a hacerle daño. Solo quiere estar cerca de ella y sentir su luz y su calidez. ¿Quién podría entenderlo mejor que Clitemnestra?

Un espía de Agamenón está informando sobre los recientes intercambios comerciales de Troya cuando las puertas del *mégaron* se abren de par en par. Clitemnestra observa a un guerrero con barba que arrastra a su hijo hacia el interior sin hacer caso de los guardias, que le indican que espere en la antesala. El chico es alto, con cara de perro enfadado, y en la frente tiene un corte del que brota sangre que le resbala por la mejilla y va a parar al suelo reluciente. El espía se calla y mira a Agamenón esperando instrucciones.

—Supongo, Euríbates, que este es tu hijo —le dice Agamenón al guerrero.

Euríbates se inclina. Es ancho de hombros y tiene la piel del color de las nueces.

—Sí, mi rey. Se llama Ciro. Tiene catorce años y es el corredor más rápido de su edad.

Cuando se acerca al trono, el espía de Agamenón retrocede y se mezcla con las sombras de las columnas de la chimenea.

—Y me interrumpes esta mañana porque han herido a tu hijo —le dice Agamenón, divertido, mirando el corte de Ciro como si fuera la picadura de una pulga.

Euríbates tensa la mandíbula.

—Sí, mi rey, lo han herido, pero no durante el entrenamiento ni en una pelea de chicos. —Titubea—. Han sido dos chicas.

El rostro de Ciro se pone rojo de vergüenza. Agamenón ahoga una carcajada y niega con la cabeza con expresión de creciente fastidio.

—No me molestes con estas cosas. Busca a las chicas y azótalas.

Acaba de decir esta frase cuando dos hombres, los hermanos de Ciro, tan enfadados como él, hacen entrar a Electra e Ifigenia en el salón.

Clitemnestra echa mano al puñal, y los hombres empujan a las chicas y dan un paso atrás. Electra mira al suelo con lágrimas en las mejillas, pero Ifigenia dirige la mirada a Ciro con expresión de odio.

—Esto es lo que obtienes cuando te casas con una espartana. Hijas rebeldes. —La sonrisa de Agamenón no le llega a los ojos—. ¿Pides que las castigue, Euríbates?

—Quería arrancarnos la ropa —dice Ifigenia entre dientes y con fuego en los ojos—. Nos ha perseguido por las calles gritando que, cuando acabara con nosotras, tendríamos que casarnos con él.

—No interrumpas, Ifigenia —le ordena Agamenón sin mirarla siquiera.

—Como has dicho, deberían ser azotadas, mi señor —le contesta Euríbates evitando los ojos de Clitemnestra.

Agamenón suspira.

—Haz lo que quieras. Aunque si dos chicas pueden bajarle los humos a tu hijo, nunca será un hombre.

—Lo han tirado al suelo. —Las palabras de Euríbates están cargadas de rencor—. Una lo ha amenazado y la otra le ha tirado una piedra.

Agamenón abre la boca, pero Clitemnestra es más rápida.

—Euríbates, al que habría que castigar es a tu hijo. Ha intentado avergonzar a las hijas del rey, y ellas se han defendido. Los cuerpos de mis hijas no son de su propiedad. Ahora márchate y no vuelvas.

Euríbates sale, furioso, y sus hijos lo siguen de cerca. Ifigenia y Electra se quedan, una al lado de la otra, sin saber qué hacer.

—Es culpa tuya —le dice Agamenón a Clitemnestra—. Las tratas como si fueran iguales que los hombres.

Ella mira a Ifigenia sin hacerle caso.

—¿Por qué León no estaba con vosotras?

—Estaba entrenando a los chicos mayores.

—Ve a contarle lo que ha pasado.

«Así no te perderá de vista».

Ifigenia se marcha rápidamente, pero Electra no se mueve. Espera hasta que los pasos de su hermana se desvanecen y después dice:

—Ha sido idea suya. Yo no quería hacerlo.

—Me da igual de quién ha sido la idea.

Clitemnestra ya sabe que debe de haber sido cosa de su hija mayor. Cuando Electra era pequeña, Clitemnestra solía dejarla sola, porque los demás niños causaban problemas y tenía que correr tras ellos. Mientras Orestes trepaba a los árboles y Crisótemis tiraba piedras, Electra se limitaba a sentarse y observar en silencio. Rara vez pedía ayuda, y cuando la solicitaba, no lo hacía como un niño, sino con la vergüenza de un adulto al que le cuesta admitir su debilidad.

—Así que no vas a castigarnos —le dice Electra.

—No.

En los ojos de Electra hay un brillo peligroso.

—¿Habrías hecho lo mismo si no hubiera estado Ifigenia? —le pregunta—. ¿Si hubiera sido yo sola?

—Por supuesto.

El rostro de su hija le dice que no la cree.

—Al menos mi padre nos trata a todos igual —le dice, y se marcha.

En cierta ocasión, hace unos años, un enviado cretense elogió la belleza de Ifigenia. Estaban cenando en el salón, con la mesa llena de cuencos de carne especiada y queso con miel.

—Esta mujer puede poner celosa a una diosa —comentó.

Ifigenia esbozó una sonrisa y el cretense se giró hacia Clitemnestra.

—Supongo que es tu favorita —añadió.

—No tengo favoritos —le contestó Clitemnestra meciendo a Crisótemis.

Orestes escondió la cabeza debajo del brazo de su madre, y Electra, una niña de pelo oscuro y ojos serios, se quedó rígida y frunció el ceño.

El hombre sonrió, como si lo hubiera dicho de broma, y las piedras preciosas de sus pendientes centellearon.

—Todos los tenemos.

Clitemnestra apoya la frente en los grifos pintados en los frescos del patio. En la parte inferior, las briznas de hierba brillan como la piel de las serpientes. La tenue luz le acaricia el cuerpo, y el polvo flota en el aire sofocante.

—Te aferras demasiado a las cosas —oye a Cástor en su cabeza—. Y cuando las pierdes, pierdes el control.

—¿Preferirías que dejara que azotaran a sus hijas como a plebeyas? —interviene Polideuces.

Clitemnestra suele hacerlo. Se detiene en el patio y discute mentalmente con sus hermanos. Sus voces son sombras frías y distantes, irreales si no fuera por el consuelo que le brindan.

—A todos nos han azotado más de una vez —señala Cástor.

«¿Y qué bien nos ha hecho? —piensa Clitemnestra—. Mírame. El odio me ahoga».

—El odio te consume —le dice Cástor en tono amable—. Pero también te mantiene viva.

Estas palabras le hacen recordar la habitación de su marido, que, pese a la oscuridad de la noche, estaba iluminada con lámparas y antorchas. Ella entró sin hacer ruido para que no la vieran los guardias y los perros, y su sombra se proyectaba en las paredes. Su puñal brilló a la luz de las lámparas, y Agamenón abrió los ojos al sentir el metal contra su piel. Podría haberla empujado si hubiera querido, porque era más fuerte que ella, pero en lugar de eso le dijo: «Aquí estás, consumida por el odio, que no deja de arder». Su garganta era suave bajo el puñal. «Pero no lo harás. Si caigo, el pueblo de Micenas te ejecutará». Tenía razón, así que ella se incorporó con las manos temblorosas. Él inclinó la cabeza pensando en la forma de golpearla —a ella no le dio tiempo a pensar—, y de repente la agarró del pelo y le estrelló la cabeza contra la pared. Cuando recuperó la visión, el león del fresco tenía una mancha roja de sangre. «Tu vida conmigo acaba de empezar», le dijo limpiándole la nariz. Al día siguiente se despertó con náuseas y supo que estaba embarazada de Ifigenia.

«Estos hijos a los que me aferro demasiado son las únicas razones por las que no le corté la cabeza a mi marido hace quince años».

19

Marido violento, mujer vengativa

A veces se descubre pensando en Tántalo y su bebé, por más que lo evite. La forma de hablar de Tántalo, los secretos del mundo en sus palabras y cómo la miraba el bebé por la noche, cuando se suponía que debía estar dormido. La risa de su marido cuando el bebé lloraba y los olores a especias flotando en el aire. Se le encoge el corazón, y el dolor le inunda la mente. ¿Hay mayor tormento que el amor ante la pérdida?

La memoria es extraña y despiadada. Cuanto más quieres olvidar, menos puedes evitar recordar. Es como una rata que te muerde la piel lenta y dolorosamente, que no puedes pasar por alto.

«Reza a los dioses», le decían todos después del asesinato de su marido y su hijo. Pero no puedes deshacerte de una rata rezando a los dioses. Debes envenenarla y matarla. Y los dioses no pueden ayudarte a hacerlo.

—¿En qué piensas?

La voz la saca de sus recuerdos. Clitemnestra se da la vuelta y ve a Ifigenia mirándola. Está en el jardín donde se refugió su primera noche en Micenas. El valle se extiende ante ellas, y arriba, el templo de Hera, silencioso y blanco. Clitemnestra casi nunca entra. No le interesan los sacerdotes ni las sacerdotisas.

—Pensaba en las personas que llegan con sus solicitudes —le contesta Clitemnestra.

Ifigenia se acerca a ella.

—Pensabas en el bebé que perdiste, ¿verdad? Siempre vienes aquí cuando piensas en él.

Clitemnestra quiere agachar la mirada, pero no lo hace. Mentirle a su hija no sirve de nada. Está preguntándose si debería pedirle a Ifigenia que se abrigue —empieza a hacer frío y están en el punto más elevado de la ciudadela— cuando Orestes entra corriendo en el jardín. Parece nervioso, y mientras se dirige a ellas los mechones oscuros le rebotan alrededor de la cabeza.

—¡Madre, tengo que contártelo! —exclama sin aliento.

Se detiene al ver a Ifigenia y le lanza una mirada seria. Ella lo observa con recelo.

—¿Qué ha pasado? —le pregunta Clitemnestra.

Orestes baja la voz en tono conspiratorio.

—La he visto con ese hombre.

A Ifigenia le arden las mejillas.

—No ha sido nada.

—¡Tenía la boca pegada a la tuya! —replica Orestes, dividido entre la ira y el asco.

—¡Orestes! —exclama Ifigenia.

Clitemnestra quiere reírse, pero sigue seria.

—¿León te ha besado? —le pregunta a su hija.

—¿Cómo te...? —empieza a decir Ifigenia con los ojos muy abiertos.

—¡Sí, la ha besado! —la interrumpe Orestes—. ¡Le ha acariciado el pelo y le ha dicho que es la chica más hermosa que ha pisado nuestras tierras! —Habla como si las palabras de León fueran un delito por el que merece que lo azoten.

Ifigenia se levanta y se pone a caminar de un lado a otro, inquieta. Parece dudar entre atacar a su hermano y dar explicaciones a su madre.

—¿Qué has hecho, Ifigenia? —le pregunta Clitemnestra—. ¿Qué le has dicho a León?

Orestes se sienta en una piedra cubierta de musgo. Parece confundido.

—¿No vas a reñirla? ¡Estaba besando a un hombre! —Enfatiza la palabra «besar» para asegurarse de que su madre la entiende.

—No debes espiar a tu hermana, Orestes.

La sensación de triunfo de Orestes se desvanece como los colores de los frescos cuando se apagan las antorchas. Ifigenia se detiene.

—No volverá a pasar, madre —le dice.

—¿Quieres que vuelva a pasar?

Ifigenia se muerde el labio. Clitemnestra ve por el rabillo del ojo a Electra mirando desde detrás de un árbol, al fondo del jardín. Los observa intentando oír lo que dicen. A saber cuánto tiempo lleva ahí.

—León es bueno conmigo —le dice Ifigenia—. Y es un gran guerrero, ¿verdad?

—Sí —le responde Clitemnestra—. Pero no te casarás con él.

El rostro de Orestes se ilumina con una expresión traviesa. Cree que la discusión se desplaza en su favor.

—¿Por qué? —le pregunta Ifigenia. Parece triste, aunque no demasiado. Es raro verla de mal humor.

—Porque eres una princesa de la ciudad griega más poderosa, y él solo es un guardia.

Se oye un crujido y Electra sale de su escondite.

—¿Y con quién nos casaremos? —le pregunta, incapaz de contenerse.

Clitemnestra siente el calor ascendiendo por su cuerpo. Le encanta cuando su hija pierde la seriedad y la compostura, cuando no puede mantener a raya la curiosidad y se aferra a cada una de sus palabras.

—Con un rey —le responde Clitemnestra.

Ifigenia se acerca a su hermana y la coge del brazo con una sonrisa. Ya ha olvidado a León y la vergüenza de que la vieran. Clitemnestra las observa mientras se sientan juntas, Ifigenia hablando animadamente sobre futuros maridos, como si los tuviera por miles, y Electra escuchándola con el ceño fruncido. Piensa que, aunque sus hijas no sepan luchar, no son tontas. Son valientes e inteligentes, cada una a su manera, y no tendrán problemas para gobernar a hombres y ciudades. Muchos reyes suplicarán que les dejen casarse con Ifigenia. Chicos y hombres ya vuelven la cabeza a su paso. En cuanto a Electra, encontrará a alguien a quien sus inquietantes ojos no intimiden.

Aunque no sepan empuñar un arma, no importa. Las palabras pueden ser más hirientes que las espadas.

León está en la armería, de espaldas a la puerta, contando las flechas de un carcaj de bronce. Los chicos a los que estaba entrenando se han ido a casa y el patio está en silencio. Cuando Clitemnestra entra, León se da la vuelta y se inclina ante ella.

—Mi reina.

Ella apoya la espalda en la pared de madera. Las espadas brillan a su alrededor. Como no dice nada, él frunce el ceño.

—¿Están bien tus hijos?

—Sí.

Ella ve la confusión en sus ojos e intenta encontrar las palabras adecuadas para decirle lo que tiene que decirle mientras León espera con expresión cada vez más incómoda.

—Varias sirvientas de la cocina han preguntado por ti —le dice—. ¿Sabes esa chica de pelo oscuro que tanto le gusta a mi marido? No deja de mirarte en las cenas.

Él parece enfadado, pero no dice nada.

Ella levanta las cejas.

—Deberías ir a verla.

—No me gusta —le contesta.

«No puedes decidir quién te gusta».

—Ya veo. —Toca con la mano el frío metal de una espada—. Pero a veces no nos conviene ir detrás de las personas que nos gustan. ¿Entiendes lo que quiero decir?

Él inclina la cabeza. Se da cuenta de que ella sabe lo de Ifigenia, pero no parece arrepentirse. El silencio se extiende entre ellos, largo e incómodo.

—Lamento lo que te hizo —le dice por fin León. Su voz es cálida y triste—. Sé lo de tu primer marido y lo que hizo el rey Agamenón.

Por un momento Clitemnestra se queda sin palabras. No puede creerse que esté hablando de Tántalo. Nadie menciona a su difunto marido. Nadie se atreve. Una mujer, la esposa de un guerrero de Agamenón, le habló de él una vez, hace años. «¿Es verdad que estuviste casada con un *bárbaros*?», le preguntó con expresión de asco.

Clitemnestra acercó el cuchillo a la garganta de la mujer y le dijo en voz baja: «Te cortaría el cuello, pero algo me dice que ni siquiera sería una buena pelea. Así que ¿por qué no te muerdes la lengua y nunca más vuelves a hablar delante de mí?».

Mira a León. ¿Es esto lo que piensa? ¿Que no quiere que los demás sean felices porque a ella le robaron la felicidad?

—No sabes nada.

—Sin duda lo amabas —le dice.

Ella se imagina hundiendo la palma de la mano en la espada para mostrarle su dolor. No debería atreverse a hablarle así. No debería atreverse a dar por sentado que entiende sus sentimientos.

—No sabes nada —le repite, y se marcha.

Después de cenar le ordena a Ailín que le prepare un baño caliente. El baño de Micenas es mucho más grande que el de Esparta, con altas ventanas. Mientras Ailín llena la bañera de agua caliente que trae de la cocina, Clitemnestra contempla la puesta de sol, cuyos rayos anaranjados atraviesan el cielo y caen sobre el palacio. Desde aquí arriba no oye el canto de las mujeres, ni el parloteo de los niños y de los comerciantes que resuena en toda la ciudadela. El baño está en silencio y amortigua el sonido de todos los que están dentro.

El agua está lista y Clitemnestra se mete en la bañera. El calor la hace estremecerse. Ailín le lava el pelo, le desenreda suavemente los nudos, y Clitemnestra se relaja. Recuerda lo asustada que estaba Ailín cuando ella llegó al palacio, como un pequeño ratón pelirrojo siempre escondido en algún rincón. Una vez, Clitemnestra la encontró en el pasillo oscuro frente a su habitación, sola, con un plato de carne en la mano. Tenía que llevárselo, pero era demasiado tímida para hacerlo. «No deberías tenerme miedo», le dijo a la chica.

«¿Por qué?», le preguntó Ailín.

«Porque no voy a hacerte daño. Deberías reservar tu miedo para los guerreros, los ancianos y el rey».

Ailín levantó la mirada.

«¿Y tú no les tienes miedo?».

«Sí —le contestó Clitemnestra—, pero soy lo bastante inteligente para que no se me note».

Está pensando en ese día, con la mirada fija en el reflejo de la antorcha en el agua, cuando Ailín le dice:

—El rey Agamenón ha pedido mi presencia esta noche.

Clitemnestra se queda rígida. Ailín se desplaza para lavarle los pies y ve su rostro a la tenue luz. Sus rasgos parecen tranquilos, como le enseñó, pero el temblor de su voz es inconfundible.

—No irás —le dice Clitemnestra—. Que busque a otra sirvienta que lo entretenga.

Ailín parece aliviada, pero se reprime e intenta mantener el rostro inexpresivo.

—Pero ¿a quién?

—En esta ciudadela hay muchas mujeres a las que les gustaría follarse a mi marido.

Ailín asiente y por un momento se quedan en silencio.

—¿Y qué hago? —le pregunta, incapaz de contenerse.

«Con todos los años que han pasado, y sigue teniéndole miedo». Clitemnestra no puede juzgarla. Ailín le contó que el padre de Agamenón, Atreo, solía acostarse con su madre antes de que lo mataran, que su hermano Tiestes aterrorizaba a las sirvientas con quemaduras y azotes, y que, cuando Agamenón recuperó la ciudadela, ejecutó a todas las personas que no le habían sido leales. Muchas noches, después de acostar a los niños, Ailín le hablaba de la violencia de los Atridas. Hablaba con miedo de todos los hombres excepto uno: Egisto, un primo de Agamenón, con el que estaba enemistado.

«A Egisto no le gustaba la violencia cuando vivía en este palacio. Solo mataba o hacía daño cuando tenía que hacerlo». Por lo que le había contado Ailín en susurros, Egisto había sido un niño tímido, deseoso de que lo quisieran, y después un joven atento, silencioso y escurridizo. Mientras que otros hombres de su edad se llevaban a chicas a su habitación, él nunca solicitó la presencia de ninguna sirvienta, y cuando su padre azotaba a sus enemigos y obligaba a todo el mundo a verlo, después Egisto se colaba en las celdas de los prisioneros y les llevaba comida y ungüentos para evitar infecciones.

«Parece un hombre interesante —le dijo Clitemnestra en cierta ocasión—, aunque inofensivo».

Una sombra cruzó el rostro de Ailín. «No era inofensivo siempre. También podía ser cruel y peligroso».

Y ahora Egisto está por ahí, en algún lugar, el último enemigo en pie de los Atridas. Llevan quince años buscándolo, pero no lo han encontrado. Como comentaron los ancianos en la última reunión, seguramente haya muerto.

—¿Mi reina? —dice Ailín.

Clitemnestra se levanta y el agua gotea hasta el suelo de piedra. Ailín corre a llevarle la túnica y se la coloca sobre los hombros.

—No harás nada —le responde Clitemnestra—. Yo me ocupo.

Encuentra a Agamenón en su dormitorio cubierto de frescos, sentado en una silla y perdido en sus pensamientos. Los árboles pintados y los alegres peces que saltan en el río contrastan con su austera figura. Levanta la cabeza cuando ella entra. Su mirada es dura. Está enfadado, aunque Clitemnestra no sabe por qué. Tampoco le importa.

—Tu sirvienta pelirroja no va a venir esta noche —le dice él por fin.

—No.

—Le has dicho tú que no venga.

—Encontrarás a otra a la que follarte —le contesta en tono tranquilo.

Agamenón se ríe, y el sonido de su risa araña las paredes pintadas. Se sirve un poco de vino de la jarra. Clitemnestra hace lo mismo y se sienta.

—¿A quién? —le pregunta mirándola mientras se lleva la copa a los labios—. ¿A ti?

—Espero que no.

Vuelve a reírse y se relaja. Ella ve los músculos de sus brazos desnudos flexionándose y las cicatrices de la piel arrugándose.

—Con lo mucho que me odias —le dice—, me sorprende que hayas soportado este matrimonio tanto tiempo.

Ella sonríe. Siente el amargor del vino en la lengua.

—¿Creías que te mataría mientras dormías?

—Lo intentaste, ¿recuerdas? Ahora serías más inteligente. —Hace una pausa y la observa—. Pero no puedes odiarme para siempre. No se puede vivir solo del rencor.

«En eso no estamos de acuerdo». Se quedan un momento en silencio, mirando cada uno su copa.

—Sigo queriendo a esa chica —le dice por fin—. Soy rey.

Ella deja la copa.

—No vas a tocarla.

—¿Por qué?

—Porque si la tocas, te arrancaré las tripas, como le hice a la puta de Cinisca.

Agamenón la mira, sorprendido. Planta los pies en el suelo y se levanta.

—¿Qué hiciste?

Ella echa la cabeza hacia atrás.

—Fui a buscarla y la apuñalé hasta que se desangró.

Agamenón se dirige a ella apartando los baúles tallados de su camino.

—Sabes que Cinisca era de una familia poderosa. Mi hermano necesita su apoyo, como antes lo necesitaba tu padre.

—Menelao seguirá contando con su apoyo. El marido de Cinisca está vivo y seguirá aconsejando a tu hermano. Nadie sabe que fui yo.

La agarra del cuello. Ella sonríe, desafiante, aunque le hace daño.

—Eres una mujer vengativa y desobediente —le escupe.

Agamenón cierra la mano y ella piensa en lo fácilmente que pueden romperse los huesos del cuello, en lo frágil que es la carne, tan fácil de dañar y tan difícil de curar. Aun así, no se mueve ni forcejea. Quiere que le pegue para poder devolverle el golpe. Pero él no lo hace.

—Todos los días les pregunto a los dioses por qué te niegas a someterte. —Su voz suena ronca, aunque a la que está estrangulando es a ella. Cuando la suelta, Agamenón está jadeando.

Ella se pasa la mano por la nuca dolorida. Traga saliva y le dice:

—Prefiero morir antes que someterme a ti.

No sabe si la ha oído. Agamenón le ha dado la espalda y ha salido de la habitación.

20

La profecía

Clitemnestra está en el *mégaron* cuando irrumpe el enviado, que dice entre jadeos que tiene noticias urgentes. Es temprano y los frescos arden a la luz rojiza del amanecer. Ha estado hablando con Orestes sobre comercio. Su hijo le señalaba las espadas y hachas que cuelgan en las paredes, y ella le explicaba de dónde procedían el oro, el cristal y el lapislázuli con los que estaban hechas.

—¿Voy a llamar a mi padre? —le pregunta Orestes mientras el enviado intenta recuperar el aliento. Tiene las manos moradas de frío y se las mete en las mangas en un vano intento de calentárselas.

—Tengo un mensaje para la reina —aclara el enviado—. Del palacio de Alea.

Clitemnestra se incorpora en la silla. De todas las posibles noticias, esta es la más inesperada.

—¿Está bien la reina Timandra?

Debe de parecer a punto de atacarlo, porque es evidente que el hombre teme hablar.

El enviado traga saliva.

—Timandra ha abandonado al rey Équemo, majestad. —Habla tan bajo que por un momento Clitemnestra cree que no lo ha oído bien. El hombre levanta la mirada, y al ver que la reina no reacciona, sigue diciendo—: La vieron alejándose a caballo por la noche. Dicen que se casó en secreto con el rey Fileo y que ahora está embarazada de él.

El nombre no le dice nada. Frunce el ceño intentando entenderlo.

—Entonces este mensaje no es de Timandra.

El enviado niega con la cabeza.

—Me envía el rey Équemo. Asegura que Timandra se volvió loca cuando echó a su amiga del palacio. —«Crisanta», piensa Clitemnestra—. Dice que quiere que vuelva.

—¿Dónde está ahora la amiga de Timandra?

—Nadie lo sabe.

—¿Équemo está buscándola?

El enviado frunce el ceño, como si las preguntas de Clitemnestra no tuvieran sentido.

—Équemo solo quiere recuperar a Timandra, mi reina.

Orestes lo mira fijamente. León espera instrucciones de Clitemnestra junto a la chimenea, detrás de las columnas.

—Puedes quedarte esta noche a descansar —le dice Clitemnestra al enviado—. León te llevará al baño. Mañana volverás con tu rey.

—¿Qué debo decirle?

—Que lamento su pérdida, pero que no puedo traer de vuelta a su mujer. Ahora Timandra es mujer de otro.

El enviado hace una mueca, dividido entre la risa y la seriedad.

—Sí, mi reina —le dice, y sale de la sala detrás de León.

De nuevo a solas con su madre, Orestes se dirige a la pared y empieza a recorrer con los dedos los contornos de los leones pintados. Lo hacía a todas horas cuando era pequeño. Tocaba los frescos como si fueran ventanas a otro mundo.

—¿Por qué se volvió loca la tía Timandra? —le pregunta.

Tiene cortes en la cara. Ha estado luchando duro en el campo de entrenamiento, como un perro de pelea que ha aprendido que la única forma de salir de la arena es derribar a los demás.

Clitemnestra respira hondo.

—Su amiga era importante para ella. Y el rey Équemo la echó.

—Y entonces lo abandonó.

—Sí.

—¿Por qué no te dijo que iba a marcharse?

—No podía decírselo a nadie. Ya has oído al enviado: se escapó en secreto.

—Pues no volverás a verla.

Clitemnestra se pierde en el azul claro del cielo pintado al fresco. Es del mismo tono que el cielo de verano bajo el que Timandra y ella jugaban y luchaban. De todos sus hermanos y hermanas, siempre fue la que más se parecía a ella.

—Sabía que pasaría —le dice—. En Esparta, hace años, una sacerdotisa comunicó una profecía a mi madre. Le dijo que las hijas de Leda se casarían dos veces.

«Y tres. Y todas ellas abandonarían a sus legítimos maridos». Pero no es necesario que su hijo lo sepa. Levanta la mirada y Orestes tiene el ceño fruncido.

—Siempre me dices que no creemos en las profecías.

Ella sonríe, se acerca a él y le da un beso en la frente.

—Tienes razón —le dice—. No creemos.

Desde lo alto de la muralla situada junto a la Puerta de los Leones, la tierra brilla contra la oscuridad de los bosques y las montañas. Ifigenia habla animadamente con su padre, y dos guardias los vigilan, unos metros atrás. Esta misma mañana, Ailín ha llevado a las mujeres al río a lavar la ropa, y ahora Ifigenia lleva puesto uno de sus mejores vestidos, azul claro y con gotas y colgantes de oro cosidos. Al sentir la presencia de su madre, se calla y se da la vuelta.

—Tienes que volver a marcharte, madre —le dice.

Agamenón también se da la vuelta. No ha dormido mucho y parece cansado. Clitemnestra lo oyó discutir de posibles alianzas con sus hombres hasta muy tarde. Cuando por fin dejaron de hablar y se quedó dormida, soñó con la guerra y la muerte.

—Ya sabes lo de Timandra —le dice a su marido.

Él asiente.

—Te vas a Esparta. Y esta vez León va contigo. Por si quieres asesinar a alguien. —Enfatiza la palabra «asesinar» en tono de burla, pero Clitemnestra no le hace caso.

—Timandra no está en Esparta —le replica.

Agamenón la mira a los ojos sin inmutarse.

—Tu hermana no es la única que está causando problemas. Tus hermanos están provocando una pelea familiar.

Ifigenia, impaciente por participar, interviene:

—Los tíos Cástor y Polideuces han secuestrado a dos mujeres que ya estaban prometidas a tus primos.

—¿Qué primos?

—Linceo e Idas de Mesenia.

—Ni siquiera los conozco. —Aunque sabe quiénes son. Son hijos de un hermanastro de su padre, pero nunca los ha visto.

—Siguen siendo familiares tuyos —le dice Agamenón—, y están enfadados. Tu padre estaba muy unido a Afareo, el padre de Linceo e Idas.

—¿De verdad?

—Tindáreo me lo dijo.

Clitemnestra respira y aprieta los puños. En esa época empezó a perder a su padre, en cuanto Agamenón entró en su hogar y poco a poco se abrió camino en el corazón de Tindáreo.

—Tienes que ir a Esparta y solucionarlo —le dice—. Cástor te escuchará.

—¿Y si no me escucha?

—Lo obligas.

Clitemnestra mira las casas apiñadas alrededor de las murallas de la ciudad. En las calles, la gente es tan ruidosa que oye sus risas y sus gritos, los sonidos de los herreros fundiendo bronce y de pies chapoteando en los estanques.

—¿Qué pasa con Helena? —le pregunta—. Seguramente puede convencer a Polideuces.

Agamenón espera un momento antes de contestarle.

—Tu hermana no está bien últimamente. Se encierra en su habitación y ni siquiera habla con su hija.

—¿Qué le pasa?

—Menelao dice que no es feliz.

—¿Qué le ha hecho?

Él se ríe.

—Siempre nos consideras culpables de delitos menores. Mi hermano no ha hecho nada. Tu hermana es una malcriada, siempre lo ha sido.

—Menelao no la respeta —le replica Clitemnestra.

—Madre —interviene Ifigenia tocándole la mano para tranquilizarla—, creo que deberías ir. El tío Cástor hará lo que le digas, y la tía Helena se alegrará en cuanto te vea.

Clitemnestra respira hondo y deja que el aire frío le entre en el cuerpo. Es evidente que su hija no conoce a Cástor. Por más que le lloren, le imploren y le supliquen, siempre encuentra la manera de hacer lo que quiere. Pero de repente piensa en su hermana encerrándose como una prisionera en el palacio en el que crecieron. Es terrible estar tan solo, estar rodeado de gente y que nadie pueda ayudarte. Sientes que no hay esperanza.

Tiene que ir a Esparta.

Se despide de sus hijos al amanecer y sale a caballo con León cuando la ciudadela aún está despertándose. Abajo, en el pueblo, varios cerdos sucios olfatean las calles y dos perros lamen un pequeño charco de leche derramada.

Antes de marcharse ha despertado a Orestes e Ifigenia, que han bostezado y le han dado un beso.

—Cuéntale al tío Cástor lo mucho que he mejorado con la espada —le ha susurrado Orestes.

—Que tengas buen viaje, madre —le ha dicho Ifigenia—. Estoy segura de que la tía Helena se alegrará mucho de verte.

En la semioscuridad, su pelo era del color del grano maduro, y Clitemnestra lo ha acariciado y le ha colocado varios mechones sueltos en su sitio. Después se ha dirigido a la cama de Electra.

—¿Es cierto que Helena está enferma? —le ha preguntado Electra en voz baja sentándose en la cama.

—Solo es infeliz.

—He oído que algunas mujeres pueden morir de infelicidad.

—No es verdad.

Electra se ha quedado en silencio, insatisfecha. Cuando Clitemnestra se ha acercado a ella para darle un beso en la cabeza, se ha apoyado en el regazo de su madre.

—Vuelve pronto, madre —le ha dicho en voz muy baja, como una hoja cayendo de un árbol.

A Clitemnestra le habría gustado que sonara más alto para atraparlo y llevárselo con ella.

Cabalgan durante tres días y tres noches. La tierra es silenciosa y fría. Los árboles están perdiendo las hojas y parecen desnudos, como huesos. Cada vez que el cielo amenaza lluvia, buscan refugio en una cueva o entre rocas. León es un buen compañero. Solo habla cuando lo necesita y nunca falla con las flechas para conseguir buena comida. A veces, cuando llega la noche y se sientan junto al fuego, le gustaría hablarle de Ifigenia. «Besaste a mi hija —quiere decirle—. Sé que la amas, pero no puedes estar con ella». Pero después piensa: «¿Qué sentido tendría? ¿De qué serviría decirle a un hombre que no puede tener lo que quiere?». Así que se queda en silencio y lo observa mientras él despelleja un conejo, con el pelo cayéndole alrededor de la cara. «Quizá así le vaya mejor —piensa—. Puede que sea bueno para él no tener lo que desea, porque nadie podrá quitárselo».

Llegan al Eurotas poco después del mediodía de la tercera jornada. El agua congelada refleja las oscuras montañas y el cielo gris. Los ilotas que trabajan la tierra tienen las manos envueltas con telas para intentar protegerse del frío. Clitemnestra procura que su caballo no pise los campos, y al pasar por su lado, los ilotas levantan la mirada. Tienen el rostro lleno de arrugas y cicatrices.

En el terreno rocoso situado a los pies del palacio los espera un hombre con barba. El viento es tan fuerte que se ha tapado los oídos con la capa. Aun así tiene las manos agrietadas y los ojos llorosos. En cuanto Clitemnestra y León desmontan de los caballos, el hombre da un paso adelante.

—El rey Menelao te espera. Tienes que venir de inmediato. —Su voz suena como clavos arañando una roca.

—¿Mi hermana está bien?

—La reina Helena está entreteniendo a un invitado. Antes tienes que ver al rey Menelao. Es lo que ha ordenado.

—Pues llévame con él.

Suben la escalera a toda prisa para que el hombre no los deje atrás. En cuanto cruzan el umbral, el calor les da la bienvenida como un abrazo. Mientras el hombre los conduce al *mégaron*, se vuelve de vez en cuando para confirmar que lo siguen, como si Clitemnestra no conociera el camino. Cuando llegan a la sala, les indica con un gesto que esperen fuera. Junto a la puerta cerrada, lo oyen anunciarlos:

—La reina Clitemnestra, mi rey.

—¿A qué esperas? Déjala entrar —le contesta Menelao ridiculizándolo—. Traed comida y vino.

La puerta se abre de nuevo y una sirvienta sale a toda prisa con una bandeja vacía en las manos. Saluda rápidamente a Clitemnestra con una inclinación de cabeza y desaparece en dirección a la cocina.

Menelao está sentado en lo que fue el trono de Tindáreo, cerca de la chimenea. A sus pies, dos perros roen un gran hueso. La silla de la reina, cubierta con pieles de cordero, está vacía. Gracias a las muchas antorchas encendidas que iluminan los frescos, en la sala hace incluso más calor que en el resto del palacio. Clitemnestra se dirige hacia la chimenea, seguida de cerca por León. Se detiene ante las imágenes de hombres corriendo, con el cuerpo de color avellana, y espera a que su cuñado hable.

Menelao se queda en silencio un largo rato. La mira, pensativo. Su pelo broncíneo se ha vuelto más gris con los años, pero su rostro sigue siendo hermoso. Al final la sirvienta vuelve al salón, sin aliento y con la bandeja llena, y Menelao parece despertar del trance.

—Come, por favor —le dice, y esboza una sonrisa—. Me alegro de tenerte aquí.

Clitemnestra coge un trozo de queso de cabra y acepta la copa de vino que le ofrece la chica.

—Y yo me alegro de estar de vuelta.

Menelao sonríe, como si su respuesta hubiera sido una broma.

—Tienes una familia muy extraña, Clitemnestra —le dice.

Ella da un sorbo de vino. No sabe adónde quiere ir a parar. Menelao se estira en el trono y ella ve los valiosos anillos de sus dedos, un tipo de joyas que jamás llevaría un auténtico espartano.

—Una hermana que folla con mujeres, pero abandona a su marido por otro hombre. Dos hermanos que secuestran a chicas prometidas a sus primos. Mi mujer, que se niega a hablar con su marido. —No lo dice enfadado. Más bien parece confundido por la situación en la que se encuentra, como un niño que le pregunta a su madre por qué el mundo funciona de determinada manera—. Febe y Filónoe parecen las únicas cuerdas de tu familia. Se casaron con reyes inútiles, pero al menos me han dicho que los hacen felices. —Guiña un ojo y bebe vino.

—¿Y tu familia? —le pregunta Clitemnestra—. ¿Qué me dices de tu padre y tu tío? Un hijo al que asesinan y cocinan, y una hija violada por su padre. Tu linaje está maldito.

Menelao hace un gesto de desdén, como si apartara una fastidiosa mosca.

—Sabíamos que los dioses maldijeron a nuestro abuelo cuando nacimos. Pero nuestra suerte ha cambiado. Los días de disputas familiares han terminado. Micenas y Esparta prosperan y ya no tenemos enemigos.

Clitemnestra se ríe.

—Porque los habéis matado a todos.

—A todos no —la corrige Menelao—. Egisto sigue vivo. Pero lo encontraremos.

Clitemnestra piensa en los susurros de los ancianos de Micenas: «Egisto debe de estar muerto. Nadie puede vivir solo en el bosque durante tanto tiempo», pero no dice nada.

—Y recuerda —añade Menelao— que ahora tú también eres de nuestra familia.

Para no tener que hablar, Clitemnestra coge más queso y lo moja en una pequeña taza de miel que le ofrece la sirvienta.

—La primera vez que vinimos a Esparta —sigue diciéndole Menelao— solo queríamos ver a tu hermana. Todo el mundo hablaba de ella. «La bella Helena». «Helena, que brilla como una diosa». «Helena, hija de Zeus». Pero mi hermano te vio y se olvidó de Helena. Me dijo que serías suya fueran cuales fuesen las consecuencias. Decía que eras diferente de las demás, lo bastante fuerte y astuta para soportar cualquier cosa. Nunca ha aguantado a las personas que muestran su sufrimiento.

—Es el problema de tu hermano —le dice Clitemnestra—. Solo piensa en lo que quiere. Olvida que a su alrededor hay un mundo lleno de personas, y no le importan sus deseos.

—Oh, no lo olvida, simplemente no las tiene en cuenta. El caso es que él te consiguió y yo me casé con la mujer más hermosa de todas nuestras tierras. —Sonríe, como si intentara convencerse de su buena suerte. De repente un pensamiento le atraviesa el rostro y vuelve a ponerse serio—. Pero no importa. Ella no me ama y nunca me amará. Helena pierde interés con facilidad y parece que no puede ser feliz a menos que alguien le preste atención. Es extraño. Ella, que es toda luz, está siempre buscando a alguien que le muestre el camino.

—Era feliz antes de que llegarais —le replica Clitemnestra.

Menelao se ríe.

—Sabes muy bien que no lo era. Por eso me eligió.

Clitemnestra inclina la cabeza.

—¿Me has hecho venir para que hablemos de tu matrimonio?

—No —le contesta, y su expresión cambia. Ahora se parece más a su hermano: más agudo y más ávido—. Tengo que ir al funeral de mi abuelo. Un barco está esperándome para llevarme a Creta, pero antes quería asegurarme de que estuvieras aquí. Debes mantener las cosas en orden.

—¿Qué cosas?

—Tenemos a un invitado importante de Troya en misión diplomática. —Ella levanta las cejas, pero él sigue hablando—. Ya hemos cerrado el acuerdo por el que ha venido, pero se quedará más tiempo. Te pido que ayudes a mi mujer a entretenerlo. Y asegúrate de que tus hermanos devuelvan a esas chicas a los hombres a los que se las prometieron.

Clitemnestra quiere preguntarle si Agamenón está al corriente. Pero claro que lo está. Por eso la ha enviado a Esparta.

—Hablas de esas mujeres como si fueran vacas —le replica.

Menelao se ríe.

—Vacas, mujeres, cabras, princesas... Llámalas como quieras. Lo mismo me da.

«Y se pregunta por qué su mujer no lo ama».

Ella sonríe fríamente y se disculpa. Mientras recorre los pasillos, en los que cuelgan armas de antiguos gobernantes espartanos, se descubre pensando en su abuela.

«Tiempo atrás, este fue un palacio de reinas poderosas. De guerreras e hijas de Artemisa. Ahora pertenece a un hombre que trata a su mujer como un trofeo de oro».

Después de haber tomado un rápido baño, Clitemnestra se pone un vestido verde persa y una capa de lana oscura y sale del *gynaikeion*. Los sirvientes le han dicho que Helena no está en el palacio, así que toma el camino que conduce al templo de Artemisa. Le ha ordenado a León que vaya a buscar a sus hermanos y les diga que está en Esparta para poder hablar a solas con su hermana.

Helena está sentada junto a las columnas del templo y se alisa el vestido blanco con las manos. En la cabeza lleva una diadema de oro, delgada pero preciosa, y sobre los hombros, una piel de leopardo. Parece tranquila. Del manantial al pie de las montañas, detrás de ella, fluye el agua. El cielo es azul y sin nubes.

—Helena —le dice Clitemnestra, y su hermana se da la vuelta.

El frío le ha enrojecido las mejillas, pero sus ojos son claros como agua de verano. Helena corre hacia ella y la abraza. Clitemnestra siente el calor de la piel de leopardo y pasa los brazos alrededor de la cintura de su hermana.

—Sabía que vendrías, pero no cuándo —le dice Helena.

—¿Estabas entreteniendo a ese príncipe troyano?

Helena se ruboriza, aunque Clitemnestra no sabe por qué.

—Sí.

Clitemnestra busca en su rostro algún rastro de tristeza o de vacío. Pero los ojos de su hermana están vivos y sus labios se curvan en una sonrisa.

—Me dijeron que no eras feliz, pero a mí me lo pareces.

La risa de Helena es clara como el cristal.

—Ya no estoy triste.

—Me alegro. ¿Hermíone está bien?

—Claro que sí. Solo le molesta que últimamente sus tíos no juegan mucho con ella. —Se ríe—. Así que juega sola. Tendrías que verla. Dibuja las cosas más maravillosas en la arena y a veces hace adornos con plumas.

—También Crisótemis —le dice Clitemnestra—. ¿Y nuestra madre? ¿Cómo está?

Helena se encoge de hombros.

—No se tomó bien que Febe y Filónoe se marcharan. Febe la trataba muy bien, sobre todo cuando nuestra madre bebía demasiado.

—Entonces deberíamos esconder el vino.

—Lo he intentado, pero solo sirve para que se enfade. Ahora pasa casi todo el tiempo en su habitación, así que vamos a verla. —Vuelve a sentarse en el suelo de piedra, a la entrada del templo. Su pelo trenzado hace que sus ojos parezcan más grandes.

—Tenemos que hablar con Cástor y Polideuces —le comenta Clitemnestra—. Deben dejar que esas mujeres vuelvan con los hombres a los que las prometieron.

Helena parece divertida.

—Nunca cambias. Acabas de llegar y ya estás haciendo planes para solucionarlo todo.

—Si no lo hago yo, ¿quién lo hará?

—Con todo lo que nos ha pasado, deberíamos haber aprendido a dejar correr las cosas, no vayamos a acabar como Tindáreo.

«Tampoco vayamos a acabar como Leda», piensa Clitemnestra. Su madre siempre ha creído que los dioses deciden el destino de casi todos los hombres, pero ella nunca lo ha aceptado. ¿Cómo vivir con la escalofriante convicción de que los dioses pueden hacer y deshacer a su antojo? No. Los dioses son crueles y tienen poco tiempo para los mortales.

Helena le coge la mano.

—Además, nuestros hermanos no retienen a nadie en contra de su voluntad.

—¿Qué quieres decir?

—Febe e Hilaíra vinieron por voluntad propia. Aman a Cástor y Polideuces. —Agacha la mirada y añade—: ¿Quién no los amaría?

Clitemnestra se aleja un poco de su hermana.

—No podemos meter a Esparta en una guerra civil. Prometieron esas mujeres a los hijos del rey de Mesenia. —Helena la mira con el ceño fruncido—. No puedo quedarme aquí y pelear en una guerra mientras Menelao no está. Tengo familia, hijos a los que cuidar.

—Nosotros también somos tu familia —le recuerda Helena con una sonrisa triste.

—No voy a arriesgarme a entrar en guerra con Mesenia —le repite Clitemnestra— para que Cástor pueda acostarse con una mujer que para él solo es una más.

Helena se levanta negando con la cabeza.

—Esta es diferente. Te llevaré con él ahora, si quieres. Él conseguirá que lo entiendas.

De vuelta al palacio, pasan por delante de los ilotas que trabajan en el campo y de los establos, donde descansan las yeguas. Junto a los montones de heno, al lado de un semental negro, una chica vomita apartándose el pelo de la cara con las manos. Levanta la cabeza para mirarlas. Tiene la cara mojada por el sudor y las náuseas.

—Está embarazada —le dice Helena.

—Todas hemos pasado por eso —le responde Clitemnestra—. Será feliz en cuanto nazca el niño.

—¿Tú crees?

Clitemnestra se vuelve para mirar a su hermana, pero le resulta imposible interpretar su expresión.

Dentro del palacio, Helena se detiene ante la puerta de madera de la habitación de Cástor.

—Entra tú —le dice—. Menelao se marchará pronto y debo despedirme de él.

Clitemnestra asiente y Helena vuelve a toda prisa por donde han llegado, seguida por su sombra, larga y delgada en el suelo de piedra.

Clitemnestra oye pasos al otro lado de la puerta, y su hermano abre antes de que le haya dado tiempo a llamar. Tiene el rostro más brillante que la última vez que lo vio, y los rizos le caen alegremente alrededor de la cabeza.

—No dejas de crear problemas, hermano —le dice.

Cástor se ríe. Clitemnestra, incapaz de ponerse seria, se ríe también. Cuando eran pequeños, su hermano le decía lo mismo muchas veces, así que ahora se lo devuelve por fin.

—Llevas toda la vida esperando la ocasión para decírmelo —le contesta.

Se aparta para dejarla entrar. La habitación, de piedra lisa y con muebles sencillos, está muy vacía. En una cama de madera oscura tallada está sentada una chica de pelo rojizo.

—Esta es Febe, hermana —le dice Cástor.

Febe la mira. Hay algo inquietante en su mirada, como si sus ojos fueran cuchillos intentando arrancarle la piel a Clitemnestra.

—Cástor me ha hablado mucho de ti —le dice la chica—. Dice que tú también amas tu libertad, pero te casaron con un rey cruel.

—¿Tu padre te prometió a nuestro primo? —le pregunta Clitemnestra.

—Sí. ¿Lo conoces?

—Nunca lo he visto.

Febe se levanta y se dirige a la ventana. El pelo le cae por la espalda como una cascada de fuego. Clitemnestra piensa que no sería hermosa sin ese pelo.

—En mi tierra, a mi hermana y a mí nos llaman Hijas del Caballo Blanco —le explica Febe—. Nos encanta montar, y nuestros caballos son más blancos que las vacas sagradas. Aquí no tenéis caballos así. —Se detiene y respira—. Cuando mi padre me prometió a vuestro primo Idas, este dijo que mataría a mi caballo favorito. No quería que lo amara más que a mi marido.

—Lo siento —le dice Clitemnestra.

—Pero te han enviado aquí para que convenzas a Febe de que

se marche, ¿verdad, hermana? —La última palabra de Cástor es casi una burla.

Clitemnestra lo mira. Su hermano nunca se ha quedado mucho tiempo con la misma mujer. Las personas lo divertían, como lo haría un bailarín, o lo aburrían.

—Linceo e Idas están enfadados —le advierte—. Vendrán a por las dos.

—Claro que están enfadados —le contesta Febe—. Son hombres. Están acostumbrados a conseguir lo que quieren.

—Es demasiado tarde —interviene Cástor. Clitemnestra ve fiebre y ferocidad en sus ojos—. Febe y su hermana no pueden volver a Mesenia. —Se acerca a Febe y le acaricia la barriga con la delicadeza de un guerrero tocando el pétalo de una flor—. Están embarazadas. Las dos.

21

Pájaros y osas

En el comedor, Clitemnestra observa las elaboradas empuñaduras de las espadas de bronce de las paredes: hueso, marfil y oro con decoraciones incrustadas de leones cazando ciervos, gansos volando y perros corriendo. Mientras las sirvientas preparan la sala para la cena, entran sus hermanos, Febe y otra mujer con el pelo largo y un vestido azul oscuro. Hilaíra tiene la misma mirada ardiente que su hermana, aunque sus rasgos son más delicados. Se sientan y las sirvientas entran con jarras de vino. Hermíone llega al comedor a la carrera y salta al regazo de Polideuces.

—¿Dónde está tu madre? —le pregunta acariciándole el pelo.

—Llega ahora con el príncipe troyano —le contesta Hermíone.

Polideuces se queda rígido y mira hacia la puerta. Aprieta los puños, como si estuviera listo para levantarse y luchar. Clitemnestra sigue su mirada y aparece Helena, más luminosa que nunca. Las ondas de su dorado pelo le caen sobre los hombros. Su túnica, ricamente decorada con gotas de oro, emite un agradable repiqueteo al moverse. Clitemnestra ve en su rostro la picardía que se esfuerza por ocultar. Aunque han pasado muchos años separadas, conoce a su hermana como se conoce a sí misma.

Detrás de ella entra un hombre como Clitemnestra no ha visto jamás. Los ojos le brillan como piedras preciosas y tiene el cabello sedoso como el pelo de un zorro. Mientras cruza el comedor, la luz de una antorcha le da a su piel el color del oro cuando se vierte en cavidades de piedra para hacer joyas. Es de una belleza que impacta, casi intimidante, porque es natural. «¿Son así los dioses?», se pregunta Clitemnestra. Helena le hace un gesto con la mano y él la sigue sin apartar los ojos de ella. Una fascinada sirvienta salta de las sombras para servirle vino al príncipe, pero él coge la jarra y sirve a Helena.

—Paris —le dice Helena cuando se sientan—, esta es la hermana de la que tanto te he hablado.

Paris desplaza los ojos hacia Clitemnestra como si acabara de darse cuenta de que estaba aquí.

—Eres la reina de Micenas.

—Y tú eres el príncipe troyano que ha conseguido hacer las paces con los griegos.

—Oh, de eso no sé nada —le contesta Paris sonriendo.

Es una sonrisa descarada. Helena da una palmada y entran unos chicos con flautas y liras en las manos. Cada nota que tocan se despliega suavemente como alas en la oscuridad.

—En Troya nunca comen sin música —le explica Helena.

Paris le sonríe y ella le devuelve el gesto. Helena no toca su comida. La miel de su plato se esparce y empapa el queso.

—¿Tu estancia en Esparta ha sido agradable? —le pregunta Clitemnestra al príncipe, porque le incomoda cómo mira a su hermana.

—No podría haberlo sido más —le contesta Paris—. Siempre me habían dicho que Esparta no era más que un pequeño palacio en un monte rocoso, pero es mucho más rica, y su gente mucho más acogedora de lo que habría podido imaginar.

—Seguramente parece poca cosa comparada con tu hogar —le comenta Clitemnestra.

Por lo que ha oído, Troya es más grande que cualquier ciudad griega, una ciudadela enorme e inexpugnable construida sobre una colina frente al mar. «Un palacio con murallas del color del trigo —le contó una vez un enviado—, con edificios tan altos que la gente está más cerca de los dioses».

Paris se encoge de hombros.

—Comparada con Troya, sí. Nuestra ciudad tiene murallas y torres más altas que montañas. Desde las murallas se ve el terreno que se extiende alrededor de la ciudad. Es como oro fundido.

—Hace una pausa, da un sorbo de vino, y un mechón de pelo le cae en la cara—. Pero yo no crecí en Troya. Cuando nací, mi madre soñó que daba a luz una antorcha encendida. El adivino de la corte dijo que era una advertencia, una señal que predecía la caída de Troya. —Sonríe, como burlándose del adivino—. Aseguró que la única forma de salvar el reino era matarme, y mi padre lo creyó. Nuestro pueblo es profundamente religioso… Preferirían cortarse los brazos antes que decepcionar a los dioses.

Ahora la música es más tranquila, y la voz de Paris suena como si estuviera cantando.

—Mi madre no pudo matarme. No podía pasar por alto al adivino, pero tampoco matar a su hijo. Así que me dejó en el monte Ida, segura de que allí moriría. —Una sombra le atraviesa el rostro, pero la cubre rápidamente con su alegre sonrisa—. Pero ¿quién sabe qué planes nos deparan los dioses? Un pastor me encontró en la roca en la que me dejó mi madre. Podría haberme matado y lanzado al río, pero me llevó con él y me trató como a un hijo.

Clitemnestra contempla su rostro deslumbrante. «No parece que haya vivido entre ovejas y cabras». A cualquier otro príncipe le daría vergüenza hablar así, pero a él no. Paris parece más orgulloso de cómo lo criaron que de haber nacido príncipe. Pero quizá así se abra camino en los corazones de los demás, no por su belleza y su riqueza, sino por su historia.

—Si no creciste en Troya, ¿por qué te enviaron aquí? —le pregunta Clitemnestra.

—No quería envejecer siendo pastor —le contesta, como si fuera obvio—. El pastor me dijo la verdad cuando cumplí la mayoría de edad. Viajé a la ciudad y dejé mi vida atrás. Quería que el rey me reconociera como su hijo.

A Clitemnestra no le cuesta imaginarlo entrando en las poderosas murallas de Troya con una túnica sucia y arrodillándose ante el anciano. El rey Príamo no debió de tardar en reconocerlo. Los dioses le daban la oportunidad de enmendar un error del pasado.

—Dicen que tu padre tiene cincuenta hijos y cincuenta hijas —le dice Clitemnestra—. ¿Por qué decidió enviarte a ti?

Helena le toca la mano, como pidiéndole que deje de interrogar al príncipe. Pero Paris no parece molesto ni ofendido, y le responde sin dudar.

—Yo se lo pedí. Quería mostrarle a mi padre que soy tan digno de esta misión como sus demás hijos.

La música se detiene. A la derecha de Clitemnestra, Febe e Hilaíra le cuentan algo a la pequeña Hermíone, que se ríe, y Polideuces las escucha con una media sonrisa acariciándole el pelo a Hilaíra. Cástor parece perdido en sus pensamientos y come observando las relucientes armas de la pared, pero, en cuanto Paris deja de hablar, levanta la mirada.

—A ti, un noble príncipe que ha pasado tantos años en el monte Ida entre pastores..., deben de haberte deseado todas las mujeres de tu ciudad.

Helena carraspea. Llama a Hermíone, como si ya no quisiera seguir participando en la conversación. Su hija se levanta de su sitio, junto a Polideuces, y corre alegremente hacia su madre.

—Estaba casado —le contesta Paris sonriendo—, aunque cuando volví a la corte no pude llevarme a mi mujer conmigo. Era una chica de campo. No era la persona adecuada para vivir en el palacio.

Cástor se ríe y sigue haciéndole preguntas al príncipe: ¿las mujeres del palacio eran adecuadas? ¿Son los guerreros de Troya tan fuertes como dicen? A Clitemnestra no le sorprende. Aunque han pasado muchos años, su hermano no puede evitar presionar a los demás con preguntas y ponerlos en apuros con sus bromas. Se centra en la comida y deja que Cástor siga hablando.

—Así que la sacerdotisa tenía razón una vez más —le comenta Helena en voz baja. Está trenzándole el pelo a Hermíone.

El volumen de la música vuelve a subir y Paris se ríe de las preguntas de Cástor.

—Parece que la subestimamos.

—Primero tú y después Timandra —le dice Helena—. Pronto me tocará a mí.

Clitemnestra se ríe.

—Y entonces todas habremos abandonado a nuestros legítimos maridos. Aunque no estoy segura de que mi caso cuente como abandono.

Helena sonríe, esperanzada.

—Quizá tengas un marido más. Recuerda que la sacerdotisa dijo que nos casaríamos dos y tres veces.

—¿No sería maravilloso?

Ahora la que se ríe es Helena. Termina de hacerle la trenza a su hija, que le apoya la cabeza en el pecho.

—Leda dijo en una ocasión que la vida es corta y triste, pero a veces tenemos la suerte de encontrar a alguien que cura nuestra soledad.

Clitemnestra no sabe si la soledad de su madre se ha curado alguna vez, pero no dice nada. Helena le coge la mano.

—Al margen de cuántos maridos tengamos, ya hemos tenido la suerte de tenernos la una a la otra.

Por un momento, las antorchas brillan con más intensidad, y lo único que le importa a Clitemnestra es el amor de su hermana.

Antes de meterse en la cama se dirige a la habitación de su madre, que está al fondo del *gynaikeion*. Como casi todas las antorchas se han apagado, Clitemnestra palpa la pared para no tropezar.

En la habitación de Leda hace más calor y el aire huele a vino especiado. Ve a su madre tumbada de lado en la cama, con el rostro vuelto hacia la única ventana.

—Clitemnestra —le dice Leda. Su voz es clara en el absoluto silencio—. Enciéndeme una antorcha.

—Sí, madre.

Coge la última antorcha agonizante y enciende con ella las demás. Las antorchas se iluminan, parpadean y proyectan largas sombras en la piel de vaca del suelo. Leda se sienta en la cama y observa a su hija.

—Estás más guapa que nunca —le dice—. Micenas te sienta bien.

—Yo no diría eso.

Leda sonríe.

—Ven a sentarte conmigo.

Clitemnestra recorre la distancia que las separa y se sienta encima de las pieles de oveja. Al acercarse, siente el calor de su madre y le llega su leve olor, como la tierra cuando ha llovido.

—¿Qué piensas de las chicas a las que tanto aman tus hermanos?

Observa el rostro de su madre en busca de una respuesta adecuada, pero Leda solo siente curiosidad.

—Me caen bien.

—Lo sabía. Febe es dura. Tuvieron mala suerte. —Se agacha para coger del suelo una copa cincelada con cuarzo. Da un trago de vino y se vuelve para mirar a su hija—. Sé que mataste a Cinisca —le dice.

Clitemnestra se queda callada. Su madre no parece enfadada, sino triste. El silencio se extiende entre ellas hasta que se rompe.

—Siempre has sido una niña brillante —sigue diciéndole Leda—, más brillante que los demás. Y creo que lo sabías. Te dio la fuerza para ser audaz y hablar libremente cuando querías. —Suspira y apoya la cabeza en la almohada. Las hojas doradas del cabezal le enmarcan la cabeza como una corona—. Pero no te enseñó a aceptar la derrota, ni que, para conseguir lo que quieres de los hombres que te rodean, debes permitirles creer que mandan ellos.

—Si es lo que tienen que hacer las mujeres, no quiero ser una mujer.

Leda se acomoda en la cama. Tiene las manos más arrugadas que antes, y las venas le sobresalen en la piel como ríos.

—Eres una mujer. ¿Quién más tiene una voluntad como la tuya? Desde el momento en que naciste, fuiste la favorita de tu padre. ¿Qué rey prefiere una niña a sus hijos varones?

—Un buen rey.

Leda coloca la mano de Clitemnestra entre las suyas, que están calientes, casi febriles.

—Teníamos expectativas contigo, ambiciones. Tu padre, que deseaba que te casaras con un hombre poderoso, te presionó demasiado. Y te destrozó.

Las palabras le escuecen.

—No estoy destrozada.

—Pero no eres feliz. —Leda deja la copa e inclina la cabeza sobre un hombro. Está agotada.

—Ahora tengo que dormir —le dice con los ojos cerrados.

Enseguida su respiración se vuelve más fuerte y sus manos caen sobre la cama.

Clitemnestra se queda mucho rato sentada en la cama de su madre. Leda tiene razón. Durante toda su infancia intentó ser perfecta, sobresalir en todos los desafíos y reparar todas las cosas rotas que encontraba en su camino. Lo hacía porque se lo habían enseñado sus padres. Pero aquella niña salvaje y valiente, que siempre ponía a prueba su valor y protegía a sus seres queridos, dejó de existir hace mucho tiempo.

¿Cómo es posible que Leda no lo vea?

Los pasillos apestan a recuerdos.

Otra persona tendría que concentrarse para captar el olor, enterrado bajo los aromas aceitosos del baño y los toques de especias del comedor. Clitemnestra no. Quiere ir a su habitación, meter la cara debajo de las pieles de oveja y desaparecer, pero los muertos están aquí, en alguna parte, desesperados por llegar hasta ella.

Las paredes están frías, sin vida. Viejas piedras oscuras que cargan con la sangre seca de su Tántalo, sus últimas palabras y sus últimos alientos. Los últimos llantos y las últimas lágrimas de su hijo. Lo mataron en brazos de una ilota que se llamaba Marpesa. Debería haber estado en brazos de su madre.

Se supone que debería llorar a su marido y a su hijo fuera, en las tumbas reales, donde sus cenizas y sus huesos descansan en urnas doradas. Pero allí solo la esperan el frío y el silencio, nada más.

Es aquí donde están sus recuerdos, en este lugar se ha filtrado su dolor, en cada grieta de la pared y en cada rescoldo de las agonizantes antorchas.

Es aquí donde murieron Tántalo y su bebé, y aquí quedarán atrapados para siempre mientras la vida en Esparta continúa sin ellos, despreocupada y despiadada.

—¿Lo perdonaste antes de que muriera? —le pregunta Clitemnestra.

Ha pasado toda la noche deambulando por los pasillos, con el estómago ardiendo y los recuerdos arañándola, y ahora está de vuelta en la habitación de su madre, ansiosa por gritar su dolor.

—¿A quién? —le pregunta Leda. Tiene los ojos nublados.

—A mi padre.

Leda suspira.

—Perdonar no es deber nuestro. El perdón está en manos de los dioses.

Clitemnestra se aleja de ella.

—No hiciste nada. Conocías su plan y no hiciste nada para protegerme. Pasaste todos esos años mintiendo por Helena, manteniéndola a salvo, pero no encontraste la manera de protegerme a mí.

Leda niega con la cabeza.

—Me enteré cuando ya era demasiado tarde. Lo sabes. Encontré sus cuerpos cuando ya estaban muertos.

—No hablo de sus muertes —le replica Clitemnestra—. Hablo de mi matrimonio.

Leda cierra los ojos y su rostro parece a punto de desmoronarse, pero Clitemnestra sigue hablando. Lleva demasiado tiempo reprimiendo las palabras.

—Podrías habérmelo advertido y haberme ayudado. Pero guardaste silencio mientras mi padre me vendía a un hombre cruel.

—Estamos en Esparta. Los deseos del rey son la ley. El honor de todos los hombres y la vida de todas las mujeres le pertenecen. Sí, yo tenía poder. Sí, gobernaba con tu padre, pero no era libre. Ninguno de nosotros lo es.

—¿Y mi honor? —ruge Clitemnestra—. No puedes ni imaginarte lo que he soportado por culpa de los deseos del rey. No hay honor en que te violen y te peguen. Si crees que lo hay, eres tonta.

Leda respira hondo. El aire frío se le introduce en los huesos y

Clitemnestra espera a que su madre le pida perdón, aunque sabe que con eso no basta.

Pero Leda le dice:

—Nunca te he contado cómo llegué a casarme con tu padre.

«No me importa —quiere decirle Clitemnestra—. Es demasiado tarde para tus historias». Pero siente que la lengua le pesa en la boca como una piedra.

—¿Recuerdas cuando te hablé de Hipocoonte y te conté cómo derrocó a tu padre? Antes de que Heracles lo ayudara a recuperar el trono, Tindáreo escapó con Icario. Suplicaron hospitalidad a muchos reyes, hasta que los acogió tu abuelo Testio, mi padre. Testio alimentó y trató a Tindáreo como a un hijo, pero le pidió algo a cambio.

—Un matrimonio —le dice Clitemnestra.

—Sí, un matrimonio. Yo era joven, desobediente y la favorita de mi padre. Yo misma creía que era complicado que alguien se enamorara de mí, pero a Testio le gustaba que fuera rebelde. Cuando vino a proponerme el matrimonio, le dije que sí. Creí que era mi oportunidad de que se sintiera orgulloso de mí y feliz.

»Llegó nuestro festival de invierno, cuando las chicas tenían que bailar para la diosa Rea. Era mi momento favorito del año. Nos poníamos vestidos y máscaras con plumas y corríamos por el bosque, donde se ocultan los espíritus. Cantábamos a las estrellas pidiendo calor en invierno y lluvias en verano. Tu padre me miraba. Su piel era oscura y cálida, y pensé que era una muestra de la tierra soleada de la que procedía. Le dejé tocar las plumas de mi vestido y me dijo que yo era el pájaro más hermoso que había visto en su vida. El bosque lo oyó, porque enseguida los ruiseñores empezaron a cantar. Seguí sus cantos, alejé a Tindáreo de las antorchas y lo guie hacia la zona espesa del bosque, donde las largas ramas hacen que todo suceda en secreto. A la mañana siguiente me pidió que me casara con él.

Leda habla sin mirarla. Tiene los ojos clavados en la ventana, en el bosque lejano, donde los árboles se mecen con el viento.

Clitemnestra se mira las manos.

—Tu matrimonio fue el resultado de una alianza política, pero eso no significa que sepas cómo me sentí.

—Es verdad. —Agarra la muñeca de Clitemnestra, que siente la fuerza que una vez tuvo su madre, su audacia—. Si pudiera volver atrás, lo cambiaría todo. Te apoyaría y desafiaría a tu padre. —Sus ojos están llenos de tristeza—. Pero si de verdad eres como yo y te cuesta perdonar, espero que llegues a entender que también ha sido difícil para mí.

El cielo se oscurece, como si estuviera a punto de derramar sus lágrimas. Clitemnestra observa los pájaros, que levantan el vuelo de los árboles y bailan como Leda en busca de refugio antes de la tormenta.

¡Artemisa Ortia,
te adoramos!

Clitemnestra está junto al templo, y las mujeres bailan y cantan a su alrededor. Es el festival de invierno de Artemisa, cuando los niños y las niñas llevan regalos a la diosa y cantan hasta el amanecer. Las antorchas clavadas en el suelo se balancean con los golpes de los pies, y las bailarinas entran y salen de las sombras, vestidas solo con pieles de animales. Un lobo. Un lince. Un leopardo. Un león. Las más jóvenes son osas, y rezan a la diosa en voz muy alta.

—Siempre se me olvida. ¿Una chica mató a un oso o fue al revés? —Cástor se pasa la lengua por los labios con una jarra de vino en la mano. A la luz, el líquido es oscuro, como la sangre.

—«Una vez, una chica se burló de un oso domesticado en esta tierra, y el animal le arrancó los ojos —le recita Clitemnestra—. Entonces los hermanos de la chica mataron al oso, lo que desató la ira de Artemisa. Así que ahora expiamos la muerte del oso».

—Artemisa puede ser bastante cruel —señala Cástor, y bebe vino.

Clitemnestra le quita la jarra antes de que se la termine.

¡Cazadora, arquera,
te adoramos!

¡Diosa unida al sauce,
te adoramos!

Helena está no muy lejos de ellos, con una piel de leopardo sobre los hombros y el pelo rubio en una cascada de trenzas. Clitemnestra mira a su alrededor, pero no ve a Paris por ninguna parte. Su hermana observa a las bailarinas. Polideuces le apoya la mano en el brazo, como si ahí debiera estar.

—¿Sabes que una vez vi a Timandra besando a una chica durante la Procesión de las Osas? —le pregunta Cástor—. Me miró como desafiándome a que dijera algo y después escapó hacia las sombras.

—¿Y qué le dijiste? —le pregunta Clitemnestra.

—Nada. En cualquier caso, tarde o temprano nuestro padre se enteraría y haría que la azotaran. No es que a Timandra le importara. Siempre ha sido rebelde.

Se levanta una fría brisa, y Clitemnestra se recoloca la piel de león alrededor del cuello.

—La echo de menos —le dice—. Nunca tuvo intención de casarse. No era la vida que quería.

Cástor sonríe.

—¿Has tenido tú la vida que querías? ¿Y yo?

¡Madre del bosque,
te adoramos!

La canción de las chicas ahora parece el grito de un pájaro. Su danza se vuelve más salvaje. Brazos, pechos, pelo y piernas aparecen y desaparecen mientras se mueven en círculos alrededor de las antorchas. La estatua pintada de Artemisa las observa. Los chicos salen de las sombras del templo, desnudos, enmascarados y con cuernos en la cabeza, se unen a la canción y después huyen hacia el bosque. Volverán al amanecer a hacer sus ofrendas a la diosa con el cuerpo manchado de sangre.

—Yo quería gobernar —le dice Clitemnestra—, y tú querías irte de aventuras.

—No querías casarte con un bruto. —Cástor habla en tono tranquilo, sin la expresión divertida que antes tenía siempre su rostro.

Detrás de ellos, los árboles son tan oscuros que se funden con el cielo. Clitemnestra se aparta de las osas y le pone la mano en la mejilla.

—No importa —le dice—. No seguiré casada con él para siempre.

22

El secreto de Helena

Entre el tiempo que pasa con su hermana y las cenas con sus hermanos, su estancia en Esparta se vuelve más agradable. Cabalga por las colinas heladas con Cástor y pasea por la ciudad con Febe e Hilaíra. Pasan por los jardines y las casas del pueblo, atraviesan las manchas de luz y sombra que se alternan entre los edificios, y se cuentan historias.

Febe le explica a Clitemnestra que, aunque en Mesenia a las niñas no las enseñan a luchar, aprenden otras cosas. Conocen los secretos del bosque, donde crecen las setas y se esconden los ciervos. Conocen los nombres de plantas y árboles, de bayas y frutas. Y además están los caballos. Los niños y las niñas montan a caballo antes de haber aprendido a andar, y aprecian a sus caballos por encima de cualquier otra cosa.

—¿Echáis de menos vuestra casa? —les pregunta Clitemnestra mientras pasean entre las rosas de un jardín.

La más habladora es Febe, con sus ojos apasionados y su expresión desafiante, pero esta vez es Hilaíra la que le contesta.

—En Mesenia ya no nos queda nada.

Sus palabras son duras y claras. Su rostro es como una piedra, perfectamente tallada, pero sus ojos son dulces y están llenos de secretos.

Por la noche, después de cenar, Clitemnestra, Helena, Cástor, Polideuces, Febe e Hilaíra se reúnen alrededor de las llamas de la chimenea del palacio. A ellos se une León, siempre cerca de su reina, y el príncipe troyano. A su alrededor, las cabezas oscilantes de las sirvientas, que escuchan furtivamente, curiosas.

Paris cuenta muchas historias, de la belleza de la ciudad de Troya, de su infancia en el monte Ida y de su primera mujer, a la que le encantaba tocar la lira. Cada noche, mientras el fuego se apaga, Hermíone se queda dormida en el regazo de su madre, y Helena le acaricia la cabecita escuchando al príncipe. Están tranquilos todos juntos, como si descansaran bajo gruesas y cálidas mantas mientras fuera cae la lluvia.

Una noche en que Leda se une a ellos, Febe les cuenta una divertida historia sobre dioses lujuriosos y diosas celosas. Todos se ríen y los perros de la casa se frotan contra sus piernas en busca de comida y cariño. Clitemnestra sonríe a su madre y los ojos de Leda se iluminan. «Mira, madre —piensa—, ¿ves lo feliz que soy?».

Aun así, entre toda esa paz y ligereza, Clitemnestra oye un ruido lejano. Es como estar en una playa cuando ha bajado la marea. Todo está en calma, pero todo el mundo sabe que pronto el agua subirá.

Y entonces, en el décimo día de su estancia, la marea sube tan rápido como una tormenta de invierno.

Están juntos en el *mégaron*, Cástor y Polideuces de pie a un lado, Helena en la silla tapizada de la reina y Clitemnestra en el trono de Menelao. Cuando intentó convencer a su hermana de que el trono le correspondía a ella, Helena negó con la cabeza.

—Te pidieron que vinieras por algo, para que cuidaras de la familia. Hazlo. —Sus ojos mostraban una urgencia que Clitemnestra nunca había visto en ella—. Además —añadió Helena—, por lo que dicen de estos primos nuestros, ya estoy asustada.

A Clitemnestra no le dio tiempo a preguntarle qué decían de los príncipes de Mesenia porque León anunció que Linceo e Idas estaban entrando en el salón.

Ahora que están frente a ella, entiende a qué se refería su hermana. Linceo no parece un príncipe, sino un granjero que sabe manejar el hacha. Tiene una espesa barba y lleva una piel de lobo en el hombro. La cara de Idas, afeitada, muestra un corte limpio en la mejilla izquierda y una sonrisa aterradora. Lleva atados al cinturón tres puñales de hoja corta y delgada, como los que utilizaría un asesino. Aunque es el más joven, toma la palabra.

—Queridísimos primos —empieza a decir—, qué alegría veros. —Mira a su alrededor, hacia los frescos de las paredes, y abre los brazos. Sus ojos son planos y fríos, de un gris sucio. A Clitemnestra le recuerdan a un charco helado—. Y en qué palacio se ha convertido esto. Antes a vuestro pueblo no le importaban las riquezas, pero ahora parece que tenéis más oro y armas que la poderosa Creta.

Clitemnestra siente que Helena se revuelve en la silla, pero ella no se mueve. Mira fijamente a Idas, muy seria. Recuerda que su padre dijo una vez que cuando un rey recibe a alguien en el *mégaron*, cuanto más se mueve, más aterrorizado parece.

—Bienvenidos a Esparta —les dice con voz firme.

La sonrisa no desaparece del rostro de Idas. Es como la mueca de una serpiente venenosa.

—Debo admitir que estoy un poco confundido. Vinimos aquí convencidos de que nuestras mujeres nos recibirían con los brazos abiertos, pero nos encontramos frente a la reina de Micenas.

Se dirige al trono hasta que León se interpone en su camino. Idas lo mira, se ríe y da un paso atrás.

—Todos sabemos por qué estamos aquí —sigue diciendo alegremente—. Devolvednos a las chicas, y Linceo y yo perdonaremos a tus hermanos por haberlas secuestrado. En lugar de trataros como traidores y ladrones, nos olvidaremos de este tema. —Su sonrisa se vuelve más amplia y más espeluznante.

—No secuestramos a Febe e Hilaíra —interviene Cástor—. Vinieron con nosotros voluntariamente.

Idas se vuelve hacia él.

—Hablas, primo, pero ni siquiera estás sentado en un trono. ¿Por casualidad has perdido la polla?

Helena ahoga un grito. Cástor se ríe. Su risa resuena contra las paredes y al extinguirse deja un eco tenue y funesto.

—Vuelve a hablar así de mi hermano y te cortaré el cuello —le advierte Polideuces.

Los ojos de Idas se encuentran con los de Polideuces y sonríe.

—Espero que no lo hagas, asesino de lagartos. Así te llaman, ¿no? Estoy seguro de que no te has ganado ese nombre por ser misericordioso. —Su tono es burlón—. Pero pareces un hombre honorable, un hombre que no mataría a un primo en su casa después de haberle quitado a su novia.

—Nadie te ha quitado a tu novia —insiste Cástor.

—Tienes razón, Idas —interviene Clitemnestra—. No te mataríamos en nuestra casa. Podemos ofreceros hospitalidad, comida y vino, pero no a Febe ni a Hilaíra.

Idas vuelve a sonreír. Tiene un incisivo roto.

—Pues parece que estamos en un callejón sin salida. No nos marcharemos sin ellas.

Clitemnestra respira hondo. Ve a León, tenso junto al trono y agarrando con fuerza la empuñadura de su espada. Gesto equivocado. Idas no parece fuerte, pero debe de ser rápido. Tiene la quietud de esos animales que atacan antes de que puedas anticiparte a ellos.

—¿También te llevarías a una mujer embarazada de otro hombre? —le pregunta tras una larga pausa.

La sonrisa de Idas se desvanece. Linceo apoya la mano en el brazo de su hermano, como para detenerlo, pero Idas no se mueve.

—Así que os las habéis follado —murmura. Le brillan los ojos, imposible decir si de satisfacción o de rabia—. Linceo me dijo que lo haríais, ¿verdad, hermano?

Linceo asiente. Parece un toro, con los ojos pequeños y llenos de maldad.

—Me dijo: «No confíes en esos hijos de puta, hermano. Se acostarán con nuestras mujeres antes de que te des cuenta». Y tenía razón.

Clitemnestra no tiene nada que decir, así que se queda en silencio. Ha conocido a hombres crueles antes, incluso se casó con uno, pero Idas parece de los que torturarían a cualquiera porque sí.

—Imagino que disfrutasteis de ellas —les dice abriendo mucho los ojos—. Especialmente de Febe, que es una chica animada. ¿Te ha hablado de cuando se acostaba conmigo? —le pregunta a Cástor.

El rostro de Cástor sigue frío como una espada.

—Sí.

—¿Eso es todo? ¿No te comentó nada más? ¿No te contó cómo gritaba cuando la poseía?

—No volverás a poseerla.

A Idas se le congela la sonrisa.

—Hemos venido a pedíroslo. Si no nos las devolvéis, nos las llevaremos, y será peor para todos.

—Esparta es más poderosa que el reino de vuestro padre —le advierte Clitemnestra—. No os conviene ofender a Menelao. La mitad de las ciudades griegas son leales a él y a mi marido.

—Estoy seguro de que el rey de Esparta estaría encantado de devolvernos lo que nos pertenece.

—No está aquí —le replica Clitemnestra—, así que decidimos nosotros.

La ira atraviesa el rostro de Idas.

—Si fueras mi mujer, te cortaría la lengua.

León, Cástor y Polideuces dan un paso adelante, pero Clitemnestra los detiene con un gesto.

—No sería necesario —le contesta—. Si fuera tu mujer, te mataría mientras durmieras.

Idas sonríe.

—¿De verdad? Porque no mataste a tu marido, y he oído decir que asesinó a tu hijo. Así que quizá —se pasa la lengua por los labios— no eres tan fuerte como te crees.

—Marchaos —les ordena Clitemnestra— o haré que os corten en pedazos aquí mismo.

Idas mira a su alrededor y por un momento Clitemnestra piensa que está tan loco que va a enzarzarse en una pelea. Pero su hermano lo agarra del brazo y se miran.

—Gracias por vuestra hospitalidad —les dice Idas—. Estoy seguro de que pronto volveremos a encontrarnos y entonces nos divertiremos.

Se da la vuelta y se marcha, seguido por su hermano. Los destellos de los puñales que lleva atados al cinturón atraviesan la sala.

—¿Les disparo una flecha mientras se alejan, mi reina? —le pregunta León cuando sus pasos se han desvanecido en los pasillos. Aunque su voz es firme, Clitemnestra sabe que está tan asustado como todos ellos.

—No —le contesta. Se vuelve hacia Cástor y le duele ver que está ofendido, que la pena y la rabia se han apoderado de él—. ¿Sabías cómo son? —le pregunta.

—Sí —le contesta Cástor.

—¿Por qué no me lo dijiste?

—No quería que los echaras porque son monstruos. Quería que lo hicieras porque amo a Febe y Polideuces ama a Hilaíra.

Va hacia él y lo abraza. Él la rodea con los brazos, aunque su cuerpo sigue rígido y alerta. Ahora entiende por qué su hermano ama a Febe. La Cólquide lo había endurecido y lo había dejado vacío por dentro. Pero con Febe tiene la oportunidad de cuidar de una persona destrozada, una persona que merece su amor. Eso le da un propósito.

—¿Y si vuelven? —le pregunta Clitemnestra.

Él se queda rígido entre sus brazos.

—Los mataremos.

Más tarde, Febe encuentra a Clitemnestra en los jardines, entre las hojas caídas.

—Hoy has sido valiente enfrentándote a Idas —le dice.

Se ha acercado sin hacer ruido y Clitemnestra no la ha oído llegar.

—He hecho lo que tenía que hacer. No podía hacer otra cosa.

—Podrías habernos enviado de vuelta con ellos, como te pidió Menelao.

Clitemnestra siente que la punta de la nariz se le pone roja de frío.

—Me contaste que Idas te dijo que mataría a tu caballo si te casabas con él —le dice—. ¿Lo hizo?

—Sí. Y me obligó a mirar mientras el caballo moría.

—¿Qué más hizo?

Febe levanta la barbilla. Hay algo desafiante en su rostro.

—Idas nos hizo cosas horribles a mi hermana y a mí. Nadie se quejaba porque todo el mundo lo teme. Es cruel y degenerado. La muerte le divierte. —Se ajusta una manga del vestido gris. El color no le queda bien, aunque a Febe no parece importarle estar guapa—. Pero no quiero hablar de eso —añade—. Todos tenemos cicatrices y nuestro deber es soportarlas. Solo he venido a decirte que te agradezco lo que has hecho.

Clitemnestra la coge del brazo.

—Y yo te agradezco que mi hermano haya tenido la suerte de encontrarte.

Febe asiente y el pelo rojizo le cae alrededor de la cara. Sus ojos oscuros y firmes sostienen la mirada de Clitemnestra.

—Pase lo que pase, hagan lo que hagan Idas y Linceo, prefiero morir antes que volver a Mesenia. —Cada una de sus palabras pesa como una piedra—. Tu hermano lo sabe.

Y vuelve al palacio.

—Siempre creí que nuestros hermanos se casarían con mujeres superficiales —le dice Helena.

Están en el baño, las dos solas. Helena tiene la cabeza apoyada en la arcilla pintada y los ojos cerrados. Clitemnestra observa su rostro, levantado para recibir la luz de las antorchas.

—¿Por qué lo creías? —le pregunta.

—Los hombres suelen dedicarse demasiado a sí mismos, aún más cuando son especiales. Y Cástor y Polideuces son especiales. Creía que querrían a su lado a mujeres corrientes.

—Nunca fuiste corriente, pero Polideuces te amaba.

Helena se incorpora.

—Éramos niños. Él no sabía que estaba mal amar así a una hermana.

Clitemnestra siente el agua acariciándole el cuello.

—¿Crees entonces que ha cambiado de opinión?

—Podemos cambiar de opinión, pero no de sentimientos. Creo sencillamente que ahora sabe lo que está mal y lo que está bien, y actúa en consecuencia. —El calor del baño le sonroja las mejillas, y el vapor le desdibuja los rasgos.

Clitemnestra se busca una cicatriz en la espalda y aplana los extremos irregulares. Cuando mira a su hermana, Helena la observa con los ojos muy abiertos.

—¿Qué pasa? —le pregunta.

—Tengo que contarte un secreto —le contesta Helena de inmediato.

Clitemnestra casi suelta una carcajada. De niña, cuando su hermana le decía que tenía que confesarle algo, siempre era un pequeño secreto, como que había robado un higo, o había evitado a su padre, o se había escondido en alguna parte. Clitemnestra solía burlarse de ella.

Pero Helena sigue hablando.

—Me he acostado con el príncipe troyano.

De repente, la luz de la antorcha parece débil y fría. El pelo húmedo de Helena se le riza alrededor del rostro.

—No tienes nada que decir —añade Helena con voz temblorosa.

Clitemnestra se hunde más en la bañera, aunque el agua ha empezado a enfriarse.

—No.

—No es verdad. Siempre tienes algo que decir.

—¿Eres feliz? —le pregunta Clitemnestra.

La pregunta suena extraña en sus labios y se da cuenta de que no suele preguntarlo. Quizá, después de todo, su madre tenía razón.

—Sí.

—Sabes que se marchará pronto.

—Sí.

Parece preocupada y habla deprisa, ansiosa. Clitemnestra se pregunta si alguien más lo sabe.

—¿Y si Menelao se entera?

—¿Y qué?

Esto sí que es una novedad: que su marido se enfade y Helena no tenga miedo.

—Estaba perdida cuando te fuiste —le cuenta Helena—. No fui feliz hasta que Polideuces volvió, y después tuve a Hermíone. Lloraba a todas horas y no me dejaba dormir, pero no podía dejarla en manos de nadie después de lo que te había pasado a ti...

—Mira a su hermana, que asiente mientras el corazón se le rompe en pedazos—. Y cuando por fin se dormía, lo único que oía era a Menelao con otras mujeres. Hacía alarde de ellas, y todas me odiaban. Sabía lo que pensaban: «Mírate, la mujer más hermosa de nuestras tierras, y ni siquiera puedes retener a tu marido. No eres mejor que nosotras».

—Pero eres mejor que ellas —le asegura Clitemnestra.

Helena se encoge de hombros.

—No lo sé. Pero llegó Paris y todas lo adoraron. Decían que era como un dios.

De repente Clitemnestra piensa que Paris es como ella. ¿Cómo no se había dado cuenta? Rechazado por su padre, desesperado por complacer a los demás y el más hermoso de todos los hombres. Y recuerda lo que le dijo Menelao sobre Helena: «Parece que no puede ser feliz a menos que alguien le preste atención. Es extraño. Ella, que es toda luz, está siempre buscando a alguien que le muestre el camino».

—Él me entiende —le dice Helena. Se destroza las uñas por un momento y después le pregunta, indecisa—: ¿Crees que he hecho mal?

Clitemnestra la mira directamente a los ojos.

—No. Pero no volvamos a hablar de esto, ni se lo cuentes a nadie más.

Casi espera que su hermana se queje, le suplique y siga hablando de Paris, pero Helena se levanta y su cuerpo brilla débilmente en la luz. Se escurre el pelo y le dice:

—Deberíamos irnos. Empieza a hacer frío.

Clitemnestra desplaza la mirada a sus pechos pequeños y redondos, sus piernas largas y la curva de sus caderas. Siempre había creído que Helena era delicada como una lámpara, algo que había que cuidar para que no se quemara, pero su hermana ya no es así, y quizá nunca lo ha sido.

Esa noche duermen juntas, acurrucadas la una frente a la otra, como cuando eran pequeñas. La respiración de Helena es lenta y tranquila, y su cuerpo parece ligero desde que se ha liberado de su secreto. Clitemnestra está despierta, escuchando el susurro de las ramas al viento.

«Encontraremos la manera de volver a estar juntas», se prometió hace muchos años. Y la han encontrado. Pero ya no son las chicas que eran entonces. ¿Cómo iban a serlo? Aquellas chicas eran frescas y estaban llenas de esperanzas, eran como dos árboles que comparten la raíz, con el tronco y las ramas tan entrelazados que parecían una sola planta.

Pero ahora se han acostumbrado tanto a la soledad que ni siquiera recuerdan cómo se sentían cuando estaban tan cerca la una de la otra. Hay destellos de aquel amor y aquella armonía, como ahora, cuando sus pechos suben y bajan juntos mientras avanza la noche. Pero no van a volver a la vida que tenían, y en el fondo Clitemnestra sabe por qué.

Este pensamiento se desliza por la habitación, resbaladizo y sin huesos. La tragedia que les sobrevino empezó el día que Helena eligió a Menelao de entre todos los reyes y pretendientes. Su elección lo desencadenó todo, y cada evento ha sido como el eslabón de una pesada cadena. Esa cadena y el dolor que provocó arrancaron la raíz que las mantenía unidas. Y ahora lo único que pueden hacer es seguir queriéndose y soportar el dolor y la ira por decisiones que no pueden cambiar.

Cástor es la última persona a la que Clitemnestra ve antes de volver a Micenas. Cuando al amanecer ella se cuela en el *mégaron* para contemplar una vez más los frescos de hombres cazando, él está junto a la pared, con la cabeza apoyada en una columna. Clitemnestra se dirige a él y le coge una mano. Su hermano abre los ojos, cansado pero alerta.

—Me voy —le dice Clitemnestra—. No sé cuándo volveré.

Cástor sonríe.

—Antes siempre era yo el que se despedía. —Se dirige hacia la silla tapizada en piel de vaca, la silla de Helena, y la frota con las manos.

—¿Recuerdas cuando nos quedábamos aquí después de que Tindáreo hubiera recibido a todos los enviados? —le pregunta Clitemnestra.

El cansancio desaparece del rostro de Cástor. Debajo surgen la nostalgia y la diversión.

—Le hacíamos preguntas y él nos contestaba. Aunque no tenía mucha paciencia.

—A veces sí.

—Solo contigo.

Ella siente placer, como agua fresca después de haber subido una montaña. Luego vuelve el miedo por su familia.

—Tengo algo que decirte.

Cástor inclina la cabeza.

—Se trata de Helena, ¿verdad?

—Entonces lo sabes.

—Sí. La he visto.

Clitemnestra niega con la cabeza.

—¿Tan poco cuidado tiene?

—Tiene cuidado, pero ya me conoces. Siempre ando buscando problemas y secretos.

—Creía que habías cambiado.

—Algunas cosas nunca cambian.

Ella lo mira en silencio. Él juguetea con la piel de vaca de la silla y después la mira.

—Menelao llega a casa y descubre que su mujer lo ha traicionado con un príncipe troyano —le dice Cástor—. Se enfurece y quiere despedazar a Paris. Pero, a diferencia de Paris, Menelao es razonable y sabe que debe mantener la alianza con Troya. También sabe que si asesina al príncipe, un ejército troyano no tardará en llamar a nuestra puerta. Así que lo echa.

—Pero castiga a Helena —añade Clitemnestra.

Cástor se ríe.

—¿De verdad crees que Polideuces dejaría que Menelao hiciera daño a nuestra hermana? Una vez lo vi mutilar a un hombre que había hecho un comentario sobre violarla.

Llaman a la puerta y Clitemnestra se da la vuelta. Aparece León con el rostro todavía somnoliento.

—Tenemos que marcharnos, mi reina —le dice—. Los caballos están listos.

Ella mira por la ventana y ve en el cielo las manchas rojizas del amanecer. Puede sentir cómo el frío se le pega a la piel y los huesos.

Cástor se dirige hacia ella.

—De nuevo en marcha —le dice.

Clitemnestra sabe que él está esperando a que se vaya, pero se demora, incapaz de mover los pies.

—No te preocupes, hermana —la tranquiliza Cástor al ver que le cuesta decidirse—. Sobreviviremos sin ti.

Aunque su hermano sonríe, ella ve en su rostro pensamientos oscuros creciendo como malas hierbas. «¿Y si Idas y Linceo vuelven y nos matan? ¿Y si Menelao no perdona la aventura de nuestra hermana? ¿Qué será de nosotros?».

Lo atrae hacia ella por última vez.

—Estoy segura de que sí —le dice.

23

La guerra que se avecina

El *mégaron* está oscuro y en silencio. El fuego crepita en la chimenea. Clitemnestra observa las chispas volando por la habitación como mariposas. León y ella han llegado cuando el palacio ya estaba dormido, y todas las salas, iluminadas por la luna y vacías, a excepción de los guardias.

La puerta chirría y un fino hilo de luz divide el suelo en dos.

—El rey no está aquí. —La voz es cálida y agradable como el sol en invierno.

—No estaba buscando al rey —le responde Clitemnestra.

Un hombre se dirige a ella. Sus pies descalzos avanzan por el suelo pintado. Al acercarse a la chimenea, el fuego le ilumina el rostro. Clitemnestra se queda inmóvil. Esperaba a un hombre afable y piadoso, no a la figura encapuchada que tiene ante sí: piel clara y arrugada por las cicatrices, ojos hundidos y labios finos de color rojo sangre. Clitemnestra siente que se le hiela el cuerpo cuando la mira.

—¿Sabes quién mandó pintar este salón? —le pregunta el hombre. Algo espeluznante subyace a la calidez de su voz, algo malvado.

Se obliga a hablar en tono tranquilo.

—Supongo que el rey que gobernaba esta ciudad antes de que Atreo se la quitara.

El hombre esboza una sonrisa que deja al descubierto sus deteriorados dientes.

—El salón estaba desnudo cuando Euristeo estuvo aquí. No

había frescos ni oro ni armas. Micenas era como cualquier otra ciudad griega. Después Atreo hizo del palacio su hogar y cubrió todas las paredes con esto. —Señala las imágenes, sumidas en la oscuridad—. A veces las personas más crueles hacen las cosas más maravillosas.

La mira de una manera que le recuerda a las serpientes.

—No eres de aquí —le dice con cautela.

—He venido de Mégara a petición del rey. Me ha llamado para que sea su consejero.

—Mi marido ya tiene muchos consejeros.

—Ninguno que sepa decirle la voluntad de los dioses.

Un adivino, eso es lo que es. Un experto en profecías que adivina el futuro a partir del vuelo de las aves y las entrañas de los animales. Los llaman *oionopoloi*, sabios de las aves. Tindáreo solía burlarse de los líderes que confiaban en ellos. «¿Qué pueden decirme los adivinos que no sepa ya? —decía su padre—. ¿Que los dioses pueden ser duros? ¿Que moriré pronto? ¿Que va a haber una guerra? Para saber eso no es necesario mirar el hígado de una oveja».

Clitemnestra levanta una ceja.

—Agamenón nunca ha prestado mucha atención a los augurios.

—El linaje de los Atridas está maldito, pero el rey de Micenas reverencia a los dioses, y los dioses también lo respetan a él.

Ella se burla.

—Mi marido es un hombre ambicioso. Quiere poder por encima de todo, no para impresionar a ningún dios, sino por el placer de tenerlo.

—Él dice lo mismo de ti.

Ella lo mira.

—¿Cómo te llamas, adivino?

—Calcante.

Suena desagradable, como una fruta demasiado madura. Deja que se pudra en el aire hasta que siente náuseas.

—Bueno, debes de ser muy convincente para haber conseguido que un rey que desprecia las profecías te escuche. —«Y muy peligroso», piensa—. Buenas noches, adivino.

Los primeros olores de la primavera suavizan el aire. Alguien canta en las calles de la ciudadela, y los gritos de los vendedores van desvaneciéndose a medida que concluyen las últimas ventas del día.

—Madre, tengo hambre —le dice Crisótemis. Va de un lado a otro del dormitorio con una sacerdotisa de madera en la mano. La muñeca tiene el pelo pintado de color negro, la túnica, de rojo y dorado, y sujeta en las manos dos serpientes, símbolos de las diosas cretenses—. ¿Podemos comer pronto?

Están en el dormitorio de Ifigenia. La luz entra a raudales por las grandes ventanas. La cazadora pintada en el fresco de la pared está perdiendo el color, y a sus pies se ven las flores y las abejas que Ifigenia dibujó cuando era pequeña. Es casi la hora de cenar y oyen el ajetreo de las sirvientas al otro lado de la puerta.

—Ten paciencia —le dice Electra antes de que Clitemnestra haya podido contestarle—. Antes tenemos que terminar esto.

Está sentada en el suelo con Ifigenia, pintando otros juguetes de madera para su hermana menor: un caballo, un carro y varias peonzas. León los esculpió durante su viaje de regreso a Micenas.

—Iremos al salón cuando tu padre nos llame —le dice Clitemnestra—. A menos que quieras pasar más tiempo con el adivino...

—¡No, por favor! —exclama Crisótemis.

Va a sentarse en un rincón de la habitación, junto a la mesa donde están dispuestas las joyas de Ifigenia. Ailín se arrodilla detrás de ella e intenta hacerle una trenza en el pelo.

Clitemnestra se ríe. Su hija le tiene miedo al adivino, por supuesto. ¿Quién no se lo tendría?

—No te cae bien el adivino —le dice Electra. El caballo que está pintando es negro con la melena dorada.

—Es difícil que te caiga bien —le responde Clitemnestra.

—A mí tampoco me cae bien. Dice que habla en nombre de los dioses, pero los dioses no han sido generosos con él.

—¿Así vas a amenazarnos ahora, madre? —le pregunta Ifigenia. Levanta el caballo de madera hacia la luz para asegurarse de que la pintura se ha secado—. ¿No vayas, a menos que quieras ver al adivino?

Ailín se muerde el labio intentando que no se le escape la risa. Clitemnestra y Electra se ríen. Es un placer oír su voz mezclada con la de su hija.

—Es una buena amenaza cuando sabes que funciona —le contesta—. ¿No vas a pintar ese carro?

—¡Lo pinto yo! —exclama Crisótemis saltando de su rincón.

Tropieza al darse un golpe contra la mesa, y los pendientes de Ifigenia tintinean. Ailín se apresura a volver a colocarlos en su sitio.

—Pero vas a estropearlo —se queja Ifigenia—. Las ruedas son difíciles.

—Puede hacerlo —le dice Ailín—. Pero ten cuidado de no mancharte la túnica con el pincel.

Clitemnestra está a punto de sentarse en el suelo con sus hijas cuando entra León jadeando. Le tiemblan las manos y tiene la cara roja.

—Mi reina —dice con voz entrecortada.

Ifigenia lo mira con el rostro brillante de alegría, pero León ni siquiera la ve. Está consternado.

—¿Qué pasa? —le pregunta Clitemnestra.

—Tu hermano.

Clitemnestra se levanta de golpe y las mantas se caen de la cama.

«¿Qué?».

León respira hondo y por un momento Clitemnestra quiere arrancarle las palabras de la boca. Después habla, y ella desea que no lo hubiera hecho.

—Han asesinado a Cástor, mi reina. Idas le ha tendido una emboscada y lo ha matado.

León dice que fue una herida de lanza. Le dio en el cuello y se lo abrió como un trueno desgarra el cielo. Cástor estaba escondido en un árbol, y cuando Idas lo atacó, cayó y murió desangrado entre raíces y arbustos. Fue una muerte afortunada, rápida, porque se sabe que Idas tortura a sus víctimas antes de darles el golpe final.

Sus hermanos habían recibido la amenaza de muerte de sus primos el día que Clitemnestra se había marchado de Esparta: un saco con dos cabezas de lobo a las que les habían arrancado los ojos. Febe hizo jurar a Cástor que no saldría del palacio para vengarse. Pero a Cástor nunca se le había dado bien cumplir las promesas. Fue con Polideuces a matar el rebaño de Idas y Linceo en plena noche. Le habían dicho que Linceo quería a sus animales como si fueran sagrados y que no permitía que nadie los tocara. Cástor se subió a un árbol a vigilar mientras Polideuces degollaba las ovejas.

Idas y Linceo estaban esperándolos, como zorros acechando a su presa. Idas vio a Cástor escondido entre las ramas de un árbol y le arrojó una lanza para derribarlo. Mientras caía, Cástor gritó el nombre de su hermano. Polideuces se giró y vio a Linceo corriendo hacia él con un hacha. Le hundió el puñal en el cuello y Linceo cayó, pesado como un toro.

Entonces Idas lo atacó. Sus hombres decían que era el más veloz de Mesenia, pero Polideuces lo era más. Lo mató mientras Idas se burlaba de él por la muerte de Cástor. Cuando el cuerpo de Idas cayó por fin al suelo, Polideuces lo descuartizó hasta dejarlo irreconocible. A la mañana siguiente, cuando sus hombres lo encontraron, era un saco ensangrentado de huesos entre las ovejas decapitadas.

Polideuces no lloró mientras volvía a Esparta con el cuerpo de su hermano en brazos. No lloró cuando Febe corrió hacia él lamentándose y tocó las manos sin vida de su amante. «Cástor. Cástor. Cástor», murmuraba. Las mujeres, tiradas en el suelo, agarraban el cuerpo y se daban puñetazos en el pecho. Polideuces se quedó allí, como una estatua, hasta que Hermíone se colocó a su lado. Le rodeó con sus pequeñas manos la cintura ensangrentada, la cintura del hombre que es su tío, pero que ha sido un padre para ella, del hombre que ama a su madre más que a sí mismo. Los brazos de la niña eran como pétalos de un lirio, y solo entonces se derrumbó. Cayó al suelo, tembló y lloró como nunca lo había hecho en su vida. Su voz resonó en el valle vacío. El dolor casi lo destrozó, y gritó de ira en los brazos de una niña.

León se calla. Ailín apoya las manos en los hombros de Crisótemis, como para evitar que se deje llevar por un impulso. Clitemnestra siente que sus hijas la miran fijamente, tres pares de grandes ojos aguardando una respuesta. ¿Por qué siempre se espera una reacción a la pérdida? ¿Por qué no puede lamentarse la pérdida en privado, lejos de los demás? ¿No la lamenta si no se arranca el pelo y se araña las mejillas?

—Preparémonos para ir en presencia de vuestro padre —les dice. Su voz es fría y distante, y le da la sensación de que es de otra persona—. Estará preguntándose por qué llegamos tarde a cenar.

Crisótemis aparta las manos de Ailín de sus hombros. Da unos tímidos pasos hacia delante y se agarra a la pierna de su madre. Clitemnestra fija la mirada en la sacerdotisa cretense que su hija tiene en la mano. Ifigenia se pone un vestido azul y unas sandalias intentando hacer el mínimo ruido posible. El rostro de Electra, que está a su lado, es como una llama. Clitemnestra espera que su hija no diga nada. Siente que la rabia crece en su interior, lista para atacar.

—Madre —le dice Electra—, antes deberíamos rezar por tu hermano.

La bofetada de Clitemnestra la hace volar hacia un lado. Electra choca contra la pared y se tambalea. Cuando se vuelve hacia su madre, tiene la mejilla más roja que la sangre y le arden los ojos.

«Adelante —piensa Clitemnestra—. Vuelve a provocarme».

Electra se lleva la mano a la mejilla enrojecida, clava sus ojos en ella, como ha visto hacer a su hermana mil veces, y grita:

—¿Por qué haces sufrir a los demás cuando sientes dolor? ¿Por qué no lloras y gritas como todo el mundo? ¿Por qué eres así?

Sale de la habitación antes de que su madre la eche. Su rabia se queda atrás, afilada como una navaja.

Clitemnestra entra en el comedor con los puños apretados, centrándose en el dolor de las uñas clavadas en las palmas de las manos. Ifigenia camina a su lado, y detrás de ellas entra Ailín con Crisótemis de la mano. ¿Los sirvientes susurran cuando pasa o se lo imagina?

Agamenón ya está sentado y bebe vino de una copa de bronce. A un lado está el adivino, deforme y lleno de cicatrices, como un árbol viejo, y al otro lado, Orestes y Electra. Clitemnestra se sienta lo más lejos posible de Calcante, con Ifigenia a su lado. Están todos tan rígidos e incómodos que parece que estén esperando en silencio.

—Siento mucho la muerte de Cástor, madre —le dice Orestes mirándola, indeciso.

Ella le dirige una débil sonrisa. La comida de su plato está dispuesta de cualquier manera. Aparta el pescado asado y el pan y se centra en el vino. Los demás empiezan a comer y a raspar los platos en silencio.

—La muerte de Cástor no ha sido la única noticia que ha llegado de Esparta —dice Agamenón.

Clitemnestra levanta la cabeza de golpe. Como la antorcha situada detrás de él se ha apagado, su rostro está en la penumbra.

—¿Qué más? —le pregunta.

—¿Ahora finges no saberlo? —Está enfadado. Habla en voz baja y ronca, enfatizando las palabras.

Ella levanta el cuchillo junto al plato y admira la inmovilidad de su mano y la firmeza con la que lo sujeta.

—Acabo de enterarme de la muerte de mi hermano —le dice—. ¿Sobre qué iba a mentirte?

Agamenón se inclina hacia delante y da un golpe en la mesa con la mano. Ahora ella ve mejor su rostro, lleno de surcos y caliente.

—¡Te dije que controlaras a tu familia! —le grita—. ¿Y qué has hecho? ¡Has dejado que tu hermana se folle al enemigo!

Clitemnestra se estremece. ¿Cómo lo sabe? Se vuelve con rostro inexpresivo hacia el adivino, que tiene la mirada fija en ella, y siente que su cara hueca la succiona.

—Estás preguntándote cómo el rey se ha enterado de la traición de tu hermana —le dice.

Agamenón aprieta su copa con tanta fuerza que se le quedan los dedos blancos.

—Díselo —le ordena al adivino—. Cuéntale a mi mujer cómo otra de sus hermanas se ha convertido en una puta.

Siente que Ifigenia contiene la respiración. Al otro lado de la mesa, Crisótemis aprieta la muñeca cretense con la cara pálida y aterrorizada. Clitemnestra quiere decirle que se vaya, que termine de cenar en el *gynaikeion*, pero la niña no aparta la vista del adivino. Sus ojitos son fríos y brillantes como el ónice.

—Helena se ha ido de Esparta con el príncipe Paris —dice el adivino—. En este mismo momento se dirigen a Troya.

Habla demasiado alto. Todos dirigen los ojos hacia ella. Está a punto de llorar, aunque no está triste. Lo que siente se parece más a la satisfacción y al orgullo. Se ve sentada con su hermana en Esparta, riéndose mientras Paris responde a las preguntas de Cástor. «Pronto me tocará a mí», le dijo Helena. «Y entonces todas habremos abandonado a nuestros legítimos maridos», le contestó.

—¿Es eso cierto? —le pregunta.

—Troya nos ha engañado —le dice Agamenón—, y la idiota de tu hermana ha caído en la trampa.

—Padre, creía que Esparta estaba por fin en paz con Troya —interviene Ifigenia.

No debería haberlo dicho. Agamenón le lanza la copa. Ifigenia la esquiva y el bronce retumba contra la piedra. El vino se derrama y se esparce rápidamente alrededor de los pies.

—Ailín, llévate a mis hijas —le dice Clitemnestra en tono tranquilo— antes de que el rey haga algo de lo que tenga que avergonzarse.

Ailín se levanta a toda prisa, pero Agamenón escupe en el suelo.

—Los niños se quedan aquí. Tienen que saber que tu hermana es una puta. Ahora estamos en guerra por culpa de una puta que no ha sabido quedarse en la cama de su marido.

—Tu hermano puede buscarse otra mujer —le dice Clitemnestra—. Una vez le oí decir que las mujeres son mejores cuando están maduras y frescas, como la fruta.

—Hicimos las paces con Troya —murmura él.

—La paz puede mantenerse.

—¡Un príncipe ha entrado en el palacio de mi hermano y se ha llevado a su reina!

—Mi rey —interviene Calcante—, esta guerra tenía que suceder.

—Bien —dice Clitemnestra mirando a Agamenón—. Te has pasado los últimos cinco años buscando una razón para hacer la guerra. Ahora la tienes y quieres echarle la culpa a otro.

Agamenón se levanta y se dirige hacia ella. Rápido como una serpiente, levanta la mano para pegarle, pero Clitemnestra retrocede y coge el cuchillo. La mano de él golpea el aire y sus ojos se detienen en el cuchillo, incrédulos.

—¿Vas a matarme delante de nuestros hijos? —le pregunta—. ¿Vas a asesinar a un rey? —Con un rápido movimiento del brazo barre los platos de la mesa—. ¡Vuelve a tu habitación antes de que les ordene a los guardias que te arrastren! ¡Y piensa en el error de tu hermana!

Clitemnestra coge a Electra y a Ifigenia del brazo y las levanta del banco. Detrás de ella, Ailín coge de la mano a Crisótemis, que llora en voz baja, y la sigue.

Sale a toda prisa del salón, sin aliento, las llamas de las antorchas oscilan a su alrededor y el olor a pescado le produce arcadas. Una vez a salvo en los pasillos oscuros, deja a sus hijas y sigue corriendo hacia el *gynaikeion* y más allá, hasta salir del palacio.

Hace mucho rato que el sol invernal cruzó las montañas y ahora el cielo es del color del mar por la noche. Clitemnestra pasea por las calles de la ciudadela, y la oscuridad la tranquiliza. En cada esquina descansan perros que la miran al pasar, y varios hombres beben en el barrio de los artistas, alrededor de una pequeña hoguera. Si viviera en un palacio junto al mar, iría a nadar y se frotaría en el agua salada hasta dejarse la piel en carne viva. Pero aquí, en las estrechas calles de Micenas, lo único que quiere hacer es prenderle fuego a algo. Un árbol, uno de los de las calles principales, o un granero. Las llamas se elevarían hasta que el fuego lamiera el cielo. Solo de pensarlo se siente ebria de energía.

—Tienes mucha rabia dentro de ti —le dijo Helena una vez—. Es como uno de esos fuegos para los muertos que parece que nunca van a apagarse.

—¿Y tú no? —le preguntó Clitemnestra—. ¿Nunca sientes rabia?

Helena se encogió de hombros. Tenía diez años, y una ilota estaba curándoles varias heridas en los hombros, cortesía del látigo de la sacerdotisa. Helena hacía muecas cuando la sirvienta le limpiaba las suyas, pero ella se mantenía en silencio. Clitemnestra nunca hablaba de su ira, aunque sabía que estaba allí, escondida bajo las capas de bondad. A veces la veía durante la cena, cuando los hombres metían las manos debajo de las túnicas de las sirvientas que pasaban a servirles vino. Helena los miraba cuando pedían más cordero, lo que obligaba a las chicas a volver, y Clitemnestra veía un destello de rabia en los ojos de su hermana. Siempre eran las pequeñas cosas las que indignaban a Helena. Un comentario inapropiado, un fuerte pellizco o un pensamiento no dicho. Clitemnestra, en cambio, reservaba su ira para los azotes y las peleas, para las palizas y las ejecuciones. La rabia de Clitemnestra era una hoguera, mientras que la de Helena era una lámpara, cálida y débil en la oscuridad, pero que quemaba si te acercabas demasiado.

Y ahora Menelao ha hecho enfadar a su hermana, y ella se ha ido. ¿Se marchó antes de que mataran a Cástor? ¿Cómo ha podido dejar solos a Polideuces y a la pequeña Hermíone? Intenta imaginar a su hermana en un barco rumbo a Troya con Paris, pero la imagen se le escapa como brisa marina.

Unos borrachos vuelven a su casa dando tumbos por la calle. Los árboles se funden con el cielo y los últimos sonidos de la noche se extinguen.

—¿Las diosas duermen? —le preguntó Cástor una vez.

Ella se rio.

—Creo que no. ¿Por qué?

—Quiero atrapar a una. Quiero ver cómo son.

—¿Y qué harás después?

—Seducirla, claro —le contestó, y se echaron a reír.

Y esa noche, cuando todos dormían, salieron a hurtadillas del palacio y se dirigieron al río. Esperaron y esperaron a que apareciera Artemisa, hasta que Clitemnestra se durmió con la cabeza apoyada en el hombro de Cástor. Artemisa nunca llegó, y durante años Cástor se burlaría de esa noche que pasaron juntos tiritando con el deseo de ver a una diosa que no les hizo ningún caso.

Clitemnestra siente que se le encoge el corazón.

«Cástor ya no está. Ha muerto y ahora debes vivir con eso».

Calcante la espera frente a la puerta que da al *gynaikeion*. A la luz de las antorchas, su cabeza parece una hoja arrugada y enferma. A Clitemnestra le gustaría pasar de largo, pero le pregunta:

—¿Has venido a darme la noticia de la muerte de otra persona?

—No —le contesta—. Tus demás hermanos vivirán mucho tiempo.

—Me alegro.

Él inclina la cabeza, como para observarla mejor.

—¿Te pongo nerviosa?

—No me pongo nerviosa fácilmente.

—Eso creía. Pero no me respetas. Deberías tener cuidado. Faltarme al respeto significa faltarle al respeto a los dioses.

Ella nunca había oído una voz tan dulce diciendo palabras tan amenazadoras. Es como beber vino caliente y saborearlo en la lengua antes de darse cuenta de que está envenenado.

—Cada uno de nosotros sirve a los dioses a su manera. Tú matas una oveja y le abres el vientre para ver el hígado. Yo gobierno una ciudad y a su gente.

—Gobierna tu marido.

—Gobernamos los dos. Estoy segura de que él estaría de acuerdo conmigo.

Calcante suspira. El sonido que emite parece un silbido.

—El poder es extraño. Todos los hombres lo quieren, pero pocos lo consiguen.

—Estoy segura de que ahora dirás algo sobre los dioses.

—Los dioses no tienen nada que ver con esto.

—¿Y entonces? —le pregunta—. ¿Quién lo consigue y quién no?

La luz proyecta sombras en movimiento sobre su rostro lleno de cicatrices. Por un momento parece un hombre corriente, e inmediatamente después parece un monstruo.

—Si les preguntas a los ciudadanos de Micenas quién gobierna su ciudad, ¿qué te contestan?

—El rey Agamenón —le responde.

—Pero dices que gobiernas la ciudad con tu marido.

—Está la verdad, y luego está la mentira que mantiene unido un reino.

La boca de Calcante esboza una sonrisa torcida.

—Sí. Y así sucede con el poder. Algunos hombres lo mantienen a la vista, como una espada, y otros lo ocultan en las sombras, como un pequeño puñal. Pero lo que importa es que el pueblo crea que alguien lo tiene y lo ejerce.

Sus sombras se alargan en el suelo como dos ríos negros que confluyen junto a la pared.

—Aún no me has dicho qué personas consiguen el poder —le recuerda Clitemnestra.

—Ah, depende. Algunas personas han nacido en la familia adecuada. Otras entienden que el miedo puede ser una llave que abre muchas puertas.

—Y también están las personas como tú. Ves la sed de conocimiento y el miedo a los dioses, y encuentras maneras de aplacarlos.

—A veces es difícil aceptar la verdad de los dioses. Pero su voluntad siempre prevalece. Reconocerlo te da poder.

Las primeras luces del alba asoman al otro lado de las ventanas, y Clitemnestra se estremece. No hay momento más frío que la primera hora de la mañana en invierno.

—Me voy a dormir, adivino.

Intenta pasar por su lado, pero él la agarra del brazo. Clitemnestra siente la palma de su mano sudada contra su piel.

—Tienes un papel que desempeñar en la guerra que se avecina —le dice.

Ella se suelta y reprime el impulso de limpiarse el brazo. Cuando el adivino se da la vuelta para marcharse, su sombra lo sigue como un perro.

En las semanas siguientes, en el palacio suenan cantos de guerra. Arreglan y preparan carros, se gritan órdenes y en los establos se aparejan caballos.

Clitemnestra sale del palacio y deja atrás a enviados y a hombres que construyen escudos con piel de toro y placas de bronce. Se acerca la primavera y la escarcha está derritiéndose. El cielo es de un blanco cálido, como la capa superior de la leche, la nata. Abajo, junto a la armería, León enseña a disparar flechas a un grupo de niños. En su momento Clitemnestra le preguntó si él también tenía que irse, y él negó con la cabeza. «Soy tu guardia y tengo que protegerte —le contestó—. Estaré donde estéis tus hijos y tú». Sus palabras la tranquilizaron, aunque no se le notó.

Agamenón se encuentra debajo de un gran roble a la entrada del palacio, hablando con Calcante y dos hombres de armas. Está vestido de bronce, con su yelmo de colmillo de jabalí en la mano, y parece cansado. Clitemnestra se dirige hacia ellos y los hombres se van. Mira a Calcante como invitándolo a hacer lo mismo, pero el adivino no se mueve.

—Estamos reuniendo el ejército más grande que el mundo haya visto jamás —le dice Agamenón.

—¿Cuántos barcos? —le pregunta Clitemnestra.

—Cien para los micénicos y sesenta para los espartanos. Cuarenta más de Lócride y otros cuarenta de Eubea. Cincuenta de Atenas. Los hombres de Idomeneo me han dicho que vendrán otros ochenta de Creta.

—Todos los que juraron proteger a Helena de Esparta tendrán que venir —interviene Calcante.

Clitemnestra se queda petrificada. Casi había olvidado el juramento. Treinta príncipes y reyes o más —le parece que fue hace tanto tiempo que ni lo recuerda— juraron lealtad a Esparta en caso de guerra. ¿Cómo iban a prever que el matrimonio de Helena provocaría algo así? Odiseo lo previó.

—Así que has mandado emisarios a todos los que estuvieron allí —le dice a su marido.

—Sí. Y he enviado a Odiseo y a Diomedes para que convenzan... a todos a los que haya que convencer.

—¿Cuántos barcos tiene Diomedes?

—Ochenta. Y asegura que los hombres de Argos están tan bien entrenados que luchan con el doble de fuerza que cualquier soldado griego.

—¿Y Odiseo?

—Solo doce. Pero no necesito a sus hombres. Necesito su cerebro.

—Una vez dijiste que no te caía bien.

—Y sigue sin caerme bien. Pero lo respeto. ¿Sabes lo que hizo cuando mis hombres fueron a Ítaca a buscarlo?

Ella niega con la cabeza.

—Se puso a arar un campo, en invierno, desnudo y gritando. Quería que creyéramos que se había vuelto loco. Pero yo les había ordenado a mis hombres que lo trajeran a toda costa y que recurrieran a su hijo para amenazarlo. Supongo que sabes que tu prima Penélope ha dado a luz.

Clitemnestra lo sabe. Un enviado le trajo la noticia hace un año. La reina de Ítaca había dado a luz a un niño, al que había puesto el nombre de Telémaco.

—No me digas que mataste a su hijo —le dice Clitemnestra poniéndose rígida.

—No. Pero mis hombres colocaron al bebé delante de la cuchilla del arado. Entonces Odiseo se detuvo y su truco quedó al descubierto. Amenaza al de muchas mañas con su hijo e incluso él perderá todas sus tretas.

«Qué valientes son tus hombres, que colocan a un niño delante de un arado».

—Así que viene —le dice ella—. Penélope debe de estar furiosa. Su mayor temor era perder a Odiseo.

«Mientras que lo único que yo quiero es deshacerme de mi marido».

—Servirá bien al ejército —interviene Calcante—. A diferencia de muchos otros, ve las cosas como son. Conoce la verdadera naturaleza de los hombres y no la teme. Tiene eso a su favor.

A Clitemnestra le gustaría que el adivino no los interrumpiera. No es fácil hablar con su marido con Calcante al lado, mirándolos con sus pequeños ojos brillantes.

—Los reuniremos a todos en Áulide —le dice Agamenón.

—¿Cuándo te vas?

—En cuanto sepa que vendrá Aquiles, hijo de Peleo.

Clitemnestra frunce el ceño.

—¿Por qué?

—No se puede ganar esta guerra sin él —le responde Calcante.

—¿De quién era el hígado que te lo ha dicho? —le pregunta Clitemnestra, pero el adivino la ignora—. ¿Por qué hay que convencer a Aquiles? —le pregunta a su marido—. Los héroes se forjan en las guerras.

—Profetizaron que morirá en la guerra —le contesta Agamenón—. Pero vendrá. He enviado a Odiseo a buscarlo. Dicen que está escondido en una isla rocosa y que finge ser una chica.

—Si tanto lo necesitas para ganar esta guerra —le dice Clitemnestra—, esperemos que el gran Aquiles no te eclipse.

Disfruta viendo el destello de fastidio en los ojos de su marido y después se disculpa. No puede seguir soportando la presencia de Calcante.

Clitemnestra se queda quieta mientras Ailín le arregla las sandalias bajo el sol. El aire tiene un olor dulce y disfrutan de un momento de silencio, que son poco frecuentes. Parece que los soldados están descansando.

—¿Temes por tu hermana? —le pregunta Ailín un rato después.

Clitemnestra sonríe.

—Siempre haces las preguntas correctas, Ailín. ¿Te lo han dicho alguna vez?

Ailín se ríe.

—También quería preguntarte si tu hermana es tan hermosa como todo el mundo dice, pero he pensado que podría molestarte.

—Helena es una luz —le responde Clitemnestra haciéndose eco, a su pesar, de las palabras de Menelao—. Su pelo es como oro líquido y su rostro refleja los secretos de su corazón. Es amable, pero fuerte.

—Como Ifigenia —le comenta Ailín.

—Sí.

Clitemnestra mira las manos agrietadas de su sirvienta.

—No temo por Helena. Me alegro de que se marchara. Ahora el rey también se marchará y yo gobernaré Micenas.

Ailín se ruboriza y Clitemnestra sonríe.

—Sé que tú también quieres deshacerte de él.

Ailín suelta una risita y pronto están riéndose juntas. Sus voces flotan por encima de la ciudadela como pequeños soles.

Pasan los días y llegan más noticias al palacio.

Vendrá el gran Áyax, hijo de Telamón, y con él doce barcos de Salamina. No son muchos, pero el héroe entrena a sus hombres para que sean duros como el roble y beligerantes como los espartanos.

El viejo Néstor, de la arenosa Pilos, se une a la guerra y traerá consigo a sus muchos hijos y noventa barcos. En el *mégaron*, su enviado dice que para Néstor será un gran honor ser uno de los consejeros más cercanos de Agamenón. Él, con su legendaria sabiduría, al lado del jefe militar más grande de su tiempo. Clitemnestra ve a Agamenón fruncir los labios mientras el enviado canta sus alabanzas.

Y también Tlepólemo, hijo del héroe Heracles, con sus tropas de Rodas, y el arquero Filoctetes con siete barcos más. Todos los reyes y príncipes juran lealtad a Agamenón y aceptan que sea su general. Nunca antes se ha visto que tantos héroes orgullosos estén dispuestos a luchar a las órdenes de un solo hombre.

Por fin llega la noticia de que Odiseo y Diomedes han convencido a Aquiles de que se una a la causa. Orestes lo oye en el *mégaron* y corre a contárselo a su madre. Clitemnestra está entrenando en la armería, y cuando su hijo irrumpe, casi se le cae la espada que tiene en la mano.

—¿Cuántas veces te lo he dicho? —le pregunta—. No puedes entrar aquí cuando estoy entrenando.

Orestes pasa por alto sus palabras.

—¡Se marcharán pronto! ¡Aquiles ha dicho que vendrá!

—Me alegro —le contesta. Deja la espada entre las hachas y las mazas.

—¿Puedo ir yo también? —le pregunta Orestes sin aliento.

Ella se da la vuelta con el ceño fruncido.

—Tienes diez años. Eres muy pequeño.

—Pero será una expedición corta. ¡Estaremos en casa antes del invierno!

—¿Quién lo ha dicho?

—Mi padre. Hoy lo he oído hablando con los hombres de Filoctetes.

Clitemnestra suspira. Se recoge el pelo y se seca el sudor de la frente.

—Ha mentido, Orestes. Esta guerra será larga. Troya nunca ha sido conquistada y sus soldados son hábiles en la batalla. Por grande que sea nuestro ejército, no será una campaña fácil.

Orestes resopla. Lo piensa un rato y después le pregunta:

—¿Y la tía Helena estará allí, en Troya?

—Sí.

—¿Crees que volverá cuando ganemos la guerra?

El miedo se revuelve en ella como polvo. Todo el mundo sabe lo que sucede cuando se toma una ciudad: roban los bienes, matan y masacran a los habitantes y violan a las mujeres o, peor aún, las convierten en esclavas. Aunque Helena no sea una troyana cualquiera, ¿qué hará Menelao cuando caiga Troya? ¿La perdonará? ¿Y qué consecuencias tendrá para los griegos si pierden la guerra? ¿Vendrán los troyanos a apoderarse de sus mujeres, saquear sus tierras y destruir sus palacios?

—Espero que sí —le responde Clitemnestra.

Por la noche, después de cenar, Agamenón entra en la habitación de Clitemnestra, que está sentada en un taburete mirando por la ventana las nubes que se ciernen sobre la ciudad.

—Te vas mañana —le dice.

—Ha llegado el momento. Aprovecharemos los vientos de primavera.

—¿Y qué piensas de esos hombres, los generales que estarán a tu mando?

—Puedo confiar en algunos de ellos. —Se coloca a su lado junto a la ventana—. Como Idomeneo y Diomedes.

—Solo un tonto confiaría en Diomedes. Es como un perro que olisquea en busca del poder.

—Y es una suerte, porque, mientras yo tenga el poder, me lamerá los pies.

—¿Y Odiseo?

Agamenón resopla.

—Solo un tonto confiaría en Odiseo.

Clitemnestra asiente.

—En eso estamos de acuerdo.

Oyen las primeras gotas de lluvia. Agamenón le pasa la mano por la parte de atrás de la cabeza, y ella es consciente de lo pequeño que es su cráneo comparado con la palma de la mano de su marido.

—Estaré lejos mucho tiempo —le dice—. Imagino que te buscarás un amante.

—Y tú te buscarás hermosas esclavas.

Él deja caer la mano. La cama aún está hecha, cubierta con una piel de oveja, y Agamenón se tumba boca arriba. Clitemnestra se aparta de la ventana, pero no se tumba a su lado.

—¿Esperas que esos hombres te quieran? —le pregunta a su marido.

—No. El miedo y la obediencia son lo mejor que puede suscitar el jefe de un ejército tan grande.

—Algunos son muy queridos.

—Como Aquiles —le dice él—. Pero solo es un niño. Excepcionalmente dotado, pero todavía infantil en su búsqueda de la gloria. Los demás no tardarán en darse cuenta.

—¿Y si no es así?

—Entonces se lo mostraré.

Se quedan un momento en silencio escuchando las gotas de lluvia, cada vez más fuertes.

—Si ganáis, ¿qué pasará con Helena? —le pregunta Clitemnestra.

Agamenón se ríe.

—Oh, estoy seguro de que mi hermano la perdonará en cuanto la vea. Es de los que perdonan, y tu hermana puede ser muy convincente.

«Sí, puede serlo».

—Ven aquí, Clitemnestra —le dice.

No es una petición. La mira con sus duros ojos, y ella no puede evitar pensar en un cincel rompiendo una piedra hasta que la dureza desaparece.

Se acerca a él y siente las mantas bajo las manos. Él la rodea con sus brazos y le desgarra la túnica. Clitemnestra se dice a sí misma que será la última vez.

Mientras él se coloca encima de ella, Clitemnestra piensa en Helena en la cama con Paris, en este mismo momento, en sus perfectos cuerpos entrelazados y moviéndose como en una danza.

El ejército sale al amanecer. Clitemnestra se envuelve en una capa y se dirige a la Puerta de los Leones a verlo marchar. Orestes ya está allí, diciéndole adiós a su padre con los rizos enmarañados. Fuera de la ciudadela, el camino está lleno de soldados que pulen su armadura y tranquilizan a los caballos. El cielo se ha despejado después de la tormenta y ahora los escudos brillan a la cálida luz.

En la puerta, Agamenón mira hacia arriba y sus ojos se encuentran. Después espolea a su caballo, y sus hombres lo siguen con los estandartes de Micenas aleteando como cisnes dorados a su alrededor.

Anoche, antes de quedarse dormido, le dijo que volvería por ella. «Sabes que no puedes escapar de mí. Siempre vuelvo. Así que por una vez sé una buena esposa y espera».

Ahora, mientras lo observa contra un cielo cada vez más brillante, desea que su marido muera en la guerra.

24

Áulide

Solo han transcurrido dos semanas desde la marcha del ejército cuando un enviado poco mayor que un niño llega a Micenas. Tiene el pelo negro y brillante como las aceitunas, y la túnica, cubierta de polvo y suciedad. Clitemnestra lo recibe en el *mégaron*, sentada en el trono de su marido. León está a su lado sacándole brillo a su espada y bostezando. Ha sido un día aburrido, lleno de solicitudes de comerciantes y chismes de mujeres nobles.

—¿De dónde vienes? —le pregunta ella mientras las sirvientas le ofrecen pan y agua al enviado.

El chico los acepta encantado, pero se atraganta y acaba tosiendo. Es evidente que no está acostumbrado a hablar con la realeza.

—De Áulide, mi reina —le contesta.

Ella frunce el ceño.

—¿Quién te envía?

—Agamenón, rey y señor de hombres, mi reina.

«Señor de hombres». Su marido ha tardado poco en buscarse un nombre bonito. El chico jadea y bebe un poco más de agua.

—Quiere que vayas a Áulide con tu hija mayor y os reunáis allí con él —sigue diciéndole.

—¿Por qué te ha enviado a ti en lugar de a un general?

El chico muestra una expresión como de disculpa. Se rasca una costra del codo.

—Todos los hombres están preparándose para la guerra, mi reina. Los generales deben quedarse con Agamenón, señor de hombres. Así que me encontraron en el pueblo y me enviaron a mí.

—¿Y qué quiere mi marido?

El niño se coloca muy recto, orgulloso de dar la noticia.

—Un matrimonio, mi reina.

—¿Un matrimonio?

El chico asiente con los ojos brillantes de emoción.

—Entre los generales está el guerrero más grande que jamás haya existido, Aquiles, el Pélida. —«El hijo de Peleo»—. El rey Agamenón quiere que tu hija mayor se case con él antes de que las tropas zarpen hacia Troya.

León levanta la cabeza y mira al chico con desprecio.

—¿Por qué Ifigenia iba a casarse con un hombre que está a punto de ir a la guerra? —le pregunta.

El enviado lo mira, perplejo, y después vuelve a mirar a Clitemnestra.

—El ejército pronto estará listo para zarpar, pero el señor Agamenón dice que los hombres tienen que animarse antes de la larga guerra. Dice que una boda es la ocasión perfecta, y mejor aún una boda entre el mejor de los griegos y la hermosa hija del líder.

—¿Y si me niego a ir? —le pregunta Clitemnestra.

—El rey Agamenón dice que no te negarás. Dice que será una importante alianza política que hará que Micenas sea aún más poderosa. —Lo dice como si estuviera recitando un poema.

—Muy bien —le dice Clitemnestra—. Ve a descansar antes de volver a Áulide.

El chico parece confundido.

—¿Vendréis, mi reina?

—Ya has hecho tu trabajo, muchacho —le contesta—. Descansa y vuelve a tu pueblo. No tienes que llevar más noticias.

Él asiente y se mete una hogaza de pan bajo la túnica, como un ladrón. Sale del *mégaron* con pasos ligeros y veloces como los de un pájaro.

León se vuelve hacia ella.

—¿Vas a ir? —le pregunta.

Clitemnestra ve en sus ojos que pretendía que sus palabras fueran incriminatorias, pero su voz es débil, poco más que un susurro.

—Debo ir —le contesta—. No puedo negarme a una alianza política.

—Pero tu hija se casará con un hombre al que ni siquiera conoce.

—¿No lo hacemos todos?

—¿Y si él no la ama?

«Dicen que Aquiles vive con su compañero, Patroclo —le dijo Timandra—. Comen juntos, juegan juntos y duermen juntos».

La duda de Clitemnestra lo vuelve más audaz.

—¿No quieres a alguien que la ame?

—Aquiles es joven, guapo y el mejor guerrero de su generación. León se ha quedado pálido y le brillan los ojos.

—Ifigenia debería elegir.

Clitemnestra se levanta sintiendo un peso en el pecho.

—Por eso voy a ir a preguntárselo. Nadie ha obligado jamás a Ifigenia a hacer nada que no quisiera hacer.

Él niega con la cabeza. No está en situación de decir nada más. Y no es necesario que Clitemnestra le diga lo que es obvio. León entiende que nunca estará con su hermosa Ifigenia y que Clitemnestra quiere a su hija por encima de todo. Pero no ve otras cosas. Que para Clitemnestra nadie será jamás lo bastante bueno para su hija. Que le guste o no le guste a Aquiles, no le hará daño, o Clitemnestra lo matará. Que a veces es mejor estar con un hombre que no te mira que con uno que desea hacerte daño.

Clitemnestra lo agarra del brazo, despacio y con cuidado, como para mostrarle que lo siente. Él no la mira ni dice nada. Fija sus ojos en la pared pensando en lo que está a punto de perder. Su silencio golpea el salón como una ola y extiende su dolor hasta que Clitemnestra siente que se ahoga.

Ifigenia está sentada en un banco del *gynaikeion* punteando las cuerdas de una lira. Está aprendiendo la canción sobre Artemisa y

Acteón, y frunce las cejas, concentrada. Junto a ella, Electra mira unos jarrones que han traído del barrio de los artistas de la ciudadela. Ailín espera pacientemente a su lado mientras traza las curvas de cada dibujo: octópodos con tentáculos como anémonas de mar, perros de caza y guerreras. Clitemnestra da un paso adelante.

—Ifigenia, traigo noticias para ti —le dice.

Su hija deja la lira con expresión cauta.

—¿Qué pasa?

—Nos vamos a Áulide. —Espera un instante—. Vas a casarte con el príncipe Aquiles.

Ifigenia abre la boca.

—¿Aquiles, el Pélida?

—Sí, el mejor de los griegos. O eso dice todo el mundo.

—¿No va a ir a la guerra? —le pregunta Electra con la mano aún medio levantada y los dedos extendidos.

—Vuestro padre cree que este matrimonio podría ser una gran alianza política. Micenas es el reino más poderoso de Grecia, y Aquiles, el soldado más fuerte de su ejército. Pero —añade Clitemnestra volviéndose hacia Ifigenia— no tienes que casarte con él si no quieres.

Su hija se queda en silencio y mira por la ventana, como si nadie estuviera esperando su respuesta, como si no hubiera tres mujeres mirándola. Después comenta:

—Si me caso con él, tendré que irme a vivir a Ftía.

—No antes de que termine la guerra. Puedes quedarte aquí con nosotros —le dice Clitemnestra—. Después, cuando Aquiles vuelva como un héroe, te irás con él.

Ifigenia no dice nada. Se queda sentada pensándolo con detenimiento.

—Ftía es pequeña, pero hermosa —añade Clitemnestra—. Es una tierra entre las montañas y el mar.

Ifigenia sonríe.

—Me encanta el mar. —De repente se levanta y dice muy seria—: Me casaré con él.

Ailín parece radiante y entrelaza las manos, encantada. Clitemnestra se obliga a sí misma a sonreír. La voz de su hija es tranquila, segura, y sabe que Ifigenia ha hecho su elección. «Me casaré con él». Clitemnestra le dijo una vez estas mismas palabras a su madre. Estaba muy segura de su futuro.

—Bien —le dice—. Saldremos mañana. Ahora ve con Ailín a buscar tu mejor túnica.

Ifigenia coge de la mano a Ailín y sale corriendo de la habitación con el cuerpo ligero de emoción y los ojos brillantes. Su largo pelo baila detrás de ellas, dorado y broncíneo.

—Creía que a Aquiles no le gustaban las chicas —le dice Electra cuando su hermana ha desaparecido de su vista.

—¿Quién te lo ha dicho? —le pregunta Clitemnestra.

Electra se encoge de hombros.

—Tu hermana le gustará. Tiene el mejor corazón, y él lo verá. —Mientras lo dice, se da cuenta de que casi suena como una amenaza—. Tú te quedarás aquí —añade—. Mis hombres te asesorarán, así que hazles caso.

—¿No deberían asesorar a Orestes?

—Tú eres más mayor. Y confío más en ti.

Electra esboza una pequeña sonrisa.

—¿Y León? —le pregunta.

—León vendrá con nosotras.

Salen del palacio al amanecer. Entran en el carro y colocan las bolsas a sus pies. Un trozo de tela bordada sobresale de un paquete, e Ifigenia lo introduce con la yema del dedo. León toma las riendas, y los caballos resoplan y avanzan. Pronto, la Puerta de los Leones y las altas murallas de piedra de Micenas quedan muy atrás, bañadas por el sol del amanecer.

Cabalgan por las colinas, salpicadas de los primeros colores de la primavera. La tierra es verde y amarilla, y el cielo de la mañana, del color de los melocotones. El carro traquetea en el camino pedregoso y León canta para pasar el rato. Su voz es cálida y hermosa. Los pájaros cantan desde los árboles y la mañana da paso a la tarde. Solo se detienen para refrescarse junto a un pequeño río y para comer los pasteles que Ailín les ha dejado en las bolsas. León hace todo lo posible por evitar los ojos de Ifigenia. Cuando Clitemnestra le dijo que las acompañaría, pareció dolido.

—¿Por qué yo? —le preguntó.

—Porque juraste protegernos.

—Siempre dices que no necesitas protección.

Clitemnestra casi se echó a reír.

—Bueno, ahora la necesito.

Al final, la necesidad de estar cerca de Ifigenia fue más fuerte que el dolor de perderla. Y no podía desobedecer la orden de una reina. Así que ahora solo habla cuando es imprescindible, y cada vez que Ifigenia le pregunta algo, le contesta sin mirarla, como si temiera que su luz le hiciera llorar. Pero Ifigenia no se da cuenta. Está demasiado emocionada con la boda para preocuparse por otra cosa. Habla animadamente con su madre tambaleándose con los movimientos del carro.

—Ailín me ha contado que Aquiles es el hombre más rápido que haya existido jamás. ¿Lo sabías?

—¿Desde cuándo Ailín presta atención a los chismes de las mujeres? —le pregunta Clitemnestra.

—Y que su madre es una diosa —añade Ifigenia—, y que sus hombres lo adoran. Los llaman mirmidones, y todos crecieron con él en Ftía.

Clitemnestra mira el paisaje que los rodea, rocas y campos con ovejas pastando.

—¿Sabes que en Esparta, cuando éramos niños, todo el mundo creía que el padre de Helena era un dios?

Ifigenia niega con la cabeza.

—Es lo que dice la gente cuando nadie sabe quién es el padre. «Se acostó con Zeus», «Él amaba a una diosa del mar». Pero Aquiles no es más dios que tú.

Por fin aparece el mar en el horizonte, brillante a la luz del sol, y más allá la costa de Eubea.

En cuanto llegan al campamento y bajan del carro, algo en el aire cambia. El calor se les adhiere al cuerpo, y la túnica se les pega a la espalda. Clitemnestra se da cuenta de que es porque no hay viento. León se limpia la frente con la mano y la mira, confundido, pero Ifigenia no se da cuenta. Salta con la boca abierta.

—¡Mira, madre!

La costa está cubierta de barcos de todos los colores y formas, y frente a ellos, un mar de tiendas de campaña que se extiende hasta el horizonte y miles de hombres agrupados a su alrededor. Están las naves de Creta, Ítaca, Argos y, en el centro del campamento, Micenas, cuyos tonos púrpuras y dorados son un placer para la vista. Más allá de los barcos, el mar es plano como la hoja de una espada.

Ifigenia se suelta el pelo, que le cae por la espalda, y vuelve a subir al carro.

—¡Vamos! —exclama.

León coge de nuevo las riendas, a regañadientes, y Clitemnestra se coloca junto a su hija. La luz del sol cae sobre ellos y los deslumbra mientras cruzan el campamento.

Por dentro es un caos. Los soldados desplazan postes y lonas, banderas y armas. Las sirvientas, que probablemente se llevaron de aldeas por las que pasaron de camino hasta aquí, cuelgan túnicas lavadas en postes y llenan cuencos con comida. Pasan junto a una letrina que apesta a muerte, con moscas zumbando alrededor. Varios perros flacos deambulan olisqueando y ladrando.

A medida que el carro avanza, los soldados se apartan para abrirles camino hasta la tienda del rey. Está entre la bandera de Agamenón y un descampado que parece un mercado, con un altar de piedra negra. El sol brilla sin piedad, y Clitemnestra se imagina apoyando una mano en la piedra y quemándose.

Bajan del carro. Delante de la tienda hay una fila de guardias con gruesas armaduras desde las que el sudor fluye a raudales. Se inclinan y les indican con un gesto que entren. Clitemnestra duda, pero su hija entra corriendo, así que León y ella la siguen.

La tienda es grande y luminosa. Clitemnestra ve oro por todas partes: trípodes, hachas, copas y broches. Incluso las columnas que sostienen la lona que rodea el trono de Agamenón son doradas. Él parece contento de verla, casi aliviado. «¿Por qué estás aliviado? Dijiste que sabías que vendría».

Alrededor de él hay otros reyes sentados, aunque no muchos. Debe de ser el consejo más reducido, solo los generales en los que más confía Agamenón. Menelao está a la derecha de su hermano, y Diomedes, a la izquierda del rey. A su lado, Idomeneo, con los ojos pintados y el pelo brillante, y Odiseo, que le dirige su sonrisa felina. Está sentado como si su silla fuera un trono, apoyado en el reposabrazos y con una copa de vino en la mano. Clitemnestra reconoce a otros hombres sentados a su alrededor: el anciano Néstor, el gigante Áyax y el arquero Filoctetes. También está Calcante, de pie en las sombras, junto a una mesa con pájaros muertos. No ve a Aquiles por ningún sitio.

Agamenón se levanta y abre los brazos sonriendo con una calidez poco propia de él. Ifigenia corre hacia él y se abrazan.

—Bienvenida —le dice—. Me alegro de que hayas llegado a Áulide.

—Y yo me alegro de ser útil, padre —le contesta Ifigenia. Ha hablado despacio y con claridad, como si hubiera ensayado lo que iba a decir durante el viaje—. Estoy segura de que la fiesta de la boda animará a todos tus soldados.

Él la suelta. Diomedes y Menelao se miran, aunque Clitemnestra no entiende a qué responde esa mirada.

—Mis hombres os escoltarán a vuestros aposentos para que podáis prepararlo todo para mañana —les dice Agamenón.

—¿Y dónde está el príncipe Aquiles? —le pregunta Clitemnestra.

El silencio que sigue es doloroso. Por alguna razón, ninguno de los generales parece dispuesto a hablar. Entonces Odiseo sonríe.

—Nuestro príncipe está descansando. En Ftía es costumbre no ver a la novia antes de la boda.

Ifigenia casi salta de alegría. Clitemnestra mira a Odiseo, pero sus ojos no le dicen nada más, así que asiente y sale de la tienda detrás de los hombres de Agamenón.

Por la noche, Agamenón va a verlas. Ifigenia ha estado acariciando la tela de su vestido de novia y alisándolo para que quedara perfecto. Al ver a su padre, se levanta y deja el vestido con cuidado, pero Agamenón se queda en la entrada mirando a su alrededor como si fuera la primera vez que ve una tienda.

—He venido a decirte que descanses. Mañana te levantarás temprano. —Evita la mirada de Clitemnestra y sonríe ligeramente a su hija—. Lo que vas a hacer nos será de gran ayuda.

—Me alegro mucho, padre —le dice Ifigenia—. ¿Puedes contarme más cosas de Aquiles?

—Lo verás mañana —le contesta Agamenón en tono brusco—. Ahora descansa.

Se marcha tan rápido como ha llegado. Ifigenia se queda un momento donde está, como si esperara que volviera. Cuando por fin se da cuenta de que están solas, se sienta en el suelo con las piernas cruzadas.

—A veces no entiendo a mi padre —comenta.

Clitemnestra se termina la carne mirando la silueta de León, que está en la entrada de la tienda. Ha estado inquieto desde que llegaron y mira a todos los soldados con recelo. Ella sabe que le gustaría ver a Aquiles, pero le ha ordenado que no se aleje de Ifigenia. En el campamento hay demasiados soldados, demasiados hombres solos.

—Actúa como si nada le importara —añade Ifigenia—. Ni siquiera yo.

Clitemnestra deja el cuenco.

—Eres su hija. Claro que le importas. —Siente una punzada de odio por su marido, que consigue que incluso su hermosa y generosa hija sienta que no la quiere—. No hay nadie en el mundo más especial que tú.

Ifigenia sonríe y de repente bosteza. Toda la emoción del día empieza a desvanecerse y ahora solo está cansada. Se tumba en su camastro y estira sus largas extremidades.

—Madre, ¿puedes apagar la lámpara cuando estés lista? —le pregunta.

—Claro.

Clitemnestra le acaricia el pelo a su hija, que se relaja. Después se dirige a las lámparas y las apaga. La tienda se queda a oscuras y Clitemnestra sale a pensar junto al mar, bajo las estrellas.

La playa es como un horno incluso por la noche. No hay olas, ni un sonido. Pisa con fuerza las dunas de arena, y el barrón le hace cosquillas en las plantas de los pies. La luz de la luna hace que las briznas de hierba parezcan desesperados brazos extendidos en la oscuridad. Y están los barcos, cuyas formas se ciernen sobre el agua como aves marinas, esperando.

—¿Has venido con la esperanza de encontrar un poco de brisa?

Se da la vuelta. Odiseo es solo una sombra detrás de ella, aunque lo reconocería en cualquier sitio, con su postura relajada y su tono divertido. Tiene en la mano una hermosa copa de vino cuyas piedras preciosas brillan débilmente.

—¿Desde cuándo estáis así? —le pregunta—. Sin viento.

—Desde la mañana siguiente a nuestra llegada. Nos despertamos y el aire era tan denso que me daba la impresión de que los dedos de los muertos intentaban asfixiarme.

—No podréis navegar hasta que llegue el viento.

—Entonces esperemos que Bóreas nos honre pronto con su presencia.

Bóreas, dios del viento y portador de la brisa. Se quedan un rato mirando el mar. Hace tanto calor que cuesta pensar.

—¿Cómo está Penélope? —le pregunta Clitemnestra.

—Tu prima está bien, tan inteligente y hermosa como siempre. Todavía no me explico cómo aceptó casarse conmigo.

Clitemnestra le quita la copa de la mano y bebe un poco de vino.

—Ahora que te has marchado, seguramente ella pensará lo mismo.

Odiseo se encoge de hombros.

—Está gobernando por mí, así que Ítaca no podría estar en mejores manos. Tendrías que verla… Esa mujer sabe más secretos que todos mis espías juntos. —Sonríe para sí mismo—. No los cuenta, claro. Se queda callada como una tumba. Aunque sospecho que la gente la escucha porque saben que, si quisiera, podría desenredarles la vida en un momento.

Clitemnestra siente que el vino tiene un sabor amargo, pero vuelve a dar un sorbo. Odiseo le quita la copa.

—Si te bebes mi vino, me temo que dejaré de ser *polytropos*.

—Bueno, ahora Agamenón tiene a otros hombres de confianza —bromea—. No tardará en apartarte.

—¿Y quién ocupará mi lugar? ¿Diomedes? No diferencia una serpiente de un lagarto.

—Calcante.

—Claro. —Odiseo se ríe—. Pero tu marido pronto se cansará del pesimismo de ese hombre. Ayer, después de mirar unos huesos de oveja, nos dijo que la guerra será mucho más larga de lo que esperamos.

—¿Qué dijeron los demás?

—La mayoría le creen. Lo consideran el portavoz de los dioses. Otros, como Idomeneo y Aquiles, son lo bastante inteligentes para asentir cuando habla. Saben que de alguna manera los controla a todos. ¿Y si un día Calcante se despierta y anuncia que los dioses están enfadados con ellos?

—¿Crees que Aquiles es digno de mi hija? —le pregunta Clitemnestra.

Él se pasa una mano por el pelo para alisárselo.

—Diría que sí. Es joven, guapo y, por desgracia para nosotros, también puede ser sensible.

—Eso no es bueno en la guerra.

—Pero es perfecto para un matrimonio.

Sus palabras ruedan en el aire denso y se abren camino hacia el mar. Clitemnestra siente algo debajo de ellas, como una raíz podrida que se niega a dejarse ver. Quiere pedirle que le cuente más cosas, pero él se da la vuelta para marcharse.

—Si me disculpas, tengo que organizar unas cosas para tu marido. Las verás por ti misma mañana.

Su robusta figura se dirige hacia las tiendas y desaparece dejando atrás solo el olor del vino.

Clitemnestra se mete en el mar. El agua le lame las pantorrillas, y los dedos de los pies se le hunden en la arena. Con el agua hasta las rodillas, piensa en Helena y Cástor. Ella huida y él muerto. Ella en la ciudad enemiga y él quemado. Su madre siempre le decía que las personas que mueren en realidad nunca se van. A veces observan y otras veces hablan. Así que a Leda la enseñaron a mirar y escuchar. «Pueden estar en los árboles, escondidas detrás de la corteza, o en el agua, susurrando con cada ola que rompe».

Clitemnestra se detiene en el agua tibia con la esperanza de que alguien esté mirándola. Pero no hay olas ni susurros. Vuelve a su tienda.

A primera hora de la mañana León la sacude suavemente para despertarla, y ella parpadea en la oscuridad. Aún no ha amanecido y no ha dormido más de tres horas.

—Odiseo ha pedido que vayas a su tienda —le susurra León.

Clitemnestra se seca la frente con la manga. El aire sigue siendo húmedo y nauseabundo. El viento no ha llegado. Ifigenia duerme a su lado, respirando entrecortadamente por el calor. No ha dejado de moverse en toda la noche.

—Quédate aquí con ella —le dice Clitemnestra mientras se levanta y se cepilla la túnica.

—Voy contigo, mi reina —le contesta León—. Hay otros guardias fuera.

—No es necesario que vengas.

—Lo sé, pero no confío en ese hombre.

Clitemnestra sonríe.

—Odiseo es un viejo amigo. Vamos, llévame con él.

En la playa se han apagado las hogueras. Algunos soldados duermen fuera con la intención de refrescarse junto al mar. Nadie les presta atención mientras caminan por el campamento. La arena fría amortigua sus pasos. Delante de la tienda de Odiseo hay tres guardias medio dormidos. Ni siquiera parpadean cuando Clitemnestra abre la puerta.

Dentro hay otros dos hombres con puñales en la cintura. Odiseo está totalmente despierto, sentado a una mesa y mirando unos mapas. Deben de haber estado discutiendo tácticas de guerra.

—Aquí estás —dice al ver a Clitemnestra—. Espero que hayas podido dormir.

Ella se encoge de hombros y Odiseo señala con la cabeza a León.

—¿Por qué lo has traído?

—¿Importa? —le pregunta ella—. A menos que vayas a asesinarme, y espero que no.

Ve un destello en sus ojos, rápido y brillante como un relámpago. Desaparece tan deprisa como ha aparecido.

—Sería absolutamente indigno por mi parte —le contesta Odiseo.

—Y no tendrías ninguna posibilidad —añade ella sonriendo.

Él le devuelve la sonrisa.

—Debes de estar preguntándote por qué he pedido que te despertaran tan temprano. —Señala una silla, y ella se sienta. León se queda de pie, rígido, detrás de ella—. Como sabes, hay cierto descontento entre los hombres. El calor, la inquietud, las peleas… —Mueve una mano.

—Por eso me pidieron que viniéramos, ¿recuerdas? Para apaciguar al ejército con una boda.

—Sí, sí —le contesta Odiseo—. Pero Agamenón también se enfrenta a decisiones complicadas. Como comentaste anoche, sin viento no podemos navegar.

Ella resopla.

—¿Por qué no se lo consultas a Calcante? Seguro que considera que los dioses tienen algo que ver.

Odiseo esboza una media sonrisa.

—Tienes razón, lo considera.

—¿Y?

—Calcante dice que los dioses exigen un sacrificio. Ya sabes, a los adivinos les gusta la sangre.

Clitemnestra se ríe, aunque no entiende qué tiene esto que ver con ella. Fuera amanece. En la tienda hace cada vez más calor.

Odiseo se rasca el cuello.

—¿Sabes lo que hizo tu marido para convencerme de que luchara en esta guerra? Seguramente recuerdas que yo no hice aquel maldito juramento en Esparta.

—Sé lo que hizo —le contesta Clitemnestra, pero Odiseo pasa por alto su respuesta.

—Cuando envió a sus hombres a Ítaca, fingí que estaba loco. No quería ir a la guerra. Mi hijo acababa de nacer y Penélope, como bien sabes, teme que la abandone. —Se ríe al pensarlo—. «Me volveré loca», me dijo mi inteligente esposa, así que decidí fingir que estaba loco para que los hombres de Agamenón se marcharan. Me quité la ropa, salí desnudo al frío y me puse a arar el campo lleno de piedras.

»El primer día, los hombres se rieron de mí. Casi me creyeron. Puedo ser muy convincente. Pero el segundo día entraron en el palacio, cogieron a Telémaco de los brazos de Penélope y lo arrojaron al campo, justo delante del arado. La hoja casi le corta la tierna carne, justo aquí. —Se toca la barriga—. Así que me detuve, recogí a Telémaco y les dije que iría a la guerra. Ya te imaginas la desesperación de Penélope, aunque se la guardó para sí, como siempre. A mi mujer no le gusta molestar a los demás con sus sentimientos.

—Lamento oírlo —le dice Clitemnestra.

Siente el cansancio en los huesos, como si estuviera enferma. La cabeza le da vueltas. Debe de ser el calor y la falta de sueño. El sudor brilla en el cuello y los brazos de los hombres que flanquean a Odiseo.

Odiseo se encoge de hombros.

—Todos tenemos que sacrificar algo. Yo sacrifiqué el tiempo con mi esposa y mi hijo. La posibilidad de verlo crecer.

—Estoy segura de que volverás a verlo.

Clitemnestra se levanta a coger un poco de agua, porque el calor es opresivo. Uno de los hombres de Odiseo casi se alza también, pero este lo detiene apoyándole una mano en el hombro. Un gesto extraño.

Clitemnestra bebe y se refresca la frente. Tiene que ir a ver cómo está Ifigenia. La boda tendrá lugar en unas horas.

—Tengo que volver ya a mi tienda —le dice a Odiseo sonriendo—. A ayudar a mi hija a prepararse.

Espera a que Odiseo esboce otra de sus sonrisas pícaras y a que le aparezcan arrugas alrededor de los ojos, pero su rostro no expresa nada. Abre la boca para hablar y algo cambia en sus ojos.

—Ha llegado el momento —dice con frialdad.

Antes de que Clitemnestra entienda lo que está pasando, los hombres se levantan y desenvainan las espadas. Ella dirige instintivamente la mano hacia la suya, pero no hay nada que agarrar. Ha dejado la espada en la tienda. León aprieta con fuerza el puñal y tira de ella hacia atrás.

—Vuelve a la tienda, mi reina —le dice.

Ella se da la vuelta para hacer lo que le ha dicho antes de que los hombres se muevan...

Pero la puerta está bloqueada. Los tres guardias que dormían fuera ahora están totalmente despiertos bloqueando la entrada. Debían de fingir que estaban dormidos. Se vuelve hacia Odiseo, perpleja. Él está mirándola.

—Podemos hacerlo de dos maneras —le dice, y de repente su voz ha perdido toda calidez—. Entregas tu arma y te quedas aquí...

—¿Dónde está Ifigenia? —le pregunta Clitemnestra.

—O me temo que tendré que dejarte inconsciente.

—¿Dónde está? —le repite—. Dímelo o te juro que te mataré.

—No tienes espada —le replica Odiseo con total naturalidad.

León lanza el puñal, que se clava en la rodilla de un hombre mientras el otro lo empuja contra la mesa. La madera se rompe con gran estrépito y León se derrumba en el suelo con ella. Clitemnestra salta a un lado y le arrebata la espada al hombre herido. Los guardias están detrás de ella, y Odiseo, delante, desarmado. A su derecha, el hombre y León luchan en el suelo. León patalea. Está ahogándose.

—Suéltalo —le dice Clitemnestra al hombre.

Los guardias que están detrás de ella atacan. Cierran las espadas a su alrededor. Clitemnestra los mantiene alejados con la suya, pero son demasiados. Siente que una hoja le hace un corte en la pierna y se tambalea. La derriban y chilla, todavía agitando la espada. La sangre de alguien le cae en el rostro. Le atan las manos y los pies con una cuerda gruesa. Cuando intentan amordazarla, les muerde las manos, y ellos gritan. Pero pronto también le tapan la boca y aprietan tanto el nudo que le palpita la cabeza. No puede ver a León. Los hombres de Odiseo dudan antes de salir de la tienda. Ve el rostro serio de Odiseo, que se arrodilla frente a ella, y espera a que hable, pero no dice nada. Le apoya una mano en la rodilla, como si estuviera calmando a un perro, y se marcha también.

Está sola.

La cuerda le desgarra las muñecas y tiene los brazos entumecidos. Deben de haberla atado a una silla, porque, por más que se mueva, siente un peso en la espalda. Intenta pasar por alto el dolor y pensar, pero el calor se lo impide. La mordaza está tan apretada que nota la boca seca. Necesita agua. Necesita algo afilado.

De joven, cuando desobedecía, Leda la dejaba sola en su habitación sin comida ni agua. Cuando empezaba a arderle la garganta, se convencía a sí misma de que su mente la engañaba y de que en realidad su cuerpo no necesitaba agua, y así aguantaba.

Ahora se obliga a hacer lo mismo. Primero debe pensar, y después hacer algo.

Su error ha sido confiar. Siempre es el peor error que puede cometerse. Ha confiado en un hombre que es un maestro en aprovecharse de los demás. Y la ha engañado. A Odiseo lo llaman «el de muchas mañas», pero no es más que un traidor. A menos que haya querido dejarla aquí para protegerla. Pero le parece imposible. ¿Dónde está Ifigenia? Alguien debe de estar haciendo daño a su hija, o no la habrían traído a ella aquí, a la tienda de Odiseo. Ifigenia necesita protección, y mientras esté a salvo, Clitemnestra también lo estará. Así que no. Odiseo la ha traicionado, aunque todavía no sabe cómo.

Algo se mueve detrás de ella. Oye un murmullo de dolor seguido de una respiración agitada. Muerde la mordaza y se da la vuelta. La silla chirría. León está tumbado en el otro extremo de la tienda. Parece vivo, a duras penas. Tiene la cara casi morada y jadea por la falta de aire. También lo han atado y amordazado. Clitemnestra se desplaza hacia él empujando el cuerpo hacia delante con las piernas. En el suelo hay una jarra tirada. Se cayó cuando lanzaron a León contra la mesa, pero aún queda algo de agua dentro. Y al lado, un cuchillo de cocina. Deben de haberlo pasado por alto cuando despejaron el espacio. Clitemnestra mira las siluetas que se mueven fuera de la tienda. Parece que ahora solo hay dos hombres vigilándolos.

Más allá de ellos, en algún lugar hacia el mercado, está reuniéndose una multitud. Oye gritos, rezos y el cántico de soldados llamando a los dioses. Calcante debe de estar presidiendo el sacrificio del que hablaba Odiseo. Pero ¿dónde está Ifigenia?

Se impulsa hacia delante y consigue arrodillarse con la silla en la espalda. La arena le raspa la piel. Avanza intentando no hacer ruido hasta que llega al cuchillo. Después deja caer el cuerpo hacia un lado y agarra el mango con la punta de los dedos. Siente la piel sangrando alrededor de las muñecas. El cuchillo no está afilado y la silla le impide maniobrar, pero consigue cortar las cuerdas que le rodean las muñecas. La silla cae con ellas. Con las manos libres por fin, se desata la mordaza, respira, se echa el agua en la cara y lame la jarra. Los soldados de la entrada están charlando, pero ella no oye lo que dicen, porque los cánticos cubren la conversación. Corta las cuerdas de los tobillos lo más rápido que puede. Cuando caen, intenta ponerse de pie, pero tiene las piernas entumecidas y se tambalea.

Por un momento piensa en intentar reanimar a León, pero eso la delataría. Además, parece demasiado débil y apenas respira. Así que se acerca sola a la entrada de la tienda con el cuchillo en la mano sudorosa. Los guardias están riéndose de algo en voz alta y desagradable.

Abre la tienda y clava el cuchillo en la nuca del primer guardia, que cae como un saco de trigo, con el rastro de la risa todavía grabado en la cara. Antes de que el otro hombre haya podido sacar el puñal, Clitemnestra lo agarra de la cabeza y se la gira con fuerza. El guardia cae de rodillas, inconsciente, y ella le coge el puñal para acabar con él. La cuchilla se hunde fácilmente en la piel y la sangre chorrea hasta la arena.

El cántico procedente del mercado aumenta y las palabras se quedan inmóviles en el aire sin viento. Es una canción de sacrificio, pero no oye ningún mugido de animal. Avanza rápidamente entre las tiendas de la playa, aunque parece que casi todos los hombres se han reunido en el mercado. Pasa por las zanjas abiertas donde dos hombres hacen sus necesidades y sigue avanzando hacia su tienda manteniendo el sonido del cántico a su izquierda.

De repente, un grito. La voz de su hija, temerosa y desesperada, pidiendo ayuda. Procede del mercado. Clitemnestra gira a la izquierda corriendo. Tropieza con las sandalias y se las quita de una patada. La arena le quema las plantas de los pies.

Cuando irrumpe en el mercado, esto es lo que ve:

Una multitud de hombres cantando con los ojos cerrados y la cara levantada hacia el cielo, como si los dioses pudieran oírlos.

Al príncipe Aquiles —debe de ser él—, inmóvil junto al altar, con la boca abierta, como si fuera a gritar, pero está en silencio. O quizá grita y el cántico cubre su voz.

A Calcante, a su lado. Su perverso rostro es una máscara de absoluta frialdad. Dirige sus pequeños ojos negros hacia un grupo de generales que están en un extremo del altar:

Agamenón, Odiseo e Idomeneo.

Y ve a Diomedes, con la mano en el brillante pelo de Ifigenia, tirando de ella para alejarla de Aquiles y Calcante y llevarla a la piedra sacrificial. Tiene la ropa cubierta de polvo y araña a Diomedes intentando liberarse.

—¡Padre! —grita—. ¡Padre, por favor!

Clitemnestra avanza, rápida como un león. Varios hombres retroceden y otros se acercan a ella e intentan detenerla. Ella los derriba uno tras otro. Sus cuerpos se retuercen como insectos en el suelo, inútiles.

Ya casi ha llegado al altar de piedra cuando Odiseo y Agamenón se vuelven y la ven. El cuchillo de su marido brilla bajo el sol, y las piedras preciosas atrapan la luz. Odiseo niega con la cabeza.

Clitemnestra salta hacia delante para cortarles el cuello a los traidores, pero alguien la agarra del pelo y tira de ella hacia atrás. Se cae al suelo. Intenta apoyarse en las manos, pero se le rompen los dedos.

—¡Ifigenia! —grita, y por un momento su hija deja de gritar y de retorcerse y se vuelve hacia ella. Se miran a los ojos.

Entonces Clitemnestra siente una rodilla en la espalda y sabe que está a punto de quedarse inconsciente.

Mientras su hija desaparece y todo se vuelve negro, se pregunta: «¿Cómo? ¿Cómo no va a matarme esta pena?».

CUARTA PARTE

Clitemnestra, hermana mía:

Me han dicho que quieres morirte, pero no me lo he creído. Casi hago azotar a los enviados en el *mégaron* cuando me lo han dicho. «Mi hermana nunca haría tal cosa —les he contestado a esos tontos—. No la conocéis». Me han dicho que no comes, que no bebes y que no dejas entrar a nadie en tus aposentos. Me han dicho que dudas entre la vida y la muerte.

Si tal cosa es verdad, entonces debes parar. Crecimos creyendo que entendíamos la muerte, pero no era así. Luchábamos en el *gymnasion*, cazábamos con Tindáreo y éramos testigos de los azotes de la sacerdotisa. A menudo nos azotaban a nosotros también. Nos dejaban sin comer y nos pegaban, nos reñían y nos derrotaban, pero siempre creímos que los más fuertes, o los más astutos, nunca morirían. Nos equivocábamos. Nuestro hermano era el hombre más astuto que he conocido, pero otro lo asesinó. Tindáreo era fuerte, más fuerte que la mayoría de los hombres. Cuando luchaba en el *gymnasion*, otros espartanos lo vitoreaban y yo lo observaba pensando que nadie podría vencerlo. Y sin embargo murió.

No puedes evitar la muerte y no puedes evitar el dolor. Los dioses siguen a los que se han vuelto demasiado ricos, hermosos y felices, y los aplastan. Le dije esto mismo a Helena hace años, cuando cabalgábamos de regreso a Esparta desde la maldita ciudad de Afidnas. Después de que Teseo se la llevara, quiso morirse. Me dijo que no podía soportar el dolor ni la vergüenza. Le contesté que no tenía nada de qué avergonzarse y que la muerte era inevitable, pero que no estaba destinada a morir en ese momento.

Lo mismo sucede contigo. Tu hija ha muerto, pero tú debes volver a la vida.

No hay nada más poderoso que una mujer tenaz. Es lo que siempre has sido y debes ser al margen de lo que te hagan los demás. A un hombre le resulta más fácil ser fuerte, porque nos animan a serlo. Pero que una mujer no se doblegue, que se mantenga inquebrantable, es admirable.

Febe e Hilaíra te envían su cariño. El hijo de Cástor y Febe se ha convertido en un niño con gran talento, como mi hija. Creo que se parece a Helena, aunque tiene el pelo de Hilaíra. Hermíone echa de menos a su madre, pero no dejaré que la odie, por más que lo intente. Y ahora que Menelao no está, le enseñaré a gobernar. Puede que algún día sea reina.

Sabré que has vuelto a ser tú cuando me den la noticia de que la ciudad de Micenas vuelve a estar en manos de su decidida reina.

POLIDEUCES

Mi querida prima:

Si oyeras lo que dicen las mujeres de Ítaca cuando lavan la ropa en el río, te estremecerías. Se reúnen todas las mañanas, con los brazos cargados de túnicas sucias, y se sientan en las rocas a lavar y a charlar. Las cabras trepan a su alrededor sin prestarles atención. Cerca de ellas, los niños pequeños juegan, corretean con palos y cogen flores. Sería una escena bastante hermosa si no fuera por las cosas que cuentan.

Hablan del día en que las tropas griegas zarparon hacia Troya, del brutal sacrificio de tu hija. Dicen que Agamenón y Menelao reunieron los barcos en *Áulide* para que la armada más grande zarpara al rescate de Helena. Qué crueles son las Moiras. ¿Sacrificar a una princesa para rescatar a una reina? ¿Acaso una vida vale más que otra? Y si es así, ¿quién lo decide?

El viento no llegaba a *Áulide*, así que los generales esperaban una señal. Los hombres estaban varados, el aire se volvía insoportable y el mar estaba liso como una tapa de plata. Entonces el adivino Calcante vio dos pájaros que se lanzaban en picado desde el cielo y hundían las garras en una liebre y su cría, que no había terminado de nacer. Observó cómo las águilas reales devoraban la liebre y dijo que el ejército debía hacer un sacrificio para apaciguar a Artemisa. No conozco a ese Calcante, pero me parece un monstruo. Siempre me pregunto qué harían los adivinos si alguien les dijera que sacrificaran a su familia. ¿Dejarían de venerar a los dioses?

Las mujeres también dicen que te engañaron para que fueras a *Áulide* y que mi marido ayudó a trazar el plan. Dicen que te llamó a su tienda y te ató para que no pudieras pelear. Que te dejó allí, con un calor abrasador, y fue a ayudar en el sacrificio de una chica inocente. Que Diomedes amordazó y llevó al altar a Ifigenia, y que Odiseo y todos los demás vieron cómo Agamenón le cortaba el cuello.

No me creo ni una palabra. Mi marido es astuto, pero también es compasivo. Ve lo que hay que hacer y siempre piensa en la forma mejor y más eficiente de hacerlo. Seguro que habría pensado en otra solución en lugar de sacrificar a la hija del general. No puedo dormir por las noches pensando en ello. Me digo que no puede ser que el hombre al que amo traicionara a mi prima y masacrara a su hija. Entiendes que no tengo otra opción. No puedo vivir pensando que me he casado con un hombre que haría algo así. ¿Qué vida sería esa? Una vida de verdad, casi puedo oírte decir. Pero, como siempre me decía mi madre, en la verdad hay que sufrir. En la mentira podemos prosperar.

Las mujeres también dicen muchas cosas sobre ti, cosas que solo los dioses saben dónde han oído. Dicen que gobiernas Micenas, que estás haciéndote fuerte en el palacio y que «maniobras como un hombre». Esto último me parece fascinante, como si las mujeres no pudiéramos maniobrar. Conozco a muchas más mujeres que maniobran que a hombres. Me considero una de ellas. Además, naciste para gobernar.

Odiseo me dijo una vez que lo mejor que puede pasarle a un hombre —y también a una mujer— es que se hable de él. De lo contrario, es como si estuviera muerto. Es lo que él cree. No estoy segura de si estoy de acuerdo, pero creo que tú lo estarías. Nunca te gustó el anonimato.

Quería ir a verte, pero si me voy de esta casa, los hijos de Ítaca vendrán a quitarme el trono. Ya lo han intentado. Quieren no solo un trono, sino también una esposa. Los despedí con la mayor elegancia que pude, pero volverán. Pensaré en algo para mantenerlos a raya. Los maniobraré.

Te conozco. Debes de estar enfadada y deseosa de vengarte de todos los involucrados en el asesinato de Ifigenia. Pero no dirijas tu ira hacia Odiseo. Él te quiere y te respeta, y estoy segura de que hizo todo lo que pudo por evitar esa tragedia. Enfádate con tu marido y con el sanguinario adivino. E intenta olvidar. Tienes otros hijos. Cuida de ellos.

No dejo de pensar en ti.

Tu prima,

PENÉLOPE

Mi querida hermana:

En cuanto me enteré de lo que te habían hecho, estuve a punto de tomar un barco y a veinte de mis mejores espadachines y dirigirme a Troya para matar yo misma a ese hombre sin corazón con el que nuestro padre te obligó a casarte, al apestoso adivino y al traidor de Odiseo. Me veía a mí misma matándolos y descuartizándolos.

Pero algo me detuvo. Eres una mujer vengativa. Sabes cómo jugar al desdichado juego de las represalias. Si alguien puede hacer justicia, esa eres tú. Y estoy segura de que la harás.

Lo has hecho todo por mí, y nunca lo olvidaré. Me escondiste cuando la sacerdotisa exigió que me azotaran, me enseñaste a derrotar a otras niñas cuando era más débil que ellas y me animaste a amar a quien quisiera. Es más de lo que cualquiera podría pedir a una hermana. Y ahora te han hecho daño y yo no estaba allí para protegerte. Tendré que vivir con ello el resto de mi vida. ¿Hay algún sentimiento más doloroso que el remordimiento? Se propaga como una fiebre, invisible, y no puedes hacer nada para combatirlo.

Por lo que me dicen los enviados de Esparta, nuestra madre también ha muerto. Debe de haber sido el vino. Para mí llevaba muerta mucho tiempo. Solo recuerdo imágenes de ella cazando y luchando cuando yo era pequeña, pero creo que Helena, Cástor, Polideuces y tú tuvisteis lo mejor de ella. Poco después la domesticaron.

A ti no te domesticarán. Tus hombres no se doblegan ante ti porque seas la mujer de alguien. Lo hacen porque respetan tu poder. Así que gobiérnalos, conserva su respeto y asegúrate de que sean leales y fieles hasta el último día. Entonces tendrás una ciudad y un ejército a tu merced.

Équemo siempre me decía que algunos hombres están destinados a la grandeza y otros no. Creía que los dioses lo decidían y que nada podíamos hacer al respecto. Seguramente por eso no hizo nada por ganarse su reino y el amor de su pueblo, y también por eso morirá y se marchitará en la oscuridad.

En cambio, Agamenón, Calcante y Odiseo saben que uno no se hace poderoso gracias a los dioses. Toman los asuntos en sus manos y luchan para que sus nombres queden escritos en la eternidad. No es de extrañar que hayan sobrevivido tanto tiempo. Son crueles y astutos. Aunque son muy diferentes entre sí, tienen algo en común: se creen especiales porque solo ellos ven las cosas horribles que tienen que hacer. Creen que los demás huyen de la naturaleza brutal de la vida, mientras que ellos son lo bastante inteligentes para verla y actuar en consecuencia. Y es también lo que les dicen a los demás: no tenemos elección, los dioses lo exigen, la guerra es brutal y no podemos ganar a menos que también nosotros seamos brutales. Todo mentira. Tenían elección. Los dioses no necesitaban que Ifigenia muriera por un soplo de viento. Las guerras no se ganan sacrificando a niñas. Se ganan matando a los adversarios. Tú me lo enseñaste.

Tu hermana,

TIMANDRA

Mi querida Clitemnestra:

Estoy escribiendo estas palabras, que nunca leerás, sentada junto a una ventana en Troya, mirando el campo de batalla. Es un páramo de ruedas rotas, cuervos volando en círculos y cadáveres

337

putrefactos. A veces un brazo amputado yace en el suelo fangoso, separado del resto del cuerpo, como si no recordara adónde pertenece.

Desde aquí veo las batallas todos los días, pero no puedo oírlas. Es extraño mirar a los hombres que luchan y mueren. Abren la boca, pero es como si no saliera ningún sonido. A veces pienso que así es como deben de sentirse los insepultos, vagando por el mundo y destinados a no oír y a que no los oigan. Qué triste situación.

Los héroes van y vienen por la llanura, pero no he visto a Cástor ni a Polideuces. Antes buscaba sus cabezas entre las lanzas y los caballos, pero ya no lo hago. Solo rezo para que no estén muertos.

Escribo y tejo, tejo y escribo. Es lo que hago desde hace un tiempo. Me mantiene cuerda. Y bebo. ¿Acabaré como Leda, esforzándome por sentarme derecha en la cena después de haberme bebido un sinfín de jarras? No hay nadie que responda a mi pregunta. En una época erais tú y nuestros hermanos los que me tranquilizabais. Me dirigía a ti con las dudas que me corroían y creía todo lo que salía de tu boca. Ahora yo respondo a mis preguntas, pero en realidad no me creo.

Aquí todo el mundo me odia. ¿Recuerdas que las espartanas me llamaban teras? Para ellas, yo era un presagio y un monstruo, una criatura divina y una mancha en mi familia. Ahora lo que me llaman las troyanas es mucho peor. Soy una ladrona de maridos, una puta, una traidora a mi tierra, una esposa terrible, una mujer funesta y una madre indigna. Me culpan de todo lo que ha pasado en mi vida y en la suya. No sé cómo se han enterado incluso del asunto de Teseo. Tendrías que ver cómo tergiversan la historia. La suerte que tuvo de estar con un héroe así… y nunca lo agradeció… Volvió a casa a buscar a otro hombre… Nunca tiene bastante. Ojalá pudiera recordarles que Teseo me desnudó cuando aún era una niña, me violó mientras lloraba y después se marchó riéndose con su amigo Pirítoo. Pero ¿qué sentido tendría contárselo? No me creerían. No se apiadarían de mí. Quieren que sea su chivo expiatorio. Pues que así sea.

He llegado a odiar a Paris. No me defiende de las habladurías ni de las malintencionadas palabras de su familia. Y no lucha. Esta es también su guerra, pero lo único que hace es entrenar con el arco. Cuando termina, vuelve a nuestras habitaciones para hacerme el amor. Pero no es como antes.

A veces, por la noche, cuando se queda dormido, lo observo y pienso en asesinarlo, en triturarle alguna droga en la copa. Tengo varias en mis aposentos, de Egipto. En pequeñas cantidades, destierran el dolor y la tristeza, pero si te excedes, te matan. Así que se las pongo en la copa y mezclo el vino, pero siempre acabo tirándolo. Paris es la razón por la que dejé todo atrás. Lo amaba con todo mi corazón. ¿Quién ha hechizado a quién?

Pienso mucho en ti. Al menos sé que Agamenón está lejos de ti, luchando bajo las puertas de esta ciudad. También Menelao. Quizá mueran en la guerra, quizá no. Me paso los días mirando a los soldados atacándose en el campo de batalla, viendo su sangre derramarse en forma de anémonas, y me pregunto: ¿qué estás haciendo, hermana? ¿En qué estás pensando? ¿Eres feliz?

Tuya,

HELENA

25

Diferentes tipos de guerras

Nueve años después

Han transcurrido nueve años desde que murió su hija. Hoy hace nueve años.

El mundo ha cambiado y las estaciones han pasado volando. Las flores han florecido, las hojas han caído y las estrellas han flotado en el cielo. La tierra se ha vuelto oscura y fértil, y después de nuevo seca y amarilla. Las nubes han ido y venido como ovejas en un prado. Ha llovido.

Ha visto cambiar el mundo a su alrededor mientras su corazón seguía igual, sangrando de odio. A menudo piensa en lo que dijo su madre hace muchos años: «El odio es una mala raíz. Se asienta en tu corazón y crece hasta pudrirlo todo».

Atardece en el jardín, y el cielo adquiere tonos anaranjados, como si estuviera en llamas. El templo de Hera parece blanquecino a la luz ardiente, y las columnas son como huesos. Pasea junto a los árboles, se sienta en la hierba, en un extremo de la ciudadela, y escucha el silencio ensordecedor, que se la traga y la mantiene a salvo del mundo.

Viene aquí todas las tardes. Cuando el sol se ha ido, carga su dolor como un cabestrillo en el pecho y se permite recordar.

Recuerda a su hija cuando llegó al mundo, un frágil bulto de mucosidad y carne. Ifigenia levantó las manitas y le sonrió. «Es mi oportunidad —pensó Clitemnestra—, mi oportunidad de una nueva vida».

A Ifigenia acunando en sus brazos a Electra, recién nacida. «Madre, ¿por qué está tan seria?», le preguntó asombrada, con los ojos muy abiertos.

A Ailín lavando y haciéndole cosquillas en los pies a Ifigenia, que se reía tapándose la cara con sus suaves manos.

Sus pies descalzos golpeando el suelo mientras bailaba. Su pelo se movía como una ola y los pendientes le colgaban alrededor del largo cuello. Se parecía tanto a Helena que Clitemnestra temía que le estallara el corazón.

Y después Áulide.

Lo cierto es que no lo recuerda todo sobre Áulide. Algunos recuerdos se han deslizado como agua en un escudo de plata y ahora no puede recuperarlos. Lo único que queda de aquellos oscuros momentos son preguntas: ¿cómo volvió a Micenas?, ¿cómo se lo contó a sus hijos?

Pero hay otras cosas grabadas en su mente, y cuanto más piensa, más detalles recupera, como si acercara una herida a la luz de una lámpara y viera lentamente los bordes y los colores, la carne desgarrada y la supuración.

Los dos hombres que estaban con Odiseo en la tienda, con las armaduras brillantes y la piel sudorosa. La miraron sin piedad, sin clemencia. Debieron de pensar que solo era una víctima más de los planes de los dioses.

El rostro de Calcante mientras presidía el sacrificio, y sus inexpresivos ojos negros. En Micenas le había dicho: «Tienes un papel que desempeñar en la guerra que se avecina». Oh, sí, lo tiene. Pero su papel no es ver morir a su hija.

Diomedes arrastrando a su hija hacia el altar de piedra. Un hombre decente trataría mejor a una cabra. Pero él agarró el precioso pelo de su hija y la arrastró como si fuera una muñeca. El polvo cubrió el vestido de Ifigenia, el vestido de novia que había elegido con tanto cuidado, y su hija abrió las rodillas, magulladas contra los duros granos de arena.

Odiseo. Casi se ahoga cuando piensa en él. Cada una de las palabras que tuvo el valor de pronunciar, cada una de sus sonrisas. Todo mentira. Todas las noches durante años ha deseado su muerte, aunque sabía muy bien que no moriría, al menos hasta dentro de mucho tiempo. No es fácil matar a hombres como él.

La espada de Agamenón atrapando la luz. La expresión de su marido, grave, casi molesto por tener que intervenir en el sacrificio. Era la misma expresión que tenía antes de hacer daño a alguien en el *gymnasion*. Recuerda la sed, el dolor en la espalda cuando le dieron la patada, y la arena en la lengua y en los ojos.

Ha pensado mucho en los últimos años. Por cada recuerdo doloroso, un deseo de venganza. Es como si no dejara de quemarse y sumergiera el brazo en agua helada para mantener a raya el dolor.

Las pequeñas manos de Ifigenia.

Odiseo atado en su tienda, herido y solo en el calor abrasador.

Los grandes ojos de Ifigenia.

La garganta de Diomedes bajo su espada.

El pelo de Ifigenia danzando en la luz dorada.

Calcante atravesado por su espada, con los labios por fin sellados.

Ifigenia alisándose el vestido de novia.

El cuerpo masacrado de su marido.

Durante un tiempo era lo único que podía hacer, lo único que la mantenía con vida. Se concentraba en los recuerdos de su hija y pensaba en formas de matar a todos los involucrados en su sacrificio.

Después, poco a poco, esos pensamientos la sanaron, en la medida en que puede sanarse una persona tan destrozada. Volvió a mostrar su rostro. Volvió a gobernar. Fingió que había seguido adelante. Los ancianos se lo exigían. Si hubiera seguido aislada durante demasiado tiempo, habrían tomado el mando. Le habrían robado la corona. Una mujer no puede permitirse cerrar los ojos durante mucho tiempo. Ahora se mueve por el palacio con el corazón seco como un desierto y la lengua envenenada con mentiras. Nadie volverá jamás a quitarle lo que ama.

Sabe desde hace mucho tiempo que hay dos tipos diferentes de guerra. Están las batallas en las que los héroes danzan y luchan con sus relucientes armaduras y sus preciosas espadas, y están las que se libran entre muros, a puñaladas y susurros. No hay nada deshonroso en ellas, nada tan diferente de lo que sucede en el campo de batalla. En ambos casos se trata de lo que le enseñaron en el *gymnasion*: derribar a tus enemigos y hacerlos sangrar. Después de todo, ¿qué es un campo después de la batalla sino un apestoso lago de cadáveres?

Librará su propia batalla cuando llegue el momento. Y el palacio será su sangriento campo de batalla.

Está perdida en sus pensamientos cuando oye pasos detrás de ella. Es de noche y las estrellas dispersas en el cielo titilan débilmente. El tiempo se le ha escurrido entre los dedos.

—Mi reina —le dice León. Su voz es grave y áspera desde que los hombres de Odiseo lo estrangularon.

No se da la vuelta. Le ha ordenado que no la moleste cuando esté en el jardín.

—¿Qué sucede? —le pregunta.

León se acerca a ella.

—Hay un hombre en el *mégaron*. Dice que desea tu hospitalidad, pero se niega a mostrar la cara.

Clitemnestra se da la vuelta. Las sombras oscurecen el rostro de León.

—Que espere.

—¿Quieres que le diga que descanse en las habitaciones de los huéspedes?

—Sí. Lo veré mañana y ya me mostrará la cara entonces.

León avanza un paso más y le toca el cuello con la mano, áspera pero agradable. Ella desearía cerrar los ojos y disfrutar de la sensación de que la calmen. Pero no se lo puede permitir.

—Esto es todo, León.

Por un momento teme que la bese, como ha hecho muchas veces en el pasado, pero él asiente brevemente y se marcha. Su sombra en la hierba es oscura como una noche sin estrellas.

Fue un error por parte de ambos. Sabe que no puede culparlo solo a él. Cuando volvieron a Micenas, magullados, heridos y destrozados, encontraron consuelo el uno en el otro.

Clitemnestra estaba en el jardín con una espada en la mano. Se había negado a que la atendieran y la lavaran, y había amenazado a todo el que se acercaba a ella. Aún tenía el pelo cubierto de barro de Áulide, y las rodillas y los codos, arañados. Sus manos eran una masa sanguinolenta y le faltaban varias uñas. León la encontró mientras blandía la espada como una loca. «Mi reina», le dijo.

Ella levantó la mirada. Él estaba junto a las flores, con la garganta verdosa e hinchada y un ojo medio cerrado. En Áulide le habían pegado una y otra vez hasta que cayó inconsciente y lo dieron por muerto.

Él dio un paso adelante con el amoratado brazo extendido. Ella lo agarró, pero tropezó y se cayó. León se arrodilló a su lado y apartó la espada para evitar que se hiciera daño a sí misma.

Se quedaron un largo rato en la hierba. Después León se fue y volvió con un trapo empapado en la mano. Se acercó a ella, indeciso, como si Clitemnestra fuera un animal herido. Ella se quedó quieta mientras él le limpiaba la cara y los brazos, después el pelo y las piernas, y le retiraba todas las capas de sangre y suciedad. Su cuidado la calmó y miró sus ojos oscuros, fuertes y reconfortantes, como la corteza de un árbol.

Cuando él terminó, dejó el trapo y se echó a llorar. Su respiración eran jadeos ahogados, como un soldado herido en la batalla. Ella nunca había visto llorar a un hombre. Lo atrajo hacia ella y sintió sus temblores en el hombro.

«Está muerta —susurraba—. Está muerta».

Lloró aún más fuerte, y ella pensó en lo frías que estaban sus manos en su regazo. Las estrellas empezaban a salir cuando por fin dejó de llorar. La miró, y su rostro era un caos de moratones y lágrimas. La miró como si no la viera, o como si la viera por primera vez, era difícil saberlo.

De repente él se inclinó hacia delante y la besó. Ella entreabrió la boca. Él temblaba y ella intentaba detener su temblor. Le agarraba los brazos con todas sus fuerzas sabiendo que el dolor le resultaría placentero. Lo sabía porque era lo que también ella quería, y él se lo dio. Se arrancaron la ropa el uno al otro y se encogieron de dolor al tocarse las heridas. Mientras él la penetraba, ella lloraba pensando en su cuerpo medio muerto en la tienda de Odiseo, una de las últimas cosas que había visto antes de que su mundo se derrumbara.

26

El desconocido

A primera hora de la mañana el *mégaron* está vacío y en silencio. Clitemnestra se cubre los hombros con la piel de lince, se sienta en el trono de Agamenón y espera. La débil luz de la chimenea parpadea en los frescos de las paredes.

Un hombre entra desde la antesala, solo. No es un guardia de la reina, porque no lleva armadura dorada ni gorra, sino una capa larga y oscura. Parece un fugitivo.

León aparece detrás de él, lo agarra del brazo y tira de él.

—Mi reina —dice—, este es el hombre que se niega a decir cómo se llama.

—Déjalo entrar —le ordena.

León se aparta, y el hombre pasa por delante del lavapiés y cruza el salón. Lleva una espada larga en la cintura y mechones de pelo castaño le sobresalen de la capucha.

—Clitemnestra —le dice—, vengo a pedir tu hospitalidad.

Ella casi se estremece. Hace mucho tiempo que no la llaman por su nombre. Sea quien sea este hombre, se niega a reconocer su condición de reina. Un ladrón o un traidor.

—Quítate la capucha —le ordena.

El hombre duda toqueteando el mango de la espada, pero al final hace lo que le ha ordenado. Se miran a los ojos. Sus iris son de un frío azul verdoso, como hojas perennes cubiertas de escarcha. Le recuerda a alguien, aunque no sabe a quién. Clitemnestra espera a que hable.

Él se da la vuelta para mirar los frescos. Sus ojos se detienen en los guerreros que persiguen a leones asustados. Los grandes cuerpos de los animales brillan dorados en la débil luz, y el pelo de los guerreros es oscuro como cenizas.

—Siempre me ha parecido que esta escena es falsa —le dice—. Los leones no huyen así.

Parece inquieto, como si estuviera preparado para huir o atacar en cualquier momento. Clitemnestra lo mira. «Es lo que siempre he pensado yo también», quiere decirle, pero le pregunta:

—¿Has estado aquí alguna vez?

—Oh, sí —le contesta volviéndose hacia ella—. Muchas veces.

—Entonces sabes cómo dirigirte a un gobernante.

Él aprieta la mandíbula. No está enfadado. Parece más bien un chico indeciso.

—¿No es ahora Agamenón el rey de Micenas?

—Sí. Y yo soy la reina.

Él señala el asiento vacío de la reina junto al trono de su marido, pero no dice nada.

—Llegas pidiendo refugio, pero no te inclinas ante la reina.

Él vuelve a apretar la mandíbula.

—Sé que me echarás en cuanto te diga mi nombre. ¿Qué sentido tiene que me incline?

—Hasta ahora no te he echado. La ley de hospitalidad lo prohíbe. —Utiliza la palabra *xenía*, el respeto de los anfitriones hacia los huéspedes, que nadie puede quebrantar, ni siquiera un dios.

—Hay leyes más importantes que esa.

Ella frunce el ceño.

—¿Por ejemplo?

—La venganza —le contesta.

Ella se recuesta en el trono. Casi espera que el hombre desenvaine la espada, pero él no se mueve.

—¿Has hecho algún daño a mi familia?

Los extraños ojos del hombre la miran. En Esparta, a los niños que nacen con ese color azul los consideran bichos raros.

—Hice daño a vuestro rey en el pasado —le contesta.

Parece que está esperando a que lo desdeñe o lo castigue, no termina de saberlo.

—Aunque hayas hecho daño a mi marido, sabes que debo permitir que te quedes en este palacio.

El hombre sonríe.

—No quiero que me maten mientras duermo, mi reina. —Su tono es burlón, pero a ella le gusta.

—No te matarán. Te doy mi palabra.

Él inclina la cabeza y aprieta los puños. Clitemnestra se da cuenta de que no confía en ella.

—León —dice—, trae a Ailín para que le lavemos los pies a este hombre y lo recibamos adecuadamente.

León desaparece y sus pasos resuenan en el suelo de piedra. Los guardias que ocupan su lugar junto a la puerta miran al desconocido con recelo.

—Haré que te laven y te daré la bienvenida —le dice al hombre—, y después me dirás tu nombre.

—Sí, mi reina. —El mismo tono burlón.

Esperan en silencio, mirándose el uno al otro, mientras León llega al *mégaron* con Ailín. El desconocido tiene el pelo trasquilado, como si se lo hubieran cortado toscamente con un cuchillo de cocina. Apenas le disimula las cicatrices del rostro: una en la nariz y otra en el pómulo, cerca del ojo. La mira con la cabeza algo inclinada, como si tuviera miedo. Clitemnestra se pregunta qué ve en ella.

—Estamos listos para lavarlo, mi reina.

León se hace a un lado y entra Ailín con un trapo en las manos y el pelo rojo recogido en una larga trenza. Avanza sonriendo a Clitemnestra, pero de repente ve al desconocido y se queda petrificada. «Lo conoce».

—Lávale los pies a este hombre, Ailín —le ordena Clitemnestra.

Ailín se arrodilla de inmediato frente a él. Mientras le desata las sandalias y lo limpia en el lavapiés, Clitemnestra observa el rostro del hombre en busca de algún indicio de que reconoce a Ailín, pero no parece recordarla. Aunque Ailín ha cambiado desde que Clitemnestra llegó al palacio. Sea quien sea el desconocido, no ha estado en Micenas en años, porque en caso contrario ella misma también lo habría reconocido.

Y de repente Clitemnestra cae en la cuenta de a quién le recuerda.

Ailín le seca los pies al hombre con un trapo y le ata las sandalias. Después vuelve a las sombras de la antesala. El hombre se gira hacia Clitemnestra.

—Ahora, ya que has jurado ofrecerme refugio, te diré cómo me llamo.

—No es necesario —le contesta ella sonriendo con frialdad—. Eres Egisto, hijo de Tiestes y primo de mi marido.

Él se sobresalta. Mueve la mandíbula como si estuviera mordiéndose la lengua. Ailín, detrás de él, observa la escena, boquiabierta.

—Eres inteligente —le dice el hombre a Clitemnestra.

—Y tú eres tonto por venir aquí creyendo que podrías ocultar tu identidad.

—He vivido a la sombra de bosques y palacios durante años. Los hombres nunca me reconocen.

—Bueno, yo no soy un hombre —le replica volviendo a sonreír.

Él no puede evitar devolverle el gesto. La expresión no armoniza con su rostro, como si no hubiera sonreído en años. Muestra una faceta diferente de él, más infantil y menos alerta.

—Eres bienvenido en este palacio, señor Egisto —le dice ella—. Nadie te hará daño. Ahora vete. Te veré en la cena.

—Mi reina —le dice con una ligera inclinación de cabeza. Después se da la vuelta bruscamente y se aleja.

Ella clava la mirada en su espalda mientras él pasa junto a los frescos y las columnas.

Clitemnestra siente algo que no puede identificar, como si de repente se hubiera encendido una llama que la quema por dentro. Tras nueve años de dolor y planes de venganza, no esperaba esto. Si es bueno o malo, lo descubrirá muy pronto. En ambos casos, ella sujeta la espada y no teme atacar.

Cuando ha terminado de atender a todos los que han acudido con sus solicitudes, la cena está casi lista. El olor a cebolla y especias procedente de los pasillos hace que le suenen las tripas. Hace salir a todos del *mégaron*, excepto a Ailín, y ordena que cierren las puertas. Cuando la sala está vacía y en silencio, se sienta junto al fuego e invita a su sirvienta a sentarse a su lado.

—Una vez me contaste que Egisto no recurría a la violencia, como hacían todos en su familia —le dice—. Temías a todos menos a él. Pero llega aquí solo, con una espada en la cintura, y se niega a llamarme su reina. ¿Debo confiar en este hombre?

Ailín se mira las manos, apoyadas en el regazo. Son blancas como la leche.

—Me salvó la vida —le contesta en voz baja.

—No me lo habías contado.

Ailín se alisa la túnica, que está arrugada en las rodillas.

—Cuando Agamenón y Menelao volvieron para recuperar la ciudad, yo estaba en el dormitorio del señor Tiestes limpiando las antorchas y doblando las pieles de oveja. No sé dónde estaba él. Desde la Puerta de los Leones gritaron que habían traspasado las murallas y oí a los soldados armándose. No sabía adónde ir, así que me quedé allí, esperando.

»Entonces entró el señor Egisto. Creo que buscaba a su padre. Me preguntó qué estaba haciendo allí y me sacó de la habitación. Me dijo que corriera detrás de él, y eso hice. Cuando tropezaba, él me levantaba. Me llevó a la cocina y me ordenó que me quedara allí y fingiera que ese era mi trabajo. "Los sirvientes de los aposentos del rey serán los primeros ejecutados", me dijo. Después desapareció. Se metió en el túnel que conduce a la puerta de atrás.

»Cuando Agamenón y Menelao entraron en el palacio, lo primero que hicieron fue matar a todos los sirvientes de la primera planta, como me había dicho Egisto. Después quemaron vivo al señor Tiestes e interrogaron a todos sobre el paradero de Egisto. Oímos los gritos del señor Tiestes durante mucho rato.

—Pero no les dijiste nada —le comenta Clitemnestra.

—No, mi reina. Espero que me perdones.

—Te salvó la vida. No hay nada que perdonar.

Ailín asiente con una pequeña sonrisa agradecida.

351

—Aun así —sigue diciendo Clitemnestra—, no puedo confiar en un hombre como él. ¿Entiendes por qué?

—No se me da bien la política, mi reina.

—A nadie se le da bien.

Ailín lo piensa y le dice:

—Quiere vengarse de Agamenón y Menelao.

—Sí, pero ambos están lejos. Y Egisto llega a Micenas ahora, no cuando Agamenón estaba aquí. ¿Por qué?

—Tú estás en Micenas. Y los hijos de Agamenón.

—Sí. ¿Recuerdas lo que Atreo le hizo a su hermano Tiestes?

Ailín agacha la mirada.

—Mató a sus hijos, los cocinó y se los dio a comer.

Clitemnestra se levanta y camina alrededor de la chimenea.

—Egisto no ha venido para hacerse amigo de la reina de Micenas. O quiere el trono que ocupó su padre, o está buscando venganza. En ambos casos debemos tener cuidado.

Ailín levanta la mirada tímidamente.

—No creo que el señor Egisto quiera asesinar a tus hijos, mi reina.

—¿Por qué no?

—Egisto es un hombre reservado. Aborrece la violencia y el espectáculo. Si hubiera querido matarte a ti o a tus hijos, lo habría hecho en las sombras, sin mostrarse antes.

Clitemnestra deja de caminar. No puede evitar sonreír.

—Dices que no entiendes de política, Ailín, pero entiendes a las personas. Es lo mismo.

Clitemnestra se ha puesto una rica túnica púrpura para la cena y pendientes con piedras preciosas. Tiene la cara más arrugada de lo habitual y los pómulos sobresalen bajo sus grandes ojos oscuros, pero su cuerpo sigue siendo el mismo, alto y esbelto, con los músculos ondulados bajo la piel.

Orestes la espera a la puerta del *gynaikeion*.

—He venido a escoltarte, madre —le dice con una sonrisa—, ahora que un extraño y traidor merodea libremente por el palacio.

Ella se ríe y le alisa un rizo con los dedos. Los ojos de su hijo son brillantes y atentos. Cuesta ver en ellos la timidez y la debilidad que mostraban tiempo atrás.

—No lo provoques durante la cena —le advierte mientras pasan por las salas cubiertas de frescos.

Cada pasillo es más radiante que el anterior a medida que se acercan al comedor. Oyen a las sirvientas y sus susurros detrás de ellos. Clitemnestra sabe que están mirando a su hijo. Se ha convertido en un hombre atractivo, y las chicas del palacio zumban a su alrededor como abejas en torno a la miel.

—Nunca provoco a nadie —le contesta Orestes, aunque está sonriendo—, pero me sorprende que lo hayas acogido.

—No podía echarlo. Es un enemigo, y lo mejor es mantener a los enemigos cerca. Es más fácil controlarlos.

—Bueno, pobre hombre. Seguramente cree que es huésped de la inofensiva mujer del rey de Micenas.

Clitemnestra coge del brazo a Orestes.

—Puedo ser inofensiva.

Él la mira con las cejas levantadas e intercambian una sonrisa.

En el comedor, las antorchas derraman luz sobre la grasa de la carne y las doradas jarras de vino. Clitemnestra ha ordenado que diez guardias vigilen junto a las murallas. En los últimos tiempos León ha cenado con ellos, pero hoy está de pie cerca de la cabecera de la mesa, con la espada en la cintura.

Egisto ya está sentado al final de un banco, frente a Electra. El pelo castaño le cae por la espalda y sus ojos de ciervo observan al desconocido. Crisótemis está contando algo, y las sirvientas la escuchan riéndose mientras sirven el vino.

—Bienvenido a Micenas, señor Egisto —le dice Orestes con una sonrisa deslumbrante mientras se sienta al lado de Electra.

Clitemnestra se sienta a la cabecera de la mesa.

—Gracias —le contesta Egisto.

—Debe de ser raro volver a estar aquí después de tantos años —le comenta Orestes.

Egisto inclina la cabeza.

—Creía que la reina no me aceptaría.

—Mi madre tiene muchas virtudes —le contesta Orestes cogiendo un trozo de carnero—. Fuerza, sabiduría, valentía, generosidad... Las tiene todas.

Egisto lo observa intentando entender si está burlándose de él.

—¿De dónde vienes, mi señor? —le pregunta Crisótemis.

—Del bosque —le contesta Egisto.

—¿Has sobrevivido a base de leche de cabra? ¿Cazabas?

—Algo así.

—Una vez me contaron que un hombre vivió en el bosque durante tanto tiempo que las náyades fueron a por él. Salieron de los estanques y pantanos y le dieron comida y refugio. Pero cuando quiso marcharse, lo mantuvieron cautivo. Estaban celosas, claro.

Cristótemis habla con entusiasmo, como ha hecho desde que su padre se marchó. Siente la constante necesidad de contar historias para evitar el dolor y las peleas, cualquier estallido de violencia. Es como un manto de reluciente nieve: entierra la fealdad hasta que se derrite y debe buscar otra cubierta.

—Mi hija conoce las historias más maravillosas —le comenta Clitemnestra—. ¿Quieres contar alguna, Crisótemis? Quizá entretengas a nuestro invitado.

—Claro. —Crisótemis sonríe—. Está la de Bóreas y el semental...

Habla tan rápido y con tanto entusiasmo que se olvida de comer. Egisto la escucha con el ceño fruncido y apenas toca la comida. De vez en cuando dirige la mirada a Clitemnestra, que finge estar absorta en lo que cuenta su hija y se ríe en los momentos adecuados.

A ella le gustaría hacerle preguntas, que le contara cosas y saber qué hay detrás de su expresión preocupada, pero duda que él hablara. Un hombre como él seguramente no ha hablado en su vida. Imagina sus pensamientos arrastrándose dentro de él como gusanos en la tierra, condenados a seguir en las sombras.

Helena lo habría hechizado con su belleza y su sutil inteligencia, y lo habría ablandado hasta que se abriera como un melocotón.

Cástor se habría burlado de él y lo habría pinchado con palabras como agujas hasta que hablara.

Timandra y Polideuces no lo habrían intentado. «Es un hombre peligroso —habrían dicho—. Lo mejor es que nos deshagamos de él». Y habrían tenido razón.

Es peligroso, pero no puede deshacerse de él, así que tiene que encontrar la manera de descubrir lo que pretende. Tiene que ensuciarse las manos y cavar en la tierra hasta encontrar esos gusanos que se retuercen.

Recorre sola los pasillos de vuelta a su habitación. Los ruidos del palacio se extinguen y se desvanecen como si los cubriera el agua. Ha ordenado que escoltaran a Egisto a las habitaciones de los huéspedes y ahora solo piensa en si él podrá dormir. Sabe que ella no. Debe ser precavida y mantenerse despierta.

Cuando llega a su habitación, una figura que conoce bien emerge de las sombras. León.

—Te he dicho que te aseguraras de que Egisto se queda en su habitación —le dice.

—He dejado a cinco guardias en la puerta. No saldrá sin que te enteres.

—Bien.

Ella pasa junto a él y abre la puerta del dormitorio.

—¿No deberías echarlo, mi reina? —le pregunta.

Ella se da la vuelta.

—Eso lo decido yo, no tú.

—Es peligroso. Sabes durante cuánto tiempo lo buscaron los ancianos. Todos lo creyeron muerto. Y ahora viene aquí, después de lo mucho que sufrió en este palacio… —Respira hondo—. Es como un perro rabioso al que han matado a palos, pero que de alguna manera sobrevive. Ha conseguido atravesar estas murallas, pero puede morder en cualquier momento.

—Hasta ahora no ha intentado hacerme daño a mí ni a mis hijos.

A León se le quiebra la voz.

—También confiaste en Odiseo cuando te llamaron a su tienda.

Clitemnestra le da una bofetada tan rápido que a él no le da tiempo a reaccionar. Él vuelve a mirarla con ojos tristes.

Ella aprieta el puño y cada una de sus palabras es un cuchillo.

—Decidiste venir conmigo en lugar de mantener a mi hija a salvo. Te pedí que la protegieras, pero decidiste protegerme a mí sin entender que mi vida sin ella no es nada. No vuelvas a hablar de este tema o al que echaré será a ti.

—Sí, mi reina.

Lo dice en voz tan baja que quizá Clitemnestra se lo ha imaginado. En cualquier caso, cierra la puerta de su dormitorio dejándolo fuera.

Cuando Clitemnestra sale sigilosamente de su habitación para pasear por el jardín, hace mucho que el sol se ha ocultado detrás de las montañas, y el cielo está negro y sin nubes. Está sola entre las flores y se descubre pensando en su hermana como no lo ha hecho en años.

La última vez fue hace tres inviernos, cuando un enviado llegó al palacio para darle la noticia de la muerte de su madre. No pudo derramar una sola lágrima.

—¿Cómo ha sido? —le preguntó.

—Mientras dormía —le contestó el enviado.

Clitemnestra estuvo a punto de soltar una amarga carcajada. Su madre, que había sido cazadora y luchadora, muerta mientras dormía por haber bebido demasiado vino.

El destino de una mujer, por brillante y resplandeciente que sea, es ser aplastada como grano bajo la mano del mortero. ¿Y qué queda ahora de Leda? Rumores y mitos. La mujer que se acostó con el dios del cielo y del trueno, la reina a la que violó un cisne y la madre de la mujer más hermosa del mundo. Pero Leda era mucho más que eso.

Clitemnestra pasó aquella noche andando por el palacio, afligida por la madre que le hablaba de las divinidades del bosque, y de Rea y sus susurros en cuevas sagradas y arboledas de cipreses.

La mujer que gobernaba Esparta con su marido, que enseñaba a sus hijos a luchar en el *gymnasion* y que a veces despertaba a sus hijas en plena noche para dar un paseo a la luz de la luna sin que nadie se enterara. Las cogía de la mano y las hacía reír hasta que los ojos de Helena brillaban de felicidad.

No se afligió por la Leda que se mantuvo al margen mientras su padre y Agamenón conspiraban. Aquella Leda había muerto hacía mucho tiempo para ella.

Ahora intenta imaginarse a su hermana en Troya, sola en una ciudad cuyos habitantes deben de odiarla. Clitemnestra envió a dos de sus mejores exploradores al otro lado del continente para que le trajeran toda noticia de la guerra que encontraran, pero llegaron sin noticias de Helena. Eso significa que su hermana sigue viva, lo que le proporciona un extraño consuelo, porque le deja un sabor amargo en la boca, como cenizas.

Helena está viva, e Ifigenia está muerta. Es injusto, aunque Clitemnestra se ha pasado la vida protegiendo a su hermana.

«¿Desearías que Helena hubiera muerto?».

Cierra los ojos. Las ve juntas, nadando en el Eurotas como niñas, chapoteando desnudas en el agua clara y abrazándose. No es fácil decidir si una vida vale más que otra. Además es inútil. Los muertos están muertos.

Deja atrás sus pensamientos y vuelve al palacio. El dolor por el destino de Ifigenia cuelga en el cielo por encima de ella como una oración interminable.

27

Dientes de lobo

Clitemnestra sigue a Electra bajo el cálido sol del verano, con los puestos del mercado a su alrededor. Dejan atrás a personas con el rostro oscurecido por el sol y las manos agrietadas por el trabajo: un hombre cortando una pata de cerdo, con el hacha y el delantal manchados de sangre; una mujer colgando pollos desplumados por las patas, y una chica de pelo oscuro con una gran cesta de manzanas. Clitemnestra se detiene ante un puesto de diademas con piedras preciosas tan brillantes que la luz del sol parece brotar de ellas. Joyas para la realeza. El comerciante inclina la cabeza y mira los pies de Clitemnestra.

—Mi reina —dice—. Mi princesa.

Electra acaricia un fino tocado de oro con colgantes en forma de hoja. Clitemnestra cree que contrastaría con la piel blanca de su hija y le quedaría muy bien, pero Electra sigue adelante. La gente inunda las calles como lagartijas en busca de un lugar bajo el sol.

Clitemnestra piensa en su reunión con los ancianos, en lo arrogantes y desagradecidos que han sido esta mañana. Han insistido en que encarcelara a Egisto y lo mantuviera como rehén hasta que vuelva Agamenón.

—¿De qué serviría? —les ha preguntado—. A Egisto no le queda familia. Nadie pagará un rescate por él.

—Entonces mantenlo en la mazmorra hasta que el rey decida qué hacer con él.

—El rey lleva fuera nueve años —les ha contestado—. Nueve

años en los que he gobernado esta ciudad y la he mantenido a salvo. Y aun así os negáis a confiar en mi autoridad.

Los ancianos se han quedado en silencio y ella ha disfrutado de su mirada de derrota.

—¿Crees que el traidor de Egisto es guapo? —le pregunta Electra, lo que la aparta de sus pensamientos.

Tiene las mejillas rojas por el sol y está acariciando a un perro, como si acabara de hacer una pregunta de lo más inofensiva.

—Ni me lo he planteado —le responde Clitemnestra.

No es verdad. En realidad se ha preguntado qué es lo que la intriga de Egisto, pero aún no ha encontrado la respuesta.

—¿Te lo parece a ti? —le pregunta a su hija.

Electra se levanta el vestido para no manchárselo con una fruta tirada en el suelo.

—Creo que hace tiempo lo fue, pero ahora se tiene demasiado miedo a sí mismo.

—Entonces no te asusta.

—No. Solo me pregunto qué piensa un hombre como él. Sus ojos son como el hielo… No te dejan entrar.

Clitemnestra sonríe para sus adentros. Debe de ser duro para su hija sentirse excluida de la mente de alguien, ella, que siempre está buscando en los rostros de las personas para entender cada uno de sus movimientos y razones.

Llegan al final de la calle. Por encima de la puerta, los leones esculpidos son poderosos a la luz del sol, con su mirada vacía e indiferente. «Los reyes de Micenas son leones que cazan a los débiles», le dijo una vez Agamenón. Cuando ella le señaló que las esculturas en relieve se parecían más a las leonas, su marido se rio. ¿Se reiría ahora de que una leona estuviera sentada en su trono?

Clitemnestra se dirige al palacio y Electra la sigue, todavía pensativa.

—Les he preguntado a las mujeres de la cocina —le dice a su madre—. Dicen que Egisto nació después de que Tiestes violara a su propia hija, Pelopia. La chica estaba haciendo un sacrificio en el templo, y él la poseyó en la oscuridad y desapareció antes de que hubiera podido verle la cara.

—Las mujeres del palacio hablan mucho —le comenta Clitemnestra.

—Pelopia no sabía que el que la había violado había sido su padre. Avergonzada, envió al bebé lejos, y por eso lo crio Atreo, lo que significa que Egisto creció con Agamenón.

Dejó de llamarlo «padre» en su presencia desde que Clitemnestra le lanzó una copa a su hija, hace años. Ahora todos sus hijos llaman a su padre «Agamenón». No sabe cómo lo llaman cuando ella no está.

—Cuando Pelopia sacó a Egisto del palacio, le dejó una espada, la espada de Tiestes, aunque ella no lo sabía. Se la había quitado antes de que se marchara. Así que cuando Atreo envió a Egisto a asesinar a Tiestes, este vio la espada, reconoció a Egisto como su hijo y lo convenció de que se pusiera de su lado.

Clitemnestra sabe que Electra está hablando para intentar entender mejor al hombre. Lo único que tiene son historias, así que las disecciona hasta que siente que tiene el control. A su edad aún no ha entendido que las mujeres rara vez tienen el control.

—Me pregunto si sabía que su padre había violado a su madre. Debía de saberlo, porque todos los demás lo saben. Y si es así, ¿qué piensa? ¿Lo perdona?

Un grupo de mujeres pasa junto a ellas con los brazos llenos de higos, uvas y limones. Las frutas brillan tanto que parecen flores.

—¿Sabes dónde está ahora Pelopia? —le pregunta Clitemnestra.

—No.

—Se suicidó.

Una sombra atraviesa el rostro de Electra. Agacha la mirada con las mejillas rojas. El sol se eleva en el cielo sin nubes y Electra no vuelve a decir una palabra.

Producto del incesto y la violación. Un niño que nació para vengarse. No deseado por su madre, abandonado en el bosque y acogido por el mismo hombre al que estaba destinado a matar en cuanto creciera. ¿Cuántas cosas ha visto Egisto? ¿Cuánto dolor ha soportado? Las respuestas a sus preguntas parecen esculpidas en su rostro como cicatrices, cosidas en su piel como secretos. Puede descubrirlo extendiendo la mano y tocándolo.

Le han dicho que a última hora de la tarde siempre está en el patio de entrenamiento, así que se dirige allí sola cuando los chicos han terminado de entrenar. El atardecer pinta trazos de color rojo oscuro en el cielo. Una antorcha clavada en el suelo en medio del patio emite una luz intensa.

Al principio no ve a nadie. Quizá Egisto ya se haya ido. De repente una sombra se mueve frente a la armería y sale a la luz con una espada en una mano y una lanza en la otra. Dos puñales de caza le brillan en la cintura. Clitemnestra ve las cicatrices en sus brazos desnudos, rosadas como melocotones y dentadas como piedras.

Él arroja la lanza hacia un árbol. El arma vuela tan rápido que los ojos de Clitemnestra no pueden seguirla. La lanza se hunde en la corteza, de la que salen despedidas astillas.

A la escasa luz de la antorcha, Egisto blande la espada, que avanza lanzando destellos, como las garras de un león, y después retrocede. No hay elegancia ni gracia en sus movimientos. En su forma de luchar hay algo parecido a la desesperación. El cielo sangra por encima de él, y después se oscurece, como enfadado.

Ella sujeta con fuerza su puñal con piedras preciosas incrustadas. Espera mientras él le da la espalda haciendo girar la espada y después lo lanza hacia él. Egisto gira la cabeza a tiempo. Levanta la espada hacia su rostro y el cuchillo rebota en ella.

La mira con la cara roja de la rabia. A Clitemnestra le da la impresión de que acaba de descubrir un secreto, algo que él no quería que viera. Avanza hacia él y de camino coge una lanza del suelo. Al llegar al patio de entrenamiento, sonríe. Un desafío.

—Eres bueno.

Él retrocede y se aleja de la luz de la antorcha.

—No voy a luchar contigo.

Ella sigue avanzando.

—¿Por qué? ¿Tienes miedo?

—Eres mi reina. Y eres madre.

«Y tú eres un usurpador. Y eres hijo».

—Lucha conmigo —le dice.

Ella levanta la lanza y él mueve instintivamente la espada. Las armas chocan, bronce contra bronce.

—Voy a bajar la espada —le advierte Egisto.

—Pues morirás.

Vuelve a atacarlo, y esta vez también él arremete con los ojos llenos de violencia y su espada desgarra el aire. Los pies levantan polvo mientras luchan. Ella lo desarma, pero él saca los puñales de caza. Es rápido con ellos, mucho más rápido, y a Clitemnestra le cuesta mantenerlo a distancia. Le arroja la lanza y, mientras él la repele, ella coge una espada más corta del suelo. Ambos mueven rápidamente los brazos, golpe tras golpe, hasta que se agotan y el sudor les resbala por la espalda. Dejan de luchar.

Él deja los puñales en el suelo con la cara torcida. Recoge la espada con cuidado y la limpia con la túnica. Ella se pregunta si es la de su padre, pero no dice nada. Recoge su puñal y le comenta:

—Pareces diferente cuando luchas.

—Tú también. —Ha inclinado la cabeza y su perfil es atractivo a la luz dorada de la antorcha. «¿En qué parezco diferente?», quiere preguntarle Clitemnestra, pero él es más rápido—. ¿Quién te dio ese puñal?

—Mi madre —le contesta—. Tiene la hoja más afilada que he tocado jamás. —Lo levanta para que él lo vea. Mientras él acaricia la hoja con el dedo, añade—: Pero un trocito de metal afilado no te da miedo, ¿verdad?

Él la mira y ella le sostiene la mirada. León tenía razón. Es como un animal herido, preparado para morder a la primera provocación. Pero no es un perro rabioso. Los perros rabiosos son débiles porque están locos. Egisto no está loco. Es fuerte y manipulador, la rabia hierve dentro de él, pero siempre la mantiene a raya. Es más como un lobo que muestra los dientes a quienes se acercan demasiado.

Él sonríe.

—A veces es mejor sangrar que no sentir nada.

Ella elude la cena y va al baño a lavarse. Tiene la túnica cubierta de polvo, y el pelo, alborotado y enredado. Las lámparas ya están encendidas y proyectan rayos de luz en la silenciosa oscuridad. Se quita el *chitón* y se pasa los dedos por la barriga y por los cortes que se desvanecen en sus brazos. Está nerviosa. El agua del baño está fría y se estremece.

—Mi reina. —Una voz cantarina en la oscuridad, como un pájaro al amanecer. Ailín. Sus pasos se acercan, suaves como gotas de lluvia.

—El señor Egisto ha venido a cenar y tú no estabas —le dice—, así que he pensado que te encontraría aquí.

—Calienta el agua, Ailín —le ordena Clitemnestra.

Ailín corre a encender el fuego. Su sombra en la pared es pequeña y afilada. El agua empieza a calentarse y envuelve a Clitemnestra como una piel de oveja. Ailín la frota con jabón. Clitemnestra extiende las manos y los brazos, y Ailín le pasa el jabón por las suaves zonas interiores de los codos.

—Crisótemis no pudo dormir anoche —le dice—. Ha vuelto a tener pesadillas.

Clitemnestra mira su rostro en las sombras. Ailín no ha tenido hijos, aunque quizá debería haberlos tenido. Una vez León le sugirió que era guapa en tono casual, como para ver qué le parecía. Ella lo disuadió. No es fácil controlar a dos sirvientes leales juntos. Es mucho más útil emparejar a un perro leal con una persona más difícil para mantenerla bajo control.

—Quizá debería dormir contigo esta noche —sigue diciéndole Ailín.

—Tiene catorce años. Ahora es una mujer, no una niña, y tiene que comportarse como tal.

Ailín no dice nada, pero la mira con tristeza. Clitemnestra sabe que no está de acuerdo con ella. Una noche, aproximadamente un año después del asesinato de Ifigenia, tuvo el descaro de decirle que era demasiado fría y distante con sus hijas. «Electra y Crisótemis te necesitan, mi reina —le dijo—. No hablas con ellas y no las tocas». Clitemnestra sintió deseos de pegarle, pero se quedó en silencio. No podía permitirse perder a Ailín. No confiaba en nadie más para cuidar de sus hijos.

—Hablaré con ella mañana —añade Clitemnestra en el tono más dulce posible—. Pero borra esa expresión de tu cara, Ailín. No eres la diosa Hera.

Ailín se ríe y sigue frotando a Clitemnestra con más suavidad. «Ahí está —piensa Clitemnestra—. Así de fácil es la lealtad para algunos. Se quedan satisfechos con las migajas».

Cepillada y limpia, se dirige al comedor. El olor a carne es intenso y tentador, y mira las sobras mientras las sirvientas se apresuran a llevárselo todo. Los perros se mantienen cerca de ella olfateando los trozos de comida del suelo. León aparece en la puerta y los echa con un movimiento de la mano.

—Traed un poco de vino para la reina —les ordena a las sirvientas—. Ya terminaréis de limpiar después.

Clitemnestra se sienta en la silla a la cabecera de la mesa. Acepta el vino que le ofrece una mujer y bebe. León se sienta a su lado.

—¿Cómo ha ido la cena? —le pregunta ella.

—Han venido los ancianos —le contesta—. Se preguntaban por qué no estabas.

—¿Les has dicho que porque no quería ver sus caras arrugadas?

—No —le dice esbozando una pequeña sonrisa.

—Deberías haberlo hecho.

Se los imagina mirando a Egisto como zorros alrededor de un pollito. Se termina el vino y León le sirve más. Todas las sirvientas han desaparecido. La puerta está cerrada y en el suelo solo quedan sus sombras.

—Hoy los he oído susurrando en los pasillos —le comenta León—. Hablaban de ti y de Egisto.

—Creía que ya teníamos a suficientes mujeres susurrando en este palacio.

León juguetea con el mango de su puñal.

—Algunos decían que una mujer no debería llevar la corona. Otros te defendían.

—¿Qué han dicho exactamente?

León duda. Ella le da tiempo y bebe más vino. No es la primera vez que le llega el descontento de los ancianos.

—Han dicho que tu poder es como «la peste entre soldados».

—¿Quién lo ha dicho?

—Polidamante.

—Ah, claro.

Es uno de los perros más fieles de su marido. Tírale un hueso y te lo traerá meneando el rabo. Pero no le gustan las mujeres. Mantiene a su mujer y a sus hijas en casa, sin que puedan ver la luz del sol. Clitemnestra ha querido que lo mataran muchas veces, pero sabe que eso enviaría un mensaje equivocado a los demás, así que ha intentado lidiar con él, en la medida en que se puede lidiar con el perro de otro amo.

—¿Y tú qué piensas, León? —le pregunta—. ¿Soy como la peste?

—No, mi reina. —La mira y después desvía los ojos hacia las armas que brillan en las paredes—. Pero puedes ser intimidante. Eres como el sol. Si lo miras demasiado, te quedas ciego.

Clitemnestra siente el amor y la reverencia en su tono. Debería recompensarlo. Si aleja a sus sirvientes leales, ¿por qué iba nadie a seguirla?

—¿Y por qué crees que los ancianos lo dicen? —le pregunta.

León se inclina un poco hacia atrás, como hace siempre cuando está pensando. Uno de sus ojos, el derecho, todavía está medio cerrado por la paliza que le dieron en Áulide.

—Se ven en tu lugar. Creen que lo harían mejor que tú. Sueñan con un reino y una corona.

Su respuesta la complace. Puede ser astuto cuando lo obliga a pensar. Sería un buen gobernante si no fuera por su sangre plebeya.

—¿Y cómo crees que debería hacerles entender que su reino no es más que un sueño?

—No puedes. Supongo que es la carga que debe soportar un

gobernante. —Se levanta y el banco chirría—. Ahora te dejo, mi reina. Deberías descansar.

Hace una reverencia y se dirige hacia la puerta.

—Ven aquí, León.

Él se detiene. Cuando se da la vuelta, es evidente que está complacido. Recorre la distancia que los separa y se arrodilla junto a la silla de Clitemnestra, que le toca el pelo y lo atrae hacia ella. Sus labios saben a hogar y a tristeza.

—Podría venir alguien —le dice León sin aliento mientras le levanta la túnica.

—Que venga —le contesta—. Soy reina y hago lo que me place.

Sus palabras lo excitan y le recorren las venas como una droga. Ella deja que la penetre. Le rodea los hombros con los brazos y siente su respiración entrecortada en el cuello.

«Qué error —piensa—, qué injusto. ¿Piensa en Ifigenia cuando me mira? ¿Todavía recuerda su olor y la suavidad de su piel contra la suya?». León nunca habla de ella, pero Clitemnestra siente el dolor creciendo dentro de él, en cada grieta y herida, en cada hueco.

Cuando termina, se queda un momento pegado a ella. Tiene el pecho húmedo. Ella lo suelta y mira fijamente la luz, que se diluye a medida que las antorchas se apagan. Cuando la habitación se queda a oscuras, busca un sentimiento dentro de ella: dolor, seguridad, ira, placer, cualquier cosa.

«A veces es mejor sangrar que no sentir nada».

¿Lo es?

28

Personas destrozadas

Al otro lado de las ventanas, el otoño se acerca sigilosamente. Las hojas adquieren un brillo rojizo en los árboles, y las noches frías cubren de escarcha la hierba. Clitemnestra piensa en los ojos de Egisto. No hay pájaros cantando ni figuras moviéndose. Parece como si la tierra se hubiera detenido a descansar.

—Mi reina, deberíamos discutir asuntos del trono.

La voz chillona de Polidamante la traslada de vuelta al *mégaron*, con los ancianos sentados a su alrededor en semicírculo. Clitemnestra no está sentada en el trono, sino de pie junto a las ventanas. La presencia de los ancianos hace que sienta que le falta el aire.

—¿Qué hay que discutir sobre el trono? —le pregunta.

—Si el rey Agamenón no vuelve de la guerra... —empieza a decirle Polidamante.

Ella lo interrumpe:

—Lo mismo da si el rey vuelve de la guerra o no. Ahora reino yo, y después mi hijo será el rey.

Polidamante no dice nada. Si ya lo odia cuando habla, aún le gusta menos cuando está callado. Oye su mente dando vueltas y tejiendo complots contra ella.

—El traidor Egisto podría causar problemas —interviene Cadmo.

Le recuerda a una manzana golpeada, de esas que se quedan en el suelo hasta que alguien las pisa. Al menos tiende a inclinarse a favor de Clitemnestra en la mayoría de los asuntos.

—Deberías echarlo o encarcelarlo —le dice Polidamante—. Puede reclamar el trono.

—Mi marido solía decir que es mejor mantener a tus enemigos cerca.

Es mentira. Agamenón nunca dijo tal cosa. Pero ha observado que cada vez que lo menciona, a los ancianos les cuesta contradecirla.

—Entonces encarcélalo —le repite Polidamante.

—Me subestimas, como de costumbre —le replica ella.

—¿Por qué lo dices, mi reina?

—Crees que he dejado que Egisto coma en mi mesa y recorra mi palacio sin tener un plan. No consideras que podría estar intentando entenderlo mejor para manipularlo.

—Los hombres no manipulan a sus enemigos. Los obligan a someterse.

Ella se ríe amargamente.

—Creía que servías a mi marido. ¿Quién sabe manipular mejor que Agamenón? El rey al que sigues tan ciegamente ha subido al poder gracias a sus engaños. ¿Y qué me dices de Odiseo, rey de Ítaca? —El nombre le escuece en la lengua, pero lo dice de todos modos—. ¿Se le llama héroe por su fuerza o por sus trucos?

Cadmo asiente, y lo mismo hacen varios otros.

Polidamante se remueve en su asiento.

—Te equivocas si crees que eres la única dispuesta a manipular —le dice—. Egisto intentará hacer lo mismo. Ha venido a tomar el poder, no a doblegarse ante una mujer.

—Una reina —le corrige.

—Sí, una reina.

—Controlaré a Egisto. Y si intenta hacerme daño o usurpar mi trono, lo pagará.

Los ancianos parecen relajarse en sus asientos. Son tan cobardes que un solo hombre puede inquietarlos hasta ese punto.

—No volveréis a dudar de mí sobre este asunto —añade sentándose en el trono. Oye un murmullo de asentimiento—. ¿Algo más que discutir?

—Aún no hemos hablado de Troya, mi reina —le contesta Cadmo.

Es verdad. No ha preguntado por Troya porque sus exploradores la mantienen informada, aunque no ha pasado gran cosa. La ciudad todavía no ha caído.

—La peste ha golpeado al ejército griego —sigue diciéndole Cadmo—. Muchos de nuestros hombres están muriéndose. Dicen que deben apaciguar a Apolo.

Clitemnestra casi levanta los ojos al techo. Está harta de oír hablar de los dioses.

—¿Se ha contagiado el rey? —pregunta.

—No. Pero la peste es hábil, mi reina —le contesta Polidamante—. Golpea sin piedad y sin tener en cuenta el rango y el honor.

Clitemnestra se acaricia los anillos disfrutando del incómodo silencio.

—Es extraño que hables de la peste en estos términos, Polidamante —le dice.

—¿Por qué?

—Creía que habías dicho que una mujer al mando puede ser como la peste entre soldados. —Pronuncia cada palabra despacio y mirándolo fijamente a los ojos.

Él no se ruboriza ni murmura. Se mantiene firme.

—Lo dije y lo creo. —En su tono no hay arrogancia, sino una odiosa naturalidad. La sinceridad de un hombre que cree que puede decir lo que piensa.

—Soy consciente de que muchos de vosotros consideráis que podríais gobernar esta ciudad mejor que yo —les dice—. Que por ser mujer debo anteponer vuestra opinión a la mía. Que mi marido era mejor gobernante y más apto.

Algunos desvían la mirada, incómodos. Otros se ruborizan, pero siguen mirándola, audaces.

—Pero Micenas se ha enriquecido bajo mi mando —sigue diciéndoles Clitemnestra—, a pesar de haber perdido hombres y recursos en la guerra, una guerra que mi marido quería. De modo que, mientras yo esté en este trono, me daréis vuestros consejos y respetaréis mis decisiones.

«¿Y si no lo hacemos?», casi los oye pensar.

«Entonces os cortaré la lengua».

En el patio de entrenamiento encuentra a su hijo, un rayo de sol en un día nublado. Lleva una piel de león sobre los hombros y está enseñando a los niños más pequeños a disparar flechas.

—Madre, hoy están aprendiendo rápido —le dice cuando llega hasta él.

—¿Solo estáis disparando flechas? —le pregunta.

—Sí, hoy sí. Pero pronto entrenaremos con lanzas y hachas.

Se alejan unos pasos del patio. La hierba fría cruje bajo sus pies. Ella le coloca un rizo detrás de la oreja y él sonríe como diciéndole: «Madre, ya no soy un niño».

—Deberías venir más a menudo a mis reuniones con los ancianos —le dice.

—¿Por qué? Los manejas mucho mejor que yo.

—Debes aprender a manejarlos tú también. Un día serás rey y te quedan cosas por aprender. Los ancianos son como serpientes. Se acercan sigilosamente por detrás y te dan un golpe en la espalda si no estás preparado para defenderte.

—¿Por qué no los eliminamos?

—Las ciudades necesitan a sus ancianos. Toda reina o todo rey debe tener consejeros.

—Tú eres mi consejera —le dice.

—Lo soy —le confirma ella sonriendo—, y ahora te aconsejo que vengas y escuches a los ancianos para que aprendas a ver sus mentiras.

Orestes se ríe.

—Iré e intentaré no asesinar a Cadmo cuando hable de las tragedias que nos esperan. La última vez que lo escuché deliraba sobre unos mendigos poseídos por las Erinias.

—Hoy ha sido sobre la peste.

Él niega con la cabeza, como diciendo: «¿Lo ves?», y después vuelve corriendo al patio. Clitemnestra observa, asombrada, cómo los niños corren tras él. Cuando era pequeño, hubo momentos en los que temía por él, temía que no fuera capaz de enfrentarse a los conflictos y que no supiera derrotar a sus enemigos. Pero

Orestes ha aprendido esas cosas y muchas más. Ha aprendido a inspirar amor y respeto, algo que la mayoría de los príncipes de su época pasan por alto. La sacerdotisa de Esparta le dijo una vez que los hombres suelen estar cegados por el poder. Pero su hijo no. Es un hombre, así que nunca entenderá algunas cosas, nunca tendrá que entenderlas, pero Clitemnestra le ha enseñado lo más importante: que el poder por sí solo no te otorga un reino.

En las altas murallas de piedra de la ciudadela, el viento es frío como la nieve. Las nubes caen sobre la tierra a su alrededor y se tragan lentamente el paisaje, desde los picos de las montañas hasta las colinas más bajas y los arroyos. Tiempo atrás, Helena soñaba con comandar las nubes. Se tumbaba en la hierba, cerraba los ojos y les pedía que se movieran más rápido, que el viento soplara más fuerte y que el sol brillara más.

—No funcionará —le decía Clitemnestra.

—Tú también deberías tumbarte —le respondía siempre Helena tirando de la túnica de su hermana—. Si unimos nuestras voluntades, seremos más fuertes.

Y Clitemnestra se tumbaba. Como el viento no soplaba y el sol no quemaba, cogía de la mano a Helena y le decía:

—Creo que nos oye, pero no quiere hacernos caso. A veces el viento es un malcriado.

Helena sonreía. Ambas sabían que era mentira, pero las mantenía más unidas y más felices.

—Mi reina.

Se vuelve. Egisto está unos pasos detrás de ella, observándola. Siempre consigue burlar a los guardias. Debería decirles que estén más atentos.

—Tu hija ha venido a hablar conmigo —le dice.

—¿Cuál de ellas?

—Electra.

Clitemnestra frunce el ceño, sorprendida. Electra rara vez va a hablar con nadie.

—¿Qué quería?

—Me ha dicho que los ancianos no me quieren en el palacio y que tú te peleas con ellos. —La observa a la espera de su reacción. Como ella guarda silencio, añade—: Pero creo que quería que le dijera por qué he venido.

—Es muy propio de Electra, sí. Habla para hacerte hablar. Debes de frustrarla.

—¿Por qué?

—No sabe nada de ti. Eres un enigma.

Él frunce el ceño.

—Todo el mundo sabe mucho sobre mí. Dondequiera que vaya, la maldición de mi familia me precede.

—No creo que eso le interese a Electra. Siempre intenta descubrir lo que los demás piensan o sienten, lo que temen o desean. De la historia de tu familia puede enterarse fácilmente, y por eso no le interesa.

Él se acerca hasta colocarse frente a ella, rodeados de una niebla gris. Si quisiera, podría empujarla desde lo alto de la muralla.

—Mi padre solía venir aquí a vigilar a todos los hombres, mujeres y niños del pueblo —le comenta Egisto un rato después.

—¿Por qué? —le pregunta ella.

—Para decidir a quién iba a azotar o matar. Veía enemigos por todas partes.

—Yo no soy tu padre.

El dolor atraviesa el rostro de Egisto, pero ella no desvía la mirada. Le gusta ver su sufrimiento porque le parece íntimo, algo que él no le mostraría a nadie más. Sus rasgos se difuminan en la espesa niebla y Clitemnestra se descubre deseando tocarlo antes de que desaparezca.

—No, ya lo veo —le dice—. No eres cruel, y aun así mantienes unido el reino. Nunca he visto nada parecido.

Un jefe militar muere, así que los ancianos convocan un consejo para sustituirlo. Clitemnestra les pide a Orestes y Electra que se queden en el *mégaron* con ella mientras los mejores jóvenes del ejército le ofrecen sus espadas. Se acercan al trono de uno en uno, se presentan y enumeran sus hazañas mientras los ojos vigilantes de los ancianos los observan desde las sombras.

—El año pasado gané todos los combates, mi reina.

—Mi padre dio su vida en el campo de batalla de Troya.

—Mi hermano se ocupó del motín de los ciudadanos hace dos inviernos.

No es fácil elegir. Los *lawagetas*, los líderes militares, deben patrullar las calles de la ciudadela, proteger Micenas de las invasiones extranjeras y aplastar las revueltas dentro de las murallas de la ciudad. La mayoría de los guerreros se fueron con Agamenón hace nueve años, y Clitemnestra ha estado formando un ejército fuerte para sustituirlos.

—Sería un honor servirte, mi reina Clitemnestra.

Ella levanta la mirada. El hombre que está frente a ella es joven y tiene la cara angulosa, como la de un perro de caza. Mira a Electra brevemente y después vuelve a dirigir los ojos a Clitemnestra.

—Llevo años ganando a todos en el campo de entrenamiento. —Mira a Orestes—. Tu hijo siempre está allí. Él puede confirmártelo.

—Ciro es un buen soldado —confirma Orestes con cautela.

Como Clitemnestra no dice nada, Ciro se siente obligado a seguir hablando.

—Nos hemos visto antes, mi reina, aunque no sé si lo recuerdas. Soy hijo de Euríbates. Tu marido respetaba a mi padre, que murió luchando junto a él al otro lado del mar.

—Te recuerdo —le responde con una fría sonrisa—. El chico que intentó violar a mis hijas.

Electra desvía la mirada. Los ancianos empiezan a susurrar y Clitemnestra los hace callar.

—Querías azotarme hace años, mi reina —le dice Ciro—. Tenías razón. Les falté el respeto a tus hijas, y ellas me enseñaron a no subestimar a las mujeres. De todos los errores se aprende.

Clitemnestra se da cuenta de que ha ensayado su breve discurso, aunque procura parecer sincero.

—¿Cuántos errores tiene que cometer un hombre para llegar a ser decente? —le pregunta.

Silencio. Clitemnestra mira fijamente las llamas que bailan en la chimenea, cuyas sombras lamen los pies de Ciro.

—Orestes, ¿tendrías a Ciro a tu lado en la guerra? —le pregunta a su hijo—. ¿Puedes confiar en un hombre que ofendió a tus hermanas?

Orestes vuelve a hablar despacio.

—Ciro es un buen compañero en los entrenamientos. Siempre ayuda al amigo que lo necesita.

Ciro asiente, agradecido. Clitemnestra se recuesta en el trono sintiendo los ojos de Electra sobre ella.

—Muy bien. Entonces acepto tu espada, Ciro. Lucharás por mí junto a mi hijo y los demás jefes militares.

De nuevo silencio. Entonces Ciro se arrodilla con expresión de orgullo. Cuando se levanta, Orestes y él intercambian una mirada.

—Es tu oportunidad de que tu reina se enorgullezca de ti —le dice Clitemnestra—. No la desperdicies.

—Gracias, mi reina.

Cuando se ha marchado, Clitemnestra ordena a los ancianos que la dejen a solas con sus hijos. El salón parece más ligero y fresco sin ellos. Pide a las sirvientas que traigan vino y se vuelve hacia Electra. Su hija está en las sombras, cavilando. Se ha mantenido en silencio durante todo el día, torturando el dobladillo de su vestido púrpura mientras los hombres intentaban llamar la atención de su madre. Clitemnestra sabe que está recordando el episodio. Ciro había intentado hacerle daño, Clitemnestra echó al chico y Electra le dijo: «Al menos mi padre nos trata a todos igual». Pero no era así, ¿verdad?

«Te has vuelto como él —oye discurrir a Electra—. Ahora piensas en tu trono y en el reino antes que en las personas».

—Madre, ¿estás segura de lo que has hecho? —le pregunta Orestes. Los destellos del fuego de las antorchas brillan en su hermoso rostro.

—Le he dado a Ciro el puesto para mostrarles a los ancianos que los desleales pueden tener una segunda oportunidad.

«Además, su padre ha muerto, así que ahora la familia de Ciro me será leal a mí, no a Agamenón».

—No te arrepentirás. Ciro es el mejor guerrero de los que entrenaban conmigo.

—Bien. Porque no es buena persona.

Orestes sonríe y coloca la mano encima de la de su madre.

—¿Los hombres buenos son buenos jefes militares?

Una vez, hace tres o cuatro años, Clitemnestra les preguntó a sus hijas qué tipo de marido querían. Era verano y se hallaban en el jardín. Los árboles estaban llenos de frutos y los pájaros volaban de rama en rama, comían cerezas y cantaban. Sus plumas brillaban a la luz del sol.

Crisótemis lo pensó. Todavía era muy pequeña para pensar en maridos, pero le gustaba hablar con su madre en el jardín, lejos del jaleo del palacio, de los murmullos de los ancianos y de la frivolidad del *gynaikeion*.

—Un marido que se quede con la familia —le contestó después de un rato—. Un marido que no se muera.

Clitemnestra se rio. De todas las cosas que podría haber dicho… Electra también se rio y los pájaros piaron. Crisótemis cogió de la mano a su hermana y le preguntó:

—¿Y tú, Electra?

Electra contestó al instante, como si ya lo hubiera pensado muchas veces.

—Quiero un hombre que consiga lo que quiere. Un hombre que me entienda y tan brillante que asuste a los demás.

Quizá le habría gustado Odiseo. Este pensamiento llenó a Clitemnestra de una amargura indescriptible.

Electra está en el patio mirando los grifos de los frescos. Lleva el pelo suelto, y en una mano, los anillos que solía ponerse su hermana. Clitemnestra da un paso adelante y de repente ve que León está con su hija, apoyado en una columna roja. Retrocede a un rincón, cerca de unas jarras de aceite alineadas contra la pared, y los escucha.

—Ella se ponía más —le dice León tocando los anillos—. Tres o cuatro en cada dedo. —Cierra los ojos y apoya la cabeza en la columna.

—¿La echas de menos? —le pregunta Electra.

—Todos la echamos de menos. —Hace una pausa y respira hondo—. Tu madre más que nadie.

Electra se muerde el labio y agacha la mirada.

—Nunca me habla de ella.

—Es demasiado doloroso para ella.

Las sombras se alargan en el suelo como dedos que intentan tocarse en busca de algún consuelo.

—¿Ahora la amas a ella? —le pregunta Electra.

A León no parece sorprenderle la pregunta.

—Siempre la he servido —se limita a contestarle.

—Te dejará, lo sabes.

Clitemnestra no espera a que León le responda. Sale de las sombras, y este la mira, sorprendido. Electra se cubre instintivamente la mano en la que lleva los anillos con la otra, como si su madre fuera a quitárselos.

—Déjanos solas —le dice Clitemnestra a León.

Él la obedece, y en cuanto se ha ido, se levanta una fría brisa que arrastra gotas de lluvia pequeñas como granos de arena. Se dispersan por la cara de Electra, que brilla. Ella no se las seca.

—Llevas los anillos de tu hermana —le dice Clitemnestra.

—Los he abrillantado.

—Te quedan bien. Tienes los dedos tan largos como ella.

Le cuesta decirlo, pero sabe que Electra lo necesita. Su hija abre mucho los ojos y extiende la mano hacia ella. Clitemnestra la coge y toca las piedras preciosas: ónix, amatista y lapislázuli.

—Egisto me ha contado que has hablado con él —le dice Clitemnestra.

—Suponía que lo haría —le contesta Electra.

—¿Has descubierto lo que buscabas?

—Me temo que no.

—Deberías habérselo preguntado de otra manera, más directamente.

Electra la sorprende diciendo:

—Estoy de acuerdo.

—¿Por qué te interesa tanto?

Sabe la respuesta a su pregunta, pero quiere escuchar a Electra decirla. Se trata de un enigma que su hija no puede resolver, y por eso se empecina.

Pero Electra le contesta:

—Las personas destrozadas me fascinan.

Un trueno retumba y la lluvia empieza a inundar el patio. Electra corre hacia el pórtico con el pelo pegado a la cara. Clitemnestra se queda donde está. Disfruta observando cómo todo se disuelve bajo la lluvia y los contornos de los objetos y las personas se desvanecen.

—Madre, estás empapada —le grita Electra, pero Clitemnestra no le hace caso. Es como si las palabras de su hija de repente hubieran aclarado un río turbio y ahora viera sus sentimientos reflejados en él. «Las personas destrozadas me fascinan».

¿Por eso se siente atraída por Egisto? No hay respuestas bajo la lluvia.

Los dedos rosados del amanecer, brillante y silencioso, acarician los tejados de la ciudadela. Clitemnestra sale a hurtadillas del palacio y disfruta de la densidad del silencio. Nada le gusta más que estar despierta cuando la ciudad duerme. Le da una sensación de poder y una ilusión de control.

Sale sigilosamente por la puerta trasera de la ciudadela con un chal por encima del *peplos*. El camino que asciende por la montaña es empinado y está cubierto de barro. Las cabras y las ovejas balan en algún lugar de las laderas, donde la tierra está llena de vides. Por encima de ella, los pinos y los robles se hacen más espesos y proyectan largas sombras en el suelo.

Se detiene a descansar junto a un pequeño estanque con agua tan clara que parece un trozo de cielo. Aunque todavía es otoño, el hielo del invierno ya ha aparecido en las montañas y ha cubierto los picos de salpicaduras blancas. Se sienta en una roca y se toca los pies descalzos con las palmas de las manos para calentárselos un poco antes de sumergirlos en el agua helada del estanque. Sus músculos gritan, pero se queda quieta disfrutando del dolor.

—No esperaba encontrar a nadie aquí.

Dirige de inmediato la mano al puñal. Egisto está junto a un árbol observándola. Lleva el pelo hacia atrás, y la luz pálida permite ver las cicatrices de su rostro. Ella saca los pies del agua fría y deja el puñal.

—¿Me has seguido?

Quizá los ancianos tenían razón y lo ha subestimado. Vacía su mente del miedo repentino. Un hombre como Egisto es probable que lo huela, como los lobos.

—Siempre vengo aquí —le contesta—. Solía venir cuando aún gobernaba Tiestes.

—¿A qué?

—Sencillamente a alejarme de los demás. En esa época el palacio era diferente de lo que es ahora.

—¿En qué sentido?

—Era más gris. Y más sangriento.

A Clitemnestra no le gusta su tono. Habla como si ella no pudiera entenderlo, como si hubiera crecido con ninfas y hubiera pasado el tiempo con peines y vestidos bonitos.

—¿Cuántos hombres muertos has visto? —le pregunta.

Él se queda en silencio, con una creciente expresión de desagrado.

—Yo he visto cientos —sigue diciéndole Clitemnestra—. En Esparta los ancianos condenaban a los delincuentes, y mi padre y mis hermanos los arrastraban al Ceadas. Después los lanzaban por el acantilado. La mayoría morían en el acto, pero otros vivían uno o dos días y gemían mientras los pájaros les picoteaban el cuerpo destrozado hasta que se desangraban o morían de sed.

Se obliga a recordar. Le viene a la mente una imagen de sí misma de niña, agachada entre los arbustos y oyendo los gritos de los hombres. También oía otros gritos, más débiles, pero se desvanecían como sombras.

Egisto se sienta en la roca a su lado. El puñal está entre ellos, fácil de alcanzar para cualquiera de los dos.

—Atreo decía que para entregar un mensaje basta con una sola persona —le cuenta—. Así que mandaba a sus hombres al bosque cada vez que llegaba un grupo de enviados y los liquidaba a todos menos a uno. Después hacía regresar a ese enviado con las cabezas de los demás en un saco. Agamenón y Menelao participaban en esas cacerías, pero yo no podía.

Seguramente lo castigaban por ello, aunque no lo dice.

—¿Y a cuántos hombres has matado? —le pregunta.

Él se encoge de hombros y ella observa cómo el viento le alborota el pelo.

—Una vez maté a un niño —le contesta mirándose las manos—. Cuando acabé con él, su cara parecía barro. —El agua del estanque, en la que se refleja el cielo, cambia de color—. ¿Cuántas veces te han azotado? —le pregunta.

Ahora parece un juego. Parece que estén comparando sus cicatrices internas y esperando a ver quién se derrumba primero.

—Veinte. O más. No estoy segura. La sacerdotisa de Esparta me odiaba, aunque era peor con mi hermana. La azotaba cada vez que podía, pero Timandra seguía encontrando maneras de hacerla enfadar. ¿Y a ti?

—A Tiestes le gustaba azotar a sus sirvientes. Lo hacía hasta que tenían la espalda empapada de sangre. Veía a traidores por todas partes. Estaba lleno de maldad y desconfianza, sobre todo después de la muerte de sus hijos.

«De sus otros hijos». Clitemnestra observa que es hábil evitando las respuestas que no quiere dar. Sus palabras son como humo entre sus dedos.

—¿Y Atreo?

Ella ya sabe cosas del padre de Agamenón, porque su marido se las contó. Atreo era fuerte y vengativo. Una vez mató un jabalí solo con las manos. Como se acostaba con una sirvienta diferente cada noche, el palacio siempre estaba lleno de mujeres embarazadas.

—Lo de Atreo era mucho peor. —Se detiene. Al fin y al cabo,

ambos saben lo que hizo Atreo—. Nadie podía igualar la crueldad de mi tío —añade Egisto—. Solo su mujer.

Clitemnestra frunce el ceño.

—¿Aérope?

No sabe mucho de ella, excepto que su aventura con Tiestes dio inicio a la interminable concatenación de violencia y venganza entre los hermanos.

—En el palacio decían que cada vez que Aérope murmuraba al oído de Atreo, diez hombres morían.

—¿Era cierto?

—Nunca lo comprobé. Me mantenía a distancia y no hablaba con ella a menos que se dirigiera a mí. Una vez me dijo que a los niños que nacían con ojos tan fríos como los míos habría que desollarlos vivos.

—Quizá Atreo y Tiestes la amaban porque era despiadada.

—Eso creo. Estaba tan envenenada como ellos.

Se quedan un rato en silencio. Las palabras que no dicen son como peces que no se pueden pescar. Las preguntas se deslizan en la mente de Clitemnestra y le hacen cosquillas como gotas de agua. «¿Con cuántas mujeres has estado? ¿Con cuántas sirvientas? ¿Conoces el placer o solo el dolor?».

Cuando se vuelve hacia él, Egisto está mirándola fijamente, sin moverse. Su inmovilidad es animal. Ella quiere inclinarse hacia delante y recorrerle la cicatriz del pómulo con el dedo. El deseo es tan fuerte que casi la siente bajo el dedo, como una hoja arrugada.

—Mi reina —le dice.

Nada más. El sol de la mañana cae sobre su piel aceitunada y hace que los ojos le brillen como nieve a la luz del sol.

Clitemnestra está sin aliento y no puede soportarlo. Coge el puñal y se marcha.

29

Amantes

«Se acabó el miedo —decide Clitemnestra—. Se acabaron las sorpresas». Ahora le toca a ella seguirlo.

Empieza a perseguirlo en secreto, a primera hora de la mañana, antes de reunirse en el *mégaron* con los ancianos y los ciudadanos que llegan con sus solicitudes, y al final de la tarde, cuando él entrena. Tiene cuidado, porque sabe que él puede descubrirla fácilmente. Es un perro guardián, siempre paciente.

Lo sigue por las callejuelas de la ciudadela, por las colinas y las montañas. En el patio de entrenamiento y en el baño. Siempre está lo bastante cerca para ver lo que hace, pero lo bastante lejos para desaparecer si se da la vuelta. Y se da la vuelta a menudo. Egisto camina como si lo persiguieran, mirando hacia atrás de vez en cuando.

Después de entrenar, él se adentra en las estrechas calles de la ciudadela cercanas a la puerta de atrás. Es cuando están más concurridas, con hombres pasándose barriles de grano y vino de mano en mano, perros olisqueando en las esquinas y ancianas en las puertas como centinelas. Egisto se mueve como una sombra, una silueta nítida sobre las paredes blancas, y Clitemnestra lo sigue con un manto por encima de la cabeza. Dejan atrás las cestas de cebollas y manzanas, a los vendedores que se limpian la sangre de animales de las manos y a las mujeres con joyas baratas y ojos arrugados.

Después de caminar por el laberinto de callejones, Egisto siempre va a la taberna donde comen artistas y comerciantes. Se sienta en el rincón más oscuro, junto a los barriles de vino, y bebe solo. Nadie se fija en él. Las mesas están repletas de comerciantes que cantan canciones obscenas y de hombres que comen pan y carne, y los jugos les gotean de la barba. Las pequeñas lámparas repartidas por el local arden como brasas de un fuego agonizante.

Clitemnestra observa desde fuera, por una grieta de la pared de madera que le permite ver parte del local. Los transeúntes, en su mayoría borrachos y esclavas, no le prestan atención. Nunca se queda mucho rato y vuelve al palacio poco antes de la cena.

Una noche, un mercader se fija en Egisto. Está jactándose de una transacción comercial de ámbar que le ha llenado los bolsillos de oro cuando dirige los ojos al rincón donde está Egisto. Lo observa como un halcón a su presa.

—¿Eres el hombre maldito? —le pregunta dando tumbos entre las filas de mesas, visiblemente borracho—. ¿El traidor Egisto? —Habla en voz alta, y los demás hombres se callan y lo escuchan.

Clitemnestra ve el rostro de Egisto lo bastante para ser testigo de su rabia. El comerciante es gordo y tiene abundante vello en el pecho y las manos. Egisto podría tumbarlo de una bofetada, pero no dice nada.

—Eres tú, ¿no? —sigue diciendo el mercader con una mueca, y se detiene delante de Egisto. Tiene las mejillas rojas y está empapado en sudor.

Ahora todos están en silencio e inclinados hacia delante, esperando.

—Sí —le confirma Egisto en voz baja. Tiene la mandíbula tensa y los puños apretados.

«Ahora le dará una paliza», piensa Clitemnestra.

—Eres un hombre marcado —le dice el mercader—. Vienes a nuestra ciudad cuando el rey no está y te alojas en el palacio como huésped después de haber pasado muchos años escondido. ¡O eres un cobarde, o esperas follarte a la reina!

En la taberna estallan las carcajadas. De repente el mercader escupe a Egisto.

Las carcajadas van apagándose y el mercader espera con una sonrisa viperina. Egisto se levanta despacio limpiándose el brazo.

En su rostro hay ira, pero también dolor y tristeza. Clitemnestra casi puede ver al niño que seguramente fue, un niño al que evitaban, del que se burlaban y al que rechazaban.

Pero no pega al mercader. Sale de la taberna, y los susurros lo siguen como ratas hambrientas. Clitemnestra observa cómo se aleja a toda prisa por la calle oscura hasta que su silueta se desdibuja en la escasa luz y desaparece.

Cuando empieza a atardecer y el sol cae del cielo como una bola de heno en llamas, Clitemnestra vuelve corriendo al jardín a pensar en su querida Ifigenia.

Recuerda sus mejillas y la curva de su cuello. Su dulce voz y sus inteligentes preguntas. Su manera de fruncir el ceño cuando tocaba la lira y de mirar fijamente cuando quería aprender algo nuevo. Como siempre, los apacibles recuerdos se ven empañados por los gritos de su hija pidiendo ayuda. Por su sangre manchando la piedra del altar. La brutal indiferencia en el rostro de Agamenón.

Cada noche teje su red de venganza con estos pensamientos.

Lleva diez días espiando a Egisto cuando sucede algo inesperado.

Clitemnestra está sentada en la trastienda de la taberna con León, que se ha encontrado con ella cuando salía a hurtadillas por la puerta trasera del palacio y ha insistido en acompañarla. Ella se lo ha permitido porque sabía que lo haría de todos modos.

Egisto está bebiendo en la sala principal, solo, como de costumbre, ajeno a su presencia. Le han pedido al anciano de la entrada que no deje entrar en la trastienda a nadie más, y el hombre no ha hecho preguntas. Ahora están sentados a oscuras, espiando a Egisto desde detrás de la sucia cortina.

Al lado de Egisto, un grupo de comerciantes bebe y canta dando golpes en la mesa. Clitemnestra ha reconocido al comerciante de baja estatura al que dejó inconsciente años atrás. Ojos pequeños, voz pegajosa como la miel y rostro oscurecido por el sol. Han estado bebiendo como salvajes y pidiendo a gritos más carne y más vino. «¡Y no esos meados baratos de Kos!». Se ríen mientras el anciano mezcla el vino. «¡Tráenos el de Rodas!».

El comerciante coge su copa y sin querer empuja con el brazo la jarra vacía, que cae al suelo y se hace añicos. Las gotas de vino que quedaban forman un pequeño charco. Una chica sale de las sombras para limpiarlo. No debe de tener más de catorce años y lleva el pelo recogido en trenzas del color de las almendras. Recoge los trozos rotos temblando, sin levantar la mirada del suelo. El comerciante se arrodilla a su lado sonriendo. De repente, antes de que la chica haya dicho nada, la agarra del pelo y la obliga a levantarse.

—¡Mirad! —grita—. Mirad esta cara.

A Clitemnestra la chica le hace pensar en un conejo rodeado de perros de caza. Los demás comerciantes la observan pasándose la lengua por los labios. Uno se acerca a ella y le coloca las manos en la cintura.

—Toda tuya, Érebo —le dice al hombre de baja estatura—. No tiene tetas ni caderas. Si te la follas, se parte en dos.

Los demás se ríen y Clitemnestra siente que León niega con la cabeza.

—Deberíamos marcharnos —le dice tocándole el brazo.

—Nos quedamos —le contesta ella.

Érebo inclina la cabeza y le acaricia el pelo a la chica. Después le desgarra la túnica y ella ahoga un grito. Está flaca como un perro hambriento y sus pechos parecen dos pequeños higos.

—Tienes razón —dice Érebo, asqueado—. No tiene tetas. Pero me la llevaré.

La chica llora en voz baja y se agarra el vestido intentando cubrirse. León desvía la mirada. El hombre de la entrada sigue vertiendo agua y miel en un gran cuenco, aunque le tiemblan los brazos. No quiere problemas. «Cobarde». Clitemnestra está pensando qué hacer cuando Egisto sale de su rincón. Los comerciantes lo miran como si no se hubieran fijado en él hasta ese momento.

—¿La quieres tú, amigo? —murmura Érebo, molesto por la interrupción.

Egisto niega con la cabeza. Rápidamente, tanto que los comerciantes ni siquiera lo ven, saca un puñal del cinturón y lo hunde en la mano de Érebo hasta clavarlo en la mesa. Érebo grita y la sangre le salpica la túnica.

—¿Sabes cuánto tiempo se tarda en desangrarse hasta morir? —le pregunta Egisto. Parece un animal salvaje—. No mucho, si sigues perdiendo tanta sangre.

Los comerciantes dan un paso atrás y Érebo gruñe una advertencia.

—Deberías marcharte —le dice Egisto a la chica.

Ella asiente con una máscara de miedo cubriéndole el rostro y se marcha a toda prisa. Aprovechando la distracción, Érebo se arranca el cuchillo, que salpica sangre alrededor, y le hace un corte en la mano a Egisto. Es un corte superficial, y Egisto lo mira como si fuera una picadura de pulga. Entonces le da a Érebo un puñetazo que lo deja inconsciente y recupera su puñal.

Mientras se aleja, Clitemnestra toca a León en el brazo.

—Ve a buscar a mis hijas —le susurra—. Que se preparen para cenar. Yo volveré pronto.

Encuentra a Egisto en la armería intentando vendarse la mano con un trozo de túnica y refunfuñando. Parece enfadado y cansado.

La puerta de madera cruje y él levanta la cabeza de golpe. Ella se queda en la puerta, con la luz de una antorcha calentándole las mejillas.

—¿Por qué has protegido a esa chica? —le pregunta.

Él se agarra la mano con fuerza.

—Me has seguido.

—Como tú me seguiste a la montaña.

Se produce un tenso silencio. La piel de Egisto desprende un olor a vino y sangre.

—¿La conocías? —le pregunta Clitemnestra.

Debe de estar agotado, pero no le importa. Quiere respuestas.

—¿A quién?

—A la chica a la que has ayudado.

—No.

—¿Y por qué la has protegido?

Él se da un golpe en la rodilla con la mano herida. La luz en su rostro es aterradora.

—¿Por qué te preocupa tanto?

Clitemnestra respira hondo y se dirige hacia él.

—Esos hombres te llamaron débil, maldito y cobarde. Te alejas de sus palabras crueles, pero les clavas un cuchillo cuando intentan llevarse a una esclava.

Él salta hacia ella y la agarra del brazo. Al hacerlo, ambos se quedan conmocionados. Egisto se estremece como si ella lo hubiera golpeado y retrocede. Ella siente la piel del brazo tensa y ardiente.

—No deberías tener tanto miedo —le dice Clitemnestra en voz baja.

—Y tú no deberías ser tan descuidada.

Tiene razón, no debería, pero no le importa. Avanza hasta él y le roza los labios con los suyos. Sabe a sal. Transcurre un instante. Cuando ella levanta la mirada, él está inmóvil y apenas respira.

«Di algo». Pero él la mira fijamente. No le gusta esa mirada, no la entiende. Retrocede unos pasos muy despacio.

«Bueno —piensa mientras se aleja—, he dado el primer paso. Ahora puede contraatacar o marcharse de aquí de una vez por todas».

Egisto no va a cenar. Cuando han vaciado los platos y las copas, Clitemnestra espera mientras su familia sale del comedor y los perros le lamen las manos. León se queda, pero ella le pide que se vaya a descansar. En la sala hay un humo sofocante. Las armas de la pared parecen grotescas, como buitres hambrientos caídos del cielo. Se levanta, nerviosa.

Las paredes con frescos parecen moverse. La luz de la luna, blanca y fría, se derrama por las ventanas.

No ve la sombra que merodea delante de la puerta de su dormitorio. Cuando la coge del brazo, ella intenta pegarle, pero ya le ha tapado la boca con una mano y le sujeta los dos brazos con la otra. Se desplazan juntos hacia la luz de las antorchas. Los ojos de Egisto están oscuros como dos trozos de hielo sucio. Le retira despacio la mano de la boca para que Clitemnestra pueda hablar.

—¿Has venido a matarme? —le pregunta en tono tranquilo.

Ella ve en su rostro que está luchando contra sí mismo. Su valentía lo confunde. Le aprieta los brazos con más fuerza, pero no dice nada.

—Podría hacer que te mataran por haber venido aquí —le dice Clitemnestra.

—Pero no lo harás.

—No. ¿Y qué vas a hacer tú?

Él la suelta. Su rostro delata la intensidad de su deseo, pero también su miedo. A ella no le gusta esperar, así que entra en su dormitorio, se desata la túnica y la deja caer al suelo. Él la sigue, casi sin aliento, y cuando sus manos vuelven a tocarla, ella tiembla de frío.

Son dos cuchillos que se cortan el uno al otro, que se hunden hasta el hueso y así se dan placer.

QUINTA PARTE

La leona de dos patas,
que comparte su lecho con el lobo
cuando el noble león ha abandonado
su guarida.

ESQUILO,
Agamenón, 1258-60

30

Lealtad

«¿Y qué vas a hacer tú?».

Clitemnestra se lo preguntó y observó cómo se formaba la respuesta en el rostro de Egisto. Pero no sabía lo que sucedería después. Esperaba cautela, miedo y violencia, pero no hay nada de eso.

Su amor por ella llega como una inundación. Repentino, feroz y abrumador. Debería haberlo previsto. Un hombre que ha pasado toda su vida sin amor y sin ser bien recibido debe de sentir que tener a una mujer como ella a su lado es un milagro.

Cuando está tumbado en su cama por la noche, ella siente que la mira. Quizá crea que si desvía la mirada, ella desaparecerá. Clitemnestra le toca las cicatrices, siente su textura bajo los dedos, como para recordarle que está ahí. Él nunca se estremece. El dolor es una constante para él, una segunda piel de la que no puede desprenderse.

Le gusta oírla hablar de sus recuerdos de Esparta, y de sus hermanos y hermanas. Ella evita hablarle de su vida en Micenas, porque ve que lo pone de mal humor, como si no quisiera a sus familiares que viven en el palacio. O quizá sencillamente le gusta fingir que es toda suya, de nadie más. Pero lo cierto es que a ella le gusta que lo haga. La mirada de Egisto cuando ella le dice algo que le hace sentirse comprendido es como ver una flor floreciendo entre rocas.

—¿Recuerdas cuando quisiste saber cuántos hombres muertos había visto? —le pregunta una noche.

Las antorchas se han apagado y sus rostros en la oscuridad son como nubes.

—Sí.

—No me preguntaste por las mujeres.

Ella está tumbada escuchando la lluvia. Su sonido la ayuda a quedarse dormida, pero con Egisto no hay descanso posible. Solo el deseo constante de más palabras, más placer y más secretos.

—¿Cuántas has visto muertas? —le pregunta Egisto.

Ella se levanta y se sirve una copa de vino. Sabe que él quiere que le hable de Ifigenia, pero no desea compartir ese recuerdo con él, ni con nadie.

—No vi morir a mi madre —le contesta—, aunque me dijeron que fue una escena lamentable.

—¿Por qué?

—Murió en la cama, con una copa de vino en la mano.

—Me parece una muerte tranquila.

—Para ella no. Leda era feroz cuando yo era niña. —Toca las piedras preciosas engastadas en la copa, un gesto que solía hacer su madre antes de dar un sorbo—. Una vez me dijo que yo no era feliz, pero creo que hablaba de sí misma.

Es la primera vez que habla de la muerte de su madre. Teme que Egisto le pregunte si no es feliz, así que sigue hablando.

—Creía demasiado en los dioses. Me contaba que estaban en todas partes, en cuevas, en bosques, en los tejados y en todos los callejones de los pueblos, así que de niña yo siempre los buscaba, pero nunca los encontré. Creía que era culpa mía. Que si no los oía susurrar, quizá era porque no les gustaba.

—Atreo decía algo parecido. Aunque sus dioses no eran exactamente seres misericordiosos que susurraban a los niños.

Clitemnestra se ríe.

—Los dioses nunca son misericordiosos. ¿Cuánta misericordia mostraban los dioses incluso en los relatos que nos contaban de niños? Cronos devora a sus hijos para evitar que lo derroquen. Zeus se transforma en águilas, cisnes y serpientes para violar a jóvenes vírgenes. Apolo dispara sus flechas para traer la peste a los mortales cada vez que se enfada.

Egisto se levanta y se sirve vino. La piel de oveja cae de su cuerpo desnudo, pero no tiembla de frío.

—¿Y cómo eran los dioses de tu madre? —le pregunta.

—Más simples, y menos celosos y vengativos. Menos parecidos a nosotros. Mi madre los amaba, y los dioses también la amaban a ella, o eso decía.

La piel áspera del costado de Egisto roza la suya. Se aprieta a él, su calor contra la frialdad de él.

—Mi madre no conocía a esos dioses —le comenta—. Nadie tuvo misericordia con ella hasta su muerte. —Su voz quebrada la hace temblar—. He visto morir a cientos de hombres de las peores maneras posibles, pero nunca olvidaré la muerte de Pelopia.

—Era tu madre.

—Apenas la conocí. Me abandonó cuando nací, así que no fue una madre para mí.

—¿Estabas allí cuando murió?

—Estábamos todos en el *mégaron*. Habían encontrado a Tiestes cerca de Delfos y lo habían traído por la fuerza. Atreo lo metió en una celda y me envió a matarlo.

—¿Por qué a ti?

—Creía que yo era débil. Siempre estaba buscando maneras de ponerme a prueba. Fui a la mazmorra y vi a mi padre por primera vez. ¿Ves lo crueles que son las Moiras? Lo conocí justo en el momento en el que tenía que matarlo. No sabía quién era, pero cuando desenvainé mi espada, Tieste me dijo que era suya. Así me enteré de que podría ser mi padre. Lo único que me había dejado mi madre era la espada del hombre que la había violado, que no sabía quién era, porque tenía la cara tapada cuando lo hizo. Lo único que tenía era su espada. Así que no maté a Tiestes. Fui a buscar a Agamenón y le pedí que encontrara a mi madre, y le dije a Atreo que dejaría vivir a Tiestes solo por un tiempo. Necesitaba saber si era mi verdadero padre. Ese fue mi error.

A Clitemnestra le sorprende que le hable de sus errores y debilidades. Los únicos hombres a los que ha visto hacerlo son Tántalo y Odiseo, pero lo hacían para afirmar su poder. Hablaban de sus errores para conseguir algo, para ablandar y doblegar el mundo a su voluntad. Es lo que había hecho Tántalo para conquistarla. Egisto no habla de sus fracasos para conseguir una recompensa. Su falta de propósito la horroriza.

—Los hombres de Atreo encontraron a Pelopia y la trajeron al palacio. Recuerdo que pensé que era demasiado joven para ser mi madre, pero aun así la llevé al *mégaron*. Atreo ordenó que llevaran también a Tiestes. Pelopia no lloró cuando vio a su padre. Le mostré la espada y le dije que era de Tiestes. Ella lo miró, después dirigió la mirada a la espada y por último a mí. Sus ojos eran como fuego. Se abalanzó sobre mí y me quitó la espada de las manos.

»Cuando se la clavó en el estómago, nadie hizo nada. Todos nos quedamos mirando cómo la sangre salía a borbotones hasta que murió. Levanté la mirada y vi a Atreo sonriendo en el trono. El sol le daba en la cara y se reía. Entonces lo odié por todo lo que me había hecho. Arranqué la espada del cuerpo de Pelopia y se la clavé en el cuello a Atreo.

—¿Qué hizo Agamenón?

—Huyó con Menelao. Podría haberse quedado y haber luchado, porque siempre había sido más fuerte que yo, pero sabía que, una vez muerto Atreo, no todos los guardias estarían de su lado. Entonces Tiestes y yo recuperamos el palacio.

—Ofreciste tu lealtad a un hombre que había violado a su hija. —No pretende insultarlo, pero las palabras le salen de la boca como cuchillos.

—No tenía a nadie más —le contesta.

Ella le acaricia la cabeza y él cierra los ojos. Se quedan mucho rato en silencio, hasta que la lluvia amaina. Clitemnestra le recorre la mandíbula con un dedo. Él le ha contado sus secretos, y ahora su deber es llevarlos con ella, como piedras preciosas.

«¿Y mis secretos?».

—Yo también he visto varias mujeres muertas —le dice—. Algunas que murieron de hambre en el pueblo ilota de Esparta. Una dando a luz. Pero a una la maté yo misma. Me había quitado algo, así que se lo hice pagar. La apuñalé en su casa y observé cómo moría.

Él abre los ojos. Ella retira la mano y espera. Sus palabras flotan entre ellos. Ahora él se enfadará o se asustará. Se quedará frío, con el rostro como hielo y los ojos recelosos. Una cosa es enamorarse de una reina feroz, y otra amar a una mujer que es lo bastante despiadada para dar muerte a sus enemigos.

«Se alejará, como hacen todos, y me odiará».

Pero no lo hace. Le roza la frente con los labios y le dice:

—Debía de ser tonta si creía que podría quitarte algo.

Cobran vida por la noche, cuando en el palacio todos duermen. Las sirvientas deben de sospechar que algo pasa entre ellos, pero, de ser así, les da miedo hablar. Durante el día, Egisto mantiene la distancia, deambula por el bosque y entrena solo. Fuera hace frío, aunque el invierno no es despiadado. A veces el sol aparece entre las nubes, brillante y tímido, como una promesa de calor y primavera.

—Una mujer de la cocina me ha dicho que Egisto va a tu habitación todas las noches —le comenta un día Ailín.

Están en los jardines, Ailín entrelazando flores secas en el pelo de Clitemnestra.

—¿Qué le has dicho? —le pregunta Clitemnestra.

—No he sabido qué contestarle.

Se pregunta cómo se sentiría siendo Ailín. Tan amable, leal y fiel. Es como uno de esos perros rescatados de un callejón, asustados al principio, pero que, en cuanto te los ganas, siempre te son fieles.

—¿Crees que es imprudente que me acueste con Egisto? —le pregunta Clitemnestra.

—Puede ser —le contesta—. Es un hombre destrozado.

—¿Y?

—Los hombres destrozados son difíciles de manejar. —Esboza una sonrisa, como para disculparse por su atrevimiento.

—Creo que los hombres destrozados son más fáciles de manejar —le replica Clitemnestra.

—A veces sí. Pero Egisto empezará a amarte, porque eres fuerte y hermosa, y entonces querrá estar siempre a tu lado.

«Ya lo quiere».

—¿Estás diciendo que nunca me libraré de él porque me ama?

Ailín se echa el pelo hacia atrás. Aunque lo lleva recogido en una larga trenza, varios mechones rebeldes le caen sobre las mejillas. Asiente, indecisa. Clitemnestra lo piensa y Ailín apoya la cabeza hacia atrás para disfrutar del frío sol en su pálida piel. A veces mira a su reina, y Clitemnestra no puede evitar observar que sus ojos son como el cielo por encima de sus cabezas, y su pelo, fuerte como la tierra bajo sus pies.

En la cena llama a Orestes. La gran mesa está vacía. Ha ordenado que nadie se acerque.

—Madre, ¿qué pasa? —le pregunta Orestes—. ¿Han llegado noticias de Troya? —Observa el rostro de Clitemnestra limpiándose las manos con un trozo de tela.

—Me he acostado con Egisto —le contesta.

Tarde o temprano lo habría sabido. Mejor que se entere por ella que por otra persona. Observa el impacto mientras él deja el trapo y se llena la copa hasta el borde.

—¿Por qué me lo cuentas?

—Porque la gente empezará a hablar y no debes creerla.

—¿Por qué lo has hecho?

—Para controlarlo mejor —le miente.

Orestes le sirve un poco de vino a ella también.

—Hagas lo que hagas, madre, confío en ti. Nunca presto atención a chismes frívolos.

—Esta vez debes hacerlo. Quiero que prestes atención a lo que se dice en el palacio, a lo que dicen los sirvientes, los soldados, los niños y los ancianos. Si oyes a alguien hablando de traición, dímelo.

Alguien la traicionará por esto, lo sabe. Y tendrá que manejarlo. Piensa en el dolor y la decepción de León cuando se entere. «Eres la reina. No tiene nada que decir respecto de con quién te acuestas. No le debes nada».

Orestes se echa hacia atrás y su voz interrumpe sus pensamientos.

—A los ancianos no les gustará.

—Ya no les gusto, así que dudo que cambie algo.

—Ahora tendrán un motivo para conspirar contra ti.

Ella sonríe y coloca la mano de su hijo entre las suyas.

—Lo que me dará por fin un motivo para deshacerme de ellos.

Cuando Clitemnestra vuelve a su habitación, Egisto está junto a la ventana afilando el puñal con un trozo de piedra. Le da un beso en el cuello desde atrás, pero él se queda rígido y se le tensan los músculos.

—Esa sirvienta tuya —le dice—, la pelirroja...

—¿Qué pasa con ella?

—Creo que la conozco. Estaba aquí cuando mi padre era rey, ¿verdad?

Clitemnestra lo observa mientras él toca la punta del puñal con los dedos.

—Sí.

—Yo la salvé —le dice con voz ronca.

—Y te agradece lo que hiciste.

—He mostrado mi debilidad. Cuando otros se enteren, me destruirán.

—Ailín me es leal a mí y no hablará del pasado si le ordeno que no lo haga.

Él mira a su alrededor apretando el puñal con la mano. Su cuerpo siempre está tenso, y su rostro siempre cambia. Ella le quita el puñal y lo deja a un lado.

—Los dioses aplastan a los que muestran su debilidad —le dice Egisto—. Atreo me lo dijo cuando yo era joven. «El amor engendra debilidad».

—No eres débil —le contesta. Sus palabras son alas de mariposa que se pliegan y despliegan en la penumbra.

Él se aparta de ella y se sienta en la cama. Clitemnestra espera a que vuelva con ella y a que la ira se desvanezca. Al rato se acerca a él.

—¿Me oyes? No eres débil —le repite.

La escarcha de sus ojos se derrite lentamente, como el hielo en primavera. Él se inclina hacia delante. Ella está a punto de sentir los labios de Egisto sobre los suyos cuando llaman a la puerta. Se sobresalta. Fuera está oscureciendo. Algo malo debe de haber pasado si sus hombres la molestan.

Abre la puerta y ve a León al otro lado. Él la mira y después dirige los ojos a Egisto, que está sentado en la cama. Ella es consciente de que tiene los brazos desnudos y el pelo suelto.

—Me lo dijeron, pero no me lo creí —le dice León en voz baja.

Ella lo mira fijamente mientras él se queda pálido y sin aliento. Hacía mucho que no lo veía tan alterado.

—Te advertí que es peligroso —le dice refiriéndose a Egisto, como si no estuviera a unos pasos de ellos.

—Me lo advertiste. Y te agradezco tu consejo.

—¡Le has dejado entrar aquí! —le grita—. Te deshonras a ti misma.

—No me hables así —le advierte— o dudaré de tu lealtad.

Él aprieta los puños.

—Mi lealtad… Este hombre asesinó a su tío para poder gobernar Micenas —le replica—. ¿Crees que no hará lo mismo contigo?

Egisto se levanta, pero Clitemnestra lo detiene.

—Vete —le dice a León.

—¿Cómo puedes confiar en él?

—Te he dicho que te vayas. Te veré en el *mégaron* por la mañana.

—Te equivocas. Solo espero que te des cuenta antes de que sea demasiado tarde.

Su alta figura desaparece en la penumbra del pasillo, aunque sus pasos resuenan durante un largo rato.

Ella cierra la puerta y controla sus movimientos como quien mueve los hilos de una marioneta. Se tumba en la cama antes de que Egisto le haya dirigido la palabra y finge dormir.

Las noticias fluyen tan rápido como los ríos en primavera. Aunque nadie se había atrevido a hablar de este tema, ahora que el consejero más cercano de la reina se ha quejado, en el palacio todos forman corrillos para comentarlo. Un traidor y una reina. Un hombre maldito y una mujer decidida. ¿Qué dirá el rey cuando vuelva de la guerra? ¿Quemará vivo a Egisto como hizo con su padre? ¿Y si no vuelve? ¿Se casará Clitemnestra con Egisto? ¿Hará Egisto que la asesinen y se quedará con el trono?

El palacio susurra, y los susurros llegan a los ancianos volando como pajaritos. Clitemnestra convoca una reunión en el *mégaron* antes de que los ancianos convoquen una sin ella.

Está sentada en su habitación mientras Ailín abrillanta la diadema de oro que lleva en el pelo, cuando entra Orestes.

—Madre, tengo noticias —le dice, como ella esperaba.

Se levanta y Ailín le coloca una piel de jabalí sobre los hombros. Orestes se seca la frente. Los rizos le caen desordenados a ambos lados de la cara.

—Un sirviente ha oído a Polidamante hablando con otro anciano en un callejón cerca del barrio de los artistas. Estaban difundiendo la noticia de que no eres apta para gobernar. Quieren obligarte a ceder el trono.

—¿A quién?

Orestes la mira.

—A mí.

Se acerca a él y le coloca una mano en la cara.

—¿Polidamante y quién más? —le pregunta.

—Licomedes.

No le sorprende. Licomedes suele guardar silencio, pero cada vez que habla, está en contra de ella. Rara vez la mira a los ojos.

—¿Dónde está ahora ese sirviente?

—En mi habitación.

—Bien. Que se quede ahí.

—¿Lo protejo yo mismo?

—Deja a algunos de tus hombres. Tú vas a venir al *mégaron* conmigo.

Cuando entran en el salón de techo alto, los ancianos ya están ahí, susurrando en grupos. Al verla, se callan y se apartan para que pasen. Polidamante está alejado de los demás, cavilando.

Cadmo se encuentra más cerca del trono, retorciéndose nerviosamente las manos. Clitemnestra piensa en una hormiga moviendo las patas delanteras.

Sube al trono y espera a que Orestes se siente en la silla alta de al lado. Egisto quería ocupar ese lugar, pero ella se lo prohibió. Nadie la respetará si deja que un hombre se siente ahí. Esperarán que él tome las decisiones. Y es obvio lo que pensarán los ancianos de las decisiones de Egisto. Sin embargo, con Orestes les muestra que sigue siendo la reina. Si los ancianos ven que su hijo, fuerte y encantador, siempre busca su opinión y respeta sus decisiones, ¿quiénes son ellos para negarse a hacer lo mismo?

León está junto al trono, inmóvil como una piedra y con la mano en la espada. Él observará y verá lo que les pasa a los que la traicionan.

—Os he convocado para hablaros de mi aventura con Egisto antes de que os reunáis a comentarlo entre vosotros a mis espaldas —dice en tono tranquilo.

Varios ancianos agachan la mirada, incómodos, pero otros la miran a la cara.

—Nos dijiste que tenías un plan —empieza a decirle Cadmo—. Que te ocuparías personalmente de Egisto.

—¿Qué creísteis que estaba diciendo? —le pregunta—. ¿Que iba a envenenarlo durante una cena?

—No. No era eso lo que esperábamos —interviene Licomedes. Está encorvado y pálido, parece temeroso y tiene los labios agrietados como tierra cocida.

—Agamenón, vuestro rey, está en Troya —les dice ella.

Asienten con reverencia, como cada vez que se menciona a su marido.

—Supongo que está luchando como un auténtico héroe y derrotando uno a uno a nuestros enemigos durante el día.

—Por supuesto —asiente Licomedes.

A Clitemnestra le gustaría que hiciera algo con los labios. Verlos le molesta.

—Y durante la noche —sigue diciéndoles— follándose a sus botines de guerra.

Licomedes agacha la mirada, y lo mismo hacen varios otros. Polidamante, por supuesto, mantiene la barbilla en alto con expresión impenetrable.

—Cuando comentamos las noticias de Troya, nunca tratamos este tema. Aunque si me ha llegado a mí, estoy segura de que a vosotros también. ¿Cómo empezó la peste? Porque vuestro rey se llevó a la cama a una sacerdotisa virgen y se negó a devolvérsela a su padre. Y cuando por fin cedió, se llevó a otra, la esclava del héroe Aquiles, lo que provocó que este abandonara el ejército y perdieran batalla tras batalla.

»Agamenón se acuesta con chicas sin tener en cuenta las consecuencias que tienen sus decisiones en su ejército y su guerra. Aun así no estáis resentidos con él. Ni siquiera habláis de estas cosas. —Les sonríe—. En cuanto a mí, me llevo a un hombre a la cama por razones que no sabéis y que no debería preocuparos saber, y tenemos que reunirnos aquí para hablar de lo equivocada que es mi decisión.

—Egisto es el enemigo —le replica Cadmo.

—También lo son las chicas esclavas. ¿No son troyanas?

En la cara pálida de Licomedes aparecen manchas rojas. Debe de ponerse así cuando se enfada.

—Los guerreros consiguen botines cuando ganan batallas. Es su privilegio. Tu decisión de llevarte al traidor de Egisto a tu habitación tiene consecuencias.

—¿Qué tipo de consecuencias?

Él mira a su derecha, a Orestes. En voz baja, aunque clara, le dice:

—¿Por qué debemos seguirte a ti, una mujer que se acuesta con el enemigo, cuando tu hijo tiene edad para gobernarnos hasta que vuelva tu marido?

—Confío en las decisiones de mi madre —interviene Orestes—. Y vosotros deberíais confiar en vuestra reina.

Varios hombres asienten. Nadie responde. Clitemnestra mira el perfil de León, rígido y silencioso a la luz. Después se vuelve hacia la derecha, donde Polidamante está a la sombra, junto a los frescos de los leones que huyen.

—Polidamante, estás muy callado —le dice—. ¿Estás de acuerdo con Licomedes?

—Si un hombre se acuesta con una reina —le contesta con voz chillona—, pronto esperará ser rey. Así se forman alianzas y se adquiere poder. Con matrimonios.

Ella levanta las cejas.

—No necesito poder, porque ya lo tengo.

—Egisto reclamará el trono —le dice saliendo de las sombras—. Lo que dice Licomedes es verdad. Tus decisiones no te convierten en el gobernante adecuado.

Ella se levanta y baja los escalones del trono recolocándose la piel de jabalí alrededor de los hombros. A su izquierda, Licomedes se pasa la lengua por los labios.

—Me pregunto qué haría un gobernante adecuado con los traidores —dice Clitemnestra.

—Encarcelarlos —le contesta Licomedes—. Matarlos.

Ella sonríe.

—Me alegro de que en esto estemos de acuerdo.

Licomedes abre la boca, aunque la cierra de inmediato, como un tonto. Pero Polidamante empieza a olerse la jugada.

—Depende del tipo de traición —interviene—. Algunas son por el bien del reino. Otras no.

«Tienes respuesta para todo, ¿verdad?». Él le dijo que ella era como la peste, pero él está infectando a todos a su alrededor con conspiraciones.

—Me encantaría hablar contigo sobre tipos de traición, Polidamante —le dice. Él levanta la ceja, aunque solo un poco. Ella lo mira a los ojos y añade—: Pero desafortunadamente una multitud está reuniéndose frente a la Puerta de los Leones para ver tu ejecución.

Licomedes emite un sonido como si se ahogara. Los demás ancianos se mueven. Su movimiento es como el viento entre las hojas, apenas audible.

—No lo entiendo —le contesta Polidamante en tono tranquilo.

—Has conspirado contra el trono. Licomedes y tú habéis difundido rumores de que vuestra reina no es apta para gobernar

Micenas. Un gobernante apto, como tú dices, no deja impune la traición.

Licomedes cae de rodillas.

—No hemos conspirado, mi reina. —Traga saliva antes de decir las dos últimas palabras.

Ella desvía la mirada de sus labios agrietados.

Polidamante se mantiene firme.

—Sigo las órdenes del rey, no las tuyas.

—Mala suerte, porque los guardias siguen mis órdenes. Y si no lo hicieran, no importaría, porque te mataré yo misma.

Licomedes empieza a sollozar. Resulta lamentable verlo. Cadmo extiende la mano, lo agarra del hombro y lo obliga a levantarse.

—No te rebajes —le dice Polidamante. Su voz araña el aire como clavos contra la piedra.

Clitemnestra desea que el que le suplique piedad sea él, no Licomedes, pero no es el estilo de Polidamante.

—Mi padre siempre decía que un gobernante tiene que ejecutar los castigos personalmente, o su pueblo no lo respetará.

—Estoy seguro de que tu padre era un hombre sabio —le dice—. No habría matado a sus ancianos, sino que los habría escuchado.

Ella se burla.

—No conocías a Tindáreo. Nunca escuchó a los ancianos. Llevo nueve años oyendo vuestros insultos y traiciones. Ya me he cansado de hacerlo.

Los ha hecho arrastrar a la Puerta de los Leones, bajo el frío sol. La gente reunida en las calles mira y susurra. Las madres apoyan las manos en los hombros de sus hijos, y los hombres miran a Polidamante y Licomedes como una manada mira a sus miembros más débiles. Clitemnestra ve a una anciana con un pollo bajo el brazo y a dos niños abriéndose paso entre la multitud para ver mejor. Ve perros ladrando, a hombres gritando y a mujeres suspirando.

Sus guardias dispersan al gentío ante la Puerta de los Leones y empujan a los dos prisioneros hacia el centro del camino. También llega gente de los pueblos situados al pie de la montaña, con cestos y trapos en las manos, que inclinan la cabeza con curiosidad.

Clitemnestra se coloca frente a Polidamante y Licomedes, con León a su derecha y Orestes a su izquierda. El polvo de las callejuelas se ha adherido a la túnica de Licomedes, que se lo sacude. Ella piensa en Ifigenia, que no pudo sacudirse la arena del vestido antes de que la mataran. Carraspea y se vuelve hacia las personas que la rodean.

—Estos hombres están acusados de traición y conspiración.

La multitud está en silencio, y cien ojos la miran, grandes como huevos.

—Difundieron por la ciudadela el rumor de que su reina no era la gobernante legítima de esta ciudad. Dijeron que yo era una peste para Micenas y conspiraron para hacer rey a mi hijo mientras mi marido lucha en Troya.

Licomedes murmura. Aunque hace frío, tiene la frente cubierta de sudor. El viento les corta las mejillas como hielo. Polidamante la mira fijamente. Su rica túnica está limpia. Su mujer y sus hijas deben de estar entre la multitud, pero nadie implora por él.

—Creo que se puede tener clemencia con los que se arrepienten, pero estos hombres han tenido muchas oportunidades de hacerlo y nunca las han aprovechado. Su falta de respeto no quedará impune.

El rostro de Polidamante es como una piedra. Clitemnestra oye el silencio a su alrededor y la respiración de Orestes a su lado, como si fuera la suya. Se alegra de que Electra y Crisótemis no estén aquí. Dirige la mano al puñal con piedras preciosas incrustadas de su madre mientras se vuelve hacia los ancianos.

—Vuestras palabras traicioneras han provocado vuestra muerte.

A Licomedes le tiemblan las rodillas y se inclina hacia delante rezando a los dioses.

«Mirad cómo escuchan los dioses. Mirad cómo se preocupan por nosotros».

Polidamante lo mira y después la mira a ella con frialdad. Escupe en el suelo polvoriento, una pequeña bofetada húmeda a sus pies. En voz alta como un trueno le dice:

—Tú no eres mi reina.

El puñal vuela y con un solo movimiento les corta la suave garganta.

31

Avalancha

Toda decisión que tomamos tiene consecuencias, como una roca que cae desde lo alto de la montaña.

Quizá mientras cae rodando solo se lleve por delante unos pocos árboles.

Quizá provoque que otras piedras caigan y se conviertan en una avalancha.

Ahora, de pie junto a su silla en el comedor de techo alto, Clitemnestra observa la piedra que ha lanzado. León recorre la sala de un lado a otro con la rabia y la incredulidad extendiéndose en sus ojos. No se ha movido mientras Polidamante y Licomedes se ahogaban y se retorcían en el camino polvoriento, pero ella ha visto en su rostro el fuego que lo consumía por dentro.

—Así matarías a tus consejeros —le dice León.

—No eran consejeros leales. Eran traidores. —Todavía tiene las manos manchadas de sangre e intenta limpiársela con un trapo.

—¿Me harías lo mismo si me opusiera a ti?

—No te has opuesto a mí hasta ahora.

Él hace una mueca. Coge un aguamanil, y por un momento ella cree que va a tirarlo al suelo, pero se controla y lo deja con mano temblorosa.

—¿Lo has hecho por Egisto? ¿Lo has planeado con un traidor?

—No he planeado nada con él.

—¿Y por qué no me contaste lo que habías decidido? ¡Soy tu guardia y tu protector!

—No sabía si podía seguir confiando en ti —le contesta—. No

me mostraste respeto cuando viniste a mi habitación y despotricaste sobre mi relación con Egisto.

—Tu relación con Egisto —repite él en tono amargo.

A Clitemnestra le gustaría sentarse y comer algo, pero León se acerca a ella con una fea expresión que nunca había visto en él. Siempre ha sido incapaz de ocultar sus sentimientos. Todo está escrito en su cara y es fácil leerlo.

—Egisto no estaba allí cuando asesinaron a tu hija. No estaba allí para traerte de vuelta a Micenas desde el campamento. No estaba allí cuando los soldados de Áulide quisieron pegarte. —Escupe las palabras, sin aliento—. El que estaba allí era yo. Recibí golpe tras golpe para evitar que te tocaran. Estuve en el camino de vuelta, cuando querías quitarte la vida, y también en el palacio, cuando no gobernabas. ¿Me utilizaste por placer? ¿No soy más que una herramienta de la que te deshaces ahora que tienes otra?

Clitemnestra se siente como si la hubieran sumergido en el mar con el cuerpo cargado de piedras.

—¡No protegiste a mi hija! —le grita.

Él la mira con ojos desafiantes.

—Tú tampoco la protegiste. Cargas con el peso de su muerte tanto como yo.

«¿Cómo se atreve?». Siente tanta rabia que no puede moverse. Agarra con fuerza su puñal.

—Adelante —le dice él—. ¿Vas a matarme a mí también? ¿Porque no he sido leal? ¡Casi di mi vida por ti!

«Casi».

—No fue suficiente.

Las palabras salen de su boca antes de que haya podido detenerlas. Ve el dolor en el rostro de León. Se endereza con los puños apretados.

—Entonces buscaré otra reina a la que servir —le dice. Habla como si tuviera la garganta rota, como después de que lo hubieran estrangulado en Áulide—. Una reina para la que sea suficiente.

Se dirige hacia la puerta. Ella coge el puñal y lo lanza. El puñal golpea el picaporte de madera, del que salen volando astillas. Él se estremece y se da la vuelta. Clitemnestra ve la conmoción en sus ojos, como si fuera ella la que está traicionándolo a él.

—No abandonarás a tu reina —le dice.

Sus ojos se encuentran y ella quiere gritar, lastimarlo o hacer algo para detener lo que está sucediendo.

—Te conozco —le contesta—. No eres una tirana que mataría a cualquiera que se alejara de ella. —Traga saliva y su voz se hace más densa—. Por fría y despiadada que te hayas vuelto, sé que no me matarás.

Se da la vuelta y se marcha. Ella debería seguirlo y correr tras él, pero le pesan los pies, como si hubieran echado raíces en el suelo. Oye las botas de León en el suelo de piedra hasta que el sonido se desvanece en el silencio.

En el *mégaron*, se sienta en el trono de su marido. Su trono. El salón está vacío, y la luz se diluye en el suelo. Los frescos desprenden un suave olor y las brasas agonizan en la chimenea. Las columnas rojas parecen llamas que lamen el techo pintado. Los perros entran, se acurrucan a sus pies y la miran como preguntando: «¿Dónde está León?».

—Volverá —les dice a los perros, a sí misma y al pasillo vacío.

«Siempre vuelve».

¿Y si no es así?

En cierta ocasión estuvieron juntos en la armería ordenando las lanzas y las flechas. Fuera, en el patio, resonaban el repiqueteo de espadas de madera y las risas de los niños. Estaba tranquila, más que en el *mégaron*, donde tenía que soportar la desconfianza de los ancianos, y que en su dormitorio, donde pasaba las noches bajo una losa de dolor. Como si hubiera oído sus pensamientos, León le sonrió y se apretó a ella, que se quedó inmóvil entre sus brazos hasta que llegó el momento de regresar al palacio y volvió a ponerse su máscara de indiferencia.

«Él sabe que no puedo amarlo. Sabe cómo soy, siempre lo ha sabido, pero me ha abandonado. Que viva con su decisión».

Se siente agotada y tranquila. Sin dolor, sin ira, solo vacía. La luz se extingue y la sala se vuelve gris, pero nadie llega. Se acurruca en el trono y se sume en un sueño sin sueños.

Electra la encuentra por la mañana, acurrucada en el trono como si fuera una niña. Clitemnestra oye los rápidos pasos de su hija en el suelo y abre los ojos. Todavía es temprano y se vuelve hacia la derecha esperando que León esté aquí. Entonces Electra habla.

—Has echado a León —le dice en tono acusador.

Clitemnestra se incorpora y se coloca la piel de jabalí alrededor de los hombros. Le duelen las articulaciones. Debe de haber llovido, porque el aire huele a tierra mojada y la luz de la mañana es suave y clara.

—León ha decidido marcharse —le contesta.

Electra da unos pasos hacia delante con los ojos brillando de rabia.

—¡Pero tú lo has ahuyentado! ¡Te has liado con el traidor de Egisto y él nos ha dejado!

«Qué interesante elección de palabras», piensa Clitemnestra. ¿No le preguntó Electra si Egisto era guapo y le dijo que le fascinaban las personas destrozadas? Cuando su hija vuelve a hablar, parece a punto de derrumbarse.

—León era como un padre para mí, para Crisótemis y para Orestes. Se preocupaba por nosotros porque te amaba. —Se detiene para recuperar el aliento—. Sabías que se marcharía si te liabas con Egisto.

—No lo sabía.

—¿Por qué te has liado con él? —Está alterada. Por un momento parece una niña lloriqueando.

¿Electra deseaba de verdad a Egisto? Clitemnestra creía que su fascinación por él no era más que un capricho que respondía a la naturaleza insondable de este.

—¿Por qué te has liado con él y has echado a León? —le repite Electra.

—No quería que León se marchara.

—¿Y por qué no se lo dijiste?

—Las reinas no suplican.

—Así que tu orgullo lo echó.

Clitemnestra se levanta.

—¿Estás enfadada conmigo porque deseabas a Egisto?

Electra la mira fijamente.

—Lo deseaba, pero nunca habría estado con él porque entiendo que algunas cosas no deben tocarse, que no debes quedarte con algunas personas. —El dolor en sus ojos está vivo—. Pero tú siempre has tomado lo que querías, desde que yo era niña. Has acaparado la atención de mi padre, el amor de Ifigenia, todo.

—¿Crees que quería la atención de tu padre? —casi le grita con el cuerpo lleno de rabia—. ¿Del monstruo que asesinó al hombre al que amaba para quedarse conmigo?

Electra no retrocede.

—¿Y qué pasa con lo que quería yo? También te lo apropiaste. La lealtad del pueblo, el respeto de Orestes y la adoración de León.

«Todo lo que tengo me lo he ganado».

—¿Crees que es un desafío? ¿Una pelea entre tú y yo?

—Sí.

—No sabes lo que es un desafío —le dice Clitemnestra afilando sus palabras como hachas—. No sabes lo que es una pelea. Cuando era niña, en Esparta, mi madre me pegaba si perdía una carrera. Me humillaba. Mi padre me mataba de hambre. La sacerdotisa me azotaba. Esos son desafíos. Esas son peleas. Las cosas de las que te quejas no son más que caprichos infantiles, pero no eres una niña.

—¿No lo entiendes? —le replica Electra—. Tu infancia... También de eso has salido victoriosa. ¡Has ganado combates y luchas, has sobrevivido a palizas y azotes, y has estado en cacerías y has matado un lince! ¿Y qué he hecho yo? Nada.

La rabia ha desaparecido de su rostro, que ahora ha recuperado su inquietante frialdad. Clitemnestra respira hondo. Hablar con su hija es más difícil que librar un combate, porque las palabras de Electra siempre son golpes inesperados.

—No ves las cosas que te hacen especial —le dice Clitemnestra—. Conviertes todo en un desafío y te niegas a ver que eres diferente de mí, y que eso es bueno. Tu tía Helena hacía lo mismo cuando éramos jóvenes. Una vez me dijo que estaba celosa porque yo recibía toda la atención, pero Helena siempre ha sido mucho mejor persona de lo que yo lo seré jamás.

—No soy como Helena —le contesta Electra. Está inmóvil como un árbol que nadie podrá doblar—. Y tampoco soy como Ifigenia.

—No, no lo eres.

«Ifigenia nunca fue celosa ni desagradable. No hay nadie como ella en este mundo».

Electra clava la mirada en ella, como si intentara perforarle el cráneo y escuchar lo que está pensando. Después dice las palabras que Clitemnestra esperaba no oír jamás:

—A veces pienso que desearías que yo hubiera muerto y que Ifigenia hubiera seguido viva.

Sale del *mégaron* dando tumbos y llega al patio. Los guardias se apartan para dejarla pasar, y cuando los mira a la cara, los ve feos y desfigurados. Sigue adelante y deja atrás los grifos, que parecen sangrar. Todo se desmorona y se desdibuja a su alrededor. Las columnas se vuelven espadas, y los sirvientes, animales salvajes. Las tinajas y cestas que llevan en las manos son como cadáveres.

«A veces pienso que desearías que yo hubiera muerto y que Ifigenia hubiera seguido viva».

Se dirige a la habitación de Crisótemis. Esta zona del palacio está muy iluminada y los contornos vuelven a su lugar. Siente que el corazón le late a toda velocidad y se agarra el pecho.

Crisótemis todavía está durmiendo, con el pelo esparcido a su alrededor. Ailín está sentada junto a la ventana abrillantando unas joyas. Se levanta al verla.

—Te encuentras mal —le dice.

Clitemnestra le indica con un gesto que se siente y ella hace lo mismo a su lado. Recupera el aliento mientras Ailín limpia las piedras preciosas para darle tiempo. Las levanta a la luz para asegurarse de que brillan y las frota suavemente con un trapo cada vez que encuentra una mancha. La rítmica respiración de Crisótemis detrás de ellas es relajante como una canción de cuna.

«A veces pienso que desearías que yo hubiera muerto y que Ifigenia hubiera seguido viva».

—Mi hija me desprecia —le dice Clitemnestra.

Ailín deja la diadema y la tela, y la mira con sus ojos dulces.

—Seguro que no lo ha dicho así.

—Ha dicho algo peor.

—Ya sabes cómo es Electra —le dice Ailín cogiéndole la mano—. Saca la tristeza de su corazón en forma de odio. Pero te quiere.

—No lo creo.

—Electra ha crecido en las sombras. Ifigenia era más mayor y mejor que ella en todo, y Orestes era un niño. Acaparaban toda la atención. Ha sido difícil para ella.

Clitemnestra aparta la mano.

—¿Sabes lo que es difícil? Perder a un hijo. Di mi vida por estos niños. Los hice fuertes y me esforcé para que aprendieran a gobernar.

«Y a cambio espero su lealtad».

—Electra perdió a una hermana. —Ailín coge unos pendientes—. Cuando volviste de Áulide, pasaba todas las noches junto a la puerta de tu habitación escuchándote llorar. Cuando no podía soportarlo más y quería autolesionarse, León se quedaba con ella hasta el amanecer. —Esboza una sonrisa triste—. Aunque no era su padre, lo quería.

Clitemnestra siente que algo se pudre dentro de su cuerpo.

—Se ha marchado y no he hecho nada por detenerlo.

—No tenías elección. Si lo hubieras detenido, se habría quedado aquí y te habría odiado. Y seguirlo habría sido una deshonra.

Crisótemis se mueve, todavía dormida. El sol se derrama sobre ella como una lluvia de luz dorada. De bebé, Clitemnestra la acunaba al sol cuando se negaba a dormir, y Crisótemis se quedaba dormida en un segundo. Le gustaba el calor en la piel.

—A veces temo estar convirtiéndome en la persona que finjo

ser —le dice en voz baja—. No he sentido nada cuando León se ha marchado.

Ailín niega con la cabeza.

—La noche que llegaste a Micenas dijiste que no permitirías que me azotaran. ¿Lo recuerdas? Puede que no, pero yo no lo olvido. Unos días después entraste en la cocina y me preguntaste si quería dar un paseo contigo por el jardín. Me dijiste que te recordaba a tu hermana. Cuando Agamenón quiso acostarse conmigo, interviniste. Cuando he tenido fiebre, me has dado hierbas. Me enseñaste a leer para que te ayudara con los inventarios. ¿Una persona cruel haría alguna de estas cosas? —Se acerca y vuelve a coger la mano de su reina, que esta vez no la retira—. Incluso cuando finges —añade Ailín—, sigues siendo mejor que la mayoría de las personas.

Por la noche está tumbada mirando las estrellas que se desplazan al otro lado de las ventanas.

Electra ha ido al *mégaron* a ofrecerle manzanas troceadas mientras hablaba con los jefes militares. Una ofrenda de paz. Ailín debe de haber hablado con ella, o Crisótemis. Clitemnestra despidió a los hombres y se comió las manzanas en silencio con su hija. El fuego de la chimenea chisporroteaba y crepitaba como sus pensamientos.

Egisto le apoya la mano en el hombro y la mueve suavemente para que estén uno frente al otro en la cama. Sus ojos la sostienen y tiran de ella. Ya no teme la escarcha. La tranquiliza y le calma el dolor como el hielo en una herida.

—¿Lo amabas? —le pregunta—. A tu guardia.

Ella niega con la cabeza.

—No puedo permitirme amar a nadie.

Pero, incluso mientras lo dice, con las cálidas manos de él sobre su cuerpo, siente que algo se derrumba dentro de ella, que los muros que con tanto cuidado ha construido a su alrededor se resquebrajan. Es solo una pequeña grieta, nada más, pero del tamaño suficiente para dejar pasar la luz.

Egisto se queda dormido, como si también él hubiera sentido lo mismo. Observa sus labios abriéndose y sus párpados aleteando. Su sueño es siempre inquieto y está lleno de pesadillas y murmullos. Todas las noches se retuerce entre las sábanas como un pez en una red, ella le sujeta suavemente la cara con las manos y él se queda quieto. Entonces también ella puede dormir, de alguna manera animada por su presencia, a pesar de las pesadillas y las sacudidas. Es como si en sueños lucharan contra sombras, pero al menos están juntos.

Está sudando, con la capa a un lado y la túnica cubierta de arena y polvo. Egisto camina a su alrededor esperando el momento adecuado para volver a atacar. En sus ojos, el miedo y el estado de alerta que lo persiguen cada vez que empuña una espada. Están luchando en el patio de entrenamiento a última hora de la tarde, bajo un cielo hinchado y amarillento como una ampolla.

La espada de Egisto gira y refleja la tenue luz. Ella para el golpe con su espada y se aleja de él. Llevan mucho rato entrenando, y Egisto tiene sangre en la mejilla. Cuando ella le ha hecho el corte, la rabia ha bailado en sus ojos y por un momento ella ha tenido miedo. Pero la rabia se ha disuelto rápidamente y él ha sonreído, la sonrisa que reserva para ella cada vez que lo desafía. Clitemnestra nunca lo ha visto sonreír así a nadie más.

Ahora él adelanta un pie y le atrapa la pierna. Ella tropieza, pero se mantiene en pie mientras Egisto levanta la espada y le hace un corte en el hombro. Ella se ríe, sus espadas se besan y después vuelven a separarse.

—Mi reina —dice alguien detrás de ella.

Le da una patada en la mano a Egisto, al que se le cae la espada. Se da la vuelta, sin aliento, y se detiene. El hombre es joven y moreno, con el pelo negro grasiento. Es uno de sus exploradores, que está mirando a Egisto con el ceño fruncido.

—Traes noticias —le dice.

—Sí —le contesta el explorador volviendo a dirigir la atención a ella—. De Esparta y de Troya.

Se pone rígida, limpia la espada con la túnica y se presiona el corte del hombro. La sangre le resbala entre los dedos. Egisto recoge su espada y se coloca junto a ella, que desea que no lo hubiera hecho.

—¿Qué hay de Esparta? —le pregunta.

El hombre mira las armas esparcidas por el patio y vuelve a dirigir los ojos a Egisto. Clitemnestra ha ordenado a todos los exploradores que hablen con ella en privado en lugar de en el *mégaron*, así que debe de estar preguntándose por qué Egisto se queda a su lado.

—Tu hermano Polideuces propone el matrimonio de tu sobrina Hermíone y tu hijo Orestes. Dice que Hermíone se ha convertido en una joven sensata y que tendrá que casarse pronto.

—Imagino que lo propone porque nadie quiere casarse con la hija de la mujer que se marchó a Troya —le comenta Clitemnestra.

El explorador frunce el ceño.

—No ha dicho eso.

—Si Orestes se casa con ella, ¿será rey después de Menelao?

—Tu hermano sabía que lo preguntarías, y ha dicho que sí. A Polideuces no le interesa el trono.

—Bien. Entonces hablaré con mi hijo y te daré una respuesta. ¿Esto es todo de Esparta?

—Sí.

El explorador se acerca a ella retorciéndose las manos. Clitemnestra mira a Egisto y espera a que se marche, pero él no se mueve.

—Nos vemos en el palacio, Egisto —le dice.

Casi espera que se queje, que parezca dolido, pero su expresión no revela nada. Mientras se aleja, las hojas caídas crujen bajo sus pies. Ella sabe que tendrá que lidiar con él más tarde, pero ahora está tensa y el corazón le late a toda velocidad. Hacía tiempo que sus exploradores no traían noticias de Troya.

Cuando Egisto ha desaparecido en la ciudadela, el explorador le habla en voz baja.

—Me dijiste que si llegaba alguna noticia de Troya, viniera enseguida a contártela a ti la primera.

—¿Ha acabado la guerra? —le pregunta.

—Aún no. Pero acabará pronto. Dicen que a Odiseo, hijo de Laertes, se le ha ocurrido un truco para que nuestros soldados entren por las puertas de la ciudad. Los griegos están construyendo un caballo de madera gigante. Nadie sabe aún lo que harán con él, pero debe de ser parte del plan de Odiseo. Mis informantes me dicen que en el bando griego esperan ganar la guerra en cuestión de semanas.

«En cuestión de semanas». ¿Cuánto tiempo lleva esperándolo? ¿Cuántas noches sin dormir? ¿Cuántos días de dolor?

—¿Quiénes son tus informantes? —le pregunta.

—Las esclavas con las que se acuestan los griegos en el campo de batalla hablan.

—Ya veo. ¿Y estamos seguros de que la guerra terminará a favor de los griegos?

—Según mis fuentes, Odiseo está seguro.

«Entonces ganaremos». Se ata un trozo de túnica alrededor del hombro para detener la hemorragia. El explorador sigue hablando.

—Algunos generales ya están decidiendo con qué mujeres troyanas se quedarán en cuanto ganen la guerra. Príamo tiene muchas hijas, la mayoría mayores de edad.

—¿Y Helena?

—Tu hermana aún está en la ciudad, aunque Menelao ha jurado que la matará en cuanto caiga Troya.

Clitemnestra respira hondo. «Estoy seguro de que mi hermano la perdonará —le dijo Agamenón antes de irse—. Tu hermana puede ser muy convincente». Se aferra a las palabras como una lapa a la roca.

—¿Cuántos generales siguen vivos? —le pregunta.

—El príncipe Aquiles ha muerto, mi reina. Paris lo mató con una flecha.

Clitemnestra ya lo sabía. Se lo dijo Cadmo en el *mégaron*. Se imagina a Paris, hermoso como un dios, deseoso de complacer a su padre después de haber llevado la ruina a su pueblo, cabalgando por la llanura de Troya en busca del mejor de los griegos. Un chico al que criaron como pastor matando al mejor soldado de su generación.

—¿Y los demás?

—Entre los más cercanos al rey, Menelao y Diomedes siguen vivos.

—¿Y Calcante? —le pregunta intentando mantener la voz firme.

—Está vivo, aunque algunos dicen que está perdiendo el favor del rey Agamenón.

—Bien. —Se apoya en un árbol e intenta controlar sus exaltados pensamientos—. Has traído buenas noticias —le dice—. Puedes descansar en el palacio esta noche, pero no cuentes nada de esto a nadie. Mañana vuelves a tu puesto. Cuando la ciudad caiga, enciende una hoguera y ordena a los hombres que tienes en las montañas que hagan lo mismo para que la noticia llegue lo antes posible.

Por un momento está tentada de cortarle el cuello, porque no confía en nadie con un secreto como ese. Pero un cadáver que quemar sería mucho más sospechoso que un explorador durmiendo en el palacio, así que lo deja marcharse.

Orestes está en la parte de abajo de la ciudadela para que le forjen una nueva espada. En la herrería el aire está tan caliente que parece un horno. Cuando ve a su madre, sonríe y se separa de los aprendices de herrero con los que estaba hablando para dirigirse a ella. Clitemnestra lo lleva a un lado, al rincón más oscuro de la herrería.

—Tu tío Polideuces nos ha enviado un mensaje. Quiere que te cases con tu prima Hermíone.

Orestes la mira con expresión divertida.

—¿Qué piensas de su propuesta?

—Hermíone es una buena chica, fuerte y sensata. Ha soportado la pérdida de su madre y ha crecido bajo el ala de Polideuces, lo que significa que conocerá la diferencia entre lo que importa y lo que no. Mi hermano siempre ha sido muy práctico.

Orestes asiente. Esta mañana Clitemnestra ha visto a una sirvienta saliendo de su habitación entre risas. Cuando la chica la ha visto, se ha quedado en silencio y se ha alejado rápidamente.

—Si me caso con ella, ¿seré rey en Esparta? —le pregunta.

Clitemnestra sonríe.

—Sí. Ya me he asegurado de eso.

—Pero ¿quién gobernará Micenas?

—Nuestra familia.

Es lo que siempre ha querido para sus hijos: recuperar el control de Micenas y Esparta y establecer una dinastía mucho más poderosa que la de los Atridas. Con su hijo en Esparta, y Electra y Crisótemis a punto de tener edad para casarse, construirá una red de alianzas en su tierra. «Pero antes Menelao y Agamenón deben volver de la guerra».

Orestes la mira.

—Sí, pero ¿quién? —Al ver que su madre no le contesta, añade—: Egisto no es de nuestra familia.

Ella se apoya en la pared.

—No lo es.

—Si gobierna contigo, el pueblo te juzgará y te condenará.

Clitemnestra piensa que es culpa suya. Ha educado muy bien a su hijo y le ha enseñado a desconfiar.

—Dedicas demasiado tiempo a preocuparte por el pueblo —le contesta—. Te he dicho muchas veces que el pueblo no gobierna. Gobernamos nosotros.

—Quizá tú le dedicas demasiado poco, madre. —No pretende ofenderla. Es solo una observación.

Ella se burla.

—Soy una mujer con corona. Claro que pienso en los demás. Tengo que hacerlo, o la corona estaría en otra cabeza.

Orestes mira a los herreros que están trabajando el bronce. Las chispas vuelan por la habitación. Su perfil es deslumbrante, su piel tiene el tono de las aceitunas maduras y sus ojos son oscuros como madera quemada. «Como los de su padre», piensa Clitemnestra con amargura.

—Me casaré con Hermíone —le dice Orestes.

Cuando Clitemnestra entra en su habitación, Egisto no está. Como ya ha anochecido, se dirige a las habitaciones de los huéspedes y llama a su puerta antes de entrar. Lo encuentra comiendo queso y peras junto a la ventana. Ve sus puñales encima de la mesa. Ha estado pensando en si decirle una mentira o contarle la verdad. Últimamente miente a menudo, pero no a Egisto.

—¿Has decidido que ya no soy digno de tu confianza? —le pregunta sin volverse hacia ella.

—Nadie lo es —le contesta.

—¿Y ahora qué? ¿Me meterás en prisión, como sugirieron los ancianos? ¿O me matarás antes de que tu marido regrese a casa?

Clitemnestra piensa que a veces es como un niño. Monta una escena solo porque le ha pedido que volviera al palacio.

—Si hubiera querido matarte, ya estarías muerto.

Se vuelve hacia ella. Bajo la luz de las antorchas, sus ojos son de color ceniza.

—¿Sabes lo que dice de ti la gente de los pueblos?

—Algo horrible, supongo.

—Dicen que estás loca de ambición y desconfianza. Que ejecutas a personas que no son leales.

—No puedo discutirlo. ¿Qué dicen de Agamenón?

—Que es un gran líder.

—Ah, claro. —Se acerca a él, coge un puñal y presiona el dedo contra la hoja—. Si habías oído estas historias sobre mí, ¿por qué volviste?

—Para matarte.

No la mira. Ella ve la tensión en sus hombros y sus nudillos blancos alrededor de la copa de vino.

«Por fin la verdad».

—Pero aquí estoy —le replica. Le sorprende la frialdad y la indiferencia de su voz.

—Sí —le dice en voz tan baja que parece un soplo de viento.

—Acabas de decirme que querías asesinarme, pero esperas que te confíe información secreta.

Él deja la copa con una expresión indulgente en su rostro lleno de cicatrices.

—La primera vez que oí hablar de ti fue cuando Agamenón te trajo aquí. En aquella época yo vivía en el bosque. Una noche, mientras dormía en el establo de un pastor, le oí decir que el rey de Micenas iba a casarse con una espartana. Dijo que ya habías estado casada y que Agamenón había matado a tu marido y a tu hijo para poder tenerte para él.

Es la primera vez que habla con ella de este tema. Ella siente que el cuerpo se le entumece.

—No sabía que a los pastores les gustaban estas conversaciones.

Él se encoge de hombros.

—En aquella época todo el mundo hablaba de ti. «La hermana de la mujer más hermosa de nuestras tierras». «Una princesa espartana que se casa con un rey poderoso». Pensé que debías de ser un perro apaleado, una chica desafortunada condenada a vivir una vida infeliz, o una mujer despiadada tan cruel como Agamenón.

»Entonces me enteré de que mi primo había ido a Troya para luchar en una guerra por una mujer que no había sabido quedarse en la cama de su marido. Me reí, porque Menelao siempre había sido el único al que las mujeres nunca rechazaban, ni siquiera cuando éramos niños. Debe de haber sido duro para él ver que su hermosa mujer lo dejaba por el enemigo.

»Pensé que era mi oportunidad de recuperar la ciudad y hacer que los leales a los Atridas lo pagaran de una vez por todas. Pero entonces me dijeron que tú estabas gobernando Micenas, y mucho mejor y de manera más eficiente que Agamenón, y que muchos te querían y te temían. Pensé en venir y verlo por mí mismo. Si de verdad te querían, pediría clemencia. Si no, te mataría y así mi primo lo pagaría.

—En esto te equivocabas. Agamenón solo se preocupa por sí mismo. Yo solo soy una herramienta para mostrar a los demás que ha conseguido doblegar a una mujer muy fuerte.

—Me equivoqué en muchas cosas —admite Egisto.

Ella deja el puñal en la mesa.

—Antes de que lo ejecutara, Polidamante me dijo que si un hombre se acuesta con una reina, pronto esperará ser rey.

—Eres mucho mejor gobernante de lo que yo lo sería jamás.

—Y si tu intención no es matarme, ¿qué quieres?

—Quiero estar contigo. Para aconsejarte y protegerte.

Así que Ailín tenía razón: nunca se librará de él. ¿Es lo que quiere? Los ojos de Egisto son enormes y fríos.

—He trabajado duro para ganarme el respeto de mi pueblo —le dice—. Y el hecho de que estés aquí amenaza mi labor. Aunque te consideren un traidor, eres un hombre, y para ellos un hombre siempre estará mejor preparado para gobernar.

—Siempre he querido el trono solo para quitárselo a otra persona. Esto no me convierte en un buen rey.

Ella le sujeta el rostro con las dos manos y siente las cicatrices bajo los dedos. Él no se relaja, pero la mira con un fervor que podría hacer arder incluso el cielo. Clitemnestra se da cuenta de que es un hombre dispuesto a matar por ella.

—Troya caerá pronto —le dice—. Y Agamenón volverá.

—¿Cómo lo sabes?

—Me lo ha dicho el explorador.

El rostro de Egisto es estéril.

—Entonces quieres echarme.

—No.

Se aparta de él y coge su copa para dar un sorbo de vino. Él la mira y espera. Dentro de ella, la ira que tanto conoce, cruda e implacable.

—Cuando mis hijas eran pequeñas, solía contarles la historia de Artemisa y Acteón. A Ifigenia le encantaba, como a mi hermana de niña. Creo que se sentían más seguras escuchándola. Una mujer hermosa que no está a merced de los hombres, una mujer que se venga. A veces la belleza puede ser una maldición. Ciega a los hombres y los empuja a hacer cosas horribles.

»Cuando Ifigenia era niña, los comerciantes y los enviados decían que era una diosa. La miraban con lascivia, y yo les habría sacado los ojos si hubiera podido. Pero ella estaba segura a mi lado. Nadie se atrevía a tocarla.

»Cuando tenía quince años, un chico intentó violarla. Ella le tiró una piedra a la cara, y cuando el padre del chico exigió justicia, no le hice caso. Tuvo suerte de que lo dejara marcharse con vida.

»Cuando la asesinaron... —Se detiene y se muerde el labio hasta que siente el sabor de la sangre—. Cuando asesinaron a mi hija, pasé días obsesionada por cómo la recordarían. Amable, hermosa, una virgen inocente sacrificada... Eso cantan los bardos sobre ella. Pero no era así. Era feroz y desafiante. Lo quería todo de este mundo. Era como el sol, y mi marido me la quitó. ¿Por qué? No la mató por venganza, ambición o codicia. La mató por una ráfaga de viento.

»He oído a los ancianos hablando de ese desdichado día y diciendo que su rey tenía que tomar una decisión. "¿Qué podía hacer? ¿Obedecer la voluntad de los dioses o abandonar la flota? Ambas decisiones eran dolorosas", decían. "Una elección imposible", decían. Pero no es verdad. La verdad es que mi hija murió por nada.

Deja la copa y mira a los ojos a Egisto, que está inmóvil y con el rostro oscurecido por el dolor. Clitemnestra acuna cuidadosamente cada palabra en su mente antes de hablar.

—Hablas de tu sed de venganza, pero ¿y yo? ¿Qué pasa con mi venganza?

Él aprieta la mesa con los dedos.

—Dices que quieres estar conmigo y protegerme —sigue diciéndole Clitemnestra, que siente dentro de sí una oleada de emoción, esperanza y vulnerabilidad—. Entonces te quedarás en el palacio cuando mi marido vuelva de la guerra. Te esconderás mientras les doy la bienvenida a él y a sus soldados. Después me ayudarás a asesinar al hombre responsable de la muerte de mi hija.

32

Amigos y enemigos

Los árboles florecen y las ramas se llenan de cascadas de flores blancas y moradas. El cielo se vuelve más claro, y los días, más largos. Pero a la ciudadela no llega ninguna noticia de Troya.

Clitemnestra está inquieta. No duerme por la noche, y por la mañana tiene los ojos hinchados y le duele la cabeza. Mientras escucha las peticiones en el *mégaron*, a menudo mira por las ventanas intentando vislumbrar una hoguera encendida en las montañas. Pero cada día el horizonte es el mismo, y el valle brilla bajo un cielo sin nubes.

Orestes también está nervioso. Cada vez más sirvientas van a su habitación por las noches, y Clitemnestra se preocupa. No quiere que su hijo acabe como Menelao, haciendo infeliz a su mujer por estupidez. También está Egisto, cuya presencia parece molestar a Orestes. A veces, durante la cena, Clitemnestra sorprende a su hijo mirando a su amante con expresión desafiante y juguetona. Le recuerda al rostro de Cástor cuando era niño antes de hacer travesuras.

—¿Hermíone no es demasiado joven para casarse? —pregunta Crisótemis una noche.

Están cenando todos juntos. Las antorchas derraman luz como flores doradas. Crisótemis frunce el ceño mientras juega con la comida de su plato. Clitemnestra entiende su preocupación. Al fin y al cabo, su hija tiene la misma edad que su sobrina.

—Para una espartana sí —le contesta Clitemnestra—. Pero en otras ciudades griegas las chicas se casan jóvenes, como sabes.

—Al menos tendrá a alguien con experiencia a su lado —comenta Electra mirando a su hermano. Sus ojos son brillantes como la plata pulida.

Orestes se ríe. La burla de su hermana no le ha molestado.

—¿Ahora compartes el botín con los jefes militares? —insiste Electra en tono deliberadamente inexpresivo—. He visto a Ciro en un callejón con una de las nuevas sirvientas.

—Nunca caería tan bajo como para acostarme con una mujer que ha estado en la cama de Ciro —le contesta Orestes con una sonrisa.

—Pero luchas junto a él —le replica Electra—. Junto a un hombre que intentó violar a tus hermanas. ¿Crees que ahora ha cambiado y es mejor persona?

—Electra —interviene Crisótemis en voz baja. Su voz se desvanece en el silencio como la última luz del día.

Electra da un sorbo de vino y los labios se le tiñen de un ligero color morado.

—¿Qué opinas, señor Egisto? ¿Las personas cambian?

Egisto levanta la mirada, como sorprendido de que se haya dirigido a él.

—Quien es una vez codicioso lo es siempre —le contesta en voz baja.

Orestes sonríe.

—¿No es curioso que lo digas tú? Entonces seguro que estás de acuerdo conmigo si digo que quien es una vez traidor lo es siempre.

Egisto deja el cuchillo en la mesa dando un golpe. Las sirvientas retroceden hacia las sombras con pesadas bandejas de comida. Orestes se queda en su silla, relajado, aunque los ojos le brillan como brasas.

—Si queréis discutir, salid de aquí —les ordena Clitemnestra—. Burlaos el uno del otro y destrozaos mutuamente. No me importa. Pero no quiero escucharlo.

Sus hijos siguen sentados, silenciosos como tumbas. Egisto bebe vino y controla su rabia. Clitemnestra intenta concentrarse en la comida. Está mentalmente cansada y físicamente agotada. Antes León le calmaba la tensión con palabras amables y protegía a Clitemnestra del mal humor de sus hijos. Ahora ya no está y su lugar lo ocupa Egisto, que lucha contra su propio sufrimiento.

Siente que ha tejido una red demasiado grande y complicada, y ahora también ella está atrapada en esa red.

Ailín la despierta sacudiéndole un brazo. Clitemnestra se incorpora de un salto con la respiración entrecortada. Estaba soñando que los griegos habían capturado a su hermana y la habían ejecutado en las murallas de Troya. La pesadilla aún permanece en su piel.

—¿Qué pasa? —Tiene los ojos secos y las extremidades cansadas como si hubiera pasado la noche peleando.

—Orestes y Egisto están luchando en el patio de entrenamiento.

Se pone un *peplos* y sale a toda prisa, seguida de Ailín. Corre tanto que a su sirvienta le cuesta seguirle el ritmo.

—Quizá solo estén jugando —le dice Ailín sin aliento—, pero he oído gritar a varios hombres, así que he pensado…

«No están jugando». Egisto solo lucha con ella. Orestes debe de haberlo desafiado y lo ha pillado por sorpresa. Y aunque sabe que su hijo es fuerte en el combate cuerpo a cuerpo, Egisto puede ser peligroso.

Bajan corriendo los escalones de piedra que llevan al patio. Oyen los gruñidos, los gritos y el choque de las espadas. Alrededor del patio se ha reunido una pequeña multitud de chicos que probablemente tenían que entrenar a esta hora. Observan a las dos figuras que danzan blandiendo las espadas para derribarse mutuamente. Clitemnestra se abre paso entre ellos y se detiene en el extremo del patio sintiendo el aliento de Ailín en el cuello.

Orestes está luchando con su espada recién forjada. Los rizos le rebotan en la frente sudorosa. Frente a él está Egisto, con dos puñales en las manos y sangre resbalándole por el rostro. Se mueve como un lobo, y las hojas de sus puñales alcanzan la espada de su hijo como latigazos.

—Mira quién está aquí —dice Orestes, divertido, al ver a Clitemnestra por el rabillo del ojo—. Madre, ¿quieres unirte a nosotros?

Egisto mira en su dirección, y la espada de su hijo vuelve a hacerle un corte en la sien. No se queja, pero Clitemnestra ve el fuego y la rabia en sus ojos. Le cortaría el cuello a Orestes si ella no estuviera aquí. Salta hacia su hijo y le hace un corte en la cabeza. Orestes se agacha bajo su espada y se desplaza hacia un lado. Le clava la espada y Egisto se inclina y se lanza hacia delante arrastrando a Orestes con él. Sus armas siguen chocando en la arena, y cuando Egisto alcanza el cuello de Orestes, este suelta una carcajada ahogada. Egisto retrocede con los puñales adelantados a modo de advertencia.

Clitemnestra coge una lanza y la arroja. Se hunde en el suelo entre los dos combatientes, que se vuelven hacia ella. Orestes no pierde la sonrisa, y ella siente la necesidad de darle una bofetada para recordarle que esto no es un juego. En el rostro de Egisto ha desaparecido la rabia, y en su lugar ve miedo. Tiene miedo de su reacción.

—Es hora de que los chicos entrenen —les dice, y se marcha.

El cielo está vacío y recuerda cuando corrió a la arena para salvar a su hermana de Cinisca. Eran tiempos más fáciles, tiempos en los que tenía claro quiénes eran amigos y quiénes enemigos, y creía que siempre sabía lo que era correcto.

Egisto la sigue por el palacio como un perro culpable desesperado por recuperar su amor. Cerca del comedor, bajo las antorchas, Clitemnestra se da la vuelta y él se detiene en seco con los músculos tensos.

—Me ha atacado —le dice entre dientes. Sus ojos son salvajes. Nunca lo había visto tan enfadado—. Me habría matado si no me hubiera defendido.

¿Cuántas veces había soportado esto mismo de joven, que chicos se burlaran de él y lo obligaran a defenderse? Debe de ser agotador.

—Mi hijo nunca haría algo así —le contesta entrando en la sala.

Él la sigue de cerca. Ella siente que la furia de Egisto espesa el aire que los rodea.

—Está celoso de nuestra relación —le replica—. ¡Está envenenando a todo el mundo contra mí!

—Estás sangrando —le dice ella.

Él se toca el hilo de sangre que le resbala por la sien y se lo limpia por encima.

—Debes alejarlo de aquí —le dice— o acabará conmigo cuando vuelva Agamenón.

—No lo haré.

—Así que ¿lo elegirías a él en lugar de a mí?

—Es mi hijo. No hay nada que elegir.

El rostro de Egisto se vuelve frío, y sus ojos, amargos.

—Pero debes elegir. ¿Qué pasa si Orestes está aquí cuando llegue tu marido?

«Tu marido». Debe de estar muy enfadado para referirse a Agamenón así.

—¿Qué sucede cuando le clavas un puñal en el corazón? —sigue preguntándole Egisto—. Un hijo debe vengar a su padre. Es la ley.

Ella sabe que es verdad. El mayor deber de un hijo es honrar y vengar a su padre, por cruel que este haya sido. Egisto es la prueba viviente.

«Un vagabundo que nació para matar a los enemigos de su padre y cuyo destino es llevar la ruina a su casa», decían los ancianos durante los años en que enviaban espías por todo el continente en busca de Egisto. «El padre de Egisto era un monstruo», les respondía Clitemnestra, pero los ancianos negaban con la cabeza. «Tú eres una mujer. No puedes entender la lealtad al padre».

Se equivocaban, como siempre. Entiende la justicia, el espíritu antiguo que vive dentro de cada uno de ellos, listo para estallar por cada crimen. Es una telaraña en la que todo hilo está manchado con la sangre de madres y padres, hijas e hijos. Crece y crece, y las Erinias no dejan de tejer trampas.

Pero ¿de verdad Orestes se pondría del lado de un padre que

asesinó a su hermana como un animal destinado al matadero? ¿Reuniría un ejército contra su madre? Ella le ha enseñado todo lo que sabe. Ella le ha mostrado las debilidades de otros chicos y le ha dicho que la clemencia nunca ayuda a ganar. Ella estaba allí cuando empuñó su primera espada y cuando montó su primer caballo. Quería que se convirtiera en un hombre fuerte y decente, feroz pero no salvaje. Quizá ha ido demasiado lejos. Quizá debería haberle enseñado a ser ante todo leal. «¿Los hombres buenos son buenos jefes militares?», le preguntó Orestes con una sonrisa.

El malestar la inunda como una advertencia. Levanta la mirada. Egisto la observa fijamente, como un lobo acechando a una oveja.

—Orestes está prometido a Hermíone —le dice Clitemnestra—. Irá a Esparta antes de que los Atridas vuelvan de la guerra. Así empezará a construir su red de alianzas. Infundirá respeto antes de que el rey de Esparta esté en casa. —La expresión de Egisto la reconforta como la primera mañana de primavera tras un largo invierno—. Después, cuando me haya ocupado de su padre, volverá a Micenas y me mostrará su lealtad.

Despide a su hijo uno de los últimos días de la primavera.

Van juntos a la Puerta de los Leones al amanecer. La ciudadela aún está despertándose y varias mujeres se dirigen medio dormidas al arroyo cargadas de túnicas sucias. Orestes se ata el puñal al cinturón. Su perfil es suave a la luz anaranjada.

—Sé amable con tu prima —le dice Clitemnestra—. Trátala como tu igual, no como si fuera inferior a ti.

—Lo haré —le contesta su hijo esbozando una de sus hermosas sonrisas.

—No te lleves a otras chicas a la cama —añade, y él se echa a reír—. Por eso tu tío perdió a Helena.

Él apoya las manos en los brazos de su madre.

—Te preocupas demasiado. Además, sé lo que me hará el tío Polideuces si me porto mal con su amada sobrina.

Clitemnestra observa su rostro deslumbrante, cada línea tenue y cada ángulo.

—Ten cuidado. Mira a tu alrededor y encuentra a los que te serán leales. Tu tío te ayudará, pero nunca subestimes a tus consejeros. Esparta ha cambiado. Ahora la mayoría de las familias son fieles a Menelao. Te considerarán un intruso.

Él la mira muy serio, y en sus ojos ella ve a su padre, la misma atención cuando escuchaba algo que sabía que era importante.

—Todo el mundo tiene amigos y enemigos, pero los reyes y las reinas aún más —añade—. Recuérdalo cuando llegue el momento.

Los caballos están listos y sus hombres lo llaman. Ella quiere aferrarse a él y no dejarlo marchar, pero ha tomado una decisión y no puede echarse atrás.

Él le da un beso en la frente.

—Lo recordaré —le asegura. Ella cree que ahora se dará la vuelta y se marchará, pero Orestes le coloca una mano en la cara—. Y tú ten cuidado con Egisto, madre. No es tu enemigo, pero tampoco es tu amigo.

Clitemnestra se dirige a las murallas para ver a Orestes cabalgando hacia el amanecer. Egisto ya está allí y no desvía los ojos de su hijo. Al verlo, de repente se apodera de ella la incertidumbre, como si el suelo se derrumbara bajo sus pies. Un diminuto sol se alza derramando color y las últimas estrellas que habían resistido desaparecen. Egisto se da la vuelta y la mira sin pestañear.

—Orestes cree que no debo confiar en ti —le dice—. Los ancianos creían que no debía confiar en ti. León me advirtió que no confiara en ti. ¿Debería preocuparme por haberme equivocado sobre tu lealtad?

Orestes es un pequeño punto que se aleja rápidamente. Pronto cruzará las colinas y desaparecerá.

—León, tu perro fiel, se ha ido —le contesta Egisto—. Orestes se ha ido. Los ancianos se han ido. Tú misma te has ocupado de ello. —Le sostiene la mirada—. Ahora solo estamos tú y yo.

Es extraño que pueda ser tan aterrador. Sabe que la ama, pero a veces él vuelve a caer en su agujero de miedo y desconfianza, un agujero que él mismo ha cavado durante muchos años de soledad.

Egisto se arrodilla y le coge la mano. Clitemnestra siente que la suya está fría y seca.

—Siempre te seré leal, mi reina.

33

El león vuelve a casa

Clitemnestra siente en la piel el agradable contacto del agua fresca del baño. Las luces son tenues, y fuera las colinas se extienden como olas del mar. Cierra los ojos y sumerge aún más el cuerpo en la bañera. Se pregunta si así se siente la muerte. ¿Está su hermosa Ifigenia flotando tranquilamente en algún lugar, con el pelo dorado danzando a su alrededor? Sale a la superficie y busca con la mano la fría hoja de su puñal, que está tirado en el suelo, al lado de la bañera. El filo la tranquiliza e intenta apartar de su mente los pensamientos dolorosos. Hoy se ha producido una pelea en la ciudadela y tendrá que hablar con los jefes militares al respecto. Ha habido dos muertos. Los ancianos han comentado que ha sido por unos tratos que habían hecho los comerciantes, porque se habían negado a pagar algo. Clitemnestra piensa que debería convocar a los mercaderes directamente al *mégaron* y enseñarles a obedecer de una vez por todas.

En ese momento ve el fuego. Algo arde a lo lejos, en la montaña que está frente a la ciudadela, y las llamas se elevan al cielo como una bandada de ibis escarlatas. Sale de la bañera y corre hacia la gran ventana con el agua resbalándole por el cuerpo. Hay otra hoguera detrás de la montaña, parpadeando en las colinas en dirección a Atenas y Delfos. Y después otra, una luz tan pequeña en la lejanía que parece el blanco de un ojo abierto en la oscuridad.

«Ha caído Troya».

Se queda junto a la ventana, helada de frío, mirando la cadena de faros que lanzan chispas ardientes a la noche sin estrellas. El fuego se hace más grande, más ávido, y pronto le brillan los ojos. Verlo la vuelve voraz. La violencia se alimenta de más violencia, es insaciable, siempre ansía más sangre. Clitemnestra cierra los ojos y deja que el dolor le inunde la mente.

La sangre en las rodillas de Ifigenia mientras la arrastraban hacia el altar de piedra. La cara magullada, el ojo morado y el cuello destrozado de León. Las manos rojas de Clitemnestra, las uñas rotas y las articulaciones de los dedos desgarradas mientras intentaba aferrarse al suelo arenoso y hacer cualquier cosa para acercarse a su hija. Los recuerdos la ahogan como el olor enfermizo de cuerpos putrefactos. Pero hay más.

Su madre con el bebé muerto de Clitemnestra en brazos y el rostro contraído por la desesperación. Los ojos vacíos de Tántalo mirándola fijamente. No podía tocarlo. Alguien la sujetaba y la soltaba por más que ella arañara y gritara. Y después Agamenón con sus ojos clavados en ella desde el otro lado del pasillo. Aunque él no decía nada, ella sabía lo que estaba pensando: «Ahora eres mía». Pero se equivocaba. Ella no es de nadie.

Vuelve despacio a la bañera y recoge el puñal con piedras preciosas incrustadas de su madre. La primera vez que tocó la hoja se cortó, pero desde hace mucho tiempo tiene la piel más gruesa. «Pronto se derramará más sangre, pero no será la mía».

Lanza el puñal a la puerta de madera del baño, donde se clava haciendo un ruido casi imperceptible, como el de un pájaro muerto cuando cae al suelo.

Sus hijas están durmiendo juntas en la habitación de Crisótemis, y sus pechos suben y bajan como las alas de una mariposa. Clitemnestra se sienta al borde de la cama y le acaricia la mejilla a Crisótemis. Electra abre los ojos, de repente alerta.

—Madre, ¿qué pasa? —le pregunta.

Su hermana se agita en sueños. Clitemnestra le aparta un mechón de pelo de la cara.

—Hemos ganado la guerra —le contesta en voz baja—. Tu padre va a volver.

Electra se estremece y sus ojos de ciervo brillan en la oscuridad. Clitemnestra sabe que es porque ha llamado a Agamenón «tu padre», cosa que no hacía desde hace mucho tiempo. Crisótemis también abre los ojos. Quizá estaba despierta desde el principio, porque cuando se sienta en la cama, lo primero que dice es:

—¿Qué va a pasar?

Clitemnestra no le responde. Sus hijas la miran con la cabeza inclinada hacia un lado y conteniendo el aliento. Sabe que estaban esperando la ocasión para preguntárselo. Crisótemis no puede seguir en silencio y vuelve a preguntarle con una vocecita que no es más que un soplo de viento:

—¿Va a hacernos daño?

La pregunta le rompe el corazón.

—No va a tocaros jamás —le contesta.

Electra también se sienta, con la mandíbula apretada y el cuerpo tenso.

—¿Cómo lo sabes?

—Porque no lo permitiré. Han cambiado muchas cosas desde que se marchó.

—Algunas cosas no han cambiado —le replica Electra—. Todavía lo odias.

Casi siente la tentación de retroceder al mirar a los ojos a Electra. Es como observar fijamente aguas profundas y oscuras.

—Me quitó a mis hijos —le dice—. A mi perfecta hija y a mi bebé. ¿No odiarías a una persona así?

Sabe que «odiar» no es la palabra correcta, pero en todos estos años no ha encontrado la adecuada. Algunos sentimientos son difíciles de plasmar.

Crisótemis parece alarmada. Se inclina hacia delante y le coge la mano.

—Te entendemos, madre. Siempre te hemos entendido.

Electra pega las rodillas al pecho.

—¿Crees que los dioses nos miran? ¿Crees que saben que lo odias?

—Escúchame —le responde Clitemnestra—. Los dioses no se preocupan por nosotros. Tienen cosas en las que pensar. Por eso nunca debes vivir a la sombra de su ira. A quienes debes temer es a los hombres. Son los hombres los que se enfadarán contigo si subes demasiado alto y si eres demasiado querida. Cuanto más fuerte seas, más intentarán derribarte.

Ahora los perfiles de sus hijas son más nítidos. Pronto amanecerá y el calor del verano se volverá insoportable.

—Nuestro padre no nos quiere, ¿verdad? —le pregunta Crisótemis.

Clitemnestra desvía la mirada. Las palabras de su hija la trasladan a un lugar doloroso.

Un calor abrasador.

Una carpa morada.

La dulce voz de Ifigenia, que le hizo la misma pregunta antes de morir.

—Da igual lo que sienta —le responde Clitemnestra—. Da igual lo que piense. Yo os quiero a las dos, como quería a vuestra hermana, más que a nada en el mundo.

Los rostros de sus hijas se iluminan como escudos a la luz del sol. Les coge las manos.

«Cuando la venganza llama y los dioses dejan de mirar, ¿qué pasa con aquellos que han tocado a las personas a las que quiero?».

Egisto está esperándola en su habitación, totalmente despierto. Ella busca su cuerpo en la luz del amanecer y le sujeta la cabeza con las dos manos. Él la besa, y ella saborea en sus labios la sed de venganza. «El león vuelve a casa y encuentra al lobo preparado para darle la bienvenida».

—El fuego —le dice él en tono inexpresivo—. No tardará en volver.

Ella asiente, se dirige a la ventana y mira el cielo dorado. Él la sigue y le roza los hombros con los labios. Ella se siente cada vez más tensa y la mente se le afila como una cuchilla. Cierra los ojos y se imagina matando a su marido, el pensamiento que la ha alimentado durante años, la semilla que se ha convertido en una vid. Si hubiera dejado de pensar en ello, no habría aguantado. Es la misma tensión que se siente antes de un combate, y para este combate lleva mucho tiempo preparándose.

—Agamenón siempre está alerta, y lo estará incluso después de una guerra de diez años —le comenta Clitemnestra—. Es lo bastante inteligente para no confiar jamás en ninguna de las personas que lo rodean.

Otro hombre le diría que se relajara, que confiara en sí misma, pero Egisto no. Sabe que los que se relajan caen fácilmente en telas de araña. Su rostro está lleno de maldad. Quizá en otra vida podría haber sido inocente, una vida en la que no se hubiera visto atrapado en juegos de crueldad y poder. ¿Podría existir una vida así?

Ella lo mira fijamente.

—Por eso no jugamos a ser héroes. Tenemos que atacar como serpientes. Nos arrastramos y matamos cuando nadie nos ve.

Él esboza su sonrisa de lobo.

—De todos modos, nunca he sido un gran héroe.

Al día siguiente, Clitemnestra reúne en el *mégaron* a los ancianos, que se colocan alrededor del trono y se inclinan ante ella. En cuanto se han sentado, los guardias entran en el salón arrastrando a Egisto.

—Como sabéis, el rey va a volver —les dice—. Él decidirá qué hacer con sus prisioneros.

Un murmullo de conformidad, como una brisa, recorre a los ancianos. Qué fácil es engañarlos. Qué confiados se vuelven cuando les da exactamente lo que quieren.

Anoche, tumbada en la cama, le dijo a Egisto que tenía que confiar en ella. «Confío en ti», le contestó acercándose a ella y presionando el cuerpo contra el suyo. Ella sintió su calor, pero no le bastaba. Quería que le atravesara la piel y que la abrazara con tanta fuerza que pudiera romperse.

—Metedlo en una celda —les ordena a los guardias con palabras brillantes como cuchillos.

—¡Traidora! —exclama Egisto mientras los guardias lo sacan del salón, también a rastras.

Ella mantiene el rostro inexpresivo, como una piedra antes de que la tallen, hasta que su figura desaparece más allá de la chimenea. Se hace el silencio y los ancianos la miran, indecisos.

—Agamenón volverá y encontrará a su mujer, leal y fiel.

Los ancianos la miran con los ojos muy abiertos, atentos. De repente temen que sea un juego o que se haya vuelto loca.

«¿No es esto lo que queríais? ¿Que yo no fuera más que un perro guardián que lame los pies del poderoso rey?».

—Dad la noticia en la ciudadela. Agamenón está en camino y la reina se prepara para darle la bienvenida.

Cadmo asiente, y lo mismo hacen varios otros.

—Contad también cómo conquistaron la ciudad —sigue diciéndoles—. Contad que saquearon Troya, destruyeron sus templos y mataron a sus sacerdotes.

Los ancianos fruncen el ceño. No hay mayor ofensa a los dioses que despreciar sus lugares sagrados.

—Recordad al pueblo que Agamenón y sus hombres vuelven a casa como auténticos héroes.

Se detiene por temor a que su maldad asome entre sus dulces palabras.

Cadmo carraspea.

—La guerra tiene sus exigencias, mi reina.

Ella sonríe.

—Por supuesto. Pero recordad al pueblo cuáles son esas exigencias.

Él asiente rápidamente y se despide. Los demás lo siguen, quizá porque no quieren quedarse atrás.

La luz entra en la sala y toca los frescos. Ella pasa por delante recorriendo con la mirada las líneas de todas las figuras y todas las briznas de hierba. Le duele ver que ahora no le cuesta mentir. Antes no le costaba ser honrada, valiente y buena. Pero era otra vida.

El día siguiente parece el más caluroso del año. Electra y Crisótemis esperan pacientemente a su madre, que observa la ciudadela junto a la ventana mientras Ailín le arregla el pelo. Los ciudadanos se dedican a sus quehaceres y limpian y despejan las calles para cuando llegue su rey. Varios hombres apartan carros y baúles, y otros echan agua en los adoquines. Mientras Ailín le coloca suavemente la corona en la cabeza, Clitemnestra se vuelve hacia sus hijas.

—Esta noche no cenaréis con nosotros —les dice—. Daréis la bienvenida a vuestro padre y después desapareceréis.

Electra no le responde. Juguetea con sus anillos, piedras preciosas sobre oro resplandeciente. Clitemnestra mira el brazo de su hija, limpio y suave, y después las cicatrices de los suyos.

—Habrá guardias en la puerta de vuestras habitaciones. Pase lo que pase, no salgáis.

Crisótemis frunce el ceño.

—Madre...

Pequeñas piedras preciosas y cintas le adornan las trenzas. Clitemnestra le da un beso en la frente, apenas rozándole la piel con los labios.

—Vamos. El ejército está aquí.

Sus hijas se miran y de repente oyen cascos de caballos golpeando el polvo a lo lejos.

Suben corriendo a las murallas, junto a la Puerta de los Leones, para ver llegar al ejército. Ailín intenta arreglarle el vestido a Electra, que la aparta. Crisótemis se retuerce las manitas y se pone de puntillas para ver mejor.

Una larga fila de guerreros avanza hacia la ciudadela desde el pie de las montañas. Parecen hormigas esparcidas por la tierra árida. Los dos soldados que encabezan la marcha llevan el estandarte de Micenas en las manos. Hay algo diferente en él, y Clitemnestra tarda un momento en distinguir las manchas de color rojo oscuro en el león. Un vencedor micénico dándose un atracón de sangre de reyes troyanos.

Aunque el aire es caliente como un horno, Clitemnestra no se mueve. Observa avanzar a las hormigas hasta que sus ojos se detienen en su marido. No es difícil encontrarlo. Cabalga al frente, junto a un gran carro lleno de botines de guerra. Esperaba sentir dolor o ira al verlo, pero no siente nada. Así te transforma la venganza: te deja pálido y frío como una diosa del mar.

Lo observa cabalgar, con su coraza brillando bajo el sol abrasador y sus hombres tras él, dispersos y cojeando entre los arbustos y las rocas como perros heridos. Ahora que están más cerca, ve sus cuerpos destrozados, sus miembros amputados, sus ojos perdidos y sus heridas aún supurantes.

Una chica está sentada en el carro que avanza al lado de Agamenón, entre oro, alfombras y jarrones. Tiene las manos atadas y la piel morena como la corteza del roble. El pelo suelto le cubre en parte un moratón de la cara. Una esclava de guerra. Clitemnestra preferiría morir a vivir así. «Incluso las esclavas pueden elegir —le dijo una vez su madre—. Esclavitud o muerte». ¿Es de verdad una elección? Clitemnestra no está segura.

Mira hacia abajo y la chica mira hacia arriba. Por un momento sus ojos se cruzan. Después la esclava cruza la puerta y desaparece.

34

La justicia de la reina

Banquete

En el comedor, muy iluminado, reina el bullicio. Las sirvientas corren de un lado a otro con bandejas de comida y los guerreros beben vino como si nunca lo hubieran probado. El rey está sentado a la cabecera de la mesa. Clitemnestra está a su izquierda, como siempre. Tener su ávido rostro cerca después de tantos años le clava recuerdos en la piel como una cuchilla ardiente. Pero no se inmuta. Calcante está frente a ella, a la derecha del rey, lo que significa que no puede zafarse de la cara nudosa del adivino. Pero está bien, quiere mirarlo todo el tiempo que pueda. Los diez años transcurridos no le han dejado rastro. Sigue estando retorcido e hinchado, como un cadáver que la marea ha dejado en la orilla. Han traído a la mesa a la esclava de Agamenón y le han ordenado que se coloque al lado de Clitemnestra. Está sentada con la espalda recta, como una reina, aunque le tiemblan las manos. Por un momento Clitemnestra teme coger un cuchillo y apuñalarla.

—No os he presentado —le dice Agamenón—. Ella es mi botín de guerra y *pallaké.*

Concubina. Clitemnestra sabe que ha dicho esta palabra en voz alta delante de todos para humillarlas a ambas. Pero la chica no agacha la mirada, como haría una esclava. Devuelve a Clitemnestra una mirada desafiante, como si la retara a compadecerse de ella. No sabe que Clitemnestra la compadece solo porque la entiende. «He estado sentada como tú a esta misma mesa. No como esclava, pero sí como prisionera en la casa del rey».

—¿Cómo te llamas? —le pregunta Clitemnestra.

—Casandra —le contesta la chica. Espera un instante antes de añadir—: Hija de Príamo.

El rey de Troya. La chica habla despacio en un griego oxidado en el que las palabras ruedan como piedras dentadas.

—Es una mujer difícil —dice Agamenón mirando a Clitemnestra. Gira la cabeza hacia la esclava troyana con expresión divertida—. Tendrías que ver cómo lucha. Creí que te caería bien.

—Casandra ha tenido la suerte de que nuestro rey la eligiera —interviene Calcante.

Su voz cálida y enfermiza hace que a Clitemnestra le falte el aire. Se siente como si estuviera sumergida en agua hirviendo y el dolor le impidiera respirar.

—Suerte… —repite.

—A la princesa Políxena la sacrificaron en la tumba de Aquiles como a una novilla —dice Agamenón dando un mordisco a su carne.

Los ojos de Casandra son oscuros como cenizas. Aprieta los puños con tanta fuerza debajo de la mesa que Clitemnestra teme que se le rompan los dedos. Seguramente Políxena era su hermana.

—Y a muchas otras mujeres se las han llevado guerreros brutos. —Agamenón hace una pausa, como pensando algo—. No te gustaría ser esclava sexual de Diomedes, créeme.

—Pero el peor destino fue el de Andrómaca —añade Calcante—. ¿Sabes lo que le pasó? —En ningún momento desvía los ojos de los de Clitemnestra.

—No sé si me importa —le contesta.

Preferiría evitarle a Casandra más dolor, pero a Calcante le gusta el dolor. Se bañaría en él si pudiera, siempre que fuera el de otra persona.

—Pirro, hijo de Aquiles, persiguió a la mujer de Héctor. Cogió al bebé de Andrómaca y le abrió la cabeza contra las murallas de Troya.

Clitemnestra evita morderse el labio. Piensa en un huevo cayéndose y en la yema esparciéndose por el suelo. Piensa en su bebé muerto en los brazos de Leda.

Pero Calcante no ha terminado.

—Después Pirro se quedó con Andrómaca. —Sigue mirándola, esperando alguna reacción.

Clitemnestra no pestañea.

—Un gran guerrero, aunque demasiado orgulloso —interviene Agamenón, que después da un trago de vino—. Tarde o temprano los dioses lo castigarán.

Clitemnestra se vuelve hacia Casandra, pero la princesa no llora. Quizá ya se le han vaciado los ojos. Es lo que hace su marido. Vaciar a las personas.

Clitemnestra se levanta y alza su copa de oro.

—¡Pues brindemos! —exclama, y el salón se queda en silencio. Las caras magulladas de los hombres se vuelven hacia ella—. ¡Por los dioses que ayudaron a auténticos héroes a volver a casa y por la mejor victoria de nuestros tiempos, una guerra que se recordará durante generaciones!

Agamenón también se levanta.

—Todo el mundo murmuraba que Troya era inexpugnable y que los troyanos eran imbatibles. Pero atravesamos las murallas, asaltamos la ciudad y lo destruimos todo.

Los hombres lo ovacionan y Clitemnestra se sienta.

—La sangre de nuestros hombres humedece la tierra de Troya, y los lloramos. —Más vítores y golpes en la mesa con copas y puños—. Y ahora bebemos en honor de todos a los que hemos perdido, cuyo recuerdo nunca se desvanecerá.

Se oyen gritos de conformidad, y el ruido vuelve a invadir el comedor a medida que las copas se vacían. Cuando Agamenón se sienta, Clitemnestra coge un trozo de queso de la bandeja.

—Siempre has disfrutado mintiendo a tus hombres —le dice. Es consciente de que Casandra está mirándola y de que Calcante se pasa la lengua por los labios pensando en algo sensato que decir. Agamenón resopla, pero ella sigue diciéndole—: El recuerdo de la mayoría de los hombres que murieron en ese campo de batalla no tardará en desaparecer. Nadie los recordará. A nadie le importarán.

—Si lucharon con valentía —le replica Agamenón—, serán famosos.

—Quizá eran famosos en vida, pero muertos no lo serán. Muy pocos sobreviven al paso del tiempo.

Quiere hacerlo enfadar. Quiere que hable de los muertos, de los hombres que murieron por culpa de su guerra y de la hija a la que mató.

Calcante tuerce el cuello como una serpiente.

—El tiempo puede hacer jugadas extrañas. A menudo los dioses sacan a hombres muertos de las sombras y los llevan a la luz para que las generaciones futuras los recuerden. Dejan que otros brillen en vida y después los entierran tan profundo que en el futuro nadie hablará de ellos.

Ella sonríe lo más ingenuamente que puede.

—¿Y cuál crees que será tu destino? ¿Te olvidarán o te recordarán como el hombre que se sentó con los reyes durante la más grande de las guerras?

«¿Y que les ordenó matar a chicas jóvenes por un soplo de viento?».

Calcante abre los labios y muestra los dientes.

—No sé qué será de mi nombre. Lo único que sé es que a los que dieron su vida por el gran propósito de nuestra victoria los sujetarán como antorchas en las eras venideras. —Hace una pausa, y ella espera que cierre la boca. Pero no lo hace, por supuesto—. Incluida tu hija. Ifigenia tendrá más en la muerte de lo que le habrías dado jamás en vida.

Se atreve a pronunciar su nombre. Se atreve a mencionar a su hermosa hija. Agamenón y Casandra la miran, y ella busca su voz más suave, la que empleaba para arrullar a sus bebés para que se durmieran:

—Me alegro de oírlo. —Observa los labios agrietados de Calcante. Su piel fría y llena de cicatrices. Su cara de serpiente.

«Vas a morir esta noche —piensa—. Disfruta del banquete mientras puedas».

Templo

Casandra mira al adivino pensando en cómo matarlo. Ha albergado este pensamiento desde que los codiciosos griegos sacrificaron a su hermana. Ojos como precioso jade, piel como aceite de oliva, pelo como bronce pulido... Nadie era tan buena y hermosa como Políxena. Pero el cruel adivino ordenó su muerte para que pudieran navegar de vuelta a casa. Casandra ha aprendido que nada bueno y brillante está a salvo en manos de los griegos.

Los soldados todavía estaban bebiendo en el salón cuando Calcante y ella se marcharon «a rezar a los dioses». Ha deseado quedarse a solas con el adivino desde que zarparon de Troya. Ahora caminan por un jardín en dirección a un templo blanquecino, y los pasos de Calcante frente a ella no hacen ruido, como si fueran débiles y se desvanecieran. Casandra intenta no tropezar. Ha robado un cuchillo del comedor y tiene la mano tan húmeda que teme que se le resbale y se le caiga al suelo.

Llegan al templo y Calcante entra. Casandra se detiene y las náuseas se apoderan de ella. Recuerda las frías columnas de otro templo en su tierra natal, sus manos aferrándose a ellas con tanta fuerza que se magulló los dedos, sus gritos resonando por todas partes como los de un pájaro atrapado, y el dolor, tan fuerte que temía que la partiera por la mitad.

El hombre que la violó se llamaba Áyax. El rey de muchas mañas se lo dijo cuando estaban repartiendo a las mujeres entre los generales griegos.

—Ven, reza conmigo, Casandra —le dice Calcante desde el interior del templo.

Entra y se agacha a los pies del adivino, que le toca la cabeza, como si fuera un perro, y cierra los ojos.

Su madre le ha enseñado a ser amable, y su dios le ha dicho que sea justa. Pero ¿dónde están ahora? Hécuba lo ha perdido todo y Apolo no habla con ella desde que Áyax la violó. Luchó y gritó pidiendo ayuda, pero nadie acudió. Es lo que hace todo el mundo ante la atrocidad: desviar la mirada. Nadie es lo bastante valiente para admitir la verdad, ni siquiera un dios.

«Perdóname, madre. Perdóname, Apolo».

Nunca ha hecho daño a nadie. ¿Cómo se sentirá? Está sacando el cuchillo cuando oye pasos detrás de ella. Se da la vuelta justo a tiempo para ver a la reina de Micenas.

Contiene la respiración, como si estuviera a punto de sumergirse en el agua, y se acerca más al adivino.

Sacrificio

Clitemnestra levanta la nariz tapándose la cara. Dentro del templo, el aire es ácido y huele a humedad. No viene a menudo. La quietud del lugar le desagrada, es como una tumba. Calcante está rezando bajo la gran estatua de Hera. Junto a él, agachada y mirándola fijamente, la chica troyana. Hay una luz extraña en sus ojos, deslumbrante y peligrosa.

—Vete —le ordena Clitemnestra.

La chica se levanta de un salto y se dirige hacia la puerta, pero Calcante no se da la vuelta. Clitemnestra observa la parte de atrás de su cabeza, como una cáscara de huevo cuya superficie se ha resquebrajado.

—Sabía que vendrías —le dice el adivino.

—¿Te lo han dicho unos intestinos de oveja?

Calcante se vuelve y sus pequeños ojos negros la atrapan como un anzuelo a un pez.

—He rezado por ti en estos diez largos años.

«Ha rezado». Casi lo estrangula ahí mismo. Los hombres como él, que fingen ser santos mientras otros hacen el trabajo sucio, son los que siempre la han enfurecido más.

—Qué generoso por tu parte —le responde Clitemnestra.

Calcante curva los labios en una horrible sonrisa. Una sonrisa calculada, como todo en él.

—Tu padre y tu madre murieron. A tu hermano lo asesinaron y a tu hermana la secuestraron. Pero aquí estás tú, reina de la ciudad griega más poderosa, con un ejército de hombres a tus órdenes. Me parece admirable.

Clitemnestra se acerca a él. Sus pies ligeros avanzan por el suelo de mármol. ¿Por qué todo el mundo se empeña en recordarle el destino de su familia? Debe de ser porque quieren debilitarla.

—Eres una mujer ambiciosa casada con un rey despiadado. En mi experiencia, las personas ambiciosas caen rápidamente. Pero tú no. Sabes sobrevivir.

Ella se detiene lo bastante cerca para tocarlo.

—Tú también. Aunque mientras que yo lucho hasta el final, tú te arrastras y susurras al oído de los reyes. No es heroico, pero haces lo que debes para sobrevivir.

Él inclina la cabeza hacia un lado y sus ojos huecos la succionan.

—Todos hacemos lo que podemos con los dones que nos otorgan los dioses.

Ella recuerda que en cierta ocasión Odiseo le dijo algo parecido y siente un dolor profundo en su interior, como una astilla que se le clava en la carne.

—Sí. ¿Y qué haces con tu «visión divina»? —Hace una pausa, pero él se mantiene en silencio y totalmente inmóvil, como los animales en el bosque cuando huelen el peligro—. Ordenas que sacrifiquen a una chica inocente como si fuera una cabra. Podríamos pensar que fue un error, pero no, porque en Troya das la misma orden, esta vez de sacrificar a una princesa troyana, Políxena. Fuiste tú el que ordenó el sacrificio, ¿verdad? Qué valiente. Qué gran uso de tu don.

—Hago lo que los dioses me ordenan que haga. No es sensato desafiar su voluntad.

Ella se ríe. El sonido resuena en todo el templo.

—¿Sabes lo que no fue sensato? Mantenerme con vida después de haber matado a mi hija. Mi hermano siempre decía que cuando haces enemigos, debes eliminarlos antes de que te eliminen a ti. Ese fue tu error.

—Nuestros errores importan poco a los ojos de los dioses. Al final todos morimos, como murió tu hermano.

Ella se pasa la lengua por los labios.

—Sí, todos morimos.

Está a punto de sacar el puñal, pero él se mueve antes. Con un gesto demasiado rápido para un hombre de su edad, se saca un cuchillo de la manga y lo apunta hacia ella. Clitemnestra no retrocede, sino que lo agarra de la muñeca sin esfuerzo y se la retuerce. Él deja caer el cuchillo. Clitemnestra le recorre el rostro con el puñal, desde los ojos huecos hasta los finos labios. Él no lucha.

—No derramarás sangre aquí —le dice. No parece asustado, sino solo un poco sorprendido—. No eres tan audaz.

A ella le parece divertido que diga eso después de haberse sacado un cuchillo de la manga.

—No sabes lo audaz que soy —le replica.

Le clava el puñal en un ojo. Los ojos que vieron a su hija deben ser sacrificados. Él cae de rodillas gritando, y ella le corta el cuello rápidamente antes de que alguien lo oiga. Él cae al suelo. Su cuerpo es pequeño y decrépito dentro de la gran túnica. En las sombras, parece un saco vacío.

Ella se queda de pie para recuperar el aliento. Todo dentro de ella es frío y odioso, como zarcillos extendiéndose alrededor de sus huesos.

Se gira hacia la puerta y ahí está la chica troyana. Clitemnestra se acerca a ella con cautela guardándose el puñal con piedras preciosas incrustadas. Casandra da un paso adelante con la barbilla levantada, desafiante. No tiene miedo.

—Hazlo —le dice cuando Clitemnestra se ha acercado lo suficiente—. Hazlo ahora.

Es una auténtica princesa. Solo la realeza daría órdenes así. Clitemnestra le toca un brazo suavemente.

—Escóndete aquí —le dice—. Nadie te hará daño, te lo prometo.

Casandra la mira con absoluta desconfianza. Clitemnestra la entiende. Si ella fuera la chica, tampoco confiaría en ella.

Egisto se ha prometido a sí mismo que confiará en Clitemnestra, pero toda una vida de recelos empieza a apoderarse de él. Está triste. Si no puede confiar en la única mujer a la que ha querido en toda su vida, quizá sea demasiado tarde para él.

Está sentado en el calabozo con las manos atadas a una columna de madera. Delante de la puerta hay un guardia. Oyen los vítores procedentes del comedor, los susurros y el ruido de la cocina.

El lugar le trae malos recuerdos. Atreo lo encerró aquí una vez después de que hubiera perdido un combate de lucha. «Para que aprendas lo que significa perder», le dijo, y Egisto pasó dos días solo en la oscuridad con ratas arrastrándose a su alrededor. Agamenón fue a verlo, y cuando Egisto le pidió comida, frunció el ceño. «No aprenderías nada, ¿verdad?».

También recuerda a Tiestes en una celda, cuando le dijo que la espada que blandía era suya y que él era el hijo que había perdido hacía mucho tiempo.

Egisto aparta estos pensamientos. Ha salido adelante solo durante muchos años, ¿no? Ahora tiene que hacer lo mismo. Aunque el suelo apesta a orina y barro, hunde los dedos en él. Le duelen las muñecas, que le han atado, mientras busca una piedra, una esquirla, cualquier cosa. Desentierra un hueso, una rata muerta y después algo que parece un broche. Lo siente entre los dedos. Es lo bastante afilado.

Corta la cuerda y espera. Cuando el guardia se vuelve hacia la puerta, salta sobre él. Caen y Egisto golpea la cabeza del hombre contra la pared. El guardia queda inconsciente y Egisto pasa por encima de él.

Corre por los pasillos mientras un miedo que le resulta familiar lo destroza. Clitemnestra es fuerte y conoce a su marido, pero él lo conoce mejor. Creció con él, luchó con él y lo odia desde que era un niño. Y sabe que Agamenón siempre gana.

Se detiene junto a la entrada del *gynaikeion* y se pega a la pared para esquivar a dos guardias. Aquí el pasillo se divide. Podría ir a la izquierda, hacia el baño, donde sabe que Clitemnestra pedirá que laven al rey. O podría ir a la derecha, hacia el templo, donde se esconderá el adivino loco. Le llega el olor a sangre y miedo procedente del jardín, y lo sigue como un lobo.

Jardín

Casandra ha aprendido que los griegos tienen dos caras. Ha visto, pasmada, cómo Clitemnestra mataba al adivino junto a la estatua de Hera después de haberlo dejado ciego. La reina ha mencionado a su hermana muerta, Políxena, y Casandra ha llorado en las sombras de las columnas. Creía que la reina iba a matarla a ella también, pero la ha dejado aquí.

Esta es una tierra extraña que engendra a personas extrañas. No respetan a los dioses ni a los hombres. Se matan y violan unos a otros en lugares sagrados, y mienten a sus enemigos sin piedad. Así ganaron la guerra, mintiendo. Su madre siempre le decía: «Venceremos porque no somos codiciosos ni falsos». Pero la codicia y los engaños ganan guerras, como Casandra intentaba decirle. Su madre no le hacía caso, aunque en realidad nadie se lo hacía. Su hermana Políxena era la más querida, al igual que su hermano Héctor. Eran hermosos y encantadores, mientras que Casandra siempre decía cosas incómodas.

En el campamento griego, después de la caída de Troya, el rey de todos los griegos la eligió. No lo entendía. «Esta es dura —dijo Agamenón arrastrándola entre los trípodes, las armas doradas y los ricos tapices—. Al menos no me aburriré».

Ahora preferiría morir antes que volver con él. «Quizá no tengas que hacerlo». Podría marcharse y huir al bosque. ¿Y después? Podría volver a cruzar el mar y buscar a otros supervivientes. Aprieta el cuchillo con fuerza. Quizá a eso se refería la reina de Micenas cuando le ha dicho que se escondiera.

Sale del templo y entra en el jardín. Desde aquí arriba el valle parece amenazador, oscuro como las profundidades del mar. Su sombra salta delante de ella como un espíritu asustado, y el dulce aroma de las flores flota a su alrededor. Le recuerda a su hogar, a los sonidos de flautas y liras, a sus hermanas bailando bajo las ramas del patio y a los sementales relinchando en los establos. Piensa que debería robar un caballo, y de repente un hombre sale de las sombras. Ella tropieza e intenta no caerse con el cuchillo en la mano.

—Chis —susurra el hombre.

Es alto y guapo, con la cara llena de cicatrices y los ojos como hielo. La mira y ella lo mira a él. Se le dan bien las personas, desde siempre. Sabe ver lo que sienten, y Políxena siempre le decía que debería ser adivina, no sacerdotisa. Pero los adivinos no entienden a las personas. Solo les importan los dioses.

—¿Quién eres? —le pregunta el hombre. Aunque su tono es amable, hay algo inaccesible en sus ojos... ¿Rabia? ¿Dolor?

—Casandra —le contesta—. Esclava y concubina del rey Agamenón.

La expresión del hombre cambia. Algo peligroso se ha deslizado entre ellos. Casandra retrocede y el hombre saca una espada larga.

Juicio

Clitemnestra entra en el baño. El aire sabe a sal. Es un olor fuerte que la impregna y le hace pensar en Áulide. Cierra la puerta sin hacer ruido y observa la escena.

Agamenón está tumbado en la bañera de espaldas a ella, con sus grandes brazos llenos de cicatrices por fuera. No hay armas a la vista, ni guardias. Clitemnestra se ha asegurado de que así fuera. «Se acabó —piensa—. Sin pasos en falso. Sin errores». No puede permitírselos.

—Por fin ha llegado mi mujer —dice Agamenón—. La poderosa reina de Micenas, como te llaman ahora. —Se ríe, como si la idea le pareciera divertida—. Estoy seguro de que te has ganado que te llamen así.

Ella se dirige hacia él y se detiene al lado de la bañera. La hilera de lámparas humeantes que cuelgan en la pared hace que le brille la cara.

—Antes te llamaban poderoso a ti —le responde Clitemnestra. Él la mira.

—Ahora soy el señor de hombres.

Clitemnestra coge el trapo que Ailín utiliza para limpiarla y se arrodilla para frotarle el brazo a su marido. Él no se mueve, pero tampoco se relaja.

—En el camino de vuelta me contaron algunas cosas —le dice.

Ella espera escuchando el silencio que se extiende entre ellos.

—Cosas sobre ti y mi querido primo Egisto —sigue diciéndole Agamenón.

Estaba claro que iba a hablar de Egisto. Cualquier otro preguntaría por sus hijos, por la marcha de Orestes y por lo mucho que había crecido Electra. Pero Agamenón no es como los demás.

—A la gente le gusta hablar —le contesta.

Él resopla.

—Siempre ha sido un mendigo, incluso de niño. Le pegábamos y lo humillábamos, pero siempre volvía suplicando clemencia y amor. —Dice esta última palabra con asco—. Nunca ha entendido cómo funciona el mundo.

—Creo que ahora lo entiende.

—¿No vino aquí y pidió refugio?

—No buscaba refugio. Quería asesinarme para hacerte pagar lo que le hiciste a su padre.

Agamenón se ríe amargamente.

—Atreo fue tan padre de Egisto como Tiestes. Lo acogió y lo crio con nosotros. Y Egisto lo mató.

Ella le pasa el trapo por los hombros, con cicatrices talladas en la piel.

—Por eso lo encerré en una celda.

A Agamenón se le tensa la espalda.

—Pero antes te lo follaste, ¿verdad?

Ella se dirige al otro extremo de la bañera, le coge los pies y le limpia los dedos con el trapo. Diez años de suciedad y sangre por limpiar. Diez años de dolor por vengar.

—Egisto es débil —le dice.

—Siempre te han gustado los hombres débiles.

Ella se mueve despacio, controlando sus movimientos.

—¿Qué me dices de la princesa troyana? ¿La poseíste?

Agamenón no aparta los ojos de ella.

—Me recuerda a ti. Por eso la elegí. Cuando tomamos la ciudad, todas las demás mujeres lloraban y se encogían de miedo, pero Casandra no. No agachó la mirada, y cuando uno de mis hombres le pegó, ella le escupió.

—Hay que ser valiente para hacer algo así.

—O tonta. Era orgullosa y no aceptaba que su papel había cambiado.

—Tú tampoco lo habrías aceptado.

Él niega con la cabeza. Fuera empiezan a verse estrellas, brillantes y claras como lámparas. Se oye el ruido lejano de hombres dirigiéndose a la cama a trompicones, borrachos y arrastrando a sus amantes.

—Antes me habría cortado el cuello —le dice—. Las personas como yo no son buenos esclavos. —Y añade—: Y tú habrías hecho lo mismo.

Algo se tensa dentro de ella.

—No soy como tú.

—Siempre te has enorgullecido de pensar así, pero tampoco eres buena. Te apropias de cosas que no son tuyas, como yo. Mientes cuando no confías en los demás, como yo.

Ella estruja el trapo.

—No soy como tú —le repite.

Las palabras suenan vacías en su boca. Agamenón también debe de sentirlo, porque sonríe con suficiencia.

—Polidamante y Licomedes están muertos —le dice—. ¿Los mataste tú?

Ella sabe dónde va a acabar la conversación, pero aun así le contesta.

—No me respetaban. Conspiraban contra mí.

Él hace un gesto de rechazo con la mano.

—Siempre hay personas que conspiran a espaldas de un gobernante. No cumplieron tus órdenes, así que te deshiciste de ellos.

—Aun así, eso no me convierte en igual que tú.

Él pasa por alto sus palabras.

—Y veo que León también se ha marchado. ¿Te dejó después de que le mintieras sobre Egisto? Siempre tuvo debilidad por ti.

Ella habla en tono tranquilo.

—León me era leal porque veía que eres codicioso, cruel, despiadado y violento.

Él se ríe.

—Adelante, sigue odiándome. Pero las generaciones futuras te odiarán tanto como a mí: la mujer que se acostó con el enemigo, la reina que faltó el respeto a los ancianos, la mujer que no se sometió a su marido...

Las palabras son cuchillas que le cortan la piel.

—¿Y cuánto odiarán al hombre que mató a su propia hija? —murmura Clitemnestra.

Él niega con la cabeza.

—Tu padre me dijo una vez que la vida no es más que una lucha entre los que tienen el poder, los que lo desean y las personas que están en medio: bajas, sacrificios, llámalos como quieras.

Clitemnestra lo mira a los ojos.

—Así que mi hija fue una baja para ti.

—También era mi hija, y lloré su muerte.

—¡Tú la asesinaste!

Él echa la cabeza hacia atrás y deja su grueso cuello expuesto.

—Calcante me manipuló. Pero navegamos hasta Troya y ganamos. —Una gota de sudor le resbala por la cara—. Ahora tengo que ocuparme de Egisto, y así habremos destruido a todos nuestros enemigos.

Ella siente que le arde la garganta, pero se obliga a hablar.

—¿Y qué pasa con mis enemigos?

Él está mirando al techo cuando ella le lanza el trapo húmedo, que se le pega a la cara y le impide ver. Antes de que él haya podido retirarlo, ella saca el puñal que se había escondido en la manga y se lo clava en el brazo. Él hace un ruido ahogado. Ella saca el puñal, y la sangre le salpica la cara. Él tira el trapo al suelo gruñendo. Sus ojos despiden una extraña energía, como rabia y placer juntos. Ella conoce esa expresión: es el fervor que se apodera de él antes de hacer daño a los demás. Aun así no es lo bastante cuidadosa. Cuando levanta el brazo para volver a apuñalarlo, él agarra la hoja y la detiene. Su mirada es salvaje. Con la otra mano le pega un puñetazo en la cara con tanta fuerza que se golpea la cabeza contra la pared. Por un momento pierde el equilibrio y se le nubla la vista. Da unos pasos hacia atrás tocando la pared con una mano.

Agamenón se levanta. Gotas de agua resbalan por su cuerpo desnudo y tiene las manos ensangrentadas. Sonríe como un loco y mira su brazo herido con expresión divertida.

—¿Creías que no estaba preparado para esto? —le pregunta con voz ronca—. Siempre has sido difícil, Clitemnestra. La de cosas que tengo que hacer para que aprendas cuál es tu sitio…

Ella avanza de nuevo con todo el cuerpo tenso de rabia. El puñal está acercándose a su cuello cuando él la agarra del pelo y la tira hacia un lado. Es más fuerte de lo que ella recordaba. Ella cae y se desliza por las piedras para alejarse de él. Él sale de la bañera y el agua moja el suelo. A ella se le ha caído de la mano el puñal, que ahora está entre ambos, brillando en la débil luz. Ella se arrastra hacia él.

—¿Cuándo lo entenderás? —le pregunta Agamenón.

Ella extiende la mano, pero él le da una patada. Se oye el ruido de huesos rompiéndose y ella grita.

—No puedes matarme —le dice Agamenón con una ligera sonrisa—. Somos uno y lo mismo.

A ella le cuesta respirar por el dolor. Se le empieza a hinchar la mano y tiene los dedos torcidos como raíces de árboles. «Sin pasos en falso. Sin errores».

Él se agacha para coger el puñal, y ella se lanza contra él con todas sus fuerzas. Caen juntos y ella consigue coger el puñal. Esta vez se lo clava en el pecho. Él emite un sonido de absoluta sorpresa. Clitemnestra lo disfruta y retuerce la hoja para introducírsela todavía más.

—Puede que Egisto sea débil y esté destrozado —le dice—, pero al menos sabe amar.

Él intenta agarrarla, pero le detiene la mano con la rodilla y lo inmoviliza en el suelo.

—No conoces la lealtad ni el cariño. —Clitemnestra observa sus ojos, muy abiertos, y por primera vez desde que lo conoce le parece asustado—. Morirás solo, como has estado toda tu vida, asesinado por tu mujer. ¿No te parece irónico? Quitas cosas a las personas, y a veces las personas te quitan cosas a ti.

Vuelve a clavarle el puñal en el pecho, y otra vez, hasta que la respiración entrecortada de Agamenón se detiene. Ni siquiera entonces se siente en paz. Se levanta con el cuerpo embadurnado con la sangre de su marido y lo mira. Él tiene los ojos abiertos pero vacíos, y los labios separados. Con su enorme cuerpo desplomado sin gracia en el suelo, no parece un rey. Parece un mendigo anónimo.

Baño

Electra se aparta la capucha de la cara y se detiene a pensar detrás de una columna en la entrada del palacio. Ha estado siguiendo a Egisto desde que se escapó del calabozo, pero ahora que ha desaparecido en el jardín no sabe dónde ir.

No le ha sorprendido encontrarlo merodeando. Sospechaba que intentaría hacer algo en cuanto su padre volviera, y aunque su madre lo había encerrado en una celda, algo no terminaba de convencerla.

Ha salido sigilosamente de su habitación cuando Ailín y Crisótemis se han dormido. Ha echado hierbas machacadas en las copas de vino de los guardias y ha esperado a que se desplomaran en los taburetes, con saliva en las comisuras de la boca.

Oye ruidos procedentes del comedor y cruza la puerta para echar un vistazo. Varios hombres se tambalean con el sudor cayéndoles por los brazos, y los perros comen las sobras a sus pies. Entre ellos hay dos sirvientas con la túnica desgarrada y los ojos inexpresivos.

Electra retrocede a las sombras antes de que la vean. Agamenón no está aquí. Se dirige al baño sin hacer ruido y con la mente zumbando. Su padre ha cometido un crimen horrible, es cierto, pero por más que quiera odiarlo, no puede. Quizá porque siempre ha sido su favorita, la única de sus hijos a la que le prestaba atención. Orestes era demasiado generoso, Ifigenia demasiado competitiva y Crisótemis demasiado tímida. Y, al fin y al cabo, ya tenían el amor de Clitemnestra. Pero Electra siempre ha sido demasiado callada, egoísta y desafiante. Para su madre no había sido fácil quererla, pero su padre siempre hablaba con ella y le hacía preguntas cuando sus hermanos no estaban. La hacía sentir especial.

Está cerca del baño cuando resbala. Cae al suelo de espaldas y al levantarse tiene las manos rojas. Ahoga un grito.

«Egisto está muerto», es lo primero que se le pasa por la mente, aunque sabe que no puede estar aquí. Entra despacio en el baño, conteniendo la respiración, como un esclavo dirigiéndose al altar donde van a azotarlo.

Hay agua por todas partes, las antorchas se han apagado y las sombras dan vueltas en lo alto como cuervos a la espera. Electra avanza hacia el centro de la sala cojeando, porque le duele el tobillo. Hay un cuerpo desnudo frente a ella, y extiende la mano hacia él. Está frío y húmedo. Pasa los dedos por las heridas del pecho. La sangre está secándose y formando una costra.

Se queda ahí mucho rato, con los hombros encorvados como alas. El mundo a su alrededor se ha quedado en silencio. Al final llegan las lágrimas, como lluvias de invierno, y le inundan el corazón.

—Padre —susurra—. Padre, despierta, por favor.

Oscuridad

Clitemnestra regresa deprisa al templo de Hera, impaciente por encontrar a la chica troyana y llevarla a un lugar seguro. El palacio está en silencio, con todos los pasillos sumidos en la oscuridad. Ha ordenado a los guardias que celebren y descansen esta noche, y ahora deben de estar durmiendo medio borrachos con sus amantes.

Ya está en el jardín cuando oye un grito. Procede del templo y corre hacia allí con los pies descalzos todavía mojados. En la entrada, Egisto la detiene con la espada en la mano y una mirada enloquecida. Ella intenta pasar de largo, pero él la agarra. Tiene las manos pegajosas de sangre, aunque no parece herido.

—Está hecho —le dice Egisto.

Ella siente que se le entumece el cuerpo.

—¿Dónde está Casandra? —le pregunta.

Ve una pequeña figura al pie de las columnas, acurrucada como un bebé. Aparta a Egisto de un empujón y corre hacia ella con el rostro contorsionado. Se inclina sobre el cuerpo y ve que le han cortado el cuello. Todavía tiene la piel caliente, aunque la vida está desvaneciéndose.

—Intentaba huir —le dice Egisto—, pero la he encontrado.

Clitemnestra grita. El rostro de Casandra, joven y encantador en su desesperación… como el de su hija antes de morir.

—¡No te había hecho nada! ¿Por qué has tenido que sacrificarla? —le grita, y le escupe.

La expresión de Egisto cambia. El dolor y el miedo —el miedo a ella— lo desgarran.

—Creí que la querías muerta —le contesta.

Ella hunde la cabeza en la túnica de Casandra y llora. Llora por la chica troyana, pero sobre todo por lo que ha perdido. Lágrimas por Cástor, que cayó en la red de un hombre cruel; por su bebé, al que no había puesto nombre y por lo tanto siempre flotará en el más allá en el anonimato; por su amado Tántalo, el rey que la amaba y murió por ella, y por su hermosa hija, cuyo corazón aún siente contra su pecho como un débil batir de alas.

«Madre, ahora estoy en paz».

Se queda quieta, sin respirar apenas.

«Me has vengado, y ahora déjame descansar. Nos veremos en la oscuridad cuando llegue tu hora».

Leda tenía razón. Los muertos hablan. Levanta la cabeza y extiende la mano, casi esperando ver a su hija. Pero en sus brazos hay aire, y nada más.

35

Casa en orden

Llevan el cuerpo del rey al jardín y todos se reúnen a su alrededor: los ancianos, las mujeres del palacio, los fieles guerreros de Agamenón y los hombres de Clitemnestra.

Ella se queda a un lado con sus hijas mientras los sirvientes arreglan la leña antes de acercar las antorchas. El fuego se eleva y la carne empieza a arder. «No puedes matarme», le dijo. Pero está muerto, y su cuerpo, lo que queda de él, se convierte rápidamente en cenizas.

Crisótemis se arrodilla y llora. Gime cubriéndose la cara con las manos. Las mujeres también lloran e invocan a los dioses. Electra guarda silencio con los ojos fijos en las llamas, como si ella misma estuviera quemando el cuerpo. Ella ha sido la que lo ha encontrado, la que ha gritado pidiendo ayuda y la que ha despertado al palacio.

Clitemnestra se agarra la mano rota con la otra. Intenta mover los dedos, pero el dolor la atraviesa. «He matado al señor de hombres, Agamenón. Mi deuda está pagada».

En algún lugar junto a las murallas arde también el cuerpo de Calcante, lejos de su rey. Habló de ser recordado en los tiempos venideros, pero lo único que se sabrá de él será que fue un hombre feo y monstruoso que ordenó sacrificar a chicas jóvenes.

Calcante se marchitará, mientras que el nombre de Agamenón perdurará. Pero a Clitemnestra no le importa. Sabe que los reyes suelen convertirse en héroes para las generaciones futuras. Heracles, Perseo, Jasón, Teseo… Se cantan canciones sobre ellos y sus crueles acciones se convierten en rayos de sol.

En cuanto a las reinas, o las odian, o las olvidan. Ya sabe qué opción se ajusta mejor a ella. Que la odien para siempre.

Está a la cabecera de la mesa, en el comedor, mientras que Cadmo y varios otros ancianos están sentados a un lado, y al otro, Egisto, Electra y Crisótemis. Frente a ella están algunos de los fieles guerreros de Agamenón, rodeados de sus hombres más leales. La luz que entra por las ventanas es rojiza, con manchas de fuego. Clitemnestra ve a Ailín en las sombras junto a la puerta, rodeada por las demás sirvientas.

Cadmo toma la palabra, muy serio.

—Mi reina, te pedimos que ejecutes al hombre que ha cometido este horrible crimen.

Un murmullo de conformidad. Clitemnestra casi sonríe. Como había previsto, todos creen que a Agamenón lo ha matado Egisto. También debe de ser cosa de Electra. Cuando se han colocado alrededor de la pira, Electra le ha susurrado al oído: «Tu amante ha matado a mi padre». Ahora está sentada al lado de Egisto, y el odio en sus ojos es como un látigo ardiente.

—Que pague por lo que ha hecho —interviene un hombre corpulento, uno de los jefes militares de Agamenón en Troya—. La justicia lo exige.

Egisto se revuelve en su asiento. Aunque confía en ella, no puede evitar temer a una multitud furiosa.

—La venganza es nuestra forma de vida —les dice Clitemnestra. Los hombres asienten, con el rostro gris a la luz de las antorchas—. Pero ¿y Áulide? ¿Qué hay de la princesa Ifigenia, a la que sacrificaron como un animal y cuya sangre mojó la piedra del altar?

Nadie dice nada.

—¿Alguien la vengó? Su padre la asesinó, pero no pedisteis que lo desterraran. No lo perseguisteis, como queréis hacer con Egisto.

Todos la miran, confundidos. Sus ojos se encuentran con los de Electra y ve que su hija acaba de entender lo sucedido. Es la única que lo comprende.

—La princesa dio su vida voluntariamente —le dice un guerrero—, por la guerra.

«¿Son estas las mentiras que os habéis contado todos estos años?».

—Tú estabas allí —le replica Clitemnestra con frialdad—. Viste cómo gritaba y lloraba. Mi hija llegó a Áulide para casarse y nunca salió de allí.

—Lloramos a la princesa, mi reina —le dice Cadmo en tono tranquilo—. Pero ahora nuestro rey está muerto.

—¿Era su vida más importante que la de Ifigenia? —le pregunta.

Cadmo duda. Ella quiere que lo diga… Desafía a cualquiera a decirlo.

—Él era nuestro líder —interviene el hombre corpulento—. Un rey y señor de hombres. —Da un paso adelante y señala con el dedo a Egisto—. ¡Y este hombre lo ha asesinado!

Clitemnestra respira hondo. Piensa en su padre cuando hablaba en el *mégaron*, en su voz profunda y en la reverencia de sus hombres. Ella nunca tendrá esa devoción, ninguna mujer, pero tendrá respeto.

—Os equivocáis acusando a Egisto —les dice en voz baja. No mira a sus hijas porque teme que se le rompa el corazón—. Ha sido obra mía. Yo he matado a vuestro «señor de hombres», y lo he hecho para vengar a mi hija.

El silencio es tan ensordecedor como cuando un depredador atraviesa el bosque. Después, muy despacio, Cadmo dice:

—Te regocijas por un rey caído.

—No era mi rey —le replica.

Los guerreros de Agamenón avanzan como un solo hombre con la espada desenvainada. En un segundo, los guardias de Clitemnestra los rodean. Las hojas chocan entre sí.

—¡Eres una asesina y una traidora! —le grita el guerrero corpulento.

Ella lo mira.

—Sí, lo he asesinado, pero no voy a permitir que me llames traidora… tú, que viste a un rey sacrificando a una chica y no hiciste nada.

—Entendemos tu dolor, mi reina —le dice Cadmo—, pero lo que has hecho no tiene perdón.

¿Quién decide lo que tiene perdón? El corazón le late tan fuerte que teme que lo oigan.

—Me educaron para ser guerrera y reina —les dice—. La mayoría de vosotros no lo sabéis, pero yo estaba casada cuando vuestro rey me quiso para él. Mi marido se llamaba Tántalo y era rey de Meoncia, una de las tierras más ricas que nuestro mundo haya visto jamás. —El nombre en su boca sabe a lágrimas—. Lo amaba y él me amaba, y juntos tuvimos un bebé.

El rostro de Egisto está en las sombras, y ella se pregunta qué estará pensando.

—Entonces llegó Agamenón y lo asesinó. Arrancó al bebé de los brazos de mi marido y lo estrelló contra el suelo. Hizo algo que no tiene perdón.

»Me han hecho daño toda la vida. Me azotaron y me enviaron aquí como una vaca. Mi propio padre me traicionó. Me violaron y me humillaron, me destrozaron y me golpearon. Pero aquí estoy. Todo lo que he hecho ha sido para proteger a mis seres queridos. ¿No habríais hecho lo mismo?

Durante un buen rato nadie dice nada. La espera es dolorosa y ella se siente como si estuviera cayendo en picado desde el cielo, sin alas para remontar el vuelo. Al final, algo en el aire cambia. Cadmo da un paso adelante y se arrodilla. Su ralo pelo blanco parece de plumas.

—Mi reina —le dice—, has hecho que esta ciudad prospere con una riqueza inimaginable y nos diriges con fuerza y valor. Lo hecho, hecho está. Lo único que puedo hacer ahora es decidir seguirte hasta el fin de mis días. Eres la verdadera guardiana de la casa de Micenas.

Él mira hacia arriba y ella mira hacia abajo. Cuando ella asiente, él se levanta.

El guerrero de Agamenón envaina la espada.

—Para ser una mujer, eres valiente y digna. Pero no podemos olvidar lo que has hecho.

—No os pido que lo olvidéis. Os pido que toméis una decisión: seguir a una reina que ha demostrado su valía, que premia la lealtad y la justicia, o dejar vuestra ciudad a los buitres.

Los hombres dudan. Le pedirían a Orestes que gobernara si estuviera aquí, pero su hijo se ha marchado para ser rey de otra ciudad. Egisto se ha asegurado de eso.

—Nuestra reina, guardiana de nuestra casa —le dice el jefe corpulento—, te serviremos.

Los demás siguen su ejemplo y repiten las palabras, que resuenan en la sala y se desvanecen lentamente en el silencio.

—Reunid a todos los hombres, mujeres y niños —les ordena—. Dad la noticia a la ciudadela.

Sus sombras avanzan por las paredes mientras salen, y la luz cae detrás de las montañas hacia las sombras.

—Madre —le dice Crisótemis.

Sus hijas están de pie juntas, con el rostro bañado por la luz de las antorchas. Todos los demás, los ancianos, los guerreros y Egisto, se han marchado. Clitemnestra sabe que Egisto seguirá a los hombres de Agamenón para escuchar cada una de sus palabras y vigilar cada uno de sus movimientos.

Extiende la mano y Crisótemis corre a sus brazos. Clitemnestra siente el corazón de su hija latiendo contra el suyo.

Cuando se separan, Crisótemis se vuelve hacia Electra y le indica con un gesto que haga lo mismo, pero Electra la mira fijamente. Clitemnestra siente que su hija se aleja, como cenizas en el viento.

—Tendrás el amor y la lealtad de esos hombres —le dice Electra en voz baja—, pero me has quitado a mi padre. —En su rostro brilla la ira y algo más: el rencor—. Hablas de justicia, pero lo que has hecho no es justo. No eres mejor que él. —Se da la vuelta y se aleja dejando solo el vacío detrás de ella.

Crisótemis toca la mano de su madre.

—Dale tiempo —le dice con voz débil, como si le diera miedo hablar más alto—. Te perdonará.

Clitemnestra cierra los ojos. Daría cualquier cosa por creerlo, pero conoce a Electra. Su hija no perdona.

Cuando Clitemnestra llega al jardín, la pira se ha quemado y solo quedan cenizas. Electra está sentada en un árbol caído, y la luna se desplaza lentamente en el cielo. Se ha destrozado tanto los dedos que tiene las manos como las de una anciana.

—Vete —le dice al verla acercándose.

Clitemnestra llega hasta ella, pero se queda de pie. Siente la ira de su hija en la piel, no cálida y ardiente, como una llama, sino helada como copos de nieve.

—No quiero hablar contigo. —La voz de Electra está llena de dolor, aunque intenta controlarlo.

—Me da igual.

Electra se ríe con sarcasmo. Está pálida, como los azafranes silvestres bajo sus pies. Clitemnestra quiere extender las manos y sujetarle la cara.

—No entiendes por qué he hecho lo que he hecho —le dice—, pero tienes que vivir con eso, y yo también.

Electra levanta la barbilla, desafiante.

—¿Por qué tengo que pagar las consecuencias por algo que no he hecho?

—La vida es así.

—La vida no es tan simple como quieres hacernos creer. Y lo que es no es lo mismo que lo que debería ser.

En eso está de acuerdo. Pero lo que le duele es el rencor en la voz de Electra, como un diente podrido.

—¿No puedes perdonarme por haber matado a un padre que te habría hecho daño? ¿Un hombre que asesinó a tu hermana? Te he querido desde el momento en que naciste. Te alimenté de mi pecho, he llorado por ti, me he reído contigo y te he entendido cuando nadie más lo hacía. —Se detiene porque las lágrimas le humedecen los ojos. Se recompone—. Pero si tanto lo querías, mátame. Eso no lo traerá de vuelta.

El aire está cargado de humo. Electra no se inmuta.

—¿Crees que Orestes te perdonará? ¿Crees que gobernaréis nuestra tierra juntos, que se la quitaréis a los Atridas? —Niega con la cabeza, con una sonrisa cruel en el rostro—. No te perdonará. Volverá con una espada en la mano y vengará a su padre.

Clitemnestra se queda mucho rato en el jardín, inmóvil entre los árboles bajo la luz menguante de la luna. Las briznas de hierba parecen arrastrarse sobre sus pies. Se agacha y las arranca de raíz una a una. «Nunca te perdonaré», le ha dicho Electra. Sabe que, en momentos de dolor, se dicen palabras crueles que en realidad no se corresponden con los sentimientos. Pero las palabras pueden echar raíces en el corazón. Puedes enterrarlas con la esperanza de que se marchiten y mueran, pero las raíces encuentran algo a lo que aferrarse.

Un pájaro atraviesa las sombras y se aleja de los árboles en dirección a los picos de las montañas. Ella coge un azafrán, lo presiona contra su corazón y entra en el palacio.

Ailín está encendiendo las antorchas de su dormitorio cuando entra Clitemnestra.

—Todavía tienes los dedos rotos —le dice en tono amable—. Tengo que curártelos.

Clitemnestra se sienta en el taburete y tiende la mano a su sirvienta. Ailín la coge con cuidado, como si estuviera sujetando a un bebé recién nacido.

—No te ha sorprendido que lo matara —le dice Clitemnestra.

Ailín toma un trozo de lino y le venda los dedos tensando la tela con todas sus fuerzas.

—Era un hombre cruel —le contesta.

—Aun así Electra me odia.

—No puedes hacer justicia y que todos estén de acuerdo —le comenta Ailín intentando mover el pulgar de su reina con cuidado.

«No quiero que todos estén de acuerdo. Solo que lo esté mi hija».

—Electra sabe quién era su padre —sigue diciéndole Ailín—, pero creo que habría querido que te apiadaras de él.

463

—¿Tú te habrías apiadado de él?

Ailín hace un nudo para que la tela se mantenga tensa alrededor de la mano.

—Nunca he estado en tu posición. No sería una buena reina.

Bajo las antorchas, su pelo es tan broncíneo que parece arder. Durante un rato solo se oyen sus respiraciones en el aire cálido.

—Hoy ha llegado un enviado para ti —le dice por fin Ailín—. Estabas ocupada con los ancianos, así que me ha dado la noticia a mí.

—¿De Esparta?

—Sí, pero no de Orestes. De tu hermana.

Clitemnestra la mira fijamente, petrificada.

—Está viva y bien —añade Ailín—. Menelao la ha perdonado.

«Menelao la ha perdonado».

Se dirige a la ventana presionándose el pecho con la mano. El alivio es tan intenso que la deja sin aliento. Su hermana, «cuya belleza hace arder a los hombres hasta matarlos». Ha oído a guerreros que estuvieron en los campos de Troya hablando de Helena: la «portadora de la agonía», «el azote de Grecia».

¿Qué queda de la niña a la que le daba miedo hablar delante de su padre? ¿Que seguía a Clitemnestra a todas partes? ¿Que no sabía mentir, ni siquiera cuando su hermana se lo pedía? Ha sobrevivido a una guerra que ha destruido una ciudad, una guerra que ella desencadenó, y ahora está en casa, a salvo en los brazos de su hermano. Clitemnestra se aferra a esta imagen y se niega a dejar que se le escape.

«¿Y Menelao?».

Puede oír la voz de Helena, como cuando eran pequeñas. «No te preocupes por él, hermana. Sé cuidarme».

Clitemnestra casi se ríe. Últimamente han caído reyes y héroes como moscas, pero, como predijo su abuela hace mucho tiempo, las reinas los sobreviven a todos.

Amanece en el *mégaron*. La luz es débil, como los primeros rayos de sol sobre el agua en las mañanas de verano. Los frescos descansan, atrapados en su inmóvil eternidad. Clitemnestra camina junto al trono. Tiempo atrás se preguntaba: ¿qué significa ser reina? Ahora lo sabe. Es atreverse a hacer lo que otros no harán.

Se ha atrevido mucho en la vida y cada vez ha pagado las consecuencias. La han llamado «orgullosa», «salvaje», «tozuda», «loca de ambición» y «asesina». La han llamado muchas cosas, pero no importa. «Es la voluntad de los dioses —le dijo la sacerdotisa hace muchos años—. Muchos os despreciarán, y otros os odiarán y os castigarán. Pero al final seréis libres». No sabe si los dioses han tenido algo que ver, pero la profecía era cierta. Durante más de la mitad de su vida ha llevado la venganza como una segunda piel. Ha llegado el momento de mudarla. ¿Quién será sin su ira y su dolor? ¿Qué sabor tendrá su libertad?

La vida humana es dolor, pero tener momentos de felicidad, un rayo rasgando la oscuridad del cielo, vale la pena.

Dentro de ella, la imagen de una chica espartana esperando en la terraza a un rey extranjero y pensando en su futuro. «Cuando le he preguntado a tu hermana por ti, me ha dicho que siempre sabes lo que quieres». ¿Qué quiere?

Ha librado su guerra y ha ganado. Ahora puede gobernar.

Llega Egisto. Es silencioso como el aire, pero ella ha aprendido a sentirlo. Las habitaciones siempre se enfrían cuando él entra, como si sus pensamientos y sus sentimientos flotaran a su alrededor y emitieran olas de oscuridad.

—Los jefes militares están patrullando las calles —le dice—. Al pueblo le ha alegrado la noticia.

—¿Han contado los ancianos cómo mataron al rey? —le pregunta.

—No.

«Bien».

El rostro de Egisto está borroso en la luz rosada. Se ha cortado el pelo y las cicatrices de la cara se han desvanecido. El lobo ha sido domesticado.

Se acerca a ella, y sus manos se tocan.

—Por un momento creí que ibas a traicionarme —le dice—. Pero no lo has hecho.

—¿No lo sabes? No traiciono a los que me son leales.

La escarcha de los ojos de Egisto se resquebraja y tras ella aparece el verde de los primeros brotes de la primavera.

—Cuando era joven —le dice—, todo me daba miedo. Los perros de Atreo, los combates de Agamenón, los cuerpos mutilados y los esclavos enfadados. Mirara donde mirase, me daba miedo.

»Aprendí a superar esos miedos. Tuve que hacerlo, o habría muerto. Pero algo se quedó dentro de mí, una sensación de desarraigo, de flotar por la vida intentando no ahogarme.

Ella lo escucha, aunque no conoce esa sensación. Cada paso que ha dado desde que era niña tenía una dirección. Y la ha traído aquí.

Él la mira.

—Pero ahora sé que soy tuyo.

Ella cierra los ojos y disfruta de la sensación de su mano contra la suya. Él no lo sabe, pero también le dio una oportunidad a ella, cosa que nadie más hizo. Le dijo: mira, estoy tan herido como tú, pero aquí estoy.

Clitemnestra piensa en las flores blancas que brotan entre las rocas del Ceadas. Durante años se ha preguntado cómo sobrevivían allí abajo, entre los cadáveres y la oscuridad.

Pero quizá así es como las personas destrozadas siguen vivas. Encuentran a alguien tan destrozado como ellas, lo encajan en los espacios vacíos de su corazón, y juntos hacen crecer algo diferente.

Fuera la luz es dorada. Brilla sobre ellos como si fueran dioses.

Llegará un tiempo en que se cantarán canciones sobre ella y sobre las personas a las que amó y a las que odió.

Cantarán sobre su madre, la reina seducida por un dios,
sobre sus hermanos, púgiles y domadores de caballos,
sobre su hermana, una mujer tan vanidosa que no supo
quedarse en la cama de su marido,

sobre Agamenón, el orgulloso león de Micenas,
sobre el sabio Odiseo, el de muchas mañas,
sobre el traidor y maldito Egisto,
sobre Clitemnestra, reina cruel y esposa infiel.

Pero no importa. Ella estaba allí y sabe que las canciones nunca cuentan la verdad.

Glosario

Áristos achaión: «el mejor de los griegos», título que en la *Ilíada* corresponde a Aquiles.

Atridas: patronímico de Agamenón y Menelao, literalmente «hijos de Atreo».

Aulós: instrumento de viento de doble lengüeta. Según el mito, el sátiro Marsias encontró el *aulós* que había tirado Atenea y desafió a Apolo a un concurso musical. El dios lo derrotó, lo ató a un árbol y lo despellejó.

Bárbaros (plural: *bárbaroi*): término que utilizaban los griegos para nombrar a todos los que no eran griegos. Literalmente, «extranjeros», «bárbaros», «personas no civilizadas».

Bóreas: dios de alas púrpura, portador del viento.

Ceadas: barranco en el monte Taigeto por el que los espartanos lanzaban a criminales y a bebés que nacían enfermos. Este dato procede de Plutarco, aunque evidencias arqueológicas sugieren que lanzaban por el acantilado a traidores y prisioneros, no a niños.

Chitón: túnica corta que se abrocha al hombro, hecha de una sola pieza de lana o lino.

Erinias: antiguas diosas del tormento y la venganza. Representan la ley de «la sangre provocará sangre» y también son los espíritus vengadores de los muertos que pueden traer la regeneración. Hijas de Gaia (la Tierra), cobraron vida de la sangre de los genitales de Urano cuando Cronos los lanzó al mar.

Espartiatas: miembros de la clase dominante de la antigua Laconia.

Ciudadanos de élite de Esparta, generalmente hombres, aunque podemos suponer que en la época micénica las mujeres también formaban parte de este grupo, ya que las mujeres espartanas eran ciudadanas libres.

Gymnasion: recinto donde se entrena. La palabra procede de *gymnós*, que significa «desnudo», ya que los hombres (y las mujeres, en el caso de Esparta) entrenaban desnudos.

Gynaikeion: habitaciones de las mujeres en el palacio.

Harpazein: «casarse», pero también «arrebatar por la fuerza».

Hómoioi: literalmente, «los que son iguales»; se refiere a la élite de ciudadanos espartanos.

Hybris: la arrogancia y la soberbia de los hombres, que los dioses siempre castigan.

Lawagetas: jefe militar en la Grecia micénica. En textos en lineal B, es el segundo dignatario después del rey en el palacio.

Mégaron: el gran salón de los primeros palacios micénicos y griegos antiguos. Era un salón rectangular que albergaba el trono del rey, una chimenea abierta que normalmente ventilaba a través de un óculo del techo, paredes con frescos y un pórtico con columnas.

Moira: el destino del que los mortales no pueden escapar. Las *Moirai* eran deidades que se aseguraban de que todos los seres vivieran su destino tal como se les había asignado.

Mousiké: música, danza y canto de poesía. La *mousiké* era una parte fundamental de la vida en el mundo de la antigua Grecia.

Mirmidones: los fieles soldados de Aquiles. La palabra procede del término griego *myrmex*, «hormiga», ya que, según el mito, los mirmidones fueron en el pasado hormigas de la isla de Egina que Zeus transformó en hombres.

Oionopolos (plural: *oionopoloi*): sabio de las aves, vidente, adivino.

Ortia: epíteto de la diosa Artemisa en Esparta y Arcadia.

Pallaké: concubina.

Pélida: patronímico de Aquiles, literalmente «hijo de Peleo».

Peplos: una prenda femenina de cuerpo entero y con cinturón.

Polytropos: el hombre «de muchas mañas», «ingenioso» y «astuto» sin medida. Epíteto de Odiseo.

Teras: palabra que describe tanto un presagio como un monstruo.

Tholos: tumba donde se depositan las cenizas reales.

Xenía: la ley de la hospitalidad, uno de los conceptos más importantes en la antigua Grecia, donde la protección y la generosidad con los huéspedes eran una obligación moral.

Xiphos: espada corta con hoja curva.

Agradecimientos

Gracias:

A Victoria Hobbs, la agente de mis sueños, que me dio una oportunidad y me cambió la vida. Todavía me pellizco por haber tenido la suerte de que me representes.

A Jillian Taylor, la mejor editora que un escritor podría desear. Entendiste el libro y los personajes y me ayudaste a hacerlos brillar. Gracias por estar a mi lado a lo largo de todo el camino.

A todo el equipo de Michael Joseph: Ciara Berry, Sriya Varadharajan, Stephanie Biddle, Courtney Barclay, Beatrix McIntyre, Emily van Blanken, Lee Motley y Becci Livingstone.

Al brillante equipo de derechos: Chantal Noel, Jane Kirby, Lucy Beresford-Knox, Rachael Sharples, Beth Wood, Inês Cortesão, Maddie Stephenson, Lucie Deacon y Agnes Watters.

A mi editora estadounidense, M. J. Johnston, por su pasión y su trabajo ejemplar, y a todo el equipo de Sourcebooks, especialmente a la maravillosa Cristina Arreola.

A mis primeros seguidores, que me dieron fuerza y amor mientras presentaba esta novela, en especial Erica Bertinotti, Anna Colivicchi y Annie Garthwaite.

Gracias también a Hazel Orme, Jessica Lee y los maravillosos profesores de la Universidad de Warwick, donde empecé a escribir la historia de Clitemnestra.

Por último, a mi familia, de todo corazón:

A mi padre, que llena mi vida de libros y felicidad. Nada me gusta más que el momento en que hablamos del último capítulo que te he mandado.

A mi madre, que me leía cuentos cuando era pequeña y me enseñó que podía ser lo que quisiera. Eres la persona más valiente y especial de este planeta. Gracias por todo.

«Para viajar lejos no hay mejor nave que un libro».

EMILY DICKINSON

Gracias por tu lectura de este libro.

En **penguinlibros.club** encontrarás las mejores
recomendaciones de lectura.

Únete a nuestra comunidad y viaja con nosotros.

penguinlibros.club

 penguinlibros